ハヤカワ・ミステリ

GRAHAM MOORE

評決の代償

THE HOLDOUT

グレアム・ムーア

吉野弘人訳

TOKYO HAYAKAWA BOOKS

A HAYAKAWA

POCKET MYSTERY BOOK

装幀／水戸部 功

ケイトリンへ
ロサンゼルスの最高の時間に

評決の代償

登場人物

●10年前の少女誘拐殺人事件の陪審員

マヤ・シール……………………女性刑事弁護士。当時小説を執筆中
リック・レナード……………マヤの元恋人の黒人。当時大学院生
ウェイン・ラッセル…………事故で閉所恐怖症になった男性
カル・バロー……………………ミステリ好きの年配のゲイの男性
ピーター・ウィルキー……〈ウィーズ〉社社長兼ＣＥＯ
ジェ・キム…………………………韓国人の元建設作業員
キャシー・ウィン……………薬剤師の女性。当時の陪審員長
トリーシャ・ハロルド……アフリカ系アメリカ人の女性技術者
ヤスミン・サラフ……………ペルシャ系ユダヤ人の女性
フラン・
ゴールデンバーグ……ユダヤ人の女性。現在もロス在住
ライラ・ロザレス……………陪審員最年少の女性。当時19歳
カロリナ・カンシオ…………陪審員最年長の老婦人。当時80代

ジェシカ・シルバー…………殺人事件の被害者の少女
ルー・シルバー…………………ジェシカの父。ユダヤ人の大富豪
エレイン・シルバー…………ジェシカの母
ボビー・ノック…………………殺人事件の黒人容疑者
テッド・
モーニングスター……同事件の検察官
パメラ・ギブソン……………同事件の被告側弁護人
スティーブ…………………………裁判所の廷吏
クレイグ・ロジャース……マヤの法律事務所の黒人弁護士
クリスタル・リュウ…………同法律事務所の女性弁護士
ロンダ・デイジー……………ロス市警の女性刑事
マルティネス……………………同刑事
シャノン……………………………番組の制作アシスタント
アーロン……………………………ライラ・ロザレスの息子

1

ロサンゼルスの十年

現在

マヤ・シールはブリーフケースから二枚の写真を取り出すと、裏を向けてスカートの上に置いた。タイミングが重要だ。

「ミズ・シール？」判事が苛立たしげに声をかける。「まだかね？」

マヤのクライアント、ベレン・ヴァスケスは、夫エリアンの手によってひどい虐待にあっていた。緊急治療室の詳細な記録がそれを裏付けていた。数カ月前のある朝、ベレンの心は音を立てて折れた。彼女は寝ているあいだに夫を刺し、園芸用の大ばさみでその首を切り落とした。その後彼女は、切り落とした首を車のダッシュボードの上に載せて、一日中グリーンの〈ヒュンダイ・エラントラ〉を走らせた。気づいた者もいなければ、関わりになろうとする者もいなかった。結局、警官が信号無視で彼女を止めたとき、彼女の夫の頭はグローブ・コンパートメントに無理やり押しこまれてあった。

マヤにとってよいニュースは、検察側がベレンに対して、たしかな証拠をひとつしか持っていないということだった。悪いニュースはその証拠が被害者の頭だということだった。

「はい、準備できました、裁判長」マヤは安心させるように、片手を依頼人の肩に置いてから、ゆっくりと証人席に向かって歩いた。そこにはジェイソン・ショー巡査が坐っていた。殊勲章が青いロサンゼルス市警《LAPD》の制服の襟に輝いていた。

「ショー巡査」と彼女は言った。「ミセス・ヴァスケスの車を止めたとき、何があったか説明してもらえますか？」

「はい、マァム、お話ししたように、わたしが運転席の窓に近づく一方で、相棒が車の後ろに待機していました」

彼はよくいる警官のように彼女のことを〝マァム〟と呼ぶつもりなのだろうか？ マヤはそう呼ばれるのが嫌いだった。〝マァム〟と呼ばれるのを認めざるをえない年齢――三十六歳――になっていたからではない。そう呼ぶことで彼女をお高く止まっているように見せようという魂胆が見え見えだったからだ。

彼女は短い黒髪を耳にかけた。「あなたが近づいていったとき、ミセス・ヴァスケスは運転席に坐っていましたか？」

「はい、マァム」

「彼女に免許証と車検証の提示を求めましたか？」

「はい、マァム」

「提示しましたか？」

「はい、マァム」

「ほかに何か求めましたか？」

「なぜ手に血がついているのかと尋ねました」とショー巡査は言い、ひと呼吸置いてから付け加えた。「マァム」

「ミセス・ヴァスケスはなんと答えましたか？」

「キッチンで手を切ったのだと言いました」

「彼女はその主張を裏付けるものを提示しましたか？」

「はい、マァム。左の手のひらに巻いた包帯を見せました」

「ほかに何か求めましたか？」

「彼女に車の外に出るように言いました」

「なぜですか?」

「両手に血がついていたからです」

「ですが、彼女はその血についてはきちんと説明をしたのでは?」

「もっと調べたいと考えました」

「なぜ、もっと調べる必要があったのでしょう?」とマヤは訊いた。「ミセス・ヴァスケスは合理的な説明をしたというのに」

ショーは、まるでマヤが風紀委員で、些細な校則違反にもかかわらず、校長室送りにしようとしているとでも言うかのように彼女を見た。

「直感です」と彼は言った。

マヤはこの哀れな男をほんとうに気の毒に思った。検察官は彼にきちんと予習させなかったようだ。

「申しわけありません、巡査。あなたのその〝直感〟とやらを、もう少し詳しく教えてもらえますか?」

「頭の一部が見えたような気がしたんです」彼はさらに深く墓穴を掘った。

「頭の一部を見たような気がした?」とマヤはゆっくりと繰り返した。

「暗かったんですが――」とショーは認めた。「たぶん無意識に髪の一部に気づいたんだと思います。頭髪のようなものがグローブ・コンパートメントからはみ出していました」

彼女は検察官をちらっと見た。彼は、冷静に白いひげを掻いていた。ショー巡査が自分の事件を台無しにしようとしているというのに。

写真を出すなら今だ。

マヤは写真をそれぞれ手に取って持ち上げた。二枚の写真は、グローブ・コンパートメントのなかに押しこまれた、被害者の頭部を別々の角度から撮ったものだった。被害者エリアン・ヴァスケスは頭を丸刈りにし、手入れをしていない薄い口ひげ――血で覆われていた――を生やしていた。頬には深紅の筋があった。

頭部は明らかに別の場所で血が抜き取られ、その後、グローブ・コンパートメントのなかの擦り切れた〈ヒュンダイ・エラントラ〉のマニュアルと古びた車検証の上に置かれていた。

「巡査、問題の夜にこれらの写真を撮りましたか？」

彼女は写真を渡した。

「ええ、撮りました、マァム」

「これらの写真では、頭部全体がグローブ・コンパートメントのなかにあるように見えませんか？」

「はい、頭部はグローブ・コンパートメントのなかにありました、マァム」

「あなたがミセス・ヴァスケスに車から出るように言ったとき、グローブ・コンパートメントの扉は閉じていましたか？」

「はい、マァム」

「では、全体がグローブ・コンパートメントのなかにあったのなら、どうやってあなたはこの頭部を見ることができたのでしょう？」

「わかりません。ですが、われわれが捜索したとき、そこで見つけたんです。現にそこにあったんですから、なかったと言うことはできませんよ」

「わたしはそもそもなぜ車を捜索したのかと訊いてるんです」

「彼女の手に血がついていたからです」

「数分前、あなたはグローブ・コンパートメントから髪の毛がはみ出していたような気がしたからだと言いませんでしたか？ 法廷速記者に記録を読み上げてもらうこともできますよ」

「いいえ、つまり血がついていたんです。たぶん髪の毛も見ました。わかりません。直感なんです。さっき言ったように」

マヤは証人席のすぐ近くに立った。「どっちですか、巡査？ あなたは見えないはずの切り落とされた頭の一部を見て捜索をしたんですか、それとも完全に合法的な説明がなされているにもかかわらず、両手に血がついていたという理由で捜索をしたんですか？」

ショーは怒りに身をよじらせながら、必死で納得できる答えを見つけ出そうとしていた。やっととんでもない失敗をしたことに気づいたようだ。

マヤは検察官をちらっと見た。彼はこめかみを揉んでいた。片頭痛を覚えているようだ。

検察官は、勇敢にもショー巡査にふたつのストーリーのうちのどちらかを取るように迫ったが、すでにダメージは明らかだった。判事は、来週の月曜日までに本件に関する意見書の提出を双方に命じ、切断された頭部を証拠として認めるか否かの最終裁定は、月曜日の時点で下すと言った。

マヤは依頼人の隣に坐り、審問はとてもうまくいったとささやいた。ベレンは「わかった」とつぶやいたものの、眼を合わせようとはしなかった。まだ祝福する準備はできていないようだ。マヤは、依頼人の用心深い悲観主義をありがたく思った。

廷吏がベレンを法廷から連れ出し、拘置所に戻した。その後、裁判所事務員が次の審理予定を読み上げた。

検察官がこそこそと近寄って来た。「頭部が証拠から排除されても、残りの死体のほうを証拠に差し出すよ」

マヤは冷ややかに笑った。「もし頭部が証拠に認められなければ、キッチンにあった死体も抽斗《ひきだし》の大ばさみも証拠にはならないわ。わたしの依頼人を彼女の夫の死と結びつける物的証拠はなくなる」

「夫がいる。彼女が殺したんだ」

「ＥＲの記録を見た？　彼女のあばら骨や顎の骨折を見たの？」

「正当防衛を主張したいのなら、どうぞご自由に。彼女の夫に生きる価値がないと主張すれば、陪審員を味方につけることはできるかもしれないな。だが、頭部を証拠から排除するだって？　本気で言ってるのか？」

「彼女は服役するつもりはないの。そのことは譲れない。今なら、未決拘留期間も含めた〝無謀な危険行為〟で手を打つ。さもなければ来週の裁定のあとに運試しをしてみるのね」マヤは判事のほうに顎をしゃくると言った。「どうなるかしら？」

　検察官は上司の承認が必要とかなんとかぶつぶつ言いながら、こそこそと去っていった。マヤは写真をブリーフケースに戻すと、満足そうにカチッと音を立てて留め金を閉めた。


　法廷の外の廊下はこみ合っていた。何十もの会話がドーム状の天井にこだましている。裁判所は今も社会のあらゆる階層の人々がひしめきあう最後の場所だ。ロサンゼルスに暮らす金持ち、貧乏人、老人、若者、あらゆる人種や民族的背景を持つ人々が、大理石のフロアを行きかっていた。マヤは急いで事務所に戻らなければならなかったが、しばし民主主義のもたらす雑踏に身をゆだねた。

「マヤ」

　背後から声がした。彼女はその声の主がだれなのかすぐにわかった。だが、彼のはずがない……まさか？

　無理やり息を吸うと振り向いた。リック・レナードと直接会うのは十年ぶりだった。

　彼は今も痩せていて背が高かった。今も眼鏡をかけていたが、大学院生のときにかけていた銀縁の眼鏡は、洗練された専門職の人間がかけるような分厚い黒のフレームに変わっていた。今もきちんとした服装をしていて、今日はライトグレーのスーツ姿だった。彼女よりも少し年上だったので、今は三十代後半のはずだ。十年の歳月は、無情にも彼をさらにハンサムにしていた。

「すまない」とリックは言った。口調は滑らかで毅然としていた。「こっそり近づくつもりはなかったんだ」

マヤはリックがいつもぎこちなくおどおどしていたのを思い出した。今の彼は、自信たっぷりに振る舞っているように見えた。

むしろ彼女のほうが不安に駆られていた。「ここで何をしてるの？」

「話せるかな？」

この十年間、何度も彼を見かけたと思ったことがあった。スーパーマーケットで、レストランで、あるときはこともあろうにシアトル行きの飛行機のなかで。そのたびに、彼女は肌が冷たくなるような感覚を覚えたが、気のせいだと自分を納得させて気持ちを落ち着かせた。ひょっとしたら〈ウォルグリーンズ〉（米国のドラッグストアチェーン）でばったり出くわしていたかもしれない。だが、彼は今ここにいた。裁判所に。現実に。

彼女は間の抜けたように質問を繰り返した。「ここで何をしているの？」

「メールを送ったんだ。電話もした。きみの事務所に。でもまったく返信はなかった。だから話をしに来たんだ」

彼女はなんのメッセージも受け取っていなかったが、もちろん受け取っていても返信するつもりはなかった。アシスタントにはあの裁判に関してかかってくる電話はだれであれ、つながないように厳しく指示していた。また、eメールにはスパムフィルターをかけ、あの裁判の主要な関係者の名前を含む受信メッセージを、スパムとして排除するように設定していた。自宅の住所は公開していなかったし、家を購入するときも法人の名前で購入して自分の名前が不動産の記録に残らないようにした。

マヤは、ある不名誉な事実を抱えていた。そしてその事実は、まったくの赤の他人であれ、だれもが知っていることだった。スキャンダルにまみれた女優や、不名誉の渦中にある政治家はどんな気分なのだろうかと想像することがあった。そういった人々の悪行は、一覧になって公開され、キーワードで検索できるようになっている。それらは容易に知ることができた。だが、マヤの罪は幸いにも非公開のままだった。ひとつの例外を除いて。

人々は、彼女がだれなのかに気づくと、必ずそのことを話したがった。パラリーガルの応募者は、採用面接のあいだ、あの事件についてそれとなく話題に出した。ボーイフレンド候補の男の子は最初のデートであの事件のことをほのめかした。誕生日のディナーでは角の席に坐ることを避けた。テーブルの端に閉じこめられて、友人の友人があの事件に関してジョークを言うのを、作り笑いをしながら聞くのはたくさんだったから。あの事件のことを忘れるためならなんでもやった。それでも充分じゃなかった。

予備審問は公開されていたので、リックはベレン・ヴァスケスの裁判資料に彼女の名前を見つけたのだろう。彼女を見つけようと思ったなら、ここに来るのが最良の方法だ。

「なんの話？」と彼女は訊いた。答えを知らないふりをした。

「記念日が近づいてる」とリックは言った。

「考えたこともなかったわ」とマヤは嘘をついた。

「十月十九日、ジェシカ・シルバー殺害に関して、ボビー・ノックに無罪の評決が下されてからちょうど十年になる」

マヤは彼が注意深く受動態を使って表現したことに気づいていた。だがだれがボビー・ノックに無罪の評決を下したのか、彼女にはいやというほどわかっていた。実際には十二人の人々が評決を下した。

マヤもリックもそのなかのひとりだった。

十年前——彼女が弁護士になる前、そして彼女がまだ法廷のなかを覗く前――、マヤは陪審員の召集に応じた。彼女はボックスにチェックを入れると、料金前払いの封筒を投函した。その後、リックとほかの陪審員とともに、外の世界から隔離されて五カ月を訴訟に費やした。

　彼らのうちのだれも、判決に対する世間の反応を予想していなかった。彼らが隔離から解放されて初めて、マヤは国民の八十四パーセントが、ボビー・ノックがジェシカ・シルバーを殺害したと信じていることを知った。それはつまり、国民の八十四パーセントは、マヤとリックが少女を殺した殺人犯を自由の身にしたと信じているということだった。

　マヤは、ほかに国民の八十四パーセントが信じている問題があるかどうか調べてみた。国民の七十九パーセントが神を信じていた。国民の九十四パーセントがアポロ十一号の月面着陸が実際にあったと信じていた。マヤはそれを知ってうれしかった。

世間からの熱い非難の視線を浴びて、陪審員のなかでリックが最初に評決を撤回した。彼はあらゆるニュースに出演して謝罪した。ジェシカ・シルバーの家族に許しを請い、自らの経験について本を出版し、彼らの不当な評決はすべてマヤのせいだと主張した。彼は、いつも心の底からボビー・ノックが殺人者だと確信していたにもかかわらず、マヤが彼を無罪にするために自分を脅したのだと言って非難した。

　ほかの何人かも、彼に同調して自らの判断を覆したが、ほとんどの者はマヤのように沈黙を貫いた。嵐が去ることを願って。

　今でも彼女は、あの陪審員の召喚状を、普通の人々のようにゴミ箱に捨てていればよかったのにと思うことがあった。

「すべてのニュース・チャンネルが回顧特集を企画している」とリックは続けた。「ＣＮＮ、ＦＯＸ、ＭＳ

NBC。それに《60ミニッツ》や、ほかの総合番組も。当時裁判が注目を集めたことを考えれば当然だろう。その後に起きたことを考えても」

　何年にもわたって、彼女は両親と事件のことを話し合ってきた。友人たち――彼女の悪名のおかげでその数は少なくなっていたが――とも話をしてきた。山のような数のセラピストにも事件のことを話した。事務所のシニアパートナーにも概略を説明し、クライアントの何人かにも納得してもらうために詳細を説明していた。だが、この十年間、彼女はいちども、公の場でこの事件のことを話したことはなかった。

「何があったか話すつもりはないわ」とマヤは言った。「CNNにも、《60ミニッツ》にも。あなたにもよ。以上」

「《マーダー・タウン》のことを聞いたことはあるかい？」とリックは訊いた。

「いいえ」

「ポッドキャストなんだ。とても人気がある」

「そう」

「彼らはNETFLIXのためにドキュメンタリー・シリーズを作ろうとしている。八時間の。ポッドキャストから編集するんだそうだ」

　マヤは、自分の人生のうち、ジェシカ・シルバーの事件に飲みこまれてしまったすべての時間のことを考えた。四カ月に及ぶ法廷での審理に続いて、三週間の白熱した陪審員の審議があった。隔離されていたあいだ、ある意味、マヤの人生のうちの眼を覚ましている時間のすべてが、この事件のために費やされていた。毎晩泊まったオムニ・ホテルのスイートについては、フルール・ド・リスをあしらった壁紙やベージュのカーペットの隅々まで覚えていた。そのことを考えると、あの事件は彼女の睡眠時間も奪っていたように思えた。彼女は、時間をつぶすために頭のなかでよく計算をしたものだった。二十週間かける週七日かける一日二十四時間は……。今でも暗算することができた。

「だれがジェシカ・シルバーに起きたことを知るために八時間も費やしたいというの？」と彼女は訊いた。

「みんなさ。ぼくもそのひとりだ」

「あなたもそのポッドキャストに関係してるの？」

「ドキュメンタリー・シリーズのほうだ。ぼくはプロデューサーを助けている。みんなを集めてるんだ。陪審員全員を」

マヤは気分が悪くなった。

「十年が経ったあとに、何が起きたと考えているかを共有することができる」とリックは言った。「そして今、何を考えているかを……」

リックはひと呼吸置いた。まるですでにテレビに映っているかのように。

「……今でもまだ〝無罪〟に投票するかどうかを」

マヤは突然、裁判所の廊下でふたりを押しのけていく人々の存在に気づいた。これらの見知らぬ人々はみな、正義や赦免、あるいは復讐を求めてこのビルを訪れていた。

「遠慮しておくわ」とマヤは言った。

「ほかのメンバーにはもう話した」とリックは言った。「みんな来るよ」

「全員？」

「カロリナは亡くなった。きみが知ってるかどうかはわからないけど」

知らなかった。カロリナ・カンシオは裁判のとき、すでに八十代だった。マヤはすべてが終わったあとに、だれとも連絡を取らなかったことを恥ずかしく思っていた。二十週間かける七日間かける二十四時間……

マヤはカロリナとも、ほかのだれとも何年も話していなかった。

「原因は？」と彼女は訊いた。「いつのこと？」

「癌だ。四年前。彼女の家族が言ってた」とリックは言った。「ウェインはプロデューサーにノーと言った。

実際には〝くそくらえ〟だそうだがね」

ウェイン・ラッセル。彼は立ちなおることができたのだろうか。マヤはそう願っていたが、もし彼が審議の最後に見たときと同じままだとしたら、この件には近づかないほうが彼のためだろう。

「でも残りは」とリックは続けた。「八人全員来ることになってる」

「あなたたちが愉しい時間を過ごせることを願ってるわ」

「きみにも加わって欲しくてここに来たんだ」

「お断りよ」

「ぼくらは間違ってたんだ」とリックは言った。

マヤは突然湧き起こった怒りの炎を抑えることができなかった。「あなたの本を読んだ。好きなだけ後悔で自分自身を苦しめればいい。でもわたしのことは放っておいて」

何人かの人々がこちらを見たが、すぐに自分の仕事に戻っていった。

「ひとりの少女が死んだんだ」リックは真剣なまなざしで言った。それはマヤがよく知っているまなざしだった。「そして殺人者は今も自由でいる。ぼくたちが過ちを犯したために。気にならないのか？　埋め合わせをするために何かを――なんでもいいから――したいと思わないのか？」

「たとえボビーが有罪だと考えていたとしても――そうは考えていないけど――、わたしたちにできることはないわ。前に進むしかないの」

リックは裁判所の廊下を見まわした。「きみは刑事弁護士だ。ボビーの裁判が行なわれたのと同じビルのなかで働いている。きみは一階分、前に進んだんだね」

「さようなら」とマヤは言った。

「見つけたんだ」

「何を？」

「調査を続けてきた」

彼女は驚かなかった。彼がどれほどとり憑《つ》かれているかはだれよりも知っていた。彼はいちど何かに執着すると、それが不公平や不正に関連している場合は、特に放っておくことができなかった。しかしジェシカ・シルバーの件となると、とり憑かれているのは彼だけではなかった。ジェシカ・シルバーの両親であるルーとエレインは、三十億ドルの資産を有していた。今ならその財産も二倍になっているだろう。ルー・シルバーはロサンゼルス郡の不動産のかなりの割合を保有している。その娘の失踪事件は、最高の人材によって捜査されていた。

「何十人ものロサンゼルス市警の刑事がこの事件を捜査した」とマヤは言った。「ＦＢＩ。世界中のジャーナリストがこの街にやって来た。一家が雇った私立探偵が夜も週末もなく、調査を続けた。裁判の双方の弁護士チーム、アマチュアブロガーの大群にＹｏｕＴｕｂｅチャンネルの陰謀論者たち、それに……」彼女はその先を言わなかった。自分自身もそのひとりであることを認めることはできなかった。「もう証拠は残されていないわ」

「いや、ぼくは見つけたんだ」

「何を？」

「撮影に来てくれ」

「何を見つけたの？」

彼が一歩近づいた。温かい息を頬に感じた。「今は言えない」

「ふざけないでよ」

「複雑なんだよ。デリケートで……。そう、撮影に参加すればみんな――きみたち全員――に、ボビー・ノックがジェシカ・シルバーを殺したという議論の余地のない証拠を見せよう」

マヤは彼の懇願するような眼をじっと見た。どれだけこのことを必要としているかがわかった。彼は心の底から信じていた。自分たちが許しがたい過ちを犯したということを。

　マヤにはボビー・ノックがジェシカ・シルバーを殺したのかどうか、わからなかった。ただそれだけのことだった。わからない。だから彼を無罪にした。彼が無実だからではなく、有罪だと信じるための充分な証拠がなかったから。彼女は、ひとりの無実の人間が不当に罰せられるよりは、十人の罪を犯した人間が自由の身でいることのほうがまだましだと主張した。

　たぶんリックはほんとうに自分が、だれも見つけることのできなかった決定的な証拠を見つけたと信じているのだろう。だが、マヤはそんな証拠が存在するという希望をずっと前に捨てていた。十年をかけて、疑問とともに生きていくことを学んだ。だがリックは、その疑問から解放されるために、十年の年月をかけねばならなかったのだろう。

　彼女はかつてリックのことを愛していた。そんな彼の表情も、今は胃がギュッと引き締まるような気持ち悪い感覚を覚えさせるだけだった。いい人だったのに。ジェシカ・シルバーの死の残骸のなかでは決して見つけられない幸せを見つけて欲しかった。

「幸運を祈るわ」とマヤは静かに言った。「この件で、あなたの望むものを得ることを願っている。でも、わたしは放っておいて」

　彼女は背を向けると去った。

　振り向かなかった。

　マヤの法律事務所〈キャントウェル＆マイヤーズ〉は、ダウンタウンの超高層ビルの四十三階にあった。彼女は、アシスタントがオフィス家具のカタログから選び出したミッドセンチュリーモダン（一九四〇年代から一九七〇年代の米国におけるインテリアのデザイン）のデスクに座った。だが集中できそうになかった。

　窓に向かい、洗練された超高層ビルがそびえたつ、新しいダウンタウンのスカイラインを眺めた。これらのビルの半分は十年前にはなかった。このうちのどれだけをルー・シルバーが保有しているのだろう？

ロサンゼルスの青空は永遠で、はるか原始の時代から存在するように見えた。今日も明日も同じ色で、十年前のある日の午後、十代の少女が姿を消したときとまったく同じ青い色合いをしていた。それはまさにこの場所からわずか一マイルの距離で起きていた。ロサンゼルスには歴史の感覚がないと人々はいつも言う。だがマヤにはわかっていた。正確には逆なのだ。真のロサンゼルスはそれ自体がタイムカプセルであり、普遍のスカイブルーの殻に包みこまれ、永遠に保存されているのだ。

「ちょっといいかな？」

クレイグ・ロジャースが開け放たれた戸口に立っていた。完璧に仕立てられたダークスーツを着ていた。短く刈りこんだ髪の毛は、こめかみの部分に白いものが混じっている。最初にクレイグの下で働き始めたとき、彼が何歳なのか——三十近くにも見えたし、五十歳でも通った——がわからず、彼の履歴書を調べた。大学の卒業年度がわかり、そこから計算した。彼は五十六歳だった。

若い頃のクレイグは公民権を専門とする弁護士だった。八〇年代にロス市警ランパート分署の不正警官を糾弾する民事訴訟を起こした、活動的な黒人弁護士のひとりだった。九〇年代には全米有色人地位向上協会《NAACP》の法的支援基金とともにトーマス対ロサンゼルス郡事件を戦った。今、彼はこの大手法律事務所〈キャントウェル&マイヤーズ〉のシニアパートナーだ。

クレイグは大手の法律事務所に就職することで、自らの信念を曲げたのだろうか。そうかもしれない。だが、彼はひと筋縄ではいかない男だ。〈キャントウェル&マイヤーズ〉では、大きな権限を持ち、自分が重要だとみなす案件だけに専念していた。

「もちろんです」と彼女は言った。

彼はドアを閉めて坐った。ベレン・ヴァスケス裁判の検察官がマヤの頭越しに、直接クレイグに有罪答弁取引の申し出をしたのだろうか？　なら、あのクソ野郎、墓場送りにしてやる。

「うちの広報部門が」とクレイグは言った。「《マーダー・タウン》とかいう番組のプロデューサーから連絡を受けたそうだ」

リック・レナードがそう簡単にあきらめたりしないことを覚えておくべきだった。もちろん、彼なら彼女の上司にまで連絡してもおかしくなかった。

「彼らは、ジェシカ・シルバー事件に関する八時間のドキュメンタリー・シリーズを作るんだそうです」と彼女は言った。「わたしを含む、もとの陪審員全員を参加させたいんです」

「彼らはきみに声をかけたのかね？」

マヤはその日の朝のリックとのやり取りを簡単に説明した。

クレイグはうれしそうだった。「すばらしい。そのショーに出るんだろうね？」

「断りました」

クレイグは顔をしかめた。「理由を訊いてもいいかね？」

「わたしには重要な〝新たな証拠〟が発見されたとは思えません。たとえリックがアマチュア探偵を気取ったとしてもです。事実関係はとうの昔に出尽くしています。血液、DNA、セキュリティカメラ、携帯電話基地局のログ、曖昧なメールのメッセージ……」彼女はそのすべてをまだ覚えていた。「骨はすべてきれいにしゃぶりつくされたんです」

「死体は発見されていないと思ったが」

「比喩ですよ」

クレイグは椅子にもたれかかった。まるで、その〝骨〟が比喩以上のものなのだと示唆するように。

「まさかありえません」とマヤは言った。「リック・レナードがジェシカ・シルバーの遺体を見つけるなんて」

「アマチュアであれ、プロであれ、十年かけて掘り出せば……。だからきみに参加するようアドバイスしたい」

「〝アドバイス〟の定義は？」

「きみが選べばいい」とクレイグは言った。そうじゃないときに人が言うことばだ。「好きなとおりにすればいい」そうは思っていないときに人が言うことばだ。「事務所はきみの味方だ」

　マヤは、〈キャントウェル&マイヤーズ〉が彼女を採用した理由のひとつが、ボビー・ノックの陪審裁判で彼女が果たした役割にあることをよく知っていた。依頼人との契約に役立っているだろうかって？　もちろんだ。彼女のセールストークのひとつだった。刑事弁護士にはもと検事が多かった。だが、マヤはもと陪審員だ。しかも史上最も悪名の高い裁判の陪審員だ。彼女は単に通路の反対側にいただけではなく、法廷の反対側にいたのだ。陪審員がどのように決定を下すかを、彼女以上に知っている人物はいなかった。実際に罪を犯しているか否かを問わず、被告人のなかに、ボビー・ノックを無罪にした女性から弁護を受けたくない者がいるだろうか？

　そう、あの評決がマヤにチャンスを与えてくれた。だが、カリフォルニア大学バークレー校のロースクールをクラスで十一番目の成績で卒業できたのも、四十近くの依頼人を複雑な司法取引に導き、裁判となった四つの事件すべてで無罪を勝ち得たのも、そして三年でパートナーになれたのも、決してあの評決のおかげというわけではなかった。あの評決によって、この十年のあいだに彼女が被ってきた悪影響を考えれば、評決が彼女に与えてくれたわずかなものについて、謝罪するつもりなどなかった。

「だれもがボビー・ノックがやったと思っている」とマヤは言った。「何度も言われてきたことを、いまさらリックがテレビで話したからって、だれが気にするっていうの?」

「きみはこの事務所のパートナーだ」とクレイグは言った。「それはつまり、きみについて個人的に言われることは、ほかのパートナーにも影響を与えるということだ。われわれは人格という点については、百パーセントきみを支持する。だからこそ自分自身のために戦って欲しい」

　自分が望むすべてを、まるで彼女の利益であるかのように説得する、彼の能力はたいしたものだった。彼がほんとうに意図していたのは、事務所が一ドルも稼ぐことのなかった裁判において、マヤが果たした役割のせいで、事務所が悪影響を受けることを防ぐことにあった。

「原理原則に基づいて、十年間自分の主張を貫くことと、新たな証拠によって自分が間違っていたことを証明されたあとも、愚かな決定にしがみつくようなばかでいることは、まったく別のことよ」

「われわれはみな失敗から学ぼうとする、違うかね」

　ややこしいのは、もしリック・レナードがボビー・ノックを有罪とする決定的な証拠を実際に手に入れ、マヤが公式に謝罪をすれば、広報的には彼女は今よりも立場がよくなるということだった。弁護士のなかには、殺人者のために謝罪することに抵抗を覚える者もいたが、マヤは違った。彼女は、それが自分の考えを変えることを意味したとしても、証拠の導くところに従ったと主張することのできる人間だった。くそ真面目と思われようが、その後も平気で法廷に足を踏み入れることができた。

　この謎めいた新しい証拠について聞いたあと、彼女がしなければならないことは、ただ自分が間違っていたと認めることだった。

マヤが黙っていると、クレイグは詳細を記したメモを渡した。同窓会は一カ月後に行なわれることになっていた。陪審員たちは、ふたたびオリーブ通りのオムニ・ホテルに招待された。彼らが当時、隔離されていたのと同じホテルだった。

マヤはここまでの会話のなかで、いちども「参加する」とは言っていなかった。ただうなずき、聞いていただけだった。罠にはまったという苛立たしい気持ちを無視しようとした。

クレイグは立ち上がると、彼女の机の上をちらっと見て顔をしかめた。

「ベレン・ヴァスケスの夫の頭かね？」

彼女は写真を並べていた。「ええ、そうです」

「彼らは〝無謀な危険行為〟でいくつもりらしい。よくやった」

彼が去ったあと、マヤは坐ったまま、陰惨な写真の滑らかな表面を指で軽く叩いた。

この十年間、自分は何をしていたのだろうか？　初めて法廷に足を踏み入れた、真面目で、純真な二十六歳の女性はもういなかった。当時の自分のことはぼんやりとしか思い出せなかった。まるでかつてパーティーで会っただれかのように。

マヤは、今もまだ怒っていた。怒るべき相手はたくさんいた。あんなにも長期間隔離した判事、自分たちを操った検事と弁護士、自分たちをジョークのオチにしたトークショーのホストたち。彼ら全員に怒鳴ってやりたかった。わたしがジェシカ・シルバーを殺したんじゃないと。

ジェシカの顔は、マヤの記憶の水面のすぐ下に永遠に存在し、いつでも顔を出してきた。コーヒーショップに並んでいて、突然思い出すこともあった。ジェシカの青い瞳、滑らかな頬、光り輝く笑顔。それは地球上から消し去られた美しい少女の有名な画像だった。彼女を殺したのがだれであれ、その人物は、マヤが、そしてだれもが怒りをぶつけるにふさわしい怪物だった。

マヤは、デスクに坐ったまま、それでも自分が怒りをぶつける相手は殺人犯ではないと思った。そうじゃない。マヤの苦しみを今、背負うべきなのは、彼女をこの状況に追いやった人物、陪審員二七二番だった。

2

リック　二〇〇九年五月二十九日

「陪審義務から逃げ出せないやつなんているのか？」と、その朝、リック・レナードのルームメイト、ギルは言った。ふたりは2ベッドルームのアパートメントのキッチンにいた。

リックは二十八歳の大学院生で、これまでに陪審員に召集されたことはなかったが、幼い頃に父親が召集されたときのことを覚えていた。また、小学校の教師が何人か、陪審員に召集されたために授業を交代したことがあった。正直なところ、リックには陪審義務はちょっとハイレベルな問題のように思えた。「うぇっ、信じられるか、陪審員に選ばれちまった」と不平を漏らすことは、どこか洗練された雰囲気をもたらした。

「陪審義務から逃れたいなら」とギルは言った。「百パーセント確実に逃げ出せるぜ」

リックは肩をすくめて言った。「そいつをさっさとやって、終わらせるほうがましだな」

五月のことだった。学期と学期のあいだで、夏のあいだは、ブラジリアの都市計画の失敗が無秩序な貧民街を生み出したことについて、パートタイムで教授の調査を手伝うことになっていた。だから時間はあった。それに――ギルには言わなかったが――実際に何かいいことができるんじゃないかという期待もあった。司法制度は真面目に仕事をする陪審員を求めている。どんな欠点があるにしろ、自分は間違いなく真面目に正義を貫く男だった。

リックは青いブレザーをスリムな肩に羽織った。

「やってみようかな」と彼は言った。「一日、最大でも二日。行って戻ってくるだけで終わりだ。最悪でもたいしたことにはならないだろ？」

リックがクララ・ショートリッジ・フォルツ刑事裁判所に着くと、外には報道陣が集まっていた。彼は、記者やカメラクルーがいるのは日常的なことなのだろうと思った。映画スターがスピード違反の切符をめぐって争ったり、ＤＪが麻薬の不法所持に対し、社会奉仕活動ですまそうと嘆願する様子を取材しているのだろう。あとになって、数日のつもりだった裁判が数週間になり、やがて数カ月になるにつれ、このとき見た報道陣と、ボビー・ノックがジェシカ・シルバー殺害容疑で裁判にかけられようとしている事実を結びつけなかった自分の愚かさを呪った。この事件以上にマスコミが報道したいと思う事件があるだろうか？

午前九時の数分前、リックは陪審員控室に入った。

制服を着た裁判所の職員が彼の名前をクリップボードで確認し、新しい身分を表す紙を手渡した。陪審員一五八番。
「個人の安全とプライバシー保護のため、あなたは陪審員番号で呼ばれ、ここにいるあいだはその番号でのみ呼ばれます。わかりましたか？」と職員は言った。
「はい」
「つまり本名は名乗りません。わたしたちだけではなく、お互いに」
「お互いに？」
「ほかの陪審員のことです」そう言うと、職員は次の列に向かった。

リックは席に着くと、彼とともに待っている数十人の人々を観察した。服装、雑誌、新聞、パズルの本。ペーパーバックのスリラーを読んでいる者もいた。

陪審義務から逃げ出せないやつなんているのか？ ここにいる連中のうちのだれが、言いわけのためのみえすいた嘘をつくのだろう。子供が小さいから、親が病気だから、経済的に困難だから、精神的な障害があるから。これらのうちのひとつでもあれば、家に帰る理由にすることができた。しなければならないのは、それを判事の前で証言することだけだった。裁判所にはそれを確認する手段はなかった。

嘘をつくだけでよいのだ。

つまり残った人々は、いずれにせよ、正直な人々だということだ。

ひとりの若い女性が彼の隣に坐った。白人で、短めの黒髪とやさしそうな顔立ちをしていた。最初は自分よりもかなり若いと思ったが、そのたたずまいからおそらく同じくらいの年齢だと気づいた。彼女はネイビーのスカートに明るいフォーマルなトップスを合わせていた。ほかの陪審員候補のほとんどが、ジーンズにシャツを外に出したラフな格好だったが、彼女は彼と同じようにきちんとした服装をしていた。

挨拶をしようと思って気づいた。そのあとどうするんだ？　挨拶のあとに何を話したらいいのかわからなかった。

その女性が紙コップからコーヒーの最後のひと口を飲み干し、彼の隣の床に置くまで、ふたりは黙ったままだった。

彼は立ち上がって言った。「飲み終わった？」

彼女が、彼が何について話しているのか理解するのにしばらくかかった。「ああ……ええ」

彼はふたり分の紙コップを床から取ると、それをリサイクル用ゴミ箱に捨てた。

「どうもありがとう」彼が席に戻ると、彼女はそう言った。

彼は壁に貼られた、規則が書かれたポスターを指さした。規則の二番目に〝ゴミは適切に処分してください〟とあった。「規則に従っただけだよ」

彼女は彼に眼をやると、カーキのパンツとアイロンのかかったシャツをじっと見た。「反抗的なタイプじゃないみたいね」

彼女はバックパックを持ち上げると膝の上に置いた。リックは、オバマの大統領選キャンペーンのバッジがポケットのひとつに刺してあるのに気づいた。バッジは正方形で、赤、白、青で〝H-O-P-E〟と描かれていた。

リックは自分のバックパックを持ち上げると、同じバッジが前部分についているのを見せた。

「もう就任して四カ月になるわ」と彼女は微笑みを浮かべながら言った。「そろそろはずす頃よね」彼女は最高の笑顔を見せた。

「取っておきなよ。三年後にはまた使える」

「ああ、また同じことを経験するなんて想像できる？」

「できるさ」リックは彼女がすでに打ち解けてきたよ

うに感じていた。どこか気恥ずかしくなるほど真剣そうだった。「きみもボランティアを？」

「週末に何回か、ペンシルベニアで個別に訪問してまわったわ。そのときはニューヨークにいたの」

「ネバダだ」と彼は言った。「ぼくも個別訪問をしてた。ネバダ州に住んでいたんだ」

「みなさん」裁判所の職員が呼びかけた。「ロサンゼルス市のためにご協力いただきありがとうございます。ここで、みなさんに注意していただくために、本法廷におけるみなさんの義務と責任について説明する、短いビデオを流します」

彼は部屋の隅から黒い金属製のカートを引きずってきた。その上には古いテレビが置かれていた。苛立たしそうに、リモコンのボタンを親指で叩くように押し、必死になって電源を入れようとした。ようやく、画面に俳優のサム・ウォーターストンの顔が大写しになった。

「こりゃ……驚いたな」とリックは言った。

「あれって、《ロー＆オーダー》（米国の刑事・法廷ドラマ）の俳優？」と隣の女性が言った。

「こんにちは」テレビのなかのサム・ウォーターストンが言った。「そして陪審員制度へようこそ」

ふたりは、十分間の紹介ビデオのなかで、俳優が彼らの厳粛な責任について説明するのを見ていた。サム・ウォーターストンはすべての国では、いやすべての民主主義国家でさえも、刑事被告人に対し、彼または彼女の同胞からなる陪審員によって審理される権利を保証しているわけではないことを教えてくれた。たとえば、フランスや日本では、裁判官が事実認定を行なった。ドイツでは裁判官一名と、市民から選ばれた参審員二名の計三名が、その役割を担っていた。陪審員を利用することが、アメリカの法制度を独自のものにし、アメリカの実験にとって貴重なものとなっていた。陪審員を務めることは、市民にとって何よりも深い意味を持つ行為のひとつだった。

　リックは、その若い女性にはそれと見せなかったが、実際にはそのすべてに対し、どこか感動すら覚えていた。

　ビデオが終わると、裁判所の職員は退屈な手続きを始めることにし、彼らをひとりずつ呼び出して法廷に割り当てた。「陪審員一一〇番！　そのデスクの近くに来てください」その陪審員は年配の中国人で、法廷を割り当てられてもひとことも話さなかった。

「なぜ彼はするんだと思う？」隣の若い女性がドアのほうへ移動している陪審員一一〇番のほうを顎で示しながら言った。

「するって、何を？」

「陪審員よ。逃げようと思えば簡単に逃げられるのに。断るための言いわけをでっちあげてない人は、みんな陪審員になりたい理由があるはずよ」

「わからないけど、奉仕する責任を感じているんじゃないかな」

　その女性は年配の中国人男性をじっと観察しながら言った。「それとも……プロの銀行強盗かもしれないわ。捕まったことはない。限界を試したり、警察をからかったり、よりリスクのある強奪をやってのけたりするのが好きなのよ。だから陪審員の召集を受けたときも、裁判所に来るという欲望を我慢できなかった。絶対に捕まらない自信があったから」

「ひょっとしたら」とリックは付け加えた。「もとの仲間のひとりの裁判に割り当てられるかもしれない。それが計画なのかも」

「あまりいい計画とは言えないわね」

「どうして？」

「統計的な可能性を考えれば、希望する裁判に割り当てられるには……」

「なるほど」とリックは言った。「今わかったよ。きみがここにいる理由」

「なぜ？」

「強盗を計画してるんだ」

彼女は首をかしげると、腹から笑い声をあげた。何人かが彼女のほうを見た。

リックは彼女の笑い声が好きになった。名前を訊くのは規則違反だと自分に言い聞かせなければならなかった。

数分後、職員が陪審員一一一番を呼び、いらいらした表情の白人男性を、指定した法廷に案内した。リックと若い女性は、その男性がいやな仕事をサボって、のんびりと〈スポーツ・イラストレイテッド〉を読むためにここに来たに違いないということで意見が一致した。

午前中の残りの時間、ふたりはゲームを続けた。番号が呼ばれるたびに、それぞれの陪審員の動機や歴史を巧みに作り上げて愉しんだ。とても愉快な女性だった。もっと驚いたのは、自分が愉しいと感じていることだった。珍しいことだった。ランチを取るかどうか尋ねる方法を考えようとしていたとき、職員が陪審員一五八番を呼んだ。

「ぼくだ」と彼は言った。

「がんばって正義を果たしてきて」

「陪審員一五八番！」職員が大きな声で呼んだ。

「きみも強盗をがんばって」リックはそう言うと部屋をあとにした。

ああ、彼女の名前を訊けたらよかったのに。

二十分後、リックは自分がとんでもないはめに陥っていることに気づいた。彼とほかの八名の陪審員候補は、黒のペンと十二ページもの質問票を手渡された。そこには何百もの質問があった。だが、最初の質問が今の状況を知るための充分な手がかりを与えてくれた。

〝ロバート・ノックに個人的に会ったことがありますか？〟

くそっ。ぼくはジェシカ・シルバー事件の審査を受けているのか？

質問2：〝ジェシカ・シルバーと個人的に会うか、なんらかの関わり合いになったことがありますか？〟

ジェシカ・シルバーがだれなのかは、なんとなく知っていた。彼とギルはテレビを持っていなかったが、〈モホーク・ベンド〉のようなレストランや、ほかにもアパートを出て本を読みに行く場所にあるテレビで何十回となく彼女の顔を見ていた。彼女は、二十四時間ニュースを騒がせる、失踪した白人女性の多くと同じような顔をしていた。ブロンドに青い瞳で、いつも微笑んでいる。典型的な作られた純真さ。そういった番組の視聴者のターゲットである、郊外に住む親たちの娘といった感じだ。こういった親たちが、この手のショー番組——快適でまずまずの生活さえも、攻撃の脅威にさらされていると思いこませるために存在する番組——の真の犠牲者だった。裕福な家庭や良家の白人の子供が突然殺される可能性など、わずかなものだということなどどうでもよかった。ニュースショーは、ジェシカ・シルバーのような子供が殺される可能性が、雷に打たれるくらいわずかだということにはいっさい触れなかった。その代わり、常に〝これはあなたにも起こりうることなのです〟というメッセージを発信した。彼らはこれを一日一回流していた。〝これはあなたの子供にも起こりうることなのです〟と。

ボビー・ノックやジェシカ・シルバーに会ったことがあっただろうか？　いや、ない。だがリックはジェシカ・シルバーが裕福な白人であること、ボビー・ノックが貧しい黒人で、今まさに生きたまま食われようとしていることを知っていた。

まともな人間だったら、今ここで嘘を書いて家に帰るだろう。陪審員の召集にただ応じるのと、ボビー・ノックの裁判の陪審員を務めるのとでは話が違う。選ばれれば、数週間は拘束されるだろう。夏の半分はつぶれるかもしれない。ほんとうにその覚悟はあるのか？ 嘘なら簡単につけそうだ。知り合いに殺人事件の被害者がいるとか、警官をひどく憎んでいるので、彼らのことばは信用できないとか、あるいは狂っていると思われるようにおかしなことを言うこともできた。
彼は質問票を見た。そしてため息をつくと、自分が正直にしか答えられないと悟った。
くそっ。

九十分後、リックは法廷に案内された。判事は彼に陪審員のブースの席にひとりで坐るよう指示した。検察官と弁護人が、それぞれ質問票の回答に眼を通している。リックは若い黒人が弁護側の席に坐っているのを見て驚いた。ボビー・ノックだろうか？

リックは初めて彼をじっくりと見た。直接見ると、彼は十代のように見えた。明らかにリックよりも若く、スーツが肩にぶら下がっているように見えるのは、服が大きすぎるからだけではなく、彼自身も痩せ細っているからだった。重ねた手のひらをじっと見ていた。ほんとうにこの青年が殺人犯なのだろうか？

頭が禿げた白人の判事は、ほとんど小声に近い声で話すので、聴き取るのに苦労するほどだった。彼はリックが今、予備尋問《ヴォア・ディーア》を受けようとしているのだと説明した。

「古いフランス語で〝真実を話す〟という意味があります」と判事は言った。その後、検察官と被告弁護人がリックの記入した質問票の回答に対し、尋問する番になった。

検察官はテッド・モーニングスターという名のがっしりとした二重顎の男だった。彼は苦労してやっと手に入れたような尊大な雰囲気をまとっていた。彼がこの事件で公平ではいられない理由があるかと尋ねた。リックはいいえと答えた。これまでに被告人の有罪についてなんらかの意見を持っているかと尋ねられたので、正直に「ない」と答えた。

しかし、リックの眼はふしあなではなかった。質問の意図は明らかだった。法廷には四人の黒人がいた。被告人のボビー・ノック、検事補の女性——検察側席で黙ったまま質問票を見ていた——、警備をしている制服警官、そしてリックだった。

自分は被告人について何を知っているだろうか？　知っているのは自分もボビーもロサンゼルスに住む黒人であるということだけだった。検察官が、その事実のせいでリックが公平ではいられないはずだと思うなら、それは検察官の問題だ。リックはボビーを見た。青年の顔からは何も読み取れなかった。何も放映されていないチャンネルを映している、古いテレビを見ているようだった。

モーニングスターは、ほんとうに訊きたいと思っている質問のまわりで踊り続けていた。その質問は、この法廷で行なわれたすべての裁判によって、まるで遺産のように形作られてきたものだった。そしてほかの法廷でも同じように形作られていた。

黒人であるあなた、リック・レナードは、白人女性殺害の罪で裁判を受けるボビー・ノックを、同じ黒人だと考えないことができますか？

あなた、リック・レナードはそういったことを忘れることができますか？

リックは検察官がそうはっきりと言ってくれることを何よりも願っていた。だが、そうはならないとわかっていた。

被告側弁護人のパメラ・ギブソンは、検察官よりも若く、痩せて骨ばっていた。彼女はまるで、充分に練習してきた演技を披露するアスリートのように法廷を横切った。検察官の話しぶりが、〝ほんとうに何が起きたのか、みんなわかってるだろう？〟というものだとしたら、彼女の話しぶりは、〝何がほんとうなのか、いったいだれが知っているというの？〟という感じだった。

　モーニングスターが質問を終えたあとの弁護側の仕事は、リックに〝黒人であること〟が彼の意思決定にどう影響を与えるかをさりげなく訊こうとすることにあるようだった。

　あなたとボビー・ノックとの共通点が、彼に対する起訴事実に疑いの余地を与えることになりますか？

　四十五分の尋問のあいだ、リックはいちどだけボビー・ノックと眼を合わせた。ギブソンがリックに暴力的な犯罪の被害者になった知人をリストアップ——それは短いリストだったが——するよう求め、彼は九歳のときに母親が強盗にあったと説明した。そのとき、ボビー・ノックがまっすぐに彼を見た。

「凶悪な犯罪というわけではありません」とリックはつけ加えた。「その男は財布を奪って逃げただけでしたので」そう言うと、リックはボビーの眼を見返した。十代の少女を殺したとだれもが思っていた、哀れな青年の怯えた眼。あのときのボビーのまなざしは、助けを求めていたのだろうか？　それとも何かの合図だったのだろうか？　ここから助けてくれと言っていたのだろうか？

　リックにはわからなかった。そして気にする必要はないと気づいた。彼とボビー・ノックに共通点があると思っているのは、ふたりのことを知らない人たちだった。リックが彼らに話したこと——公平であること、偏見のないこと、証拠に従い、それが導くところに従うこと——は真実だった。

「一五八番」判事の声がして、彼の考えをさえぎった。

「あなたは陪審員として認められました」

　判事は、法廷では本名を使わず、ほかの陪審員に個人が特定できる情報を与えないように指示した。毎朝八時までに出廷しなければならず、夕方五時には帰ることができた。だが、事件に関する新聞記事を読むことは、はっきりと禁止された。また事件について法廷の外でだれとも――家族、友人、詮索好きなジャーナリスト――話し合ってはならないとされた。裁判所は、彼の身元を一般の人々に知られないように隠し、脅迫やいやがらせの心配がないよう、毎日の出廷と退廷の安全を確保するための手続きを定めていた。

判事は話した内容を理解したかとリックに尋ねた。

「はい」とリックは答えた。それで終わりだった。

廷吏がリックを陪審員室に案内した。そこにはほかにはひとりしかいなかった。年配の女性だった。少なくとも八十代。ひとり静かに坐っていた。リックは近寄ると自己紹介をした。

「一五八番です」

「一〇六番よ」と彼女は言った。スペイン語の訛りが強かった。

彼女は幅広の黒いパンツに、明るい色の長袖のトップスという姿だった。黒いキャンバス地のトートバッグが足もとに置いてあった。バッグの表面には、大文字で〝**タロットの館**《HOUSE OF TAROT》〟と書かれていた。

「占い師なんですか？」とリックは訊いた。

陪審員一〇六番は、まるで頭がおかしいとでも言うようにリックを見た。「違うわ」

彼は彼女のバッグを指さした。「〈タロットの館〉。サンセット大通りにありますよね。近くに行ったことがあるんです。占い師の店だと思っていました」

彼女は不機嫌そうな顔をした。「お互いのことは知っちゃいけないことになってるでしょ」

「そうですね。名前とかを訊くつもりはなかったんです。ぼくはただ……」彼はそれ以上話すのをやめた。彼女を動揺させるつもりはなかった。

彼はいくつか離れた席に坐った。

「占いなんて信じない」と彼女は言うと、数独の本にまた没頭した。

その日もほぼ終わる頃、ドアが開き、廷吏が三人目の陪審員を彼らの新しい我が家へ連れてきた。リックは笑った。彼女も笑った。

「統計学的に言って……」とリックは言った。

「どう思う？」とその若い女性は言った。「すべてわたしの巧妙な犯罪計画の一部かもよ」

陪審員一〇六番がリックと彼女とを疑わしげに見た。

「あなたたち知り合いなの？」

「古い友人です」とリックは言った。

一〇六番の女性は警戒しているようだった。

「〝古い〟というのは今朝からっていう意味ですけど」とその女性は説明した。

リックはその女性のほうを向くと、手を差し出した。

「ぼくはリ――」言いかけてやめた。「ごめん」

「このまま、いろんなことを守ったほうがいいよね？　本名を言わないというルールとか？」

リックは自分たちがしようとしていることを充分理解していた。いくつか悩ましいルールはあったが、それも仕方がない。正義には少なくともそれだけの価値がある。

「一五八番だ」

「会えてうれしいわ」彼女は彼の手を握った。その指は柔らかかった。「わたしは二七二番よ」

3

H・O・P・E

現在

「マヤ・シールよ」彼女は、オムニ・ホテルのロビーで会った制作アシスタント《PA》に言った。「陪審員二七二番」

「はい、知ってます!」元気いっぱいのPAは、腕に挟んだクリップボードを見ることなく答えた。「あなたが来てくれたのでみんなワクワクしてます! シャノンです!」

　マヤはロビーを見まわした。水曜日の午前中の遅い時間、リックが予備審問に現われてから一カ月後のことだった。壁の絵画は十年前とは変わっていた。家具や従業員の制服も変わっていた。だが、世界中のどの都市にもあるような、時間や場所を越えたノーブランドのホテルといった美的センスは健在だ。ただ色合いが違うだけだった。

　この十年間、このホテルを避けるのは決して難しいことではなかった。

　シャノンはエレベーターを指さした。「部屋に案内するので、くつろいでいてください。ホストがひとりずつに電話をします。今日と明日の午前中に」

「ひとりずつ?」

「インタビューです。一対一で。ホストたちとあなたとで」

「それじゃあ二対一よね」

　シャノンは自分が何かまずいことを言ってしまったのかと考えているようだった。「ええと……」彼女はクリップボードを見た。「あなたのインタビューは明日の午前中です。インタビューを受けていない人たちはレストランに集まってもらいます。あくまで非公式な集まりで、奥の個室を予約してあります。正式な再投票が行なわれるのは明日です」

「ほかの人たちはもう着いてるの？」

シャノンはうなずいた。

「リック・レナードは？」

無関心を装うのはあきらめた。不安を感じていることとその理由をやっと口にした。とはいうものの、自分がどれだけ不安に思っているのかをどうしてＰＡに隠さなければいけないのだろう？

シャノンはその質問を重要だとは思わなかったようだった。「まだ到着してないみたいですね」

マヤは、リックが裁判所に現われてからというもの、彼のことをグーグルで徹底的に調べてみた。だが、彼に関する最近の情報は見つからなかった。どこで働いているのか、どんな仕事をしているのか、どこに住んでいるのかもわからなかった。調べたかぎりでは、どのソーシャル・メディアにも載っていなかった。

あるのは古い写真だけだった。そしてかつて彼女に向けられた誹謗中傷。彼の本が出版された頃の古いインタビューを、画像の粗いＹｏｕＴｕｂｅで見ながら、マヤは、彼が彼女やほかの陪審員について語っていることに、ふたたび突き刺されるような感覚を覚えた。

「彼の新しい証拠について、いつ眼にすることができるの？　反論するためには、吟味する時間が必要よ」

「わたしが知っているのは、彼は最後にインタビューを受けることを希望してるってことだけです。そのあと、みなさんは彼の話を聞いてから、再投票することになります」

マヤは腕時計を見た。長い一日になりそうだった。

シャノンはマニラフォルダーからカードキーを取り出すとマヤに渡した。「わたしたちみんなあなたが来てくれてほんとうに喜んでます」

　一二〇八号室は以前とまったく同じだった。絵、机、椅子、コーヒーテーブルまでもが、彼女が五カ月間、毎日毎晩をともに過ごしてきたときとまったくいっしょのようだった。動物園から逃げ出した動物がふたたび捕えられたとき、こんなふうに感じるのだろうか。

　彼女は見慣れた模様の絨毯の上を歩いた。椅子の磨き上げられた木に触れ、壁の絵を見つめた。英国の草原のような風景が描かれていた。彼女は当時、その草原を駆け抜ける自分の姿を想像したものだった。外にいて、頬に風を感じていた。どこか、ここ以外のどこかで。そして今もまた。

　無意識に、手のなかのカードキーを握りしめた。以前とは違い、いつでも出ていくことができた。

「すごくないですか？」とシャノンが言った。「わたしたち、正確性、つまり以前とまったく同じに再現することにすごくこだわったんです」

　マヤは机に指を走らせた。木は手入れの行き届いた輝きを放っていた。だが、何かが違っていた。表面が滑らかすぎる。机の前の部分の小さなへこみを手探りで探した。長くもどかしい夜にペンで書いたマークはそこにはなかった。

「古いモデルの家具を扱っているホテル備品業者を見つけたんです」とシャノンが言った。「先週全部運んできました」

「再現したってこと？」マヤの指先は机の上のメモパッドの革のフレームをなでていた。

「同じメーカー、同じモデル、同じ年代のものをアトランタのホテルから手に入れました」

　マヤはかつての生活の偽物のなかに立っていた。寝室にもまったく同じ家具が置かれていた。サイドテーブルにはフルーツとチョコレートがあった。カードに〝ご参加ありがとうございます〟と書いてあり、

〝《マーダー・タウン》〟とサインがしてあった。

　そのとき、それを見つけた。バスケットのすぐ横に。思わず後ずさりした。〝H-O-P-E〟と描かれた小さな四角いバッジ。赤、白、青の文字は汚れてかすれていた。

「これはいったいなんなの？」とマヤは言った。

シャノンがあわててベッドルームに入って来た。マヤが見つめているものを見るとリラックスした。「あなたも持ってたでしょ。これも愉しい思い出になると思って」

「同じものをバックパックにつけてた」とマヤは言った。

「ええ！　評決のあとに、あなたが法廷をあとにするときに見たのをはっきりと覚えてます。あなたたち十二人が歩いていく姿を……。クソかっこよかった」彼女はそこでためらうようにことばを切った。

　マヤはバッジから眼を離すことができなかった。

「まだ持ってるわ。自分のを」

「ごめんなさい、〝クソ〟なんて言ってしまって」

「ウェブかどこかで見つけたの？」

「eBay。今ではコレクターアイテムなんです。五十ドルもしたんですよ」

　かつて自分の現実の生活の一部だったものが、コレクターアイテムになってしまっている。彼女の思い出は記念品になったのだ。商品化され、箱に入れられて取引され、かなりの値段で売られている。

　ぞっとした。

　ここにいることで、彼女自身も同じことをしていることにならないだろうか？　自分は過去を売っている。少なくともだれもが関心を持っている自分の過去の一部、だれかの悲劇に捧げられた過去の一部を。彼女は、何年にもわたって、自分のしたことで他人が財産を築くのをおぞましい思いで見てきた。テレビ局、回顧録の著者、ジャーナリスト。いったいどれだけの人間が、ジェシカ・シルバーの殺人事件で金持ちになったことだろう？〈ニューヨーク・タイムズ〉の記者は、著書のなかで、ジェシカの死を女性に対する性暴力の全国的な蔓延《まんえん》という文脈で捉え、二百万ドルの印税を稼いでいた。その記者の善意を疑う人間がいるだろうか？ そしてその記者のコブルヒルの新しい豪邸をうらやましく思わない人間がいるだろうか？ あるいは、この事件に関する六部構成の調査番組で、ロサンゼルス市警の長年にわたる人種差別の歴史にハイライトを当てた、著名なドキュメンタリー作家はどうだろうか？ ふたつのエミー賞を獲得し、制作会社も大きくなったことは、ほんとうに彼の誠実な信念の副産物でしかないのだろうか？ この世界では、純粋だからといって、金儲けの方法を知らないとはかぎらないのだ。

マヤはそういった人間のこと全員を墓荒らしだと思っていた。だが今、テレビ番組のなかでかつての生活を再現し、自分が彼らよりもどれだけましだと言えるのだろうかと疑っていた。この番組の出演料を〈スキッド・ロウ・ハウジング・トラスト〉（ホームレスの社会復帰を目的とするロサンゼルスのNPO）に匿名で寄付していたからといって罪を免れることはできなかった。マヤの手のなかの色あせたバッジが何かを証明しているとするならば、それは若き日のマヤの善意はなんの役にも立っていなかったどころか、もっと悪かったということだった。バッジは自分自身を実際の自分よりも優れていると信じては危険だということを思い出させてくれた。そのバッジは、タイタニック号の残骸から回収されたさびたスプーンのように、引き揚げられ、骨董品となっていた。それは今や、かつて一世を風靡《ふうび》した事件の研究者の研究対象だった。

彼女にはわかっていた。かつての自分に関し一番懐かしいと思ったのは、当時来たるべき未来に対し抱いていた希望だった。だが、それは決して実現することのない未来だった。彼女は想像上の未来を懐かしんでいた。

マヤはシャノンを見た。彼女は何歳くらいなのだろう。二十三歳？「あなたは裁判を見てたの？」とマヤは訊いた。シャノンの顔が輝いた。「見てたかですって？ 当時は中学生だったけど、ええ、夢中でした。今もです。自分からこの仕事に応募したんです。あなたの担当になるように頼みこみました。その……あまり気にしないで欲しいんですけど……ほんとうは言いたくないの……プロらしくないって思われるといやだから……」

「どうしたの？」

シャノンはひとつ息をつくと言った。「あなたはわたしのヒーローなんです」

マヤはあまりのばかばかしさになんと答えたらいいかわからなかった。

「なぜわたしがあなたのヒーローなの？」

「なぜならあなたは立ち上がったから。リック・レナードの言ったことはすべて真実かもしれない……。でも、あなたは何かを信じた。そしてそのために立ち上がった。間違っていたかもしれない。でも、あなたはボビー・ノックの無実を信じていた。信じていたからこそ、ほかの陪審員全員に自分の考えを話して説得した。無実の男性を有罪にさせないために戦って、そして勝利した」シャノンは突然まごついた。「その……正しかったか、間違っていたかはともかく、あなたは勝った。正々堂々と」

「わたしは勝った」とマヤは言った。「でも……わたしが手に入れたものを見て」

彼女は、自分たちのまわりに再現された中価格帯のホテルのスイートを手で示した。それは過去を美化しているのではなかった。ただ防腐処理《エンバーミング》をして保存したようなものだった。

シャノンは顔をしかめた。彼女の眼の前にいるマヤは、明らかに彼女の期待に応えていなかった。

今度はマヤのほうがまごつく番だった。彼女は〝H-O-P-E〟と描かれたバッジの滑らかな縁を親指でなぞった。「何かアドバイスはある？」

シャノンは胸の前で腕を組んだ。「自分のヒーローには会っちゃだめとか？」

マヤは微笑んだ。たぶん、この娘《こ》は、思っていたよりもタフだ。「問題はそこじゃないわ」と彼女は言った。「そもそもヒーローなんか持たないことね」

マヤが最初に人民対ロバート・ノック事件の証拠について議論をしたときは、まだ法律の勉強をしていなかった。今は、ロースクールと四年間の刑事弁護人としての経験というアドバンテージがある。

シャノンを外に送り出したあと、彼女はおなじみの公判前の儀式を行なった。主要な証拠がそれぞれの紙に印刷され、コーヒーテーブルの上に置いてあった。

それらをすべて集めるために一ヵ月近くかかった。もっとも、そこまでの時間が必要だったわけではなかった。ほとんど忘れていなかったことに自分でも驚いた。実際の具体的な物的証拠に眼を通してみると、これまで以上にボビーの無罪判決が正当なものであるだけでなく、必要だったということを確信した。

午後三時過ぎ、マヤはホテルのレストランにあるプライベート・ダイニングルームの両開きのドアを押し開けた。かつての人生で出会った懐かしい人々と向き合う覚悟を決めていた。

カル・バローは、ピーター・ウィルキーとともにバーのそばに立っていた。キャシー・ウィン、ヤスミン・サラフ、そしてフラン・ゴールデンバーグが奥の壁際のテーブルに坐って、サラダをつついていた。トリーシャ・ハロルドとライラ・ロザレスは別の離れたテーブルでグラスに入ったビールを飲んでいた。

リックはまだいなかった。

マヤの最初の反応は安堵だった。

小さな男の子もいた。五歳くらいだろうか。床でおもちゃのトラックを走らせ、マヤの足もとにまっすぐ向かってきた。

「アーロン！　気をつけなさい！」ライラ・ロザレスがトラックといっしょに動きまわっている少年を追いかけた。「ごめんなさい」と彼女はマヤに言った。

「アーロンよ」彼女は彼の耳もとで何かささやくと、マヤのほうを指さし、少年の手を取ってマヤのほうに連れてきた。トラックが少年のあとをついてきた。

「アーロン」とライラは言った。「ママのお友達にご挨拶して」

少年は礼儀正しく手を差し出した。「ぼくのなまえはアーロンです」

「こんにちは、アーロン。わたしはマヤよ」彼女は少年の手をしっかりと握った。「しっかりと握手をするのね。そういう人のことをなんて言うか知ってる？　正直な人って言うのよ」

ライラは笑った。「この子はトラックが好きなの」

ふたりはアーロンがまた部屋のなかでトラックを走らせているのを見ていた。「見ればわかるわよね」彼女はそう言うとマヤを温かく抱きしめた。「ほんとうにひさしぶりね」

裁判当時十九歳だったライラ・ロザレスは、陪審員のなかで最年少だった。あの頃は美容学校に通っていた。マヤは当時、毎朝完璧にメーキャップをしてくる彼女を見て、どれほど努力してるのだろうかと驚いたものだった。今、ライラは疲れているように見えた。黒い瞳には疲労の色が浮かんでいた。可愛らしかった顔のラインはちゃんと保たれていないのか、あるいは努力して保とうとして、その苦労がにじみ出ているかのどちらかのようだった。手に持ったビールのパイントグラスは空だった。

「アーロンはとてもしっかりしてるみたいね」とマヤ

は言った。「パパもいっしょに来てるの？」

質問をしてから、マヤはライラの指の結婚指輪を確認した。指輪はなかった。

「父親がどこにいるかはだれも知らないの」とライラは言った。「いろいろあってね」

ライラは、ベビーシッターの都合がつかなくなり、アーロンの祖父が彼を見るはずだったが、それもできなくなったために、結局、今夜はホテルに連れてきてテレビを見させることにしたのだと説明した。マヤはそれを聞いて不用意な質問をした自分が恥ずかしくなった。

ライラは年をとったかもしれなかったが、平穏を求めようとする性格は以前のままだった。陪審員のなかではいつも一番親切で、一番思いやりがあった。議論が白熱し、怒りに満ち、痛々しいほどにとげとげしい雰囲気になったとき、ライラはいつも一番激しく攻撃された人物に手を差し伸べた。彼女はいつも、最も慰めが必要な人に本能的に慰めを与えるのだった。

ライラはマヤ自身のことを尋ねた。自分もまだ結婚していないとマヤは答えた。

「やあ、ひさしぶり！」ジェ・キムが近づいてきて、ふたりの女性を同時に抱きしめた。

「とてもいい子だろ」と彼はマヤに言った。「ライラはよくがんばってると思わないか」

マヤも賛成せざるを得なかった。アーロンは驚くほどしっかりしていた。特にあの年にしては。

「そんなことないわ」とライラは言った。「元気だった？」

ジェはもう引退していたが、なんとかうまくやっていると話した。マヤは彼が建設業界で働いていたこと、そしてあの評決のあとに仕事を失っていたことを思い出した。だれも彼が陪審員を務めたせいでクビになったとは口にしなかったが、彼らはそれぞれが、あの裁判のあとに普通の生活に戻るのが難しかったことを知っていた。彼はおそらくまだ六十歳にもなっていないだろう。

マヤは深夜のトークショーの司会者のことを思い出していた。その司会者は彼らのことを番組のなかで〝アメリカで最も間抜けな十二人〟と呼んでいた。《サタデー・ナイト・ライブ》で披露されたスケッチでは、頭のおかしい人間として描かれ、文字どおり口で息をしてよだれを流していた。

ジェが仕事に戻ろうとしたとき、いったいどんな感じだったのだろうか？　ボビー・ノックを無実だと思っている男の隣で、乾式壁の工事をしたいと思う者などいるわけがなかった。時給十七・二五ドルの労働者よりも、厄介者を選ぶ会社などあるはずがなかった。だが、ジェと話していると、彼はそういった過去さえも受け入れているかのようだった。

ジェがボーイフレンドはいるのかと、マヤに尋ね、彼女はいないと答えた。

マヤは、部屋の反対側からトリーシャ・ハロルドとフラン・ゴールデンバーグがこちらを見ているのに気づいた。十年前のトリーシャのマヤに対する嫌悪——それは最後にはあからさまな非難となった——は、焼け付くように激しかった。

マヤは近寄っていった。「トリーシャ！　信じられる？　十年も……」

トリーシャはためらうことなくマヤを抱きしめた。「会えてうれしいと言ったら、信じてくれる？」

ほんとうかどうかは別にして、マヤには和解の申し出がありがたかった。「わたしも会えてうれしいわ」

トリーシャはアフリカ系アメリカ人で、背が高かったが、中年になっても自分の背の高さにまだ慣れようとしているかのように、どこかぎこちなかった。彼女は市役所のIT技術者の仕事を早期退職したと説明した。長いあいだ、役所のために働いてきたせいか、陪審員として隔離された生活を強いられた官僚主義のなかにあっても、いつも一番快適に過ごしていたように見えた。四分の三の額の年金をもらい、子供たちの近くのヒューストンに引っ越し、それ以来ロサンゼルスには戻っていなかった。ロサンゼルスを懐かしいと思ったことはいちどもないと言った。

ひょっとしたら、フラン・ゴールデンバーグはマヤが覚えていたよりも小さくなってしまったかもしれない。彼女は陪審員室では常に母親のような存在だった。毎週、みんなのために缶に入ったクッキーを注文し、全員が少なくともひとつは食べるよう見張っていた。耐え難い投票のあとに、油性マーカーを回収するのはいつも彼女の役目だった。マヤは少なくともだれかひとりでも事態を整然と維持しようとしてくれていたことに感謝していた。

フランは今もロサンゼルスに住んでいると言った。同じ場所に。だが、彼女はここにいるだれとも、もう何年も会っていなかった。これだけの人間が年に一回も集まらないなんてことがあるだろうか。他人同士のように振る舞うのはなんともばかげていた。彼らのうちの半分は今も近くに住んでいるというのに、〈トレーダー・ジョーズ〉（ロサンゼルスを中心に展開する食料品スーパーマーケットチェーン）でばったり出くわさないのが不思議なくらいだった。

マヤはまわりを見た。リックはまだいなかった。

「まだ見てないわ」とトリーシャはマヤの考えを読むかのように口に出して言った。

「だれのこと？」

トリーシャは眉を上げた。わざとらしいごまかしには引っかからないのね、とマヤは思った。

「みんな来るって言ってた」とマヤは言った。「ウェイン以外は」

「ウェインはあの裁判のあと、大変だったの」とフランが言った。

「わたしたちみんな、あの裁判のあとは大変だったわ」とトリーシャが言った。

「ええ、もちろんそうよ」とフランは言った。「でも、ウェインは……。彼は繊細な人だから、それにあのあと……」

マヤだったら、ウェインのことを決して〝繊細〟とは呼ばなかっただろう。彼女なら〝不安定〟と言ったはずだ。

トリーシャもウェインに同情的なようには見えなかった。「はいはい、わかったわ」

「彼はいい人よ」とフランは抗議した。

フランは、いつもほかのだれよりもウェインと親しかった。マヤにはその理由がわからなかった。たぶん部屋が隣同士だったからだけかもしれない。あるいは十二人のあいだに生まれた忠誠心と対立関係の網は、彼女が知っていたよりもずっと複雑だったのかもしれない。

数分後、彼女はバーの反対側でカル・バローと話していた。彼は八十近くになっているはずで、骨のように痩せこけていた。ロサンゼルスで生まれ育ったカルは、イーストサイドを生き延びてきた人物で、シルバーレイクの最も堕落した時代に関する、色鮮やかな逸話をいくつも持っていた。その逸話のいくつかは色鮮やかすぎて、カロリナには刺激が強すぎたようだった。そのカロリナももうこの世にはいなかった。

カルはカロリナの葬式には行かなかったとマヤに言った。どうやらだれも行っていないようだった。

こちらに来るのはだれだろう？　それがピーター・ウィルキーだとわかるのに一瞬の間《ま》があった。頼んでもいないワインを持ってきた。ピーターの髪はこめかみが白くなりはじめ、両サイドを短く刈り上げて、頬全体を覆っている無精ひげと同じ長さにしていた。白人のなかでも最も白人らしいといった感じの彼は、まるで自分のおごりであるかのように振る舞っていた。テレビ局持ちだということはみんな知っていたにもかかわらず。

彼は、当時は金融分野――マヤにはさっぱり理解できなかった――で何かをしていたはずだった。今、ピーターは大麻を吸っていた（カリフォルニア州では二〇一八年から嗜好目的の大麻が合法化されている）。そんなに吸うわけじゃない、と彼は言い、ビジネスのためだと説明した。何げなく――というよりはこれ見よがしに――ホットピンクの電子タバコから吸っていた。彼の会社が作っているのだと言って。彼はマヤに名刺を手渡した。

そこには〝ピーター・ウィルキー〈ウィーズ〉社社長兼CEO〟と書いてあった。

「わたしの依頼人はマリファナの販売で今も刑務所に服役してるわ」と彼女は言った。

ウィルキーは同情するようにうなずいた。「合法化にあれほど時間がかかったのは実にばかげたことだ。今の状況こそがあるべき姿なんだ」

ワインを一杯飲んで、二時間もここにいるのに、まだリックの現われる気配はなかった。

マヤは彼がこの場に現われないことを願っていた。結局のところ、彼は、正義を果たすためにここに来るのだ。愉しい時間を過ごすために来るのではなかった。

マヤはキャシー・ウィンとヤスミン・サラフに少しずつ近づき、ふたりがそれぞれの子供のことについて情報交換しているのを聞いていた。キャシーは裁判の直後に離婚していた。「だからあの裁判のごたごたのあとにも、少なくともいいことはあったってわけ」

ヤスミンが同情するように言った。「あのときが一番つらかったわ。あのあと……夫のデビッドに裁判がどんなだったか説明しようとした。でもいったいなんて言えばいいの？」

マヤにはその気持ちがわかった。彼女はいつしか隅にカメラがあることを忘れていた。自分の飲みたいドリンクを手にし、気がつくとお代わりをしていた。リックを探してドアのほうを見るのはやめにした。

マヤは思った。時間はかつての対立を和らげてくれる不思議な力を持っている。年月は、謝罪の気持ちよりも偽りの郷愁を育ててくれた。みんな人生で最も悲惨だったあの頃のことを懐かしく思っていた。

その効果が心地よく酔わせてくれた。こんな雰囲気を味わうのは初めてだった。他人がなんと言おうと、彼らは自分のことを知ってくれていた。

そのときリックが入って来た。

彼は、今日はブルーのスーツを着ていた。裁判所で見たときと同じような静かな自信をまとって部屋に入って来た。

少しセンチメンタルになっていたのかもしれない。あるいは思った以上にワインを飲みすぎたのかもしれない。だが、マヤは彼に会えて、どこかうれしいと思っている自分がいることに気づいていた。

彼女はリックがほかのメンバー、ひとりひとりに挨拶をしているのを見ていた。ピーターと握手をし、フランの背中を叩いていた。膝をついてアーロンに自己紹介をしていた。ライラがふたりを見下ろしていた。

最後に彼はマヤと眼を合わせた。

彼女はショックを受けたような大げさな表情で、「いったいどういうこと」というように両手のひらを上に向けて見せた。まるで最後の最後まで挨拶しなかったことに腹を立てているかのように。彼は大げさなくらい残念そうに顔をしかめた。まるで一番大事な挨拶は最後に取っていたのだと言うかのように。

話をする頃には、プライベートなジョークを言い合えるほどまで打ち解けた気持ちになっていた。

「やあ」と彼は言った。「来てくれてほんとうにうれしいよ」

「だといいけど」

「きみは？　来てよかった？」

「すぐにわかるわ」

マヤはほかのメンバーがふたりを見ているのを感じ

ていた。流血沙汰になるのを恐れているに違いない。代わりに彼らが見ているのは笑顔だった。

「裁判所ではすまなかった。あんなふうに現われるつもりはなかったんだ」

「いいのよ」彼女はそれが本心だと気づいていた。「わたしこそ逃げちゃってごめんなさい」

「きみがここに来てくれたことが、ぼくにとってはほんとうに重要なんだ。もっとうまくやればよかった。喧嘩をするつもりはなかったのにそうなってしまった。でもとにかく来てくれた。だから……ほんとうに感謝するよ」

　十年前の彼だったら、こんなふうに礼儀正しく謝罪することはなかっただろう。年月の効果は驚くほどだった。

　彼女は間違いなくこの十年で変わっていたが、大きく変わったのは彼のほうだった。今、一番したくないことはまた言い争いをすることだった。ボビー・ノックのことは話したくなかった。リックの謎めいた〝新しい証拠〟がなんなのか知りたくなかった。彼女はただ、人生で最も過酷な経験を共有した、数少ない人々と再会できたことを愉しみたかった。

「で」と彼女は言った。「あなたは何をしてるの？」

　彼は首を振った。「考えられないな。十年前、いつかきみに何をしてるのかって尋ねられるなんて、思ってもみなかったよ。まるで知らない同士みたいに」

「十年前にわたしたちのどちらかの人生がこんなふうになるって言われていたら、あなたのことを頭がおかしいと思っていたでしょうね」

「きみが弁護士だなんて信じられないよ」

　マヤはワインをひと口飲んだ。「告発どおり有罪を認めるわ」

　彼は悪いジョークだと言わんばかりに顔をしかめた。彼女は自分が法律用語を使ったことをきっかけに、彼が事件のことを持ち出さなければいいのにと思った。

この素敵な瞬間を台無しにしないで。

「きみが知っていることがあるとすれば、法廷のなかでのことだ」彼は遠まわしにそう言った。

　彼女は正直に話すことで話をそらそうとした。「あの裁判からは多くのことを学んだわ。法律もいくつか。でも学んだことのほとんどは、法廷が実際にどう機能するかっていうことね。どうやって十二人の見ず知らずの人々がいっしょになって、今まで会ったこともないだれかの運命を決めるのかということ」彼女はひと息ついた。自分自身のことを正直に話すことによって、より議論の的となる話題を避けることができた。「あのとき、わたしは人生で初めて何かの専門家になった。そうやって知ったことを役立てたいと思った。あの裁判のあとすぐに、ロースクールに入学したの」

「マヤ・シール」彼は穏やかな口調で言った。「被告側弁護人。強盗を計画していたときから、ずいぶん遠くに来てしまったんだね」

「ほんと！　最初の日の午後のこと……思い出そうとしてたのよ」

「ぼくが忘れるわけないだろ……」

　いっとき、ふたりともどこか遠くを見つめていた。互いに別々のどこかを。

「博士課程は修了したの？」足もとを見ながら、彼女は言った。

　グーグルで調べたかぎりでは、彼が博士号を取ったことについては言及されていなかった。

　彼は部屋のなかを手で示した。「ぼくたちのいったいだれが、現実の世界に戻ることを許されたと言うんだ？」

　マヤは自分のことを孤独な人間だと思ったことはなかったし、正しく理解されていないと思ったこともなかった。なのに、彼のそばにいると、自分が孤独で、理解されずに長いあいだ過ごしてきたように感じた。

「戻りたかった？」

彼は一瞬考えた。「たぶん、違うと思う」

マヤには彼の言いたいことがわかった。彼ら全員が、何も変わることなく、あの法廷をあとにしたかのように自分を偽ったところで、なんの意味もないとわかっていた。

突然、彼女は周囲をカメラで囲まれていることを思い出した。

自分が古いホテルのレストランにいるのではなく、再現されたテレビのセットのなかにいることを思い出した。飲んだワインの数――二杯？　三杯？――を思い出そうとした。おかしなことを口にしていなければいいのだが。

「なんとも妙な感じだな」とリックは言い、一番近くのカメラを顎で示した。

「どこか別なところで話さない？　カメラのないところで」

「ああ、いいよ」

マヤは、最初はレストランのメインエリアに行こうと思った。が、すぐに気づいた。そこでは、まだほかのメンバーたちに見られてしまう。そこらじゅうにいる《マーダー・タウン》のスタッフは言うまでもなかった。ホテルのロビーであっても同じ状況だろう。

「わたしの部屋は？」彼女は気がつくとそう言っていた。彼にどう聞こえるか、理解するのに一瞬かかった。

「違う違う、そういう意味じゃなくて」

「どういう意味？」

見上げると、いかにも珍しいものを見るような表情で彼が見ていた。彼女はからかわれていることに気づいた。

「もうやめてよ、お願いだから」と彼女は言った。

彼は微笑んだ。「わかった、わかった。落ち着いて。きみがだれかさんを誘うとき、どんなだったかは覚えてるよ。〝わたしの部屋に来ない〟なんて言うのはきみらしくない」

「少なくともわたしの美点を覚えていてくれたのね」

「きみはもっと巧妙で、それでいて確実だった」

「来るの、来ないの？」

彼はグラスを置いた。そして部屋に残ったほかの陪審員をひとりずつ見た。「別にスキャンダラスなことをするわけじゃないけど、いっしょに出ていったら……」

マヤは視界の隅にトリーシャを見た。彼女はヤスミンやピーターと話をしていた。マヤとリックに注意を払っているようには見えなかった。

マヤはわざとふざけた英国調の口調で言った。「ちょっとでも、スキャンダルになることを避けたいのでしたら、わたしが先に階上《うえ》に行って、五分後にあなたがあとを追いかけるというのはいかがかしら？」

「仰せのままに、奥様」と彼は答え、帽子を持ち上げるふりをした。

マヤは彼のグラスの脇に自分のグラスを置いた。ふたつのグラスが触れたときに、チンという音がした。

彼女はほかのメンバーに近づいていき、ひとりずつさよならを告げた。ひとりで去るところをみんなに見せるために一生懸命になっている自分がばかみたいだった。

自分の部屋に戻ると、マヤはミニバーが補充されていることに気づいた。うれしい驚きだった。裁判でこの部屋に隔離されていたときにはなかったことだ。最初の夜にミニバーを開けたときのことを覚えていた。少なくとも何かアルコールが――なんでもよかった――あるものと思っていた。あったなら……。だがチョコレートさえも取り去られていた。

マヤはウォッカソーダを作り、ゲストのためにも同じものを用意した。そのときノックの音がした。

ドアを開けると、リックが廊下の灯りに照らされて立っていた。

「わたしの部屋番号を忘れてなかったのね」そう言うと、彼をなかに入れた。

「男には忘れないものがあるんだ」彼はマヤが差し出したグラスを取った。

「気をつけて」

「何に？」

「くどくのはなしよ」

彼は首を振った。「くどいてるときは、きみにもわかるよ」

彼女はソファに坐った。彼がその隣に坐った。彼の体の重さでクッションが沈むのを感じた。

無意識に隣の部屋のベッドに眼をやった。寝室のドアを閉めておけばよかった。そんなことを考える自分がばかみたいに思えた。そんなふうに彼を意識している自分が。

どうしてこんなにどきどきしてるの？　実際には何も起きるはずないのに。

彼はひと口飲むと言った。「ウォッカソーダ？」

彼女はうなずいた。

「おもしろいね」と彼は言った。「ぼくたち、いちどもお酒を飲んだことはなかったね」

「たしかに。何か……不思議な感じね」

「だろ？　ふたりでしたことのない、ごく普通の些細なことを考えてしまう」

「いっしょに散歩をしたこともない」

「夕食を作ったこともない」

「あなたが車を運転するところも見たことがないわ」

「きみが何かを買うところも見たことがない」

「いっしょにお店に行ったこともない！」

「当時はお金を使うこともなかったからね」と彼は言った。「資本主義における最も基本的な交換。〝何かと引き換えにお金を払うということ〟さえも」

彼女は微笑んだ。彼は当然のようにできるかぎり理屈っぽい方向に話を持っていった。

「それが何を意味するかわかる？」と彼女は尋ねた。

「わたしたちはどれだけお互いのことを知っていたのかしら？　どれだけ具体的に知っていたの？　どれだけ……現実の世界から保護されていたのかしら？」

「まったくわからない」

彼女は笑った。手をソファの上に置くと、リックが手を重ねてきた。まったく自然なように思えた。彼のしぐさも肌のぬくもりも。

わたし、何をしてるの？

彼が体を近づけてきた。彼女は膝が触れ合うのを感じた。

リックがグラスをコーヒーテーブルの上に置いた。グラスの下にできた、結露の湿った輪が白い紙ににじんだ。

「それは……？」とリックが訊いた。彼女がボビー・ノックに不利な証拠を書きだした書類だった。

「DNA分析の結果かい？」とリックは尋ねた。

彼女は彼の手を握った。今、DNA分析のことは一番考えたくなかった。

だが、リックは握り返してこなかった。

彼はグラスを脇にどけると、書類の束を手に取った。そこにはたくさんの表や数字、要約された結論が太字で書かれてあった。

「きみが持ってきたのかい？」と彼は言った。「今回の番組のために」

「そうよ」

「ぼくと議論するために。あんなことがあったあとも、今でもボビー・ノックが無罪だと心から信じてるというのかい？」

彼女は手を引いた。「合理的な疑いの余地なく有罪だとは言えない。ずっとそう信じてきたわ。だれかさんは六回投票しても、わたしたちの考えを変えることはできなかった」

「新しい情報が提示されたら、考えを変えるべきだ」

と彼は言った。「それは正しいことだ。悪いことじゃない」

「人を見下すのは正しいことなの？　それとも悪いこと？」

「いい加減にしてくれよ。ボビーについて、裁判のあとに出てきたぼくらの聞いていなかった事実のどれも、きみの考えを変えなかったと言うのかい？　だとしたら、それは事件について言ってるのかい？　それともきみ自身について言ってるのかい？」

最後の一杯はやめとけばよかった。立ち上がると腕を組んで言った。「あなたはとり憑《つ》かれている」

「当然じゃないか。ボビー・ノックはジェシカ・シルバーを殺した。そしてぼくたちのせいで彼は自由の身になった」

「わたしのせいだと言いたいんでしょ」

リックも立ち上がった。「ぼくが評決のことできみを責めてると思ってるんだね」

「あの評決のことでわたしを責める本を書いたと思ってたけど」

「自分自身を責めたんだ」

「議論に負けたことに対して？」

彼は穏やかな口調になった。ほとんどやさしい声と言ってよかった。「きみはぼくを騙して無罪に投票させた。きみはぼくを利用した。弱気になった瞬間……ぼくは負けたんだ」

「ちょっと待ってよ。わたしが女の武器を使って、あなたに無罪に投票するように説得したって言うの？　冗談じゃないわ。わたしたちふたりとも侮辱してることになる。わたしたちは議論をした。そしてわたしが勝った」

「そうさ、きみが勝った。そして負けを認めたとき、ぼくはこれまで信じてきたものをすべて裏切ってしまったんだ。なんて恥ずかしいことだ。ぼくは一生その恥を背負って生きていかなければならない。ぼくがあきらめなければ、ボビー・ノックは刑務所に行っていた。ああ、そうさ、ぼくはとり憑かれている。彼を刑務所に入《い》れなければならないという責任にとり憑かれてるんだ」

「どうしようっていうの？　裁判があった。彼は無罪になった。それでもう終わりよ」

「たぶんそうなんだろう」

「一事不再理の原則がある。州が彼をもういちど裁判にかけることはできないわ」

「ああそうだ。今やきみは弁護士だもんな。刑事弁護人だ。とり憑かれてるのはぼくだけじゃないんじゃないか？」

どう説明したらいいかわからなかった。ジェシカ・シルバーの復讐を果たすために弁護士になったわけでも、ボビー・ノックの容疑を晴らすために弁護士になったわけでもない。彼女は自分のために弁護士になったのだ。もうあの事件のことはどうでもよかった。そう思えば思うほど苛立ってきた。

「あなたが持っているという驚くべき新証拠っていったいなんなの？」

「まだ言えない」

マヤは鼻で笑った。「前にも言えないと言い、今も言えないと言うのね……」

「複雑なんだ」と彼は言った。「待たなきゃならない……」なぜこんなにばかみたいにもったいぶってるのだろう。「番組のなかで。明日。そのときにすべてを話すよ。約束する」

「じゃあ、はっきりさせておきましょう……」彼女は絨毯の上を歩いた。そこがまるで法廷であるかのように。「あなたはとり憑かれたように、この事件のことを何年にもわたって調べてきた。その驚天動地の発見をわたしと共有するつもりはないけれど、大勢のテレビカメラとは共有すると言うのね？」

「何を怖がってるんだ？」

「怖がってなんかないわ」

「ぼくにはそうは聞こえないな。心の底ではぼくが正しいということを怖がっている。ぼくがずっと正しかったことを。だからここに来たんだろ。階下《した》で古い友人たちと酒を酌み交わすためでも、ぼくをくどくためでもない。きみは自分が間違っているかもしれないと認めざるをえないことが怖くて、ここに来たんだ」

マヤにはリックの厚かましさが信じられなかった。

「正しいとか、間違ってるとか、ジェシカに何が起きたかを知ることができるとでも思ってるの？　できないわ。そんなすばらしくも決定的な答えなんて存在しないの。だれにもわからないのよ」

リックは首を振った。「ぼくにはわかってる」

「オーケイ」と彼女は言った。「あなたには、ボビー・ノックがジェシカ・シルバーを殺したとわかってるとしましょう。そしてわたしたちは彼を無罪にした。歴史上初めて、ロサンゼルスの黒人が、自分が実際に犯した罪で有罪を宣告されなかった。反対のことは毎日起きている。それでも、あなたは人生をかけてその不正に抗議をしたいと言うの？　ほんとうに？　このことを？」

リックは彼女の前で身じろぎもせずに立っていた。

「くそっ、ぼくが黒人だから、そして殺人犯のクソ野郎も黒人だからという理由で、少女を殺した殺人犯が無実になっても平気でいろって言うのか？　そんなことできるわけないだろ。この世界にはルールというものがあるんだ。クソみたいな法律のことじゃない。人間としてのルールだ。ボビー・ノックはそれを破った。決して許されないことをした。きみはほかの黒人が不当に有罪判決を受けたからって、彼を自由にさせたいって言うのか？　正義がなされていないと言いたいのか？　ぼくを部屋に招待してファックしたいから、人種差別に反対するふりをしたかったんだろ。その舌の根も乾かないうちに、ぼくが黒人だから、黒人の殺人犯を自由にするべきだと言うのか。クソくらえだ」

マヤはなんと言ったらよいかわからなかった。指が震え、眼が潤んできた。

リックは自分のことばが招いた結果に気づき、ため息をつくと言った。「ごめん、そんなつもりじゃ……」

「出てって」と彼女は言った。

「落ち着いてくれ」

「出ていってと言ったのよ」

リックが一瞬だけでも感じていたように見えた罪の意識ももう消えていた。「もうたくさんだよ」

「なんのこと?」

「きみは議論に負けそうになるとすぐに逃げる」

十年前にふたりのあいだであったことを、そんなことばで片づけて欲しくなかった。かつてこの部屋で繰り広げられたことを蒸し返すことに興味はなかった。昔も今も望んでいたのは、最初に会ったときのリックと時間を過ごすことだった。裁判の初日に笑わせてくれたリック。眼の前にいる、彼女のことを嫌っている――おそらくほんとうに心から嫌っている――リックではなく。そんなふうに彼に嫌われることには耐えられなかった。

「出ていって」と彼女は言った。

彼は怒っていた。その表情のすぐ下に怒りの源泉を隠し持っていて、今にも噴出させようとしているかのように。

「いやだ」と彼は言った。「もうたくさんだ。きみは臆病になって、ぼくに何があったのか、自分に何があったのか、ボビー・ノックとジェシカ・シルバーに何があったのかを話し合うことができずに逃げ出そうとしてる。そんなことを話すのは礼儀正しくないと言って。そんなことはさせない」

彼女は出口に向かうとドアを開けた。「あなたが出ていかないのなら、わたしが出ていく」

「待ってくれ」と彼は言った。

マヤは彼の眼を見つめた。最後に捨てゼリフを吐こうとしたが、何も出てこなかった。明るい廊下に出ると、ドアを勢いよく閉めた。

ロビーは人でにぎわっていた。マヤは頭を下げて通り過ぎた。抑えきれない涙をだれにも見られたくなかった。

彼女は歩道を足早に歩いた。どこに向かっているのかもわからなかった。ただあのひどい部屋からできるだけ離れたかった。

何を考えていたんだろう、あんなふうに部屋に招待するなんて？　リックに腹を立てているのと同じくらい、自分自身にも腹を立てていた。彼は今頃、彼女の部屋のなかを歩きまわっているのだろう。彼女がどれだけ彼の人生を台無しにしたのかを言うために、彼女が帰って来るのを待っているのだろう。

なんてずるがしこい殉教者なの！　哀れなくらい。

マヤは彼が決定的な告発をしたとは思っていなかった。ただ彼はいちど突き刺したナイフでさらに深くえぐろうとしているだけだった。

信号で止まらなければならなかった。涙をぬぐうと、夜の空気の冷たさが心を落ち着かせてくれた。

暗くなったあとのダウンタウン。彼女がロサンゼルスにやって来た当時、こんな遅くにこのあたりをうろつく人はいなかった。この界隈はホームレス街《スキッドロウ》のすぐ近くで、半分近くが空き室になっている、わびしいオフィスビルの集まる地区だった。ガラス張りの高層ビルで働く弁護士や会計士は、夜になるとすぐにこのあたりから逃げだし、遠くのサンフェルナンド・ヴァレーの輝きに向かって蛾のように引き寄せられていった。

マヤはオムニ・ホテルからわずか数ブロックのところにいた。シルバー・ミュージアムの外に人が集まっていることに気づいた。このあたりは、かつてふたつの高速道路の入口に挟まれた、人の住めないコンクリートの廃墟だった。今ではルー・シルバーが寄付した四億ドルのおかげで、西海岸で最高の近代美術館の本拠地となっていた。無料で一般公開されていたが、数カ月前にチケットを申しこまなければならなかった。三階建ての美術館のなかにある作品はすべて、ルー・シルバーの個人コレクションだ。市役所は彼に一ドルで土地を与え、彼は自らの市民としての寛大さを示す記念碑をここに建てたのだ。

芝生の上で何かのコンサートが行なわれているようだ。シンセサイザーのようなものがかすかに見えた。聴衆が音楽に合わせて体を揺らしていた。

マヤは近くの高速道路の出口の下の地域を歩いた。高速道路の建設はこのような何もない場所をたくさん作り出していた。まるで土地がありすぎて、効率的に使用する必要などないと言っているかのようだった。この地域には住所もなければ、所有者もなかった。何かと何かのあいだにあるという以外にはなんの機能も持ち合わせておらず、手入れのされていない雑草とコンクリートがただ点在しているだけの場所だった。高速道路の出口の下の暗闇を歩きながら、マヤは、ロサンゼルスはまだ開発途上なのではないかと思った。時折、そう思えることがあった。

ジェシカ・シルバーはここから数ブロック先で姿を消していた。携帯電話の基地局から三角測量で計算するという、高度に技術的な証拠によって彼女の携帯電話がどこで消えたのかが明らかになった。だが、肝心なのは、携帯電話の電源が切られる直前に、ほぼ間違いなくこの近く――ダウンタウンの荒廃した地域――に彼女がいたということだった。その後、彼女の姿を見た者はいなかった。

十年のあいだに六つの高層ビルが新たに建築されていた。今、それらのビルが夜に向かって光を放っている。大韓航空のビルは、黒い空を切り裂くように、サメのひれの形をした青い弧を描いていた。十二年前、ルー・シルバーはロサンゼルスの救世主になろうとした。彼は、長いあいだ荒廃していた都市《まち》の歴史的な中心部を自ら再開発しようとした。そんな彼のひとり娘を、この都市は呑みこんでしまった。そのあと何が起きたのか――誤った判断を重ねて自らの運命を決定づけてしまったマヤやリック、ほかの陪審員たち、シルバー夫妻――そしてこの国で起こったすべてを横目で見るように、ロサンゼルスは今も繁栄を謳歌していた。

世界はまるでゼロサムゲームのようになっていた。上げ潮もすべての船を持ち上げることはできなかった。一隻の船が上昇すると、ほかの船は転覆して海岸に打ちつけられる。それは原因と結果のもたらす容赦のない力学だった。一隻の船の起こす波紋が、別の船を破滅させる波となるのだ。

ルー・シルバー自身は成功した。だがその一方で娘を失った。

マヤはどうだろう？

客観的に見て、マヤの人生は順調だった。給料はよく、何よりも才能を発揮できる仕事についていた。シルバーレイクに家を持ち、ロスＩＲＡ（税金控除することはできないものの利子が非課税となる個人退職金口座）を保有していた。アメリカにおける人生の勝者と敗者がますますはっきりと分けられるようになっているとしたら、マヤは勝者のひとりだろう。

だが、そんなふうに感じたことはいちどもなかった。彼女は、かつてはより公正な世界を切り開くために役に立ちたいと夢見ていた。今、彼女が持っているものは、二台分のガレージの片方を埋めている〈レクサス〉だけだった。

十年間の皮肉のなかでもそれこそが一番残酷だったかもしれない。勝者でさえも、そのスコアに満足していないのだ。

マヤは歩いてホテルに帰った。ロビーに人はまばらで、ありがたいことに知っている人物はいなかった。かなり長い時間外出していたので、リックがあきらめて彼女の部屋をあとにしていることを願った。もし彼がまだ待っていたら、自分が何をするかわからなかった。

ドアを開けると、スイートルームは暗く静かだった。よかった。

短い廊下を歩いてリビングルームに入ると、記憶を頼りにスイッチを見つけた。

灯りのなか、床に死体があった。なんとか悲鳴を上げるのを抑えた。

リックだった。腕は不自然な角度に広がっていた。白いシャツが血で汚れ、暗赤色の血が後光のように頭のまわりに溜まっていた。手には〝H-O-P-E〟という文字の描かれたバッジを握りしめていた。

4

ウェイン

二〇〇九年六月一日

ウェイン・ラッセルは、裁判の初日、一番乗りで陪審員室に入る必要があった。だれよりも早く着いて窓際の席を確保した。

窓際でなければならなかった。絶対に。セラピストのアヴニから教わった一番の秘訣だった。窓際じゃないと、壁が迫ってくるように感じて、息ができなくなってしまうのだ。アヴニはその手の感情に打ち勝つことを教えてくれた。

ときには箱のなかに閉じこめられ、生き埋めにされているような感覚になることがある。いったんそうなると、あっというまに悪化してしまう。それがそもそもアヴニのところに行くようになった理由だ。それは〈デニーズ〉でのばかげた誤解だった。小便をしたくなって、アンモニアのにおいのする小さなトイレでだれかの終わるのを待っていたら、息ができなくなった。どこか別の場所を探そうと、サンセット大通りに飛び出した。そうしたら、ウェイトレスが警察を呼んだ。金を払わずに〈デニーズ〉を飛び出したと言って。ウエイトレスは彼が外の街灯を狂ったように叩いていたと警官に告げた。警官らはとても冷静だった。だがそのあと、ウィルシャー大通りの大きな総合病院のなかにある、アヴニの窮屈な診察室に彼を行かせた。

　そのときはアヴニに診てもらいたいとは思っていなかった。それはたしかだった。机とソファのある彼女の小さな部屋に入り、ドアを閉めただけで体が動かなくなった。この小柄なインド人女性は何を教えてくれるのだろう？　彼女はウェインと同じことを経験したことはないはずだ。彼はロス・フェリズで金持ちのためにプールを作っていたときに、枠組みから転落して、両脚が鉄筋の網にはまる事故にあっていた。救急隊員が引き上げる方法を見つけるのに八時間もかかった。脚はめちゃくちゃになり、半年間は歩くことができなかった。だが、それ以降は順調に回復していた。〈デニーズ〉での出来事を除けば。ほかにもいくつか似たような事件があったことから、アヴニは彼がＰＴＳＤだと診断した。まるで彼がくそファルージャ（イラク中部の都市。二〇〇四年〝ファルージャの戦闘〟と呼ばれる米軍とイラク武装勢力との激しい戦闘があった）かどこかに行っていたと言うような口ぶりだった。

　彼はアヴニのことを完全に誤解していた。

　彼女はセラピーのやり方を説明した。それは〝ママが惨めな酔っ払いだったから、ぼくも惨めなくそ野郎になった〟というようなセラピーではなかった。アヴニが説明したのはただの〝手段〟だった。彼女のことばは、毎日を最大限に愉しむための秘訣のようなものだった。

狭い場所にいるときは窓際に坐るように、というように。

陪審員室の窓はセキュリティのために曇りガラスになっていたが、それでも日光の温もりを腕に感じることができた。アヴニも日光を浴びることや、温もりを感じることはよいことだと言っていた。それらの感覚は、自分の体のなかに自分を置き、自分が自分であるという物理的な感覚を味わうことができるのだと。外から街の音が聞こえた。道路を走るトラックの音。通りに集まった記者やカメラクルー、見物人の騒々しい声。世紀の裁判が始まろうとしていた。そしてどういうわけか彼はここにいた。まさにその中心に。

ウェインは一瞬だけ眼を閉じて深呼吸をした。陪審員室はなんとか手なずけた。法廷は思っていたよりも大きく天井が高かった。作るのに苦労しただろうと思わせるほどに。

するべきことは、アヴニの言った秘訣を思い出して、きちんとしていること。そうすれば大丈夫だ。

「ノック、ノック」これが検察官のモーニングスターが冒頭陳述で最初に言ったことばだった。彼は陪審員席を見渡した。

ウェインは反応しなかった。ほかの陪審員も同じだった。全部で十五名、そのうちの三名は補欠で、審理が終わった時点で無作為に抽出され解放される。彼らはプラスチックのオフィス用の椅子に二列に坐っていた。ウェインはもっと坐り心地のよい椅子ならよかったのにと思った。

「どちらさま？」モーニングスターが続けた。その眼は陪審員の反応を探っていた。

「ボビー・ノックです」と彼は続けた。

奇妙な沈黙が流れた。

「ボビー・ノックってだれ？」

モーニングスターはウェインと眼を合わせると、その決めゼリフを彼に向かって言った。

「陪審員へようこそ」

まったくの静寂。聞こえるのは人々が椅子のなかで体を動かすときのきしむような音だけだった。

モーニングスターはなんとか弱々しい笑みを保っていた。「すべったかな？」そう言うと、判事のほうを向いて肩をすくめた。手強い連中だと言わんばかりに。判事は少しもおもしろいと思っているようには見えなかった。

ウェインは心のなかで、この検察官の根性に感服せざるをえないと思った。たとえ彼がこれまでにジョークなど言ったことがなかったのだとしても。きっと、この検察官にとってはジョークなど本のなかで読むもので、今回初めて実際に試してみたものなのだろう。

「さて」と彼は言うと、陪審員席に視線を戻した。「雰囲気を明るくするのはあきらめましょう。ジョークから始めようと思ったんです。というのも、この事件はみなさんにとってかなりハードなものになると思ったからです。みなさんの前には考慮すべき証言が山のように出てきます。みなさんを待っているのはとても厳粛な仕事です。われわれの法制度では、陪審員は〝事実の唯一の仲裁人〟と呼ばれています。どういう意味かわかりますか？」彼は強調するために一瞬、間《ま》を置いた。

「それが意味するのは」と彼は続けた。「みなさんはふたつの物語を聞くことになるということです。わたしがひとつの物語を話します。そこにいるボビー・ノックの弁護人がもうひとつの物語を話します。わたしはたくさんの事実を指して言うでしょう。〝これらを見てください〟と。彼女はたくさんの別の事実を指して言うでしょう。〝いえいえ、これらを見るべきです〟と。ですが、わたしの言うこと、彼女の言うことは単なる解釈に過ぎません。物語です。〝事実の唯一の仲裁人〟であるということは、みなさんだけが、何が最も重要な事実であるかを判断することができるということを意味しています。どちらかは重要であり、そしてどちらかは無駄な情報なのです。なので、この事件はひとつの質問——たったひとつの質問——で決着がつきます。みなさんはだれを信じるかということです」

全員——間違いなく全員——がボビー・ノックのほうを見た。言いたいことは明らかだった。あそこにいる若者は信用できる男ではないと。

ウェインはボビー・ノックをじっと見た。若くて黒く、小柄な男だった。じっと坐り、うつろな眼でまっすぐ前を見つめていた。

信用できる男なのか？

自分はいったい何を知ってる？

次にモーニングスターは、射撃場でショットガンを撃つように、事実という弾丸を自らの武器庫から解き放った。バン！　ガシャ。バン！　ウェインには撃つたびにクレーの標的が割れる音が聞こえるような気がした。

事実その一：二十四歳のボビー・ノックは二〇〇八年から二〇〇九年のあいだジェシカ・シルバーの通う学校でパートタイムの国語教師だった。

事実その二：ボビー・ノックとジェシカ・シルバーは放課後にふたりきりで時間を過ごしたことが何度かあった。

事実その三：ジェシカ・シルバーのメールは、失踪後にFBIのサイバー部門と〈ベライゾン〉（米国の大手通信会社）によってクラウドから復元され、そのなかに彼女とボビー・ノックとのあいだの性的な内容のメールや写真が含まれていた。

事実その四：ボビーとジェシカのしていることがだ

れかに知られた場合、ボビーはクビになり、教育現場では二度と働けなくなる可能性があった。
　事実その五：ボビーは当初、ジェシカが失踪した日の午後、ロサンゼルスの公立図書館にいたと警察に話していた。だが、図書館の防犯カメラによってこれが嘘であることが判明した。
　事実その六：この嘘が発覚したあと、ボビーは警察に検証可能なアリバイを提示できなかった。
　事実その七：ジェシカが失踪した日の午後、彼女の携帯電話から自宅の固定電話に発信があった。だれも出ず、発信者は留守番電話にメッセージを残さなかった。基地局の位置から三角測量した結果、電話がかかってきたとき、携帯電話はダウンタウンにあったことがわかった。ジェシカの学校はサンタモニカ、自宅はブレントウッドにあったが、ボビー・ノックのアパートメントはダウンタウンの、まさに電話が発信されたエリアにあった。
　事実その八：ボビーの車の助手席からジェシカのＤＮＡと一致する毛髪が発見された。
　事実その九：ボビーの車の助手席からジェシカのＤＮＡと一致する血痕が発見された。
　事実その十：ボビーの車のトランクからジェシカのＤＮＡと一致する血痕が発見された。
　事実がそのようにひとつひとつ最後まで眼の前に並べられると、検察官の話す物語がたしかなものであるように感じられた。
　被告側弁護人のギブソンは、若い女性で、厳しくどこか冷たい雰囲気をまとっていた。ふざけたり、ジョークを言ったりするためにここに来たようには見えなかった。ウェインは彼女の冒頭陳述をひとことで言い表すことができた。それは〝疑い〟だった。
　彼女は法廷を歩きながら、検察側の論拠にはあらゆる点で疑いが残ると説明した。検察官の示した〝鉄壁の事実〟のすべては、実際には最初に見えたよりもはるかに曖昧だった。いちどこれらの〝事実〟が必ずしも検察側が言ったとおりでないことに気づくと、二度と同じようにこの事件を見ることはできなくなった。

ギブソンにとって、疑いとは古い乾式壁にはびこるカビのようなものだった。いちど腐食が進むと、二度と落とすことはできなかった。決して。

ウェインはばかではなかった。彼女が何をしようとしているかわかっていた。彼女が話し終えたとき、陪審員のだれも、ボビーの有罪を信じていると百パーセントの自信を持って言うことはできないだろう。

そして彼女が冒頭陳述を終えたとき、ウェインの頭のなかに、居坐って離れない事実がひとつあった。ギブソンは、裁判を通じてこの点を何度も繰り返すつもりだと言った。

「みなさんはわたしのことを壊れたレコードのように思うでしょう」と彼女は陪審員に言った。「ですが重要なことなので、何度も何度も言うつもりです。ジェシカ・シルバーの遺体は発見されていないのです」

ボビーが彼女を殺したのかどうかだけではなく、彼女が死んだのかどうかについてさえも合理的な疑いがあったのだ。

判事は陪審員にメモを取ることを認めなかった。二日目に、陪審員二七二番——生意気そうな黒髪の若い白人女性——がそのことを質問した。メモも取らずにDNAに関する詳細な証拠や、細かな時系列などをどうやって覚えるというのか、と。だが、判事はメモを取ると注意が散漫になる可能性があると言った。覚えるように最善を尽くすしかなかった。審議のときに疑問があれば、法廷速記者に記録の一部を読み返してもらえばよかった。

ウェインは、これはばかげたことだと思ったが、一週間ほどすると、それなりの意味があると思うようになった。それぞれがメモを取ったとしても、違ったことを書いていたらどうなる？ 陪審員一〇六番の年配のおせっかいなメキシコ人女性は、DNAの鑑定結果をひとつしかメモしないかもしれない。全員にカップケーキを焼いてきた陪審員四二九番のラテンアメリカ系の若い女性は、別の鑑定結果だけをメモするかもしれない。そうなると、彼ら陪審員はますます困ったことになる。評決に合意できなくなるだけではなく、そもそも証言の内容に合意できなくなってしまうのだ。

最初の数週間は、全体的に見てもかなり順調に進んだ。判事が〝法律と手続き上の問題〟と呼ぶ事項について、法律家のみで協議しているあいだ、陪審員は毎日数時間、法廷から追い出されて陪審員室に戻された。ウェインは法廷に入るときは、陪審員室の窓際の席にバッグとジャケットを残していた。そうすれば戻って来たときにだれかが彼の席に坐ることはない。

廷吏はウェインが早起きなことを褒めた。スティーブ——廷吏は陪審員全員に自分のことをファーストネームで呼ぶように言っていた——は、自分も早起きが好きだと言った。彼は白人で、おそらく四十代だろう。昔ながらのスタイルの口ひげを生やし、少しだけ白いものが混じっていた。真面目な人物のように思えた。

そして三週間が過ぎたある朝、判事が全員を法廷に呼んだ。その表情から、ウェインは何か問題が起きたのだとわかった。

「陪審員のみなさん」と判事は言った。「悪いお知らせがあります。たいへん申しわけありません。このようなことが起きないように広範囲にわたる、実証された手続きを導入してきました。カリフォルニア州は、なぜこのようなことが起きたのかを突き止めることを約束します。実は残念なことにみなさんの名前が報道されてしまいました」

ウェインには、その部屋の空気が吸いこまれる音が聞こえた。

「ご家族の状況を確認するために、すでにみなさんの自宅に警察官を派遣しました。ですがはっきりさせておきましょう。だれも危険にさらされることはありません」

ウェインにはわかっていた。警官が彼の自宅に派遣されているのなら、界隈のだれかが間違いなく危険に陥っているはずだ。

「わたしはどんな裁判官も軽々しくは決断することのできない選択を迫られています。ですが、みなさんの安全と、審理の尊厳の両方を優先しなければなりません。みなさんは裁判の残りの期間、隔離されることになります」

そのことが何を意味するのかを理解するまでしばらくかかった。ほかの陪審員もショックのあまり反応できないでいた。だが、判事が話を続けるにつれ、ウェインは集団的パニックが広がるのを感じた。彼らはまるで沈没船に閉じこめられたネズミのようだった。無意識のうちに一番近くの窓を探した。だが、もちろん法廷に窓はなかった。

判事は言った。「今日も含め、みなさんを毎晩自宅に帰すことは危険だと考えています。ご家族や親戚に衣類や洗面用具、必要な私物を今晩持ってきてもらいます。面会のスケジュールについても決めましょう」

面会。まるで刑務所のようだな、とウェインは思った。

「みなさんにとって、よいお知らせではないことはわかっています」同情するように判事は言った。「みなさんにも生活があることはわかっています。ご家族がいることも。宿泊施設を用意します」

ウェインはひとり暮らしだった。労災保険が支払われていたので仕事にはまだ復帰していなかった。人と交わらない生活をしていて、それを快適に感じていた。

「法の下に約束します」と判事は続けた。「陪審員になることを理由に職を失うことはありません。それにみなさんはすでに、ご自身だけで介護をしなければならないご家族はいないという申告書に署名しています」

ウェインの隣に坐っている陪審員二七二番の女性は青ざめていた。肩を落とし、そのまま丸まってしまいそうだった。ウェインは手を伸ばして彼女の手に触れ、大丈夫だと言ってあげたかった。だが彼女のことを何も知らなかった。

陪審員四二九番のラテン系の若い女性に眼をやった。彼女の頬には涙が流れていた。

「クソが」

ほかの陪審員に聞こえるほど大きな声で言ったつもりはなかった。だが、彼のことばは渓谷でライフルを放ったように法廷に響き渡った。

判事が小槌《こづち》を叩いた。「わかりました。わかりました。わたしには法廷侮辱罪に問う権限があります。罰金だけではなく、実刑判決を受けることになります。どうかわたしにその権限を使わせないでください」

法廷は静まり返った。

だが、廷吏が携帯電話とノートパソコンを没収すると聞いて、彼らの怒りはまた高まった。その晩、こまごまとした手配をするために何カ所かに電話をすることが許可された。そのあとは毎日少なくとも一回は電話をすることが認められた。すべての通話は廷吏によってモニターされることになっていたが。

いったい何ができる？　何もなかった。

ウェインにはこれが廷吏のスティーブには初めての経験ではないとわかった。彼が全員の電話を聞いている様子を想像した。担当するすべての裁判ですべての陪審員の電話を聞かなければならないとしたら、クソのような話だ。

彼らは沈黙のなか、陪審員室に戻され、ふたたび待つことになった。すぐにヴァンが現われ、彼らをオムニ・ホテルへ運んだ。

新たな我が家。どのくらい滞在することになるかは神のみぞ知るといったところだ。

ウェインには電話する相手がいなかった。アヴニに電話することも考えたが、彼女はウェインが陪審員になったことを知っていたし、しばらくは予約も入れるつもりはなかった。

だが、ほかの陪審員たちはパニックに陥っていた。陪審員四二九番は特にひどかった。年配のユダヤ人女性が彼女を慰めようとしていたが、うまくいかなかった。

みんなが怖がっていた。だがどうにもならなかった。

「クソくらえだ」とウェインは言った。

「ああ、そうだな」と五一三番が言った。革のヴェストを着た年配のゲイ男性だった。「最悪だ」

「ここから出ていっちまおうぜ」とウェインは言った。「今すぐに。全員でさ。もういいだろ？　連中どうすると思う？」

あからさまな反抗宣言に、ほかの陪審員はショックを受けたようだった。

「刑務所に入ることになるぞ」と眼鏡をかけた黒人男性――一五八番――が言った。

「今の鳥かごから別の鳥かごに移るだけさ」とウェインは言った。

ほんとうはそうは思っていなかった。だが彼らは動物ではない。そんな扱いを受けることはないだろう。

「ほかに何ができる？」

ウェインはだれに訊かれたのかわからなかった。だが全員が彼のほうを見ているような気がした。その感覚は好きではなかった。反逆者になることはあったが、だからといってそのリーダーになるつもりはなかった。

みんなに注目されたことで、さらに怒りが募った。

「そうだな、まず」と彼は言った。「番号で呼ばなきゃならないのが、クソめんどくさい。どうせおれたちの名前がマスコミに漏れてるのなら、ここでも名前を使っちゃいけないという理由がわからない。おれはウェイン・ラッセルだ」

全員が見つめ合った。だれかが罰を与えようとしているかどうかを見守っているかのようだった。

「裁判長ははっきりと言っていた」と一五八番は言った。「面倒なことになると」

陪審員一五八番は名門私立学校風《プレッピー》のセーターにネクタイといういでたちだった。ガリ勉野郎か。ウェインは思った。休憩中もいつも本に顔を埋《うず》めていた。二七二番の活発そうな若い女と仲よくなっていて、ほとんど毎日ふたりきりで昼食を取っていた。だが彼女は彼の手には負えないだろう。

「今ここに裁判長はいない」とウェインは言った。「ここにいるのはおれたちだ。ここにいる人間のことを第一に考えるなら、だれの言うことを聞きたい？　彼か？　おれたちか？」

一五八番が反応する前に、革のヴェストを着た男が進み出た。「わしはカル・バローだ」彼は手を差し出しウェインの手を握った。「初めまして、ウェイン」

彼らはひとりずつ挨拶し、本名を教え合った。ウェインは全員の名前を覚えようとした。カル・バロー、カロリナ・カンシオ、マヤ・シール、トリーシャ・ハロルド、ライラ・ロザレス、ケラン・ブラッグ、ピーター・ウィルキー、ジェ・キム、フラン・ゴールデンバーグ、キャシー・ウィン、ヤスミン・サラフ、アーノルド・ディーン、エンリケ・ナヴァロ。

そしてリック・レナード。名門私立学校風《プレッピー》の男は最後に名乗った。だが、彼でさえ残りの全員に従った。彼らの最初の反抗だった。

彼らが名前を紹介し終えた瞬間、ノックの音がした。廷吏のスティーブだった。

「準備はいいかな？」

全員が沈黙した。うつむいたり眼をそらしたりして、部屋のなかの権力者に眼を向けようとしなかった。まるでしてはいけないと知っていることをして捕まった子供のように。ひとりひとりが罪人であるかのように。

5

愚かな依頼人

現在

マヤはホテルのベッドの端に坐って、できるだけ場所をとらないようにしていた。警官のチームが部屋のあちこちで写真を撮っていた。これまでのところ、彼らは礼儀正しく、静かで穏やかだった。彼らのひとりがすでにリックにシートをかぶせてくれたことがありがたかった。

「怪我をしたんですか?」制服を着た警官のひとりが訊いた。背が高く、がっしりとしていて、ぽっちゃりした頬をした童顔の男だった。警官にしては若すぎるように見えた。マヤの手を指さしていた。マヤの両手は膝の上でしっかりと握りしめられていた。そのときになって初めて、両手が血まみれになっていることに気づいた。

気分が悪かった。「いいえ、これは彼の血よ。触ってしまったから」

「だれに触ったんですか」

「その死体……リックよ。わたしが発見したの。ここはわたしの部屋なの」

「そのことはもう聞きました」

「そうね。わかったわ。ごめんなさい」気を落ち着けると続けた。「彼に触った。首に手をやって脈拍をたしかめたの。助けることができるかどうか知りたくて……」

「彼を助けようとした？」

「ええ、でも彼は……つまり彼にはもう……できることはなかったわ」

「触れたとき、彼はまだ生きていましたか？」

「いいえ」

「どうしてわかったんですか？」

「脈がなかったから」血まみれの指を見つめた。そして立ち上がるとトイレのほうを見た。

白髪を丸刈りにした年配の警官が彼女の行く手をさえぎった。

「失礼」とその警官は言った。「しばらくのあいだここで待っていていただけますか」

「ただ血を……手を洗いたかったの」

全身が汚れているような気がした。

「検査をする必要があります」と童顔の警官が言った。

「これはリックの血よ」とマヤは言った。「どうして検査をする必要が……？」

そのとき気づいた。若い警官の人懐っこい表情が見せかけだということに。ここは犯罪現場だ。彼女は容疑者なのだ。はっきりと理解した。マヤはリックの血まみれの頭と生気のない体のイメージを振り払おうとした。まわりの光景はもはや理解不能なホラーショーではなかった。それは仕事だった。

　警官は彼らの仕事をしていた。彼女も自分の仕事をしなければならなかった。自分自身の弁護士となるのだ。彼女はすでに多くのことを話しすぎていた。今、何よりもしなければならないことは、沈黙を守ることだった。

　きれいなほうの指を使って、黒髪を耳の後ろにやった。

「わたしは拘束されているの？」と彼女は訊いた。

「刑事がすぐにここに来ます」と丸刈りの警官が言った。

「エレン！」と童顔の警官は死体の上にしゃがみこんでいた鑑識担当者に声をかけた。「彼女の手を綿棒でぬぐってくれるか」

　エレンは慎重に近づいてきて言った。「きれいにしますね」

「拘束されていないのなら帰る」とマヤは言った。

「血を洗い流しましょう」

「拘束するつもりなら」とマヤは言った。「あなたにはそうする権利はあるけれど、弁護士と話をさせて。拘束するつもりがないのなら、捜査には同意しない。おやすみなさい」

　彼女はそう言うと、ドアに向かって歩きだした。童顔の警官が彼女の前に進み出た。うんざりした様子でベルトから手錠をはずした。「ほんとうはこれを使わせたくはないでしょ？」

　マヤは手錠を見た。古い金属製のタイプだった。何年ものあいだ、警官のベルトに据え付けられていたようだった。

　上等よ。

　彼女は両手を前に差し出し、血のついた手首を露わにした。

さあ、どうぞ、と彼女は思った。わたしに手錠をかけたいんでしょ……？

ため息をつくと、警官は彼女の腕に手錠をかけた。

「捜査のために拘束します。今から署にお連れします。これ以上面倒を起こさないでください」

その警官は手錠を緩くかけた。彼女を脅威だと思っていたわけではなく、ただ形式的な手続きに従っただけだった。

彼はエレンに手を振って、サンプルは署で採取すると伝えた。マヤはこの機会を利用して、こっそりと手についた血液を金属製の手錠にこすりつけた。彼らが採取する血液のサンプルを台無しにしようとしていた。もともとは手錠についていた血液が彼女の手についたとだれが否定できよう。これで彼女の手から採取された法医学上のデータは法廷では使えなくなる。

弁護士として、できるだけ早く弁護のための基礎を築くことを教えられてきた。罪状認否のときには、カードはすでに配られてしまっている。彼女はまだ起訴されていなかった。逮捕さえされていない。だが、今は山札を積み上げる時間だった。

警官を見ると言った。「抵抗するつもりはないわ。署に着いたら弁護士を呼ぶ」彼女は戸口のほうを顎で示した。「お先にどうぞ」

緊張し、警戒した状態で、一秒一秒が過ぎていくのを意識しながら、マヤは警察署の取調室にひとり坐っていた。別の鑑識担当者がやってきて、血液をぬぐって保管したとき、うまくいったと思った。

今頃ホテルで何が起きているのかを想像してみた。もと陪審員たちは全員、ベッドから叩き起こされ、何か目撃していないか質問されていることだろう。ドアを開けたときの寝ぼけまなこの顔が眼に浮かぶようだ。彼らのなかにリックの死に関与した者がいるのだろうか？

ホテルで、ほかにリックの存在を知っていたのは《マーダー・タウン》のスタッフだけだった。人々がテレビのプロデューサーのことをどう思っているかはわからないが、彼らがスターであるインタビュー対象者を殺すとは思えなかった。また、十年前にどんな憎しみが陪審員のあいだを流れていたとしても、彼らのうちのだれかがリックを殺したいと思うだろうか？

　苛立たしいのは、リックに一番死んで欲しいと思っていたのが、マヤ自身だということだった。

　午前一時過ぎに、私服の刑事がふたり、取調室に入って来た。ヒスパニック系の男性と少し年配の黒人の女性。マヤはふたりの表情から、彼らがやろうとしているルーティンを理解した。心のなかでは、ふたりが優秀かどうか判断するために、そのままやらせてみようと思っていた。

　が、彼らが口を開く前に言っていた。「弁護士と話をさせてちょうだい、お願い」ふたりは視線を交わした。

　女性刑事は彼女の要求を無視した。「わたしはロンダ・デイジー」ファッショナブルな黒のジーンズに男物らしいブレザーを着ていた。声はどこか甘ったるく、まるで共通の友人の噂話を始めようとしているかのようだった。

「マルティネスだ」と男性刑事が不機嫌そうに言った。彼が悪い警官を演じるのだろう。

　マヤは沈黙を守った。

「会ったことがあるのを覚えてる？」とデイジー刑事は言った。

　マヤは首を振った。

「ベレン・ヴァスケス」とデイジーは言った。「夫の頭を切り取った女よ。わたしが尋問を担当した。あなた、彼女の弁護人でしょ」

　マヤはうなずくと言った。「弁護士と話をさせて、お願い」

「われわれはミズ・ヴァスケスが頭を持っているところを発見した」とデイジーは続けた。「だれがやったかは明らかじゃない？　違う？」

　マヤは感心した。教科書通りの戦略だったが、デイジーはうまくやっていた。彼女は関係のないことを話させようとしているのだ。マヤの唇を動かそうとしていた。マヤが、この話題なら事件とは無関係だと考えるほど頭が悪いことを期待しているのだろう。

　警官に関しては、事件と無関係なものなどないことをマヤは知っていた。

「弁護士と話をさせてちょうだい。逮捕した警官に電話番号を渡してあるはずよ」

「まあ、落ち着いて」とデイジーは言った。「あなたは逮捕されていない。これは友好的な会話よ。ゲームを知っている者同士の話し合い」

「今のところはまだ友好的だ」とマルティネス刑事が言った。彼は大げさに演じすぎている。マヤはデイジーを気の毒に思った。彼女のほうがパートナーよりも優秀だ。

「ねえ」とデイジーは言った。「何が起きたのか知りたいの。どんなふうに進むかわかってるでしょ。あなたが別の容疑者を教えてくれないなら、わたしたちの手持ちはあなただけよ」

「あんたを追い詰めて欲しいか？」とマルティネスは言った。暗い色のスーツを着て、醜い黄色のネクタイをしていた。子供に選んでもらったネクタイかもしれない。

　こんな間抜けをパートナーに押しつけられるなんて、デイジーはよほど上司を怒らせたに違いない。

「警官に言ったそうね。部屋を出て散歩に行った。戻ってきたら死んでたって」とデイジーは言った。「だれがあの部屋に入って彼を殺したのか、突き止めるのを助けてくれれば、あなたのことをほじくり返さなくてもすむ」

デイジーは手強い相手になりそうだ。はったりは仕掛けて来なかった。マヤがここを出ていくやいなや、あらゆる手を使って彼女に襲いかかって来るだろう。

「弁護士と話をさせて」マヤはそう言うと、挑むように次のことばを言った。「お願いよ」

　刑事たちは、マヤが想像していたよりもスタミナがあった。彼らはさらに三十分かけてリックと同窓会、そしてその夜のことについて尋ねた。だが、マヤの反応は変わらなかった。彼らの態度は友好的な様子から、次第に脅迫的になり、またもとに戻った。マヤはただ同じことばを繰り返すだけだった。このルーティンはどこか瞑想的でさえあった。テニスをしているような気分になっていた。彼女がしなければならなかったのは、考えるのをやめて、ただ体に任せることだった。何をするべきかは筋肉が知っていた。「弁護士と話をさせて」ひと呼吸。「お願い」

　とうとう彼らもあきらめて、彼女にコードレス電話を手渡した。

「タリン」彼女は、寝ぼけて混乱している可哀そうなアシスタントに向かって言った。「逮捕されたの。中央署にいる。クレイグに電話をしてちょうだい。何回でもかけて彼を起こしたら、ここに向かわせて。よろしく」まるでアシスタントに花の注文を頼むときのような口調だった。

　ドアがふたたび開き、デイジー刑事がクレイグ・ロジャースを招き入れたときは、もう日が昇っていた。

　彼はライト・ブルーのスーツを着ていた。もちろん完璧に仕立てられていた。充分に休んでいるようにさえ見えた。

　クレイグは何も言わずにマヤを調べ始めた。マヤがアソシエイトだったときに、彼女の作った草案に眼を通すときのやり方で。私情を挟まず、緻密かつ正確に。彼が彼女の外見上の何か――原因不明のあざやブラウスの破れなど――、あとになって役に立つものを探していることがわかっていた。使えるものはあまりなかった。残念ながら、マヤの身だしなみはきちんとしていた。

彼はデイジーに向かって言った。「ふたりだけで話をさせてもらえるかな？　差し支えなければ」

デイジーが去ると、クレイグはマヤの向かいに坐り、彼女の腕に手を置いた。

「ここに来るまで血液のサンプルを取らせなかったのは賢明だったな」と彼は言った。「汚染の可能性があるから……法廷では使えないだろう」

このような状況でも、クレイグからの褒めことばに誇らしさを感じた。

「わたしは逮捕されるの？」

「今朝はないだろう」と彼は言った。「彼らにはもっと証拠が必要だ。彼らがほんとうに必要としているのは、きみが愚かなことをすることだ。わたしの専門家としての法的助言は、〝このまま愚かなことをするな〟だ」彼はそう言うとマヤの腕を温かく握りしめた。「さあ、さっさとこんなところから抜け出そう」


昼頃、マヤは自分の部屋のベッドの上で、ドアのベルの音に起こされた。最初は、木曜の昼間に家で寝ていることが信じられず、いい気分だった。だが、ジーンズを穿《は》いて急いで玄関に向かううちに、前夜の記憶が蘇ってきた。

警察署を出たあと、クレイグは運転手にシルバーレイクの彼女の自宅に行くように告げ、マヤには数時間ほど寝るよう指示した。相手がだれであれ、二十四時間以上も寝ていない依頼人に話を訊くつもりはないと言った。

ドアを開けると、クレイグが専門店の淹《い》れたてのコーヒーの入った、白い紙コップをふたつ持って立っていた。なかに案内すると、ひとつをマヤに手渡した。彼はキッチンに眼をやった。床から天井まである窓越しにシルバーレイク貯水池が広がっている。舗装されていない道をジョギングしている人たちがいた。明るい色のジョギングウェアがネオンのように輝いていた。「これがシルバーレイク？」

「そうよ」

彼は満足そうに見ていた。「最近はずいぶんとよくなったものだな」

クレイグがｉＰｈｏｎｅに没頭しているあいだ、彼女はシャワーを浴びて着替えることにした。熱いシャワーは気持ちよかった。ただし眼を閉じるまでだった。眼を閉じたとたん、浮かんできたのは死体の映像だった。おかしな角度に折れ曲がり、深紅の後光がさしていた。レバーをまわして冷たい水を浴びた。このままでは、バラバラになってしまいそうだった。

どうにか落ち着いたと感じると——あるいは少なくともそう見えるようになったと感じると——、リビングルームに戻った。クレイグはソファに静かに坐り、二台のｉＰｈｏｎｅを同時に操作していた。シャワーを浴びているあいだに数が増えていた。

彼は両方とも画面をオフにすると、表を下にしてソファの上に置き、彼女に注意を向けた。

マヤは彼の眼をまっすぐ見つめて言った。「わたしは殺してない——」

「——そこでやめておくんだ」彼はコーヒーテーブルの上に置いたブリーフケースを開けると、紙とペンを渡した。「まず、わたしを雇う必要がある」

彼女は反射的に委任契約書に眼をやった。彼女が自分の依頼人とのあいだで締結するものと同じ内容だった。一番最後にサインをした。

「散歩に出たの」とマヤは言った。「通りにわたしを捉えたカメラがあるはずよ。あるいはロビーにいただれかがわたしが戻ってきたところを見ているはず。きっと——」

　彼は車の流れを制するかのように片手を上げた。

「きみがホテルで警官になんと言ったかは知っている。近くのすべての商店から防犯カメラの映像を手に入れる。だがもちろん、きみはその話を警官にしたときは、まだショックを受けていた。今、少し休んだあとで……。まあ、これからどうなるかはわかってるだろう。わたしに何を話すかにも気をつけたほうがいい」

　それ以上言う必要はなかった。今、彼女がクレイグに話すことはすべて、彼女がリックに対する殺人で起訴された場合、弁護手段を制限してしまうことになる。カリフォルニアの法廷では、嘘だと知りながら弁護をすることは非倫理的とみなされるからだ。検察側がどんな証拠を提示しようと適切に対応するためのストーリーを作り出すには、柔軟性が必要だった。

「わたしが自分の依頼人に説明するときは」と彼女は言った。「依頼人がディズニーランドにいたとわたしに言ったのなら、法廷で月にいたと主張することはできないって説明してるわ」

　無実であることは、しばしば優れた弁護戦略を組み立てることを難しくさせる。無実の人々はいつも実際に起きたことを声高に叫びたがる。だが、法的な観点から言えば、よい弁護をすることは、真実を話すことではないことがよくあった。

　焦って話をしたのが、ボビー・ノックが最初に犯したミスだった。ロス市警が最初に彼を事情聴取したとき、彼は弁護士をつけなかった。彼はジェシカの失踪時、図書館にいたと話していたが、のちにビデオによってそれが嘘であることが証明された。警察が集めた証拠を知る前に自分の話を組み立てた結果、それが事実と合わなくなってしまったのだ。

　クレイグはマヤに同じ過ちをさせるつもりはなかった。

「警察が持っているすべての証拠が出そろうまで待とう」とクレイグは言った。「そのあとできみが何を話すかを教える」

「これまでには何がわかってるの？」

彼は身を乗り出した。「きみのお仲間のもと陪審員ミスター・レナードはホテルのきみの部屋で殺された。遺体は動かされていない。きみは午後十時五十六分に911に電話をしている。ドキュメンタリー番組のプロデューサーはミスター・レナードが午後八時三十八分に一階のレストランをあとにしたところをビデオに収めていた。その数分前の八時三十二分にきみはレストランを出ている。きみの部屋で彼と会っていたことを警察にはもう話したのか？」

マヤはふたつも愚かなことをしたと恥じていた。リックを部屋に招待したことと、それを警察に話したことだった。「ええ、話したわ」

クレイグはため息をついた。「話を戻そう。リックの死因は鈍器による頭蓋骨への外傷だった。傷は後頭部にあった。鋭く深い一撃が脳にまで及んでいた。机の端に血痕があり、その角度が傷の深さとほぼ一致した」

「ということは、彼は転んだのね」とマヤは言った。現場を臨床的に分析してみせた。「転んで机の角に頭をぶつけた」

クレイグは眉を上げた。「あるいは、もっと可能性が高いのは、彼は押されたということだ」

彼女はそのことを理解しようとした。「争いがあった？ 取っ組み合い？ 彼は後ろに倒れて……」

「即死だっただろう」

クレイグが彼女を安心させようとしていたのだとしたら、最後のコメントは助けにはならなかった。個人的な励ましは必要なかった。必要なのは専門家による公平な意見だった。

「故殺の可能性はあると思う？」

彼はもういちどうなずいた。「部屋に押し入った形跡はなかった」

くそっ。「部屋に入ったのがだれであれ――」険しいまなざしを感じながらマヤは言った。「もしだれかがわたしの部屋に入って、彼を殺したとすると……リックが部屋に入れたということね」

「そのとおり」答えるのに少し時間がかかった。状況はさらに悪くなりそうだった。

「いいニュースがある」と彼は続けた。「それと、悪いニュースも」

「悪いニュースを聞かせて」

「そう言うと思ったよ」彼はそう言って首を振った。

「だが、いいニュースを先に話そう。というのもいくつか利用することができるからね。ボビー・ノックは二〇一〇年に児童ポルノの提供で有罪判決を受けている。チノで十八カ月服役したあと、仮釈放になっている」

それは目新しいニュースでもなんでもなかった。

「児童ポルノはでたらめよ」

「どうして？」

「地区検事は殺人罪で有罪にすることができなかったから、ジェシカ・シルバーが彼にメールで送ったヌード写真を使ってボビー・ノックを別途起訴したの。彼女は未成年だったから……」

「提供というのは？」

「彼は携帯電話とノートパソコンを持っていた。彼は写真を携帯電話からパソコンに送った」

「提供というには、第三者が必要だ」

「携帯電話は正確にはボビーの母親の名義だった」

クレイグは天井を見上げた。検察官の厚かましさに心から感服したようだった。「でたらめだと言ったのは冗談じゃなかったんだな」

「地区検事はなんとしてもボビー・ノックを刑務所に入れようと躍起になっていた。判事は殺人事件のときに受けた評判を考えて、今度は裁判官裁判を認めた。司法の歯車をできるだけ効率的にまわすためだと言って」

これはクレイグの心を動かしたようだった。彼は司法制度が長年にわたって権力をほしいままに誇示してきたのを見てきた。それによって培われてきた彼の権力への嫌悪は、いつ爆発してもおかしくなかった。

「いいニュースはどこからなの」

彼はうなずくと言った。「ボビー・ノックが姿を消した」

「姿を消したって、どういう意味？」

「数カ月前のことだが……ちょっと待ってくれ。正確に言おう……」彼はiPhoneのひとつを手に取ると、関連する情報をスクロールした。「五カ月前、ボビー・ノックは仮釈放の条件に違反した。性犯罪者として登録されていた彼は、毎週、矯正局の職員と面談しなければならなかった。五カ月前、彼は面談に現われなかった。警官が彼の自宅に行ったがだれもいなかった。消えてしまった」

「ボビー・ノックのような人間がどうやって消えるっていうの？」

「以前、ある男の弁護をしたことがある。中学校の女子サッカーチームのコーチだ。その男は三年間服役した。罪状は……まあ、わかるだろう……。彼は引っ越しのたびに近所の一軒一軒に自分が児童強姦魔だと言ってまわらなければならなかった。彼はそんな生活に耐えられなくなり、州を離れて新しい名前を手に入れた。そういった連中を追跡する制度はない。性犯罪者の登録は州単位だからな」

「ボビー・ノックは有名人よ」

クレイグは肩をすくめた。「ロバート・ブレイクはどこに住んでいる？」

マヤは顔をしかめた。「奥さんを殺したとされてる俳優のこと？　知らないわ」

「そうだろう。ジョージ・ジンマーマン（二〇一二年にアフリカ系アメリカ人の高校生トレイボン・マーティンを殺害したとされた人物。最終的に無罪を宣告された）は？　アマンダ・ノックス（二〇〇七年にイタリアのペルージャでメレディス・カーチャーを殺害したとされ、イタリアの刑務所で四年間服役した。最終的に最高裁の判決により無罪となった）は？」

「彼女はやってないわ」

「わたしが言いたいのは、もしきみが新しい髪形の彼らを通りで見たとして、認識できるかということだよ。いったん裁判の記憶が薄れてしまえば……。人々はまだ裁判について話しているし、名前も覚えているけれど……」彼女には、彼が自分のことを言っているのかどうかわからなかった。「今も調査しているのは家族と陰謀論者とブロガーだけだ」

「それと陪審員もね」とマヤは付け加えた。

「そして時折ポッドキャスターも。たとえばきみの新しい友人の《マーダー・タウン》のように。彼らは番組のためにボビーを見つけようとした。が、だめだった。いいニュースだろ」

「もう話したの？」

「だれと？」

「プロデューサー」

「マイクとマイクが話した」クレイグの部下に、マイクという同じ名前のふたりのアソシエイト弁護士がいた。それぞれ、カリフォルニア大学ロサンゼルス校《UCLA》と南カリフォルニア大学《USC》のロースクールを出たばかりだった。どちらも太っていて、金髪で仕事熱心で遊び好きなタイプだ。ひとりは眼鏡をかけていて、もうひとりはコンタクトをしていたが、最初のうちは、それ以外に見分けがつかなかった。クレイグは彼らに別々の仕事を割り振るのではなく、チームにすることにひねくれた喜びを感じているようだった。彼はふたりを一心同体と見ていた。

マイクとマイクは互いに嫌い合ってるに違いない。マヤはそう思った。

マイクとマイクがすでに関与しているなら、ほかにも五、六人はこの件に関わっているだろう。彼らは警官が事情聴取をしたすべての人間にあらためて話を訊いているはずだ。パラリーガルもくまなく記録を調べているだろう。マヤはボビー・ノック裁判と自分の仕事のあいだに距離を置こうとしていたが、もうあきらめるしかなかった。今では陪審員仲間全員のファイルがクレイグのオフィスにできているはずだ。同僚たちは、あっというまに、彼らについてマヤも知らなかったことさえ知ることになるだろう。そしてマヤのことも。

　クレイグは彼女の考えを読むように言った。「このことに集中するために、ほかの案件はあとまわしにするように全員に指示した」

　感謝のことばを言うべきだとわかっていた。が、多くの同僚が彼女の人生を徹底的に調べていると考えると、屈辱以外の何ものでもなかった。

　クレイグは彼女の気持ちよりも、もっと重要なことを考えているようだった。「素人目で見るかぎり、リック・レナードを殺したいと思っていたかもしれない人物がふたりいた。彼が何カ月もかけてマスコミを使って攻撃してきた陪審員と……」

「わたしのことね」

「……そして有罪判決を受けた児童ポルノの提供者で、ジェシカ・シルバーを殺したとして告発されたボビーだ。彼はリックがついに新しい証拠を見つけたと聞いて死ぬほど恐れていたはずだ」

　マヤは顔をしかめた。この説はいかにも根拠が薄かった。

「気に入らないのか?」と彼は言った。「それがいいニュースだ」

「まず」とマヤは言った。「ボビー・ノックはジェシカを殺していない」

「言わせてもらえば、この国でそう思っているのはきみだけだ」

「第二に、ボビー・ノックが潜伏先から出てきてホテルに——文字どおり、数十人もの人間が間違いなく彼のことに気づく、世界でも数少ない場所のひとつに——現われたと言いたいの？　リックを殺して、彼が発見した証拠を発表させないようにするために」

　クレイグは少しも不思議ではないというような表情をしていた。「それを証明する必要はない。検察側が、彼がいなかったことを証明できなければいいんだ」

　マヤは手で髪を梳《す》いた。それが彼らの最高の手札だとしたら、うまくいくとは思えなかった。

　たぶん〝彼がつまずいて転んだ〟というほうがまだましだろう。

「悪いニュースもあるって言ってなかった？」

　クレイグは膝の上で手を組んだ。「きみの陪審員仲間のひとりが、警察にきみと被害者が十年前に性的関係を持っていたと証言した」

　マヤはなんとか反応しないよう努めた。「だれが言ったの？」

「マイクとマイクが調べてまわっている」

　マイクとマイクが、彼女のセックスライフについて詳しく訊きまわっているというのは、ゾッとする話だった。ふたりが噂について訴訟ファイルに書きこむときに、無言で視線を交わすところが想像できた。彼女はパラリーガルが報告書のタイプミスを修正するところや、アシスタントが卑猥な内容の書かれたページをすべてスキャンするところを想像した。穴があったら入りたかった。

　だが、それは些細な問題だった。

　クレイグは続けた。「われわれのチームが集めた情報によると、ボビー・ノック裁判のあいだ、きみとリック・レナードは恋愛関係にあったということだ。このことは家族や友人、ほかの陪審員にも秘密にしていたらしいね。ばれていたら、法廷はただちにきみたちを裁判から追い出していただろう」

彼は淡々と話していたが、その表情は何かを期待しているようだった。知りうるかぎり詳しい情報を望んでいることは明らかだった。だが、どうすればそれがどんなものだったかを彼に理解してもらえるだろうか？

「複雑なの」と彼女は弱々しく言った。

クレイグはこれを、その話が真実であると認めたと受け止めた。彼は判断を加えることなくこれを受け入れた。「これが悪いニュースだ。これで検察側は陪審員仲間が復讐のために彼を殺したとは言わないだろう。リック・レナードのもと恋人が激高したあまり彼を殺したと考えるはずだ」彼はことばを切った。「どちらが陪審員に好印象を与えるかな……」皮肉を言っていることは明らかだった。

マヤは同じ主張を繰り返すのはばかげていると感じた。だが、ほかに何を言っていいかわからなかった。

「言ったはずよ。わたしは――」彼女は慎重にことばを選んだ。「わたしが出ていったあとに、だれかがわたしの部屋に入ってきたのよ。間違いないわ」

「これが最善の方法だという確信はまだないんだ」

「何が？」

「もと恋人だったという話はわれわれに有利に働くかもしれない」

「どうやって？」

「もし正当防衛を主張するなら」

マヤはクレイグをじっと見た。「正当防衛でリック・レナードを殺したと主張するというの？」

「まだわからない。ただ自分自身を見て欲しい。きみぐらいの体格の女性がいる。ホテルの部屋には怒ったもとカレがいる。もしかしたら、何年も前にきみは彼を振ったのかもしれない。彼はそれを乗り越えられないでいた。怒鳴ったり悪口を言ったり、壁に拳をぶつけたりした……。たぶんこのもとカレには家庭内暴力の前歴があるかもしれない。それできみは命の危険を感じた。叫んでもだれもやって来ない。きみはこの暴力的なもとカレをテーブルに向かって押した……」クレイグは法廷でこのシーンを説明している自分を想像しているようだった。陪審員にどのように聞こえるかをたしかめていた。

彼は唇をすぼめて言った。「悪くない」

彼女は両手のひらをこすり合わせた。罰を避けるために、殺してもいない人を殺したと主張するなんて正気の沙汰ではなかった。しかもリックはクレイグの言うような人間ではない。

「リック・レナードに家庭内暴力の前歴はないわ」と彼女は言った。

クレイグはソファに腰を下ろすと言った。「よし、過去のことについて話そうじゃないか」

6

マヤ　二〇〇九年二月一日

マヤ・シールは、二〇〇九年二月一日にブルックリンからロサンゼルスに移り住んだ。ワシントンDCの大統領就任式——活気にあふれた人々のあいだで、寒さのあまり凍死しそうになった——の二週間後のことだった。

ボーイフレンドのハンターといっしょに飛行機で国を横断した。彼がセンチュリー・シティの金融会社で新しい仕事を得たことが移住のきっかけとなった。ふたりは飛行機でサンフランシスコに飛び、そこに住んでいたハンターの兄から古い〈ホンダ〉を買うと、トランクに荷物を積みこんだ。海岸線を車で南下して行くとき、ふたりは自分たちの〝明白なる運命〟（アメリカ合衆国の西部開拓を正当化するための標語）についてジョークを言い合った。

ハイウェイ一号線は、果てしない大海原に沿って複雑なカーブを描いていた。海岸線を進む途中、ひどい交通渋滞にぶつかった。車やトラックが一マイル近くにもわたって連なっていた。マヤは車を降り、道を歩いている群衆に加わった。だれも何が起こっているのかわかっていないようだったが、だれもこの渋滞に驚いているようには見えなかった。

ヘリコプターが飛んでいた。前方の道路のカーブの先から上昇してくるヘリコプターの下には、白いストラップが吊るされ、その先の医療用担架の上に男性の体が横たわっていた。体にはオレンジ色の包帯のようなものが巻かれていた。

ほかのドライバーが言うには、担架に乗せられている男性は、ロッククライマーで、前方にある崖から落ち、緊急搬送されようとしているということだった。だが、生存の可能性はほとんどないそうだった。

まだロサンゼルスに着いてもいなかったのに、マヤはすでにだれかが死んでいくところを見ていた。

最初の数カ月間で、マヤはこの地方が持っているのと同じ将来性を、自分自身にも感じていた。彼女とハンターはロス・フェリズの丘の中腹に、庭付きのカリフォルニア・クラフトマン・バンガローを借りた。ハンターの同僚たちはみな、その家を〝こぢんまりとして居心地がいい〟と言っていたが、マヤは大きすぎると感じていた。ニューヨークで長く暮らしていたため、ほかの地域に住む同じ年代の若者が、このような贅沢な生活をする余裕があることを忘れていた。毎朝、裏庭の木からグレープフルーツをもいでジュースにした。

やがてハンターが仕事に出かけるようになると、毎日、空白のコンピュータースクリーンを見つめて過ごした。唯一の望みは、自らの手で、このスクリーンを小説で埋め尽くすことだった。ニューヨークでは小説を執筆中だと友人に言っていた。

小説を書くことは、彼女の〝実現しない探求〟のうちの最新のものだった。大学卒業後、料理が好きだという理由から、ホテルのキッチンで働こうとした。が、大勢で料理を作るのは好きではないとすぐに気づいた。朝の六時半に、だれかのスクランブルエッグにバターを入れすぎて怒られるなんてごめんだった。次に彼女は友人とアルゼンチンに行き、探検やハイキングを愉しみ、酒を飲んで過ごした。さまざまな翻訳の仕事をして費用を賄《まかな》ったが、かなりの額の学生ローンが残ってしまった。そこで、しばらくバックパッカーを続けたあと、ニューヨークに向かった。そこは気ままな人々が天職を見つけるための場所だった。

だが、マヤは違った。怪しげなウェブサイトや何を作っているのかわからない制作会社、息の詰まるようなウォールストリートの金融機関で、低賃金の仕事をいくつもこなした。そういった金融機関の人事部で事務の仕事をしていたとき、ハンターと出会った。彼は資産管理部門のアソシエイトだった。自分が銀行員と付き合うことになるとは思ってもいなかった。銀行員なんて味気のない、変わり映えのしない連中の集まりだと思っていた。だが、ハンターは違った。彼は自分のスタイルを持っていて、自分が何者で、何を求め、どうやってそれを手に入れるかをよく知っていた。彼がロサンゼルスへ転勤のオファーを受けたとき、彼女にはさらなる変化を求める準備ができていた。

ハンター自身も恋人といっしょにカリフォルニアに来ることに興奮しているようだった。ふたりがいずれ結婚することを考えていたとしたら、それは単に同じような立場のみんなもするからという理由でしかなかっただろう。ハンターのキャリアは順調だった。私生活をしっかりさせる時期に来ていた。白い杭垣《ピケットフェンス》——聞いたことはあったが、実際に見るまではどんなものか知らなかった——に囲まれた新しい家に住むことは、ふたりに驚くほど自然な生活を愉しむチャンスを与えてくれた。

トートバッグからノートパソコンを覗かせて、近くのコーヒーショップに向かうと、見知らぬ人たちが通りで彼女に微笑みかけてくる。ロサンゼルスでは人々はほんとうにそんなことをするのだ。アトウォーター・ビレッジのダンススタジオで新しい友人もできた。若いということがどんなであるかについての感想を書いたり——少なくともページを埋めたり——、ひょっとしたらみんなが読みたいと思うかもしれない教養に満ちた意見を書いてみたりした。

陪審員の召喚状が郵便で届いたとき、裁判所がいったいどうやってこんなにも早く彼女を見つけたのだろうかと不思議に思った。もともと民主党の地盤の強いニューヨークやカリフォルニアで選挙権を無駄にしたくはなかったので、生まれ育ったニューメキシコに有権者登録を残したままだった。まして、召喚状のことなどほとんど考えたこともなかった。陪審員になることはおもしろそうだったし、やってみるべき多くの新しい有益な経験のひとつかもしれなかった。また執筆のネタを提供してくれるかもしれない。陪審員のなかにどんな変わり者がいるだろう？　ちょっと愉しみだった。

指示された番号に電話をかけると、録音された音声が五月二十九日の八時四十五分にクララ・ショートリッジ・フォルツ刑事裁判所に出頭するよう告げた。彼女はちょっとした冒険になると信じて、ノートパソコンを持っていくことにした。Ｗｉ‐Ｆｉがあるだろうと思って。

その最初の日、彼女はリック・レナードの隣に坐った。

陪審員を務めることで、彼女はハンターとのあいだに疎外感を覚えるようになっていた。毎晩家に帰って、事件のことを話さないのはひどくやりにくかった。何を話せばいいのだろう？　裁判自体はまだ始まったばかりだったので、むしろ彼のほうが多くの情報を知っていた。ハンターがボビー・ノックとジェシカ・シルバーについて、グーグルでなんでも調べることができる一方で、マヤたち陪審員は、事件については白紙の状態でいるように厳しく指示されていた。皮肉なことに、事件のことを話さないようにしていたのは、ハンターのほうだった。

　夕食の席での会話は、知人に関する他愛もない話ばかりになった。ニューヨークにいた頃は、ふたりのあいだに多くの共通点があると思っていた。だが今となってはそれがなんだったのか思い出せなかった。ハンターのことを、ほかの陪審員よりも他人のように感じ始めていた。少なくとも彼らは、彼女の南米でのばか話に笑ってくれた。

　そして隔離されることになった。彼女は陪審員が裁判のあいだ隔離されることがあるということをこのとき初めて知った。

　その後の数週間に抱いた孤独感を説明するのは難しかった。裁判官や弁護士、検察官が陪審員には開示されない法律上のポイントを協議しているあいだ、彼らは陪審員室に戻された。法廷にいるよりも陪審員室にいる時間のほうが長かった。まるで彼らが知るべきことよりも、知ってはならないことのほうに、より注意が払われているようだった。

　そうなればなるほど、マヤは法律家たちのあいだで行なわれている非公開の議論に興味を持つようになった。隠しておこうとするほどの重要なことがらとはなんなのだろう？　いつしか彼女は、廷吏のスティーブによって法廷から連れ出される直前に聞こえてくる法律用語を、すべて聞き取ろうとしていた。伝聞証拠の禁止に対する〝包括的な《キャッチオール》〟例外とはなんなのだろう。カリフォルニア州はほかの州とはこの例外についての取り扱いが異なるようだが、それはなぜなのだろう？　そのことがなぜ、ジェシカ・シルバーの家政婦から証言を聴取しないことを意味するのだろう？

被告側弁護人のパメラ・ギブソンは、検察官の質問をさえぎるたびに、ひどくイヤな女に思えた。「異議あり、裁判長。誘導尋問です」「異議あり、裁判長。証拠に基づいていません」

マヤはすべての法的根拠を理解しているわけではなかったが、どう考えればよいかはわかっていた。裁判長は弁護側の異議をほとんどすべて認め、検察側の異議は三分の一しか認めなかった。ギブソンは、自らが非常に有能であるという説得力のある雰囲気を醸し出していた。

マヤはこれまでに法律が魅力的だなどと思ったことはいちどもなかった。が、同時に気がついた。これまでは身近に法律に触れることもなかったのだ。毎日、陪審員席に坐り、ボビー・ノックの顔を見て、彼の運命がこの不可解な手続きのすべてにかかっていることを理解しようとしながら、もっと多くのことを知る必要があると痛感していた。

二〇〇九年六月十八日

「一方通行の道路に関することなんだ」ある朝、リック・レナードが言った。彼らはホテルのレストランで、ふたりで朝食を食べていた。ほかの陪審員たちは、三、四人のグループになって、近くで食事をしていた。こんなに早くに派閥に分かれるなんて驚きだった。フラン、ヤスミン、そしてライラがひとつのテーブルにいた。ピーター、カル、ケラン、そしてアーノルドが別のテーブルに、さらにトリーシャ、カロリナ、ジェが別のテーブルに坐っていた。キャシーとエンリケはビュッフェカウンターの近くに立っていた。ウェインだけが、ひとりテーブルでコーヒーを飲んでいた。

その境界線は、最初は性別によって、そして次に民族によって形成されていった。マヤはこのことが何か恐ろしい、潜在的な本能の仕業ではなく、ただの偶然であって欲しいと願った。

「あなたの論文のこと？」と彼女は訊いた。

「そう」とリックは答えた。「アメリカの都市における一方通行道路の貧困と隔離に対する影響」

「あなたのUSCでの博士論文は一方通行の道路に関してなの？」

「一方通行道路は、地方自治体が人種隔離を維持する上で、最も効果的な手段のひとつなんだ」

「一方通行道路は、人種差別主義者《レイシスト》なの？」彼女は眉をひそめてそう言った。

「真面目な話だよ」だが、彼は笑っていたので、そこまで真面目ではなさそうだった。「ポイントは一方通行道路が人種差別主義者かどうかじゃない。一方通行道路が都市計画の強力な力になりうるってことなんだ。どの通りがほかのどの通りに交通を誘導するかで、近隣地域の輪郭が決まる。これが、ぼくが研究してることなんだ。歴史的に見て、シカゴやデトロイト、ロサンゼルスのような都市が、人種差別的なことはしていないように振る舞おうとして、それでも、黒人やラテン系の人々、あるいは日本人などをすべて同じ場所に留まらせたいと思ったとき、彼らは双方向道路を一方通行道路にしてきたんだ」

「これまでに一方通行道路についてこんなに長く話したのは初めてよ」

彼はからかうように、そして大げさなほど恩着せがましくため息をついた。彼をからかうのは愉しかった。

彼のほうも、からかい合うことを愉しんでいるようだった。

「シカゴのハイドパークは典型例だよ」と彼は続けた。「バラク・オバマが教鞭をとっていたシカゴ大学は、歴史的に黒人の多い、貧困な地域の真ん中にある、見事なまでの上流階級の離れ小島だ。じゃあ、シカゴはどうやってこの高級な飛び地を半世紀にもわたって維持してきたと思う？ コテージ・グローブとレイク・ショア・ドライブのあいだの一方通行と行き止まりの迷路を使ったんだ。レイク・ショア・ドライブは大きな高速道路《フリーウェイ》だ」

「フリーウェイはカリフォルニアにしかないんじゃなかった？」

「じゃあ、ハイウェイだ」

「フリーウェイとハイウェイの違いはなんなの？」

リックはことばにつまった。「たしか、出入口のあるなしに関係してたんじゃなかったかな？ 今の話にはあまり関係ないよ」

「あなたは道路のエキスパートなのかと思った」

「一方通行道路のね。ハイウェイは双方向だろ。ぼくが言いたいのはハイウェイから西側の貧困地域に向かおうとするとき、ハイドパークの一方通行道路は、キャンパスを通り抜けるのにはほんとうに不便だということなんだ。それは恣意的な隔離ではなく、微妙な不便さによる隔離なんだ」

「都市は一方通行の通りを作る……」

「そして、人々は同じ方向に移動する」

リックの皿にはまだ形の崩れたスクランブルエッグがいっぱい残っていた。食べるのを忘れているようだ。一方通行道路のようなシンプルなものを、まったく新しい視点で見せてくれるのがクールだった。

「ロサンゼルスはどう？」と彼女は訊いた。

「そうだね、ダウンタウンのスキッド・ロウの西が……」彼は話し始めた。が、唐突に口をつぐんだ。

「どうしたの？」

「ロサンゼルスについては話せない」

「どうして？」

「なぜなら、ロサンゼルスのインフラ計画の背後にいる大きな力のひとつは……その……」彼はささやくような声で言った。「ルー・シルバーだから」

　マヤはうなずいた。もちろん彼が口をつぐんだのは正しかった。ルー・シルバーについて話すのは規則違反になる。彼について話すことは、実質的に事件について話すことになるからだ。

　マヤはリックのまなざしを尊敬の念で見た。そのまなざしは、理由があって存在する規則を破ることで正義に背くつもりはないと言っていた。

「そうね」と彼女は言った。

　それでも彼女は知りたくてたまらなかった。リックはこの事件のことをどう思ってるのだろう？　ボビー・ノックのことをどう思ってるのだろう？　あるいはこの一週間、証人席に次々に現われては、相反《あいはん》する意見を披露していったDNA鑑定の専門家のことは？　彼の表情に手がかりがないか探そうとした。訊くことができればいいのにと思った。彼らが日々を費やしていることについて少しでも話すことができたならと。

　マヤ自身は、ボビー・ノックが無理やり罪を着せられたという確信をますます強くしていた。この国で、死体が見つかっていないにもかかわらず、殺人罪で起訴された事件はいくつあったのだろう。被告側弁護人は実際にその質問を証人になった刑事に向けて行ない、自らその答えを言った。四百八十件だった。ただし一八〇〇年から数えて。

　弁護人は暗に語っていた。それは雷に撃たれるぐらい低い可能性なのだと。そしてボビー・ノックも雷に撃たれようとしていると。

　もちろん、そこに別の力が働かなければの話だが。たとえば、億万長者の娘の殺害に対し、警察がとにかくだれかを逮捕しなければならず、ボビー・ノックが都合のよいスケープゴートだった場合など。

　ボビー・ノックが白人だったら、すぐに裁判にかけられるようなことはあっただろうか？　マヤはずっと自分自身に問いかけていた。

　そうは思えなかった。あえて声に出して言わなかったが、リックもそう思っていると考えていた。それはリックがボビーと同じ黒人だからではなかった。そんなふうに考えることは還元主義的かつ本質主義的であり、率直に言って不愉快だった。ううん、違う。リックが彼女と同じ考えなのは、彼が博識で思慮深く、公平な心を持っているからだ。マヤは心のなかでそう思った。一方通行による隔離主義の歴史に精通している人物なら、ボビー・ノックの悲劇的な起訴をもたらす制度的差別について、彼女よりもはるかに知っているはずだ。

　静かに、マヤはリックの輝く黒い瞳を覗きこんだ。


ふたりのあいだでことばを交わすことはなかったが、彼らは同じものを見ていた。

　ふたりは同じ側にいた。

二〇〇九年六月二十四日

　陪審員は全員、無言のままヴァンに乗ってホテルに戻った。六時間ぶっつづけで法医学に関する証言を聞かされたので、だれもが疲れ切っているようだった。ボビー・ノックの車の助手席から、ジェシカ・シルバーのDNAと一致する毛髪が発見されていた。またジェシカ・シルバーのDNAと一致する血痕が助手席……さらにはトランクからも見つかっていた。

　マヤは被告側弁護人がまだ反対尋問をしていないことを思い出した。この時点まで、被告側は、検察官が提示したすべてについて、合理的な説明をしてきた。

だが、今回はまずそうだった。ヴァンから降りるとき、ライラがマヤの耳もとでささやいた。「ケランの部屋。二十分後」

二十分後、マヤはケランの部屋のドアをノックした。ケランは長髪で、カリフォルニアのサーファーのような雰囲気の男だった。彼は、ほとんどいつもピーターといっしょに過ごしていたが、これまでのところ、陪審員のなかでは最も社交的で、だれからも好かれていた。マヤがケランの部屋に来るのは初めてだった。ライラも来たことはないはずだった。ほかに六人の陪審員が部屋のなかにいた。すぐに残りの全員がやって来た。

「じゃあ」とケランが口火を切った。「始めよう。実はみんなが見たいだろうものを持っている。ボビー・ノックともジェシカ・シルバーとも関係ないし、公正で不偏な評決を下すためのぼくらの能力にも関係ないものだ。だけど、厳密に言えばルールを破っている。つまり言いたいのは、ぼくはみんなを信頼してるっていうことだ。だからみんなもぼくを信頼して欲しい」

マヤはケランが何を持っているのか興味をかきたてられた。

「もし関わりたくないのなら、すぐにこの部屋を出てってくれ。質問はなし、恨みっこもなしだ」彼はひとりひとりと眼を合わせた。

全員が残った。

「オーケイ」ケランはベッドルームに入って、茶色い紙袋を持って出てきた。なかに手を入れた。コカイン？ それともアンフェタミン？

バッグのなかから出てきたのは、ウィル・フェレル主演の映画《俺たちステップ・ブラザース―義兄弟―》のＤＶＤだった。

フランがコーヒーテーブルの上からＤＶＤを手に取ると、そのカバーをまるで宝石を見るように見つめた。さらに《ハリー・ポッターと不死鳥の騎士団》、《愛を読む人》、そして《イエスマン 〝YES〟は人生のパスワード》が出てきた。

「どこから手に入れたんだ」とリックが尋ねた。

ケランは首を振った。「すまない。うまくやるためには、供給元を保護しなきゃならない」

彼らはDVDをまわした。フランは《イエスマン》のことは聞いたことがないと言った。ライラはとてもおもしろいわよ、と言った。トリーシャはケランに、《96時間》はおもしろいかと訊いた。

その夜、マヤとリック、そしてライラはライラの部屋で《愛を読む人》を遅くまで鑑賞した。リックはこの映画が完璧に〝お高く止まった〟映画だと冗談っぽく言った。マヤは彼の気取り屋ぶりを愛おしいと思った。それでも彼は最後のほうでは涙を流していた。

ライラが眠ってしまうと、マヤはリックが近づいて来るのを感じた。だが、ふたりが互いに触れることはなかった。

マヤはこれまでに浮気をしたことはなかったし、今もそうするつもりはなかった。

指定された夜の時間にハンターに電話をし、彼が初めて電話に出なかったとき、マヤはホッとした。そしてホッとしたことに罪悪感を覚えた。ボーイフレンドとは話したいと思うはずだ。離れていればなおさらそう思うはずだ。ふたりは毎日電話で話したし、お互い会えずに寂しかった。

それでもその日一日、何をしていたか話すことができない状況では、三十分も何を話したらいいかわからなかった。彼が自分の仕事について話すこともそんなにはなかった。ぎこちない沈黙の時間にだんだん耐えられなくなってきた。いつのまにか彼と話すときに時計を気にするようになっていた。彼の気持ちを傷つけないためには、どのくらいの時間話していなければならないのだろうかと思いながら。

仕事関係のディナーで遅くなったために、彼が電話に出られなかったことがいちどあったあと、彼女は気にしないように、と彼に言った。彼を許すことができてよかったと思った。どちらが悪いというわけではなかった。

電話は一日おきになった。

そして三日にいちどになった。

二〇〇九年七月六日

マヤとリックは、リックのベッドの上で《フィクサー》を見ていた。そして、次の瞬間には、もうＤＶＤを見ていなかった。ふたりは完全にしらふだった。自分たちのしていることをわかっていた。リックの肌が触れる感覚がスリリングで怖く、めまいがした。

翌朝六時、彼女は一階下の自分の部屋にこっそりと戻った。シャワーを浴び、服を着替えて、ひとり用のコーヒーメーカーでコーヒーを淹《い》れた。もし今日死んでしまったら、昨日の夜のことはだれも知ることはないだろうと思った。

その夜のハンターとの電話で、彼女はついついおしゃべりになった。その日の朝食のビュッフェについて長々と話した。スクランブルエッグについてこんなに話す人はいないだろうというくらいに。

もちろん、罪の意識を感じていた。激しい罪悪感を。しかしその気持ちを話せるのはリックしかいなかった。浮気は彼女が思っていたのとは違った。浮気は、ふたりの関係が互いに必要なものを与えられなくなったときに、臆病者が選ぶ選択肢だと思っていた。恋愛に陥りやすい者の逃げ場所だ。マヤの友人たちのあいだではそんな会話が交わされていた。だが、そのなかの何人かは気がつくと自分が浮気をされていた。それでも、これまでに浮気をされた友人を慰めたり、話を聞いてあげたり、アルコールを付き合ったりしてきたが、実際に自分で経験してみると、そのどれとも違っていることに気づいた。

次の夜もリックと過ごした。自分の部屋に戻ってひとりで罪悪感と向き合うという考えにはどこか耐えられなかった。三日目の夜は、マヤの部屋で寝ようとリックが提案した。それは、実際には気遣いからのことばだった。

互いに不適切な行為をしているということが、ふたりのつながりをより強くした。恋人のことはどうしたらいいのだろう。彼になんと言ったらいいのだろう。それにいつ話せばいい？ ふたりはこのことを率直に話し合った。ふたりのあいだに秘密はなかった。やっと秘密にする必要のない人がそこにいた。

ふたりだけのときには、裁判以外のすべての世界について話すことができた。眼の前にないこと――ほとんどがそうだったが――についても話すことができた。ふたりの好きな小説、嫌いな映画、なぜリックが大学院に進学したのか、なぜマヤは大学院に行かなかったのか、そして何よりも愛とはなんなのかということを。

愛とは、何よりもまず、どんなときにも誠実であるということでふたりの意見は一致した。

ふたりのあいだの秘密は、フィードバック・ループ（フィードバックを繰り返すことで結果が増幅されていくこと）を生み出していた。つまり、このロマンチックな秘密は、ばれれば非難される可能性しかなく、そのことがよりいっしょにいたいという思いを強くした。セックスはふたりの親密さの原因であり、その結果でもあった。

ごまかしは日常的になっていた。ある夜は裏の階段から彼の部屋に忍びこんだ。警報器は実際にはどこともつながっていないことを知っていた。リックが彼女の部屋に忍びこむこともあった。遅い時間には警備員の眼を避けることは難しくなかったが、朝は少し厄介だった。廊下でだれかに見られないように、だれよりも早くベッドから抜け出す必要があった。マヤがリックの部屋からこっそりと抜け出すとき、彼女はいつもふたりの秘密の世界と外の世界の薄い膜が破られるような恐怖の瞬間を経験していた。そして危険が去ると、彼女があとにした世界をふたたび夢のように感じるのだった。

　裁判が始まっておよそ十週間が経ったある朝、リックがマヤの部屋を出てすぐに戻ってきた。

「ウェインに見られた」リックは急いで部屋に入るとそう言った。

「見られたってどういう意味？」

「廊下に出たら……ウェインがそこにいたんだ」

「なんて言ってた？」

「何も言わなかった」

「あなたは？」

「ぼくも何も言わなかった」

「彼はあなたがこの部屋から出るところを見たの？」

「わからない。ぼくの脇を通って……ちらっと見てから……去っていった」

「どんな表情だった？」

「なんていうか……」

「気づいたような表情だった？」

　そう、ふたりは何時間もその表情について話し合った。笑みは浮かんでいた？　眉の高さは？　ほんとうに何も言っていなかった？

　ウェインが何を知っているのか、話したとしてだれに話したのかはわからなかった。判事に話していないことは間違いなかった。ほかの陪審員が知っていたとしても、だれも口には出さなかった。

　そして裁判が進むあいだも、マヤとリックはある約束について、かたくなに守っていた。決して事件については話し合わなかった。

　ほかの多くのルールを破っていることが、かえってこの約束を神聖なものにしていた。もちろん、ベッドに横たわり、より糸のように互いに絡み合って、ジェシカ・シルバーの話をしたかった。だが、ふたりはボビー・ノックに公正な裁きを与えるためにそこにいた。それが果たせなければ、そのために払ってきた犠牲はすべて無駄になってしまう。

今のことを話すことができなかったので、ふたりは将来について話した。パリッとしたホテルのシーツにくるまって、夜更けに将来の計画を立てた。

マヤは、彼が将来のことについて話すのが好きだった。リックは未来のシーンを描いてみせた。それは変化に富んでいて、説得力があり、とても詳しかった。

裁判が終わったら、マヤはハンターのもとを去るつもりだった。リックもギルのアパートメントを出るつもりだった。ふたりで新しい家を探そう。エコー・パークなんていいんじゃないか？　ロサンゼルスの東のほうが将来は有望だ。リックは博士号を取り、マヤは小説を書き上げる。この裁判で過ごした時間はふたりにとって大きな糧となるはずだ。

すぐに互いに家族を紹介することになるだろう。そのときまでには、ふたりのロマンスが始まったのは、裁判が終わってからだという話を作り出していることだろう。

彼らの作り上げたふたりの関係は、とてもロマンチックなものだった。志を同じくする同士が、市民としての務めを果たす過程で偶然出会った。ロサンゼルス市民のなかで、同じ裁判に陪審員として召喚されたふたりが、ふたたび出会う確率はどのくらいだろう？

ふたりは〈ニューヨーク・タイムズ〉の結婚式の欄に載りそうな安っぽい話だと冗談を言い合った。

ふたりは作りなおした過去の上に未来を築き上げていた。マヤはリックがいつかなりたいと願う人物に恋をし、リックは彼女が今まさになろうとしていると心から思っている人物に恋をした。

リックのかたわらに横たわって過ごしたそれらの夜、

マヤは外の街のかすかな音を聞くことができた。リックのゆっくりとした息づかいと、低く響く音が彼女の耳に混ざり合い、何かすばらしい世界に一歩を踏み出そうとしているような気持ちにさせた。

二〇〇九年九月二十八日

法廷での審理が終わってわずか数分後、陪審員は審議に入るために陪審員室に案内された。マヤは興奮を抑えるのに必死だった。ついに、四カ月に及ぶ沈黙を強いられた日々の果てに、彼らのあいだで長いあいだ語られることのなかった多くのことが議論できるようになったのだ。彼女はリックを何度もチラチラと見たが、彼は眼を合わせるのを避けていた。彼も彼女と同じように期待に胸を膨らませているに違いない。

陪審員長が、事件についての審議に入る前にまず無記名投票を行なうべきだと決めた。陪審員長がインデックスカードと黒い油性マーカーを配った。全員が紙に覆いかぶさるようにして書きこんだ。

マヤはほかの陪審員がどう投票するかわからなかった。リックはもちろん彼女と同じだろう。ライラとトリーシャ、そしてたぶんキャシーも。

陪審員長がカードを集めて声に出して読み上げた。

有罪、有罪。有罪。有罪。有罪。有罪。無罪……

有罪。有罪。有罪。有罪。有罪。

マヤはめまいを覚えた。どうしてこんなことが起きるんだろう？ なんと言ったらいいかわからなかった。だれもが互いの顔をうかがい、だれが抵抗しているのか突き止めようとしていた。

「たぶん」とフラン・ゴールデンバーグが言った。「ひとりずつ意見を言って、考えを共有したほうがいいと思う」

「たぶん」とリックが言った。「無罪に投票した人から始めるべきだと思う」
マヤは自分が何をしているのかわからなかった。そしてゆっくりと手を上げた。

7

何人がそのことを知っている？

現在

真昼の太陽が、マヤのリビングルームに漂うほこりをはっきりと見せるなか、彼女はすべてをクレイグに話した。

「きみだけが無罪に投票したのか？」とクレイグは訊いた。

「ええ」彼女は椅子にもたれかかり、白い紙コップからコーヒーを飲んだ。冷たくなっていた。

「そしてリックは有罪に投票した」

「ええ、そうよ」

「それはきっと……張り詰めた雰囲気だっただろうな」

「その日の夜にホテルに帰る頃には、喉が痛くなっていた。これ以上リックと議論するのはたくさんだった。夕食のあいだ、だれもひとことも話さなかった。沈黙が怖かった。十二人はただ考えこんでいた。みんなが寝静まった頃、リックがドアベルを鳴らした。いつものように。彼が入って来て、そして……」

マヤは冷たくなったコーヒーをもうひと口飲んだ。

「その時点で、わたしたちはふたりともひどく混乱していた。わたしはこれ以上話せないと言った。彼は話さなくてもいい、ただ横になって眠ればいいと言った。ただわたしを近くに感じていたいんだと。でも無理だった……。わたしたちの関係は事件について話すのを避けることで成立していた。それなのに今、どうやって彼の隣に横たわり、彼がボビー・ノックを刑務所に送りたいと思っている事実に触れないでいられるというの？ ほかの陪審員がいないところで議論することはできなかった。ルールは明白だった。陪審員室以外での事件に関する議論は禁止。それは以前よりもさらに重要になっていた。わたしは会うことをやめるよう、彼に言った」

「彼はなんと」

マヤにはクレイグがどこに行こうとしているのかわかった。「だめだった」

「怒ったのか？」

「聞き入れなかった。彼は言い続けた。〝ぼくらのことはどうなるんだ？ ぼくらふたりの将来は？ どうでもいいって言うのか？〟って。だけどそれこそがすべての問題だった。リックは信念の人だった。わたしたちふたりがずっといっしょにいると確信するように、彼はボビー・ノックがジェシカ・シルバーを殺したと確信しなければならなかった。何かを知らずには生きていけない人だった。そしてわたしは——そう、わたしにはわからなかった。彼は問い続けたわ。どうしてボビーがジェシカを殺していないと確信できるのかって。そしてわたしは言い続けた。〝確信なんてない！　彼がやったとは思ってないけど、やったかもしれない……〟それがリックを怒らせてしまった。わかってる。知りたい。だれもが知りたいと思う。でも大人になるっていうことは、いつも知ることができるとはかぎらないと受け入れることなんだと思う」

　マヤは深く息を吸った。「彼はわたしにひどく失望した。でも彼はわたしも彼に失望してるということを理解していなかった。互いにとってまずいことになっていると気づき、わたしたちはふたりのあいだの溝があまりにも広いことに気づいた。これまでにそこまで何かに失望することはなかった」

「その夜、彼は怒って部屋をあとにしたのかね？」

「悲しそうにあとにしたわ」と彼女は言った。

「それから……？」

「それだけよ」

「そのあとは寝てないのか？」

「ええ」

「そしてふたりの性的な関係についても口にすることはなかったんだね？」

　彼女は肩をすくめた。ほかになんと言えばいいのだろう。ふたりの関係はお互いの錯覚の上に成り立っていたのだ。その錯覚が打ち砕かれれば、ふたりが想像していた将来も消えてなくなってしまった。

　ふたりの壮大なロマンスはひとときの情事でしかなかった。

　クレイグはうなずいた。彼が理解したのか、そうでないのか、どちらにしても、そのことはマヤの弁護には関係なかった。

　マヤはさらに説明を続けた。陪審員の審議が進むにつれ、彼女とリックのあいだの緊張感は増すばかりだった。彼女はほかの陪審員をひとりずつ説得していったが、一方でリックは彼女ひとりと議論をしているようだった。彼はさらに激しく攻めた。まるで彼女に自分の考えを納得させることで、復縁することができると思っているかのようだった。最終的には十一対一と彼ひとりが孤立する状態になった。それでも彼はあきらめなかった。マヤには互いに団結した十一人を相手に議論することがどれだけ大変かわかっていた。それでもリックは意見を変えなかった。

彼は評決不能を宣言するよう判事に申し出た。が、判事はこれを拒否した。ここまでやってきて、すべてを投げ出して新しい陪審員でふたたび始めることは認められなかった。

最終的にリックの心を変えたのは、彼らが評決を出さなければ、ボビー・ノックの運命は別の見知らぬ人間の手にゆだねられることになるという考えだった。ジェシカ・シルバーが受けるべき正義を、ことによると、彼女のことを彼らほどには気にしていない人々の手にゆだねなければならないのだ。

「ぼくらがやらなければ、だれがやるんだ？」リックはそう言っていた。

この事件を判断する資格のあるわずか十二人のうちの十一人が〝無罪〟に投じるべきだと確信しているのなら、それでもいい。

最終的に譲歩したとき、リックはマヤを説得するという希望もあきらめたようだった。そして同時にふたりがいつまでもいっしょにいるという希望もあきらめたようだった。

マヤはこれまでにだれにもこの話をしたことはなかった。当然ながら、当時の恋人のハンター——裁判の数カ月後には別れることになった——にも話していなかった。家族にも、友人にも、同僚にも。ほかの陪審員にもいっさい話していなかった。

法廷は彼女にとってキャンプファイヤーのようなも

のだ。彼女は陪審員席の暗いオーク材にことばで火をつける方法を知っていた。だが、彼女とリックとの関係は、あまりにも長いあいだ、記憶としてしか存在していなかったので、ことばにしようとすることにひどく苦労した。罪悪感、反発心、憤りからくる喪失感を、木曜日の午後にリビングルームで共有できる物語にすることは、真実を話しているにもかかわらず、どこか誠実ではない気がした。自分のことばが安っぽかったり、無邪気でノスタルジックだったり、冷たく聞こえているような気がした。

その場に居合わせなかった人に、自分の人生で経験した最も奇妙な出来事をどう説明したらよいのだろう。クレイグに話しながら、マヤはずっと自分の横にリックが坐っていることを想像していた。それがどんな出来事だったかを説明しようとするとき、助けてくれることのできる唯一の人物がリックだった。

そして今、彼にはそれはできなかった。いつかふたりで何が起きたかを説明できることを願っていたのだろうか？　いっしょにその意味を理解したいと思っていたのだろうか。たぶん、それこそが昨日の夜に、彼にして欲しかったことだったのだ。彼女が自分ひとりの記憶に留《とど》めておかなければならなかったものが、かつてはふたりにとって真実であり、共有していたということを証明すること。今、彼について話しながら、マヤは、自分はほんとうに彼を愛していたのだろうかと思った。あるいは彼が自分を愛していたのだろうかと。あのとき、ふたりは決して愛しているということばを使わなかった。今ならどうだろう？　あるいは昨日、彼に愛していたかを尋ねていたらどうだっただろう。だれかがあの部屋に入って来て、彼の頭蓋骨を殴る前に。

何年かぶりで、彼がほんとうに恋しくなっていた。テレビで彼女の名前を呼んだリックではなく、譲歩したことを恥じて、執拗な執着心を持つようになったリックでもない。ホテルのベッドで彼女の下に横たわり、彼女の髪をなでながら、一方通行の残酷さや後戻りできない道路の不公平さを話していたリックのことを。

「何人がそのことを知っている？」彼女が話し終わると、クレイグが尋ねた。

「話したのはあなたが初めて。でも、裁判のあとに、リックがだれかに話したかどうかはわからない。家族には話したかも？　友達は？　だれにも話してないかも」

「ウェイン・ラッセルは？」

マヤはため息をついた。「彼が何を見たのかさえわからない。あるいは彼が見たと思ったのかも。ましてや彼がだれかに話したかどうかまではわからないわ」

「少なくともだれかはこの話の一部を知っていたはずだ。今朝、だれかが警察に話したんだからな」

彼女は何年も疑問に思っていた。ほかの陪審員は彼女の秘密を知っていたのだろうか。「ウェインは同窓会には来ていない」

「彼はコロラドに住んでいる。プロデューサーは彼にもコンタクトを取ったとマイクに言っていた。彼はひとことだけ言って、電話を切ったそうだ」

「なんて言ったの？」

「くそくらえ、と」

「彼らしいわ」

「彼が警察に話したのかもしれない。あるいは警察に話した人物に話したのが彼なのかもしれない。そして昨日の夜、きみはリックを自分の部屋に招待した」

「ええ、そうよ」

「セックスはした？」

「いいえ」

クレイグは一瞬、間《ま》を置いてから言った。「この点に関しては、すべて正直に話したほうがきみのためになる。検査をすることもできる。きみたちがセックスをしていたなら――特に乱暴なセックスをしていたなら――、膣に裂傷を発見できるかもしれない。それが使えるかも……」

「言いたいことはわかるわ」と彼女は言った。「けど誓う。わたしたちは、セックスはしていない。ただ……話しただけ」

「何について？」

「今の生活についてかしら？　お酒を飲んだ。ふたりでお酒を飲むことが信じられないって話をした。警察はグラスのひとつからリックのDNAを発見するはずよ。そして議論が始まった」

「何について？」

マヤはため息をついた。「わたしたちが議論しなければならない唯一のことよ」

クレイグは、公平ではあったものの、マヤに同情的なようだった。彼女とリックが十年前の殺人事件について言い争っていた内容にも関心があるようだった。ただし、それがマヤを刑務所に入れないことに役立つのであればだが。

「リックは新しい証拠を持っていた」とクレイグは言った。「少なくともプロデューサーにはそう言っていた」

「それがなんなのかは話してくれなかった。カメラの前で大々的に発表すると言ってた」

「プロデューサーの印象では、ボビー・ノックを破滅させることになる証拠のようだったそうだ」

「意味がわからない。一事不再理の原則があるのに」

「例外がある」

「連邦に告発するってこと？　手を出す検察官がいるとは思えない。憲法修正第五条にとっての悪夢よ」

「リックは必死だった。連邦検事に食いつかせるためには何が必要だ？」

マヤはそれがゲームだと考えることにした。「まず、連邦に告発するための材料が必要ね。殺人は州の犯罪だから、連邦に告発するために必要なのは……州境を越えた誘拐とか？」

　クレイグは満足そうに彼女を見た。彼も同じことを考えていた。「ネバダ州との州境を越えた場所で死体が発見されればいい。あるいは被害者の衣服の一部でも、彼女が死ぬ前に州を越えていたことを示す何かがあればいいんだ」

「その証拠が完璧なものでないかぎり、つまりジェシカ・シルバーの血のついたナイフにボビー・ノックの指紋がついているとかでないかぎり、リックは新しい裁判が前の裁判よりもうまくいくと連邦検事を説得しなければならないわ」

「最初の裁判で陪審員が不正を行なったと公表するような？」

「リックはわたしたちのあいだにあったことを公表するつもりだったのかしら？」

「そうでないことを願うよ。きみが彼を殺す明確な動機になるからね」

　マヤはホテルのレストランでのリックとの会話を思い出していた。自分がリックから何も聞き出せていないことに気づいた。彼はこの十年間、いったい何をしてきたのだろうか？

　彼の話さなかったことは何？　実際のところ、何を話したっけ？

「ほかの陪審員はどう？」とマヤは訊いた。「マイクとマイクは彼らのアリバイを訊きだしたの？」

　クレイグはｉＰｈｏｎｅのメッセージをフリックした。「陪審員仲間のうちのだれかがリックを殺して、きみに罪をなすりつけようとしてると信じる理由があるのかね？」

　彼らのひとりがそのようなことをするとは想像しづらかった。それでも、マヤがジェシカ・シルバーの死をめぐる疑惑から学んだ真実があるとすれば、それはだれも仲間であるはずの市民から安全ではないということだった。だれもが殺される可能性があり、だれもが疑いをかけられる可能性があった。だれもが気がつくと、誤った決断の長い列の最後にいて、何かとんでもないことをするしか選択肢がないと感じるのだった。

　ボビー・ノックがジェシカ・シルバーを殺していないのだとすれば、だれが殺したのだ。人々はいつもマヤに問いかけてきた。マヤは、そういった人々を満足させることのできる意見を持ち合わせていないと認めざるをえなかった。彼女にはその答えはわからなかった。むしろ、その答えを知らないことに、いっそう恐怖を覚えていたと言ってよかった。なぜなら、そのことはジェシカ・シルバーを殺した犯人が、リックを殺した犯人と同様、今も自由の身でいることを意味するからだ。この数年間、マヤたち陪審員は、ボビーが陪審員裁判ではなく、世論という法廷で裁かれ、有罪を宣告され、その人生が壊されていくのに耐えてきたのを見てきた。真犯人はどう思っていたのだろう？　マヤが正しかったとすれば、ロサンゼルスの人々のあいだに悪党が野放しになっていることになる。それはだれであってもおかしくなかった。だれもがそうであるような気になることがあった。まるで街自身がジェシカを飲みこんでしまったかのように。

「彼らのうちのだれもが殺した可能性はあるわ」とマヤは言った。

　クレイグは驚いたようだった。

「考えすぎだと思う？」と彼女は訊いた。

「そもそも、わたしがきみを事務所に雇った理由はそこにあると思っている」

　マヤは微笑んだ。クレイグだけがマヤの研ぎ澄まされた猜疑心の価値を理解していた。

「彼らのうちのだれも」とクレイグは言った。「警察にアリバイを提供していない。マイクとマイクによると、何人かは警察にひとことも話をしていないそうだ。刑事司法制度の罠を避けることについて、きみが十年前に何を学んだにせよ、彼らも同様に学んだようだ」

マヤは感銘を受けた。母親のようなフラン・ゴールデンバーグが、殺人のあった時間にどこにいたのかを尋ねられ、〝失せろ〟と警官に言い放つ姿を想像してみた。

だがもちろん、だれも警官に何も話さなければ、リックに実際に何が起きたのかをマヤが解明することも難しくなる。そして彼女が刑務所に入らずにいることも。

彼女は不安定な立場にいた。「マイクとマイクはオフィスにいるの？　彼らが何を聞いたのか知りたい」

「興味をひくものがあったら送ろう」とクレイグは言った。「わたしが見たあとに。だが、きみはオフィスには行かない。きみは休暇中だ」

彼は以前の会話を思い出させようとしているかのようだった。

「停職ってこと？」

「いや、自主的な休暇だ」

「あなたはわたしの弁護士だと思ってた」

「どちらかを選べ。きみのボスか、弁護士か。だが、前者に関しては、きみにうちの事務所のほかの案件を進めさせることはできない。この件が終わるまでは」

そう言うと彼は立ち上がった。

「で、わたしは何をすればいいの？」とマヤは訊いた。

「もういちど、わたしの第一のルールを言っておこう。このまま愚かなことをしないこと」彼はソファからブリーフケースを手に取った。

突然、この部屋が異国のように感じた。ひとりでここに坐ったまま、逮捕されるのを待つなんて想像できなかった。「役に立てることがあるはずよ」

「きみが事件を担当したときのことを思い出して欲しい。依頼人のひとりでも弁護に役に立つ生産的なことをしてくれたかね？」

彼の言うとおりだと認めるしかなかった。

「わたしは、今のところ、正当防衛の線で行くことに傾いている」と彼は続けた。「最終的に決断するまでに、きみのすべきことは文字どおり何もない」

そう言って彼は部屋をあとにした。

マヤはその後の数時間を、周囲の人々に自分は大丈夫だと言って安心させることに費やした。その数はどんどん多くなっていった。両親と何人かの友人は、事件の知らせを聞いて留守番電話にメッセージを残したり、メールを送ってきたりしていた。記事には、彼女のことは、〝参考人〟としか書かれていなかったが、リックの遺体がホテルの彼女の部屋で見つかったことに触れていたので、意味するところは明らかだった。父親が毎朝のおなじみの朝食の儀式をしながら、子供時代を過ごしたアルバカーキの自宅のキッチンに坐って、〈ニューヨーク・タイムズ〉のウェブページをクリックしている姿を想像してゾッとした。

「彼が死んだと聞いてどこかうれしい気がするのはよくないことなんだろうな?」電話で連絡をし、自分は危険な状況にはないと伝えると、すぐ父親はそう言った。

「パパ」

「すまない。だが、あの男が本のなかでおまえについて言っていた戯言《たわごと》を考えると……」

マヤは自分が遺体を発見したと言った。残りについては嘘をつき、警察の尋問やクレイグの関与などについては省略した。さもなければ父親は次のロサンゼルス便に飛び乗りそうな勢いだった。いちど話し始めると、眼の前にリックの遺体の映像がちらつくのを止めることができなかった。彼の遺体はさまざまな姿で現われた。服を着た見知らぬ男性、裸の恋人、激しく議論をする姿、生気のない遺体。

電話を切らなければならなかった。「ママには、わたしは大丈夫だと伝えて」

次に同僚のクリスタル・リュウに電話をした。彼女はマヤが大丈夫だとは一瞬たりとも信じなかった。

「あの陪審員のくそったれどもがあんたをはめようとしてんのよ」とクリスタルは言った。

　あの裁判以来、マヤにとって親しい友人を作ることは簡単ではなかった。決して避けることのできない質問に対し、気がつくと、使い古され、事前に用意された答えを繰り返していた。最悪なのは、そういった会話を交わしたあとにますます孤独を感じることだった。

　ありがたいことにクリスタルは、二〇〇九年の前半はアルコールに溺れ、後半はリハビリ施設で過ごしていたため、ジェシカ・シルバーの失踪もボビー・ノックの無罪判決のこともまったく知らなかった。ふたりのあいだでマヤの悪評について話題に上ることはほとんどなかったが、クリスタルは、そのことについては、古いソープオペラの筋書きのようだと言っていた。奇想天外で、理解しがたく、笑ってしまうほどややこしいと。

　クリスタルは今では禁酒をして十年になり、〈キャントウェル&マイヤーズ〉の仲裁部門の重要な一員となっていた。まるで嵐の中心で冷静でいることに生きがいを感じているように、問題の多い面倒な交渉ごとをすべて引き受けていた。

　マヤが事務所に入った最初の週、クリスタルが彼女をランチに連れ出した。彼女はいちども裁判について尋ねなかった。

「陪審員のどのくそったれのこと？」とマヤは訊いた。

「全員よ」

　クリスタルは直接、マイクとマイクのところに行ったに違いない。彼らはどうやらクリスタルの厳しい追及を受け流すことができなかったようだ。

「昨日の晩、あそこにいた八人全員が、いっしょにリックを殺す計画を立てて、わたしをはめたって言うの？」

電話の向こう側からクリスタルがため息をつくのが聞こえた。

「どっちにしても、わたしは大丈夫だから」とマヤは言った。

「嘘よ」とクリスタルは言った。「大丈夫じゃない。理由を知りたい？　あんたは人を信じすぎなのよ」

裁判のあと、マヤが診てもらおうとしたセラピストは、正反対のことを言っていた。そのあとに試してみたセラピストもそうだった。マヤはクリスタルの分析には賛成できなかったが、率直な物言いには感謝した。

「オフィスの外にカメラクルーがいるわ」とクリスタルは続けた。「下はまるで動物園よ。ロビーを出入りするだれかれ構わず写真に撮ってる。あんたを探してるのよ」

「まあ、わたしは家にいるから大丈夫。登記簿にも名前は載ってないし、住所もまだ見つかってないはずよ」

「すぐ見つけるわよ。記事はこんなふうかしら……〝ボビー・ノック裁判の陪審員のひとりが別の陪審員を殺害したのだろうか？〟って。この電話のテープも五万ドルでニュースサイトのＴＭＺに売れるわね」

「わたしの信頼を得ようとしてそんなこと言ってるんでしょ？」

「もう信頼は得てるわよ。そこから出させるために言ってるのよ」

マヤは無意識のうちにまわりを見まわした。アルゼンチンで撮った写真――街角のグリルで鶏をスモークしている写真――が壁にかかっていた。ここは彼女の家だ。だれにも見つからない場所だ。インターネットサービスの契約さえも彼女の名前ではなかった。

「ねえ」とクリスタルは言った。「うちに泊まりに来なよ」

「ありがとう。考えとく」

「あんたのチームに加わっていいかクレイグに訊いたの」

「まだ起訴されてないよ」

「警察は何人の容疑者に眼をつけてると思う？　これだけ注目を浴びていれば、彼らも動くわ。すぐにね」

「クレイグはなんて言ったの？」

「ハ、ハ、ハ」

「笑ったの？」

「eメールで訊いたの。そしたら〝ハ、ハ、ハ〟って返してきた」クリスタルは、間《ま》を置いてから言った。「〝ノー〟という意味に取ったけどね」

クレイグは、マヤを情報から遠ざけておくために、意図的にクリスタルをチームからはずしたのだろうか？　わからなかった。だが、クレイグの専門家としての仕事に、偶然というものはありえなかった。

マヤは窓の外を見つめた。太陽はすでに、ハリウッドヒルズに向かって下降曲線を描いていた。「助けてくれる？」

「クソもちろんよ」

「《マーダー・タウン》のポッドキャストじゃなくて、テレビチームのほうに制作アシスタント《PA》がいるの」

電話の向こう側で長い沈黙があった。「何人もいるんじゃない？」

「シャノン。二十代前半。白人で金髪。うっとうしいほど真面目。昨日、ホテルの部屋に案内してくれたの」

「オーケイ、で？」

「彼女を探して」

「なんで？」

「リックは、ボビー・ノックに対する、謎めいた〝新しい証拠〟がなんなのか話してくれなかった。でもテレビスタッフのだれかは知ってるはず」

「了解《ガッチャ》。でも、このPAならなんでも話すと思ってるのはなんで？」

マヤは自分の言おうとしていることが信じられなかった。「わたしは彼女のヒーローなの」

クリスタルの〝あんた、ちょっとからかってんの〟という表情は、交渉における天性の才能だった。その表情が眼に浮かぶようだ。

「わかった」クリスタルの声は信じられないと言っていたが、仕事を与えられたことを喜んでいた。「で、あんたは何をするつもり？」

マヤはデイジー刑事のことを思い浮かべた。今なら、ほぼ間違いなく署にいて、マヤを起訴するための証拠を準備しているはずだ。

突然、彼女はまた腹が立ってきた。昨日の晩、自分の部屋にリックを招いた自分自身に。怒って部屋を飛び出したことに。彼の心を打ち砕いたこと、そして彼に彼女自身の心を打ち砕かせたことに。彼女はリックを殺していない。それでも、彼女と出会っていなければ、彼は今も生きていたのだ。

彼女はリックにも腹を立てていた。彼が永遠に去ってしまう前に、自分がどれだけ彼を大切に思っていたかを思い出させたことに。彼を失った痛みを感じているときに、慰めに来てくれなかったことに。どういうわけか、ふたたび、彼女を悪者に仕立て上げたことに。そしてそのまま死んでしまい、それを彼女のせいのように見せたことに。

「ほかの陪審員は警察には話さないけど」とマヤは言った。「わたしになら話すかもしれない」

ふたりのマイクのうちのひとりが、ライラ・ロザレス、ジェ・キム、トリーシャ・ハロルド、カル・バロー、フラン・ゴールデンバーグ、そしてピーター・ウィルキーの電話番号と自宅の住所を教えてくれた。それ以外の陪審員はどうやら苦労してプライバシーを守ろうとしているようだった。

サウス・ロサンゼルスのライラの家は車ですぐだっ

た。マヤは渋滞を避けるために脇道を通っていった。よく似た平屋の家が立ち並ぶブロックを通り過ぎた。ロサンゼルスはひとつの大きな郊外のようだとよく言われていた。それはフェンスや庭に囲まれた家々が果てしなく広がり、遠くに街が見えないということを意味していた。自分の土地を持つことがかつてのアメリカンドリームだとしたら、ロサンゼルスのこの地域は、それをあざ笑うかのようだった。そこにはだれにも充分な土地があった。だが、それを手に入れるためにできることはあまりなかった。

運転しているあいだ、気がつくと一方通行の道路を数えていた。

ライラの家に到着すると、金網のゲートの掛け金をはずし、ドアベルを鳴らした。ジーンズと古いTシャツ姿の六十代の男性が現われた。頭はほとんど禿げあがっていて、腹が突き出ていた。男はすぐにマヤがだれか気づいた。「ライラは話したくないそうだ」

「お父さんですか？」とマヤは訊いた。「ライラからよく聞いています」

長い沈黙があった。彼は戸口に立ちはだかっていた。

「ライラが話したくないのなら、話す必要はありませんが、自分の口で言うように言ってもらえますか？ 彼女に何も訊かずにわたしを追い払いたくないでしょ、違いますか？ 彼女、怒りますよ」

彼はマヤを見た。まるで彼女が、残酷な神が彼を試すために送りこんできたもうひとつの試練であるかのように。

マヤはライラがここで育ったことを思い出した。両親が彼女を育てたのと同じ家で、彼女は息子を育てていた。

マヤは同窓会のときに思った。ライラがこれらの壁に守られずに過ごした最も長い期間が、あの裁判のあいだだったのだ。

ライラはこの家を出たいと思ったことはあるのだろ

うか？　そのチャンスはあったのだろうか？

疲れたため息とともに、ライラの父親はマヤを家のなかに招き入れた。

ライラは寝室で、息子のアーロンと遊んでいた。マヤが寝室に入ってきた瞬間、飛び上って彼女を抱きしめた。「すごく心配してたのよ」

部屋は狭く、壁は水色に塗られていた。床には色とりどりのプラスチックのおもちゃが散らばっている。アーロンはきちょうめんにそのひとつひとつを正面衝突させていた。

「トラックがほんとうに好きなのね」とマヤは言った。

ライラは部屋のなかを見まわした。「ここはわたしの部屋だったの。そのときは、壁はピンクだったけど」

ライラは戸口から用心深そうに見ている父親のほうに顔を向けて言った。「わたしたちだけにして《デハルノス・ソロス》、パパ」

彼は去っていったが、喜んでいるようには見えなかった。

ライラの眼の下には、黒いくまがあった。取り乱して、しばらく寝ていないような神経質な表情だった。マヤは自分自身も同じように見えるのだろうと思った。

「昨日の夜、何かを見なかった？」状況を説明したあと、マヤは尋ねた。「それとも何か耳にしなかった？」

「アーロンといっしょだったの。七時半か八時頃には部屋に戻ったわ」

ライラの部屋はマヤの部屋の上の階で、廊下を進んだ先にあった。かなり離れているので、彼女がふたりの口論を聞いた可能性はなかった。

「外には出なかった？」

ライラは首を振った。

マヤはアーロンに、あなたのママはほんとうに一晩中いっしょだったの、と訊いてみたかった。だが、五歳の子供にアリバイの裏付けを取るという考えは、いかにもばかばかしかったし、アーロンから得た情報はなんの役にも立たないだろう。小さな子供は最も信頼できる証人とは言えなかった。

「昨日、ホテルでは愉しかった？」マヤはアーロンに訊いた。

　アーロンはトラックをぶつけていた。

「いつもと違うベッドで、いやじゃなかった？」

　彼はマヤを見ようとさえしなかった。

「警察に起こされたの」とライラが言った。「午前一時？　二時？　あなたを連れていった直後じゃなかったかしら？　あなたのことを訊かれたけど、何も答えなかったわ。それからホテルを追い出されてここに戻ってきたの。この子……ずっと寝てないの」

　マヤは、ライラの顔をじっと見て、嘘をついている様子がないか探った。アーロンが眠っているあいだに、マヤの部屋に忍びこんで、リックを殺すことはできただろうか？

　でも、どうして？　どんな社会病質者《ソシオパス》が、五歳の子供を連れて殺人を犯すというのか？

「ほかの人を見なかった？」とマヤは訊いた。「警官に起こされたあとに」

　ライラは廊下でフランを見たと言った。カルとトリーシャもいっしょだった。だが混乱していたので、思い出せるのはそれだけだった。とにかく警官がたくさんいた。

「もうひとつ訊いていい？」

「ええ」

「だれがリックを殺したと思う？」

　ライラは顔をそむけた。陪審員のうちのだれかが殺人を犯した可能性があるという考えがあまりにも恐ろしく、考えられないというかのように。「警察は事故ではないと確信してるのかしら？　今朝、もういちど警官がここに話を訊きに来たときには、リックはテーブルに頭をぶつけたって言ってた。つまずいて転んだんじゃないのかしら？」

マヤは、あの裁判での審議のときに、最初に自分の側についてくれたのがライラだったことを思い出した。彼女はいつも暗示にかかりやすかった。あるいは、ただ人の一番いい部分を見たいという気持ちが人一倍強いのかもしれない。

それは学べば手に入れることのできる特性なのだろうか？　自分も常に人を信じたいと思ってきた。だが、できなかった。もう決して。

マヤは次にトリーシャ・ハロルドに電話をした。警官が数日はヒューストンに帰らないよう、彼女に指示していることを知った。ジェ・キムが自宅の引き出し式のソファベッドを提供することを彼女に提案していた。ふたりはわずか十分の場所にいた。

コリアタウンの家々はぎっしりと詰めこまれたように建っていた。芝生はまばらで、芽が出たばかりだった。リックは以前、もともとこの地域に固有の植物の種類は、いかに少ないかを力説していた。ヤシの木さえも南カリフォルニアにあったものではないと言っていた。ロサンゼルスはデスヴァレーから車で半日ほどの砂漠に建設された。そこで、一九三〇年代に、市は何万本もの緑豊かな木々を植えた。すべてメキシコから輸入してきたものだった。彼女は、今となっては、リックが何を言おうとしていたのか思いだせなかった。覚えているのは、彼の背中をやさしくなでているあいだ、裸にしわくちゃのホテルの掛布団を羽織ったリックがとても生き生きとしていたということだけだった。たぶんリックは、ここでは何も育たないと言いたかったのかもしれなかった。ロサンゼルスは、不毛な土地に耐えようとする文明の努力を励ますための賛辞なのだ。あるいはある世代が育つはずのないものを育てようとして計画倒れに終わった末に、朽ち果ててしまった建造物かもしれない。

　ジェが戸口で彼女を迎えた。前の日に見たばかりだったにもかかわらず、彼がひどく老けて見えることにあらためて驚いた。短かった白髪はほとんどなくなり、まばらに無精ひげが生えていた。それでも、その年齢にしては、リックをテーブルに打ちつけるのに充分なほど筋肉質だった。マヤはそんなことを考えてしまう自分がいやだった。

　職人だったジェの家は、いろいろなものであふれかえっていた。低い椅子や飾り鉢などがあり、どのテーブルの上にも家族の写真があった。ジェはあまり感傷的な人間には見えなかったが、明らかになんでもためこむタイプのようだった。椅子のひとつには新聞の山が積まれていた。

　ふたりがダイニングルームに入ると、トリーシャがすでにマヤのために三つ目の夕食の皿を用意していた。彼女はインタビューの撮影のための、フォーマルな黒のパンツと白のボタンダウンシャツという姿だった。おそらく一夜かぎりの旅行になると思って、数着しか着替えを持ってこなかったのだろう。そのせいで、三人のなかでは、来客であるマヤが一番くつろいでいるように見えた。

　最後に食事をしたのがいつだったか、思い出せなかった。トリーシャが皿に盛ってくれた豚バラ肉の塊の煮こみが湯気を立てているのを見てありがたいと思った。

「殺人容疑で逮捕されたからといって、食事を抜いていいという理由にはならないわよ」とトリーシャは言った。

「逮捕はされてないわ」とマヤは言った。「まだ」

「昨日の晩、何もおかしなことは見ていない」とジェが言った。「もしそのことを知りたいのなら」

「そうよ」

「遅くまでレストランにいて、少し飲みすぎてしまった」そう言うと自分のライトビールをひと口飲んだ。「ばかだった。みんなの前で酔っぱらってしまって。部屋に戻ったことさえ覚えてないんだ」

酔っぱらって何も覚えていないと主張することは、細かいところをでっちあげて、それを指摘されるよりはましだ。嘘を指摘されることはない。

「レストランのカメラには何時に出ていったか映ってるはずよ」とマヤは言った。

彼はそのことを気にしているようには見えず、静かに豚肉を噛んでいた。

「わたしはあなたのすぐあとに出たわ」とトリーシャが言った。「リックのすぐあとに」

「まっすぐ部屋に戻ったの？」

「ええ」

「何時に寝た？」

「わからないわ」

「あなたたちのどちらか、そのあとわたしを見なかった？　わたしがレストランを出たあと」

トリーシャとジェは顔を見合わせた。

「いつ見たというの？」トリーシャは言った。

マヤはトリーシャとジェに真実を話しても、将来起きうる彼女の弁護に悪影響を与えることはないと考えた。たとえ、今後、どんな犯行説を取ることになっても、自分がふたりに話すことは伝聞証拠になるはずだった。

「リックとわたしはわたしの部屋に戻ってもういちど話をしたの。お酒も飲んだ。それから、わたしは部屋をあとにした。ホテルの外に出たけど彼は部屋に残った。帰ってきたら彼は死んでいた」

「その話はあまりいい感じには聞こえないわね」とトリーシャは言った。

「出ていくところか、帰ってきたところをだれかが見ていれば、リックが死んだときにわたしが自分の部屋にいなかったことを証明してくれることになる」

トリーシャもジェもマヤがレストランを去ったあとは、彼女を見ていなかった。

「あなたたちふたりがいっしょに過ごしたがってることはわかってた」とトリーシャは言った。「あなたが出ていって、そのあとすぐに彼が出ていったから。見え見えだったわ」

ジェは混乱しているようだった。「きみとリックに何があったんだ？」

マヤはこのありえそうもない組み合わせのホストふたりを見た。陪審員にならなかったら、このふたりが出会うことはなかっただろう。それが今、トリーシャはジェの家のソファベッドで寝て、豚肉の煮こみ料理を出すのを手伝っている。ふたりは十年前から仲がよかったのだろうか？　ふたりのうちのどちらかが、マヤとリックの関係を警察に話したのかもしれない。それを知る必要があった。

彼女は事務所の調査員のひとりから教わったテクニックを使った。

「トリーシャは知ってたのね」マヤは彼女をまっすぐ見て言った。親し気な口調で。わたしたちふたりはこの小さな秘密のことを知ってる、そうよね？　と言うように。

トリーシャは深く息を吸った。「ええ」彼女はジェのほうを見た。「カルが教えてくれた」

カルはどうやって知ったの？

「きみとリックが？」ジェがすべてを察してそう言った。「きみたちが……裁判のあいだに？」

マヤはトリーシャを見て言った。「カルはなんて言ったの？」

「見え見えだったって言ってたわ」とトリーシャは言った。「正直なところそのとおりね。あなたたちはうまくやってたつもりだったんだろうけど。カルはしばらく続いてたって言ってた」

マヤはうなずいた。「そのことはだれにも話してない?」

「わたしが密告者だと思ってるの?」

「ううん」とマヤは言った。「違うわ。カルでもない」

「リックは本のなかでも、まったく触れてなかった」とジェが言った。おそらく、自分の鼻先で起きていたスキャンダルを見逃していたことが、まだ信じられないのだろう。

「マヤ」長い紫の爪でテーブルを軽く叩きながら、トリーシャが言った。「昨日の晩に何があったの?」

ふたりの表情を読もうとしながら、マヤはもういちど、実際にあったことを説明した。ジェは理解できない謎に圧倒されているようだった。トリーシャはマヤの話を信じていないように見えた。だが、彼女なら合理的な疑いの余地を与えてくれるかもしれない。

「わたしの部屋に来てリックを殺したのがだれであれ、彼がそこにいることを知っていたことになる」とマヤは言った。

「別な可能性については考えていないの?」

「どんな可能性?」

「あなたの部屋に来てリックを殺したのがだれであれ……あなたを探してたんじゃないかってこと」

その可能性について考えてみた。だが、そのシナリオだと、そのだれかは彼女を殺しに来たことになる。リックが彼女の部屋のドアを開けたとき、そのだれかは……たまたまそこにいた人物を代わりに殺したというのだろうか?

「だれかがわたしを殺したがっていたと思う?」

「経験から言うと」とトリーシャは言った。「イエスね。でも、十年前の話よ。最近あなたが、だれを怒らせたかは知らないわ」

マヤはトリーシャの率直さに感謝した。「カルはほかのだれかにもわたしとリックのことを話したかしら? そもそも、カルはどうやってそのことを知ったの？」

　トリーシャは首を振った。「わからない。いつだったか、昼食のときに話したの。裁判の終わり近くだった。ふたりだけだったわ。わたしは審議のことであなたがどうしてあんなに頑固なのか理解しようとしていたの」

「カルはリックとのことが、わたしが審議で頑固になっている理由だと言ったの？」

「あなたをかばっていたわ」

「だれがカルに話したのかしら？」

　トリーシャはまた首を振った。「自分で訊くべきね」


　一時間後、マヤはカル・バローの家のリビングルームに座っていた。彼のライムグリーンのバンガローは、曲がりくねったシルバーレイクの袋小路にある六本のアボカドの木の後ろに隠れていた。マヤの家からは、丘をふたつ越えたところにあった。

「ほんとうにいらない？」彼はカクテルグラスを上げて尋ねた。「最近、わしとドンはこれを試していてね。ベルモットの代わりに〈リレ〉を使うんだ」

　マヤは断った。カルの痩せて、しわだらけの腕が、上等な白いシャツから露わになっていた。肌は、何十年もカリフォルニアの太陽の下で過ごしてきた人物らしく、いつも日焼けしていた。彼が三十歳以上も年下のリックにとって、肉体的に脅威となりえたという考えは、簡単には納得いかなかった。それでも不可能ではなかった。

　彼女は一連の質問をカルにした。ホテルの彼の部屋は、彼女の部屋の先にあったものの、残念ながらカルは、前の日の晩には何も不審なものを見ていなかった。

　悩ましい問題に移ることにした。「リックとわたしが寝ていたことをどうやって知ったの？」

「わしは別に……」

「あなたがトリーシャに話したんでしょ。十年前に。なぜ知ってたの？」

カルはカクテルをひと口飲んだ。グラスの縁を指でなぞった。「ウェインから聞いた。ある朝、リックがきみの部屋からこっそり出ていくところを見たと言っていた」

「ウェインはほかにだれに話したのかしら？」

「だれにも話していないと思う。わしらはきみたちふたりを守ろうとしていたんだ」

「あなたはだれかに話した？」

カルは一瞬、間《ま》を置いてから答えた。「キャシーに。彼女は疑い始めていた。わしらはきみたちが陪審員から追放されないようにしていたんだ。あるいはもっと悪いことにならないように」

マヤはそのことばを信じた。もし彼が彼女を陪審員から追い出そうとしていれば、簡単にできていただろう。

「ほかにはだれも？」と彼女は訊いた。

「話していない」

「だれがリックを殺したと思う？」いちど正直に話してしまえば、あとはそのまま波に乗るのが一番だ。砕け散るまで。

カルはグラスを置いた。「ずっと考えていた。難しい問題だ。だが、結局は、最も単純な答えが最も理にかなっている」

「それは？」

「きみが彼を殺したということだ」

その口ぶりは謝っているようにも聞こえた。そう口にすることで、礼儀に反することがひどくつらいというかのように。

マヤは反応しなかった。「ほんとうにわたしにできたと思う？」

彼は顔をしかめた。「きみはわしにできたと思ってる、違うかね？」

彼女はため息をついた。言うとおりだった。「可能性は低いとは思ってるわ」

ふたりは互いに最悪の事態を想像することができていた。

突然、通りから物音がした。叫び声と舗装道路に響く靴音が聞こえた。

カルが立ち上がって、ブラインド越しに外を見た。

「カメラを持った男たちがいる」と彼は言った。

「マスコミね。あなたを見つけたんだわ」

「いや、きみを見つけたんだ」

彼女は窓際に行って外を見ようとした。が、カルが手で制した。

「何をしているのかしら？」とマヤは言った。

「白い〈レクサス〉で来たのか？」

「ええ」

カルはうなずいた。「彼らはきみの車をビデオに撮っている。車を特定したんだ。この家のことや、わしのことを知ってるのではなさそうだ。きみの車のまわりを取り囲んでいるだけのようだ」

「でもどうやってわたしの――ああ、やだ。あの車は事務所の名義で登録されているわ。事務所のだれかが……」事務所にはたくさんの人間がいた。そのうちのだれかが金のために彼女の車の登録のことをリークしたとしても不思議ではなかった。若いアソシエイトやインターン、サポートスタッフ。その情報を使ってだれかがこの車の位置情報アプリにハッキングしたんだろう。

「ここを出なきゃ――家に帰るわ。まだ家の住所はばれてないはず。でも、表口から出たら見つかってしまう。裏口はある？」

マヤにはカルの心のなかの葛藤が想像できた。殺人犯かもしれない人物を家からこっそり逃がしていいのか？

「お願い」とマヤは言った。

カルはため息をついた。「廊下の先の扉がポーチに続いている。ポーチから後ろの空き地に下りることができる。そこにこのあたりによくある階段があるから」

　シルバーレイクには、丘と丘のあいだに秘密の階段があった。視界から隠れ、たいていの地図にも載っていなかったが、広い道路や人目につく歩道を使わずに、丘の上から下まで歩いていけるようになっていた。

「ひとつ言わせてくれ」とカルは言い、彼女のあとをついて裏口に向かった。「わしがしようとしていることとは、殺人の事後従犯じゃない。正義を妨害するつもりはない。きみがリックを殺したかどうかはわからない。それにわしがきみを隠そうとしているのはあくまでもパパラッチからだ」

「わかったわ」とマヤは言い、裏口のドアを開けた。

「ありがとう」

「マヤ」彼はマヤがドアを閉める前に言った。

「何？」

「わしは推理小説を読むのが好きだった」

　彼が何を言おうとしているのかわからなかった。

「アガサ・クリスティーは全部読んだ」

「ホテルに隔離されていたときに読んでたわね」

「もう読めなくなってしまった」

「そうなの？」

「その理由もわかってる」彼はひとつ息を吸った。「小説には最後に必ず答えがある。解決がある。探偵は犯人と対決して、犯人は罪を認める。わしらは答えを知ることができる。だが現実はそうはいかない。実際にはだれかが刑務所に入るかもしれないし、そうじゃないかもしれない。わしらは真実を知ることはできない。実際の、すべての明確な真実を知ることはできないんだ」

　マヤはなんと言っていいかわからなかった。

　カルは彼女の背後にある夜の街を指さした。

「行きなさい」と彼は言った。「きみがほんとうに彼を殺していないことを願うよ」

背の高い茂みに囲まれ、街灯も飛び飛びにしかなかったため、隣の丘につながる秘密の階段は、それなりにマヤを隠してくれた。丘の上に、より大きな明るい通りが見えた。

尾行はされていない。どんなカメラクルーが彼女の車を見つけたかは知らないが、何週間か張りこんでいてもらおう。

そのときポケットのなかで電話が震え、思わず声を出しそうになった。

やだ。落ち着くのよ。

クレイグからだった。「今、どこにいる？」

「どうして？」

「三丁目通りとアラメダ通りの角の交通監視カメラが、昨日の午前一時八分に赤の〈フォードF‐150〉が信号無視をしている写真を撮った。コロラドナンバーだ」

「ええ……」

「そのナンバーはウェイン・ラッセルの名前で登録されていた」

マヤは凍りついた。「ウェイン？　でも言ったわよね。彼は同窓会には来なかったって」

「たしかか？」

「あそこにはいなかったわ。プロデューサーは彼が断ったと言ってた。フランやトリーシャもそう言ってた。みんな彼とは何年も連絡を取っていないそうよ」

「じゃあ、なぜ昨日の夜、彼のトラックがロサンゼルスにいたんだ？」

マヤは思わず肩越しに振り向いた。何もなかった。

「コロラドの自宅に電話をしてもだれも出ない」とクレイグは言った。「ここにいるからだ。携帯電話の番号はわかっていない。警察も知らないらしい」

「どうして、みんなには来ないと言って……こっそりとロサンゼルスに現われたりしたの？」クレイグに訊いているのか、自分自身に言っているのかわからなかった。だが、その質問の答えが彼女に対する疑いを晴らす鍵になるかもしれなかった。

マヤは、陪審員室でウェインとリックが今にも取っ組み合いになりそうになったときのことを思い出していた。ウェインがリックに迫り、拳を机に叩きつけた。彼らは審議のあいだ、ほとんど同じ側にいた。そのことが逆にふたりの対立を煽ることになった。

クレイグが早口で話した。「きみは、ボビー・ノックがあのホテルに忍びこむことは正気とは思えないと言ったね。気づかれないはずがないと。そのとおりかもしれない。だが、五カ月もそこで暮らしていた人間だったらどうだろう？　ホテルの隅々まで知り尽くしている人間だとしたら」

マヤは自分自身が気づかれずにオムニ・ホテルに忍びこむところを想像してみた。できるだろうか？　たぶんできる。

「自宅に戻れ」とクレイグは言った。「そして荷物をまとめるんだ」

「どうして？」

「ウェイン・ラッセルは同窓会には来ないと言っていたが、リックが殺されたときに近くで目撃された。そして、彼が今どこにいるのか、だれにもわからない」

8

カル

二〇〇九年七月九日

カル・バローも、ロサンゼルス市警の刑事の顔を赤くさせることはさすがに難しいだろうと思っていた。だが、勤続三十一年のベテラン刑事、テッド・カンデロのスキンヘッドでさえも、ジェシカ・シルバーとボビー・ノックとのあいだのメールの文面を読み上げるときにはピンク色になった。

「〝きみの濡れて締まったプッシーを感じるのが待ちきれない〟」とカンデロ刑事は証人席で読み上げた。

彼はモーニングスター検事と、眼を合わせないよう必死になっていた。

「ジェシカはそのメッセージに返信しましたか？」とモーニングスターは訊いた。

「はい」カンデロは深く息を吸って言った。「〝あなたの硬いコックのことを一日中考えてる〟」

カルは笑いをこらえた。ロス市警の堅物の刑事が、法廷で〝硬いコック〟と言わなければならないのはいかにも不釣り合いだった。

「それはいつのことですか？」

「そのメッセージはジェシカの携帯電話から、今年の一月十一日午後二時八分に送られています」

「それから？」

カンデロ刑事は懇願するようなまなざしで検察官を見た。「ミスター・ノックが一分後に返信しています」

「なんと？」

彼はビニールでカバーしたプリントアウトをふたた

び読み上げた。「〃今日はぼくをからかうため《to》に授業でその服を着てたんだね〃」カンデロはそこで顔を上げた。「〃ｔｏ〃の文字は数字の2になっています」まるでそのことが、これまで不確かだったことを明らかにするかのような口ぶりだった。

「それから?」

「一分後、ジェシカが返信しています。〃下着を着てないのよ〃」彼はそこでことばを切った。「スペルミスがありますが……それも声に出して言ったほうがいいですか?」

　カルはジェシカの母親、エレイン・シルバーに眼をやった。この三カ月間、毎日傍聴席の最前列に坐っていた。いつものように黒ずくめの服を着ていた。まるで葬儀に参列しているようだ。証言になんの反応も示さず、背筋をまっすぐ伸ばしていた。この不快な出来事にも、だれに対しても、決して屈しないという表情をしていた。彼女の立場になってここに坐り、すべての証言を聞かなければならないなどということは想像できなかった。もし、ジェシカの死――いや、被告側弁護人のように〃ジェシカの失踪〃と言いなおすべきだった――が、そこまで悲しくなかったとしても、哀れな女性が平然と裁判に耐えているさまを見るのはひどくつらかった。

　ルー・シルバーが、妻のかたわらに現われることはいちどもなかった。耐えられないのだろう。カルには彼を責めることはできなかった。

　カンデロ刑事のセンセーショナルな証言は午前中いっぱい続いた。彼はボビーとジェシカのあいだの二十件以上ものいかがわしいメッセージを読み上げさせられた。また、ジェシカが送った写真についても説明させられた。そこには未成年者の裸が写っていたため、検察と弁護人双方が法廷で公開しないことで合意したのだった。

　ありがたいことに、その説明だけで充分だった。

カルは昼食時間にファラフェル（ひよこ豆のコロッケをピタパンなどに挟んだサンドイッチ）を食べながら、アガサ・クリスティーのペーパーバックを読んでいた。殺人を犯すという決断をすることについて、よく考えてみた。だれかに死んで欲しいと願うことは想像できた。だが、殺人を犯すのが自分だということは想像できなかった。刃物を振り上げて、それを他人の体に振り下ろすという肉体的な行為が、自分にできるだろうか？　理解できなかった。

クリスティーのミステリが好きだったのは、常にかぎられた数の容疑者しかいなかったからだ。シャーロック・ホームズの物語では、実質的にロンドンのほぼ半分が犯人になりえたのに対し、クリスティーの場合は、冒頭からはっきりと配置されたひと握りの容疑者しかいなかった。それでも物語が加速していくにつれ、何々卿ってだれだったっけというように、それぞれの登場人物を追っていくのが難しくなる。だが、彼らのうちのひとりが犯人であることは間違いなかった。クリスティーはフェアで、聞いたこともないような新しい登場人物が最後に犯人として浮かび上がってくるようなことはなかった。彼女の本はどれも独創的でひねりがあった。『オリエント急行の殺人』や、カルの大のお気に入りである『アクロイド殺し』、そして最も悲しいストーリーの『カーテン』など。他人《ひと》がクリスティーのことをなんと言おうが、犯人がだれかという点について、あらゆる可能性をやってのけたのが彼女だった。

クリスティーの小説の登場人物たちは、なぜ殺し合うのだろうか？　多くは金のためだ。ときに復讐のために、そしてごく稀に、愛のために殺す者もいた。

カルは陪審員室にいるほかの十四人を観察した。彼らは食事をしたり、読書やおしゃべりをしたり、パズルをしたりしていた。彼らのうちのだれかも殺人者になりうるのだろうか？

なんとも奇妙なキャスティングだった。ある意味、クララ・ショートリッジ・フォルツ刑事裁判所は、オリエント急行よりも異国情緒あふれる舞台だった。ここはシルバーレイクとロス・フェリズの境界にある、カルの家からは約六キロ離れた場所にあった。彼が所有しているか、管理しているほとんどの不動産物件からも歩いて来られる距離だった。イーストサイドの不動産売買業務――あるいは少なくとも不動産管理業務――が、カルが二十五年来やってきたビジネスだ。ヤシの木すらない荒れた黄塵地帯《ダストボウル》だった頃から、八〇年代に同性愛者が集まる街となり、さらにヒップスター御用達のカフェやピラティス・スタジオであふれかえるようになるまで、この地域の家賃相場は、着実に上昇を続けていた。彼のパートナーのドンも彼と同じくらいずっとこのあたりにいた。だが裁判所で会ったロサンゼルスの住人は、彼にとってはまったく異質の存在だった。地理的には彼の隣人であり、公的には同僚だったが、彼らがほかの星からテレポートしてきたように思えるのはなぜなのだろうか？

ここまで雑多な人々を集めることができるのには、何か壮大な考えがあるに違いない。ロサンゼルスの人々が、隣人たちと話すようになるために必要なのは、彼らのうちのだれかが別のだれかを殺すことだったのだ。

昼休みの終わりにカルは男子トイレにいた。ピーター・ウィルキーが隣に立ち、沈黙を破った。

「あのメールのメッセージ」

「ああ、すごかったな」

「ああいうメッセージを受け取ったことあるか？」とピーターは訊いた。「男から」

カルは肩をすくめた。

「女から送られてきたもののなかには、信じられないものもある。エロさじゃ、ピュリッツァー賞ものさ。ゲイの男からならさぞかし……」

カルは愛想笑いを浮かべた。ストレートの男が、自分の想像するゲイの生活の性的な放縦さについて話すときに、こういった奇妙な羨望を声ににじませることがよくあった。まるで嫉妬しているようだった。

「去年、携帯電話を手に入れたばかりなんだ」とカルは洗面台に向かいながら言った。「甥っ子がメールのやり方を教えてくれたんだが、どうして直接電話をしないのかわからんよ」

昼食のあと、被告側弁護人のギブソンがカンデロ刑事に反対尋問をする番になった。

「刑事」まるでいつもそうしているかのように、証人席に向かってゆっくりと歩きながら、彼女は言った。「ボビーとジェシカのメールを見て、かなりショックを受けたでしょうね？」

「ええ、マァム」

「スキャンダラスでさえあった」

「あなたがそう言うのなら」

「あの年の女の子にしては、挑発的なことばが多い」

カンデロはかすかに笑みを浮かべた。「ええ、わたしにも同じ年頃の娘がいます。驚きでした」

カルも警官に同意せざるを得なかった。最近の子供たちがネットで見るものときたら。

ギブソンは親しげにうなずいた。「それに彼女の教師も」

判事がモーニングスターをちらっと見た。異議を予想するかのように。だが、検察官は黙ったままだった。異議を唱えすぎたので、弾丸を節約していたのかもしれない。

「そうですね」とカンデロは答えた。

「これらのメールからどのような結論を導き出しましたか？」

「はい？」

「それらのメールの内容から何があったと考えましたか？」

「何があったか？」彼は一瞬考えた。「それらのメールは被告人と被害者とのあいだで交わされたものです」

「はっきりさせておきましょう、刑事。この時点で、つまりあなたがこれらのメールについて知った時点で、ボビー・ノックは被告人ではなく、ジェシカ・シルバーも被害者とはされていなかったのでは？」

「たしかにそのとおりです」

「ですが、あなたはこれらのメールが、ふたりが不適切な性的関係を持っていることを意味すると推測したんですね？」

「はい、そうです。そのことが彼女を殺害する動機になると考えました」

「ああ」とギブソンは言った。「なるほど」

彼女はしばらくそこで立ち止まった。物思いにふけっているかのように。そして証人席を見た。まるでそのとき初めて何かに気がついたかのようだった。

「ひとつ質問があります」と彼女は言った。「なぜそう思ったのですか？」

カルには彼女がどこに行こうとしているのかわからなかった。が、間違いなく彼女のことばに引きこまれていた。

「そうですね」と刑事が言った。「ボビー・ノックがジェシカとセックスしていることを、学校やシルバー家に隠そうとしていたと思ったからです。ジェシカにふたりの関係をだれにも言わないようにさせる必要があったとしたら、彼女を殺害する充分な動機になったでしょう」

「ええと、すみません、言いなおします。なぜ、あなたはボビー・ノックとジェシカ・シルバーがセックスをしていると思ったんですか？」

カンデロ刑事は唖然とした表情で見つめ返していた。

「メールのメッセージに……かなりはっきりと書かれていました」

「あからさまだったと?」

「ええ、マァム」

「ですがそのメールは、この時点で、ボビーとジェシカがすでにセックスをしていたことを示していますか?」

カルには法廷のなかの人々が身じろぐ音が聞こえた。

「はい?」

「いいですか」とギブソンは言った。「今朝最初に読んだメッセージを見てください」

「今、眼の前にはありません」

彼女は自分のメモを読み上げた。「〝きみの濡れて締まったプッシーを感じるのが待ちきれない〟——そうですね?」

「そう思います」

「〝待ちきれない……〟」と彼女はもういちどゆっくりと言った。「〝ターキーサンドイッチを食べるのが待ちきれない〟と言うとき、もうサンドイッチを食べたということでしょうか?」

控えめに言っても、刑事は動揺しているように見えた。

カルにもギブソンがどこに向かっているのかわかってきた。

なんてこった、彼女は優秀だ。

「異議あり」モーニングスターが立ち上がった。「ばかげた仮説です」

「どんな根拠で?」と判事が尋ねた。

モーニングスターはことばにつまった。「証言の範囲を越えています」

ギブソンが判事のほうを見て言った。「これらのメールについて、刑事に証言させようとしたのは検察官のほうです。彼が刑事にこれらのメールから推論を引き出すように言ったのです。証人の証言の範囲を越えているとしたら、州側がそうさせたのです」

判事は一瞬考えてから言った。「異議を却下する」

カルは法律上のテクニックについては知らなかったが、そんな彼でさえ、被告側弁護人がすばらしくスマートなことをやってのけたとわかっていた。

「刑事？」と彼女は言った。

「わたしは……その、ここにいる被告人がターキーサンドイッチのことを話していたとは思いません」

傍聴席から笑いが起こった。カルはエレイン・シルバーを見た。哀れな女性。

ギブソンは微笑んだ。「いいでしょう。次のメッセージはどうですか？　それも読み返しましょうか？」彼女はメモをチェックした。「〝今日はぼくをからかうために授業でその服を着てたんだね〟」

「それは」とカンデロ刑事は言った。「被告人が被害者の服を気に入っていたことを意味しています」

彼女は厳しいまなざしで刑事を見た。「被害者とされている人物です」

「被害者とされている人物の服を」と彼は言いなおした。

「ありがとうございます」と彼女は言った。「ボビーは〝待ちきれない〟とか、〝考えてる〟とか言ってますが、彼らが実際にセックスをしたかどうかはこれらのメッセージのどこからもわからないんじゃないですか？」

カンデロ刑事はビニールでカバーされたプリントアウトのシートを手に取った。そのページを素早くめくって眼を通した。

「違う？」とギブソンは言った。軽い口調だった。この大きなかしこまった法廷で自分が何をしているのかちっともわかっていない、ちょっと鈍いティーンエイジャーのように。

カルは、彼女が捕食者と獲物のあいだを簡単に行ったり来たりするさまを、感心して見ていた。

「異議あり、裁判長」モーニングスターがふたたび立ち上がった。風向きが変わったと感じ取ったのだろう。しかし、逆風に立ち向かおうとしていたのだとしたらうまくいかなかった。カルは検察官の声にストレスを聞いて取った。「質問になっていません」

「言いなおします、裁判長」ギブソンは冷静に言った。「刑事、これらのメールと写真はすべて同じ日に送られていて、教師と生徒のあいだのショッキングなまでに不適切な関係を示しています。ですが、あなたの捜査で、ボビー・ノックとジェシカ・シルバーが実際に性行為に及んだことを証明する明確な証拠は見つかりましたか？」

カンデロ刑事はまだシートをめくっていた。探していたメッセージは見つからなかった。最後にシートを机の上に戻した。

「いいえ、マァム」と彼は言った。「ありませんでした」

カルは傍聴人からつぶやきが起きるのを聞いた。判事が小槌を叩いて全員に静粛を命じなければならなかった。

「もし、ボビーとジェシカが実際にはセックスをしていないのだとしたら」とギブソンは続けた。「ボビーの犯行動機に関する検察側の説はどうなるのでしょうか？」

カンデロ刑事は不満を隠せなかった。「ふたりがセックスをしていなかったからと言って、彼が彼女を殺していないとはかぎりません」

「もちろんです、刑事。もちろん。ですが……」彼女はモーニングスターのほうを手で示して言った。「通路の反対側にいるわたしの友人は、ボビー・ノックが秘密の性的な関係を隠すためにジェシカ・シルバーを殺したのだと示唆しました。そこでお尋ねしたいのですが、専門家の意見として、その関係が正確には性的なものではなかったとしても、検察側の主張には同じだけの意味があるのでしょうか？」

すぐにモーニングスターが立ち上がって異議を唱えた。今度は認められた。証人は質問に答える必要はなかった。

だがカルは、かすかな疑いが形成されていくのを感じていた。

9

彼はこれだけをしてたわけじゃない

現在

マヤが丘をなんとか登って自宅に着いた頃には、十一時近くになっていた。ルー・シルバーの造り上げた新しいダウンタウンの輝きがシルバーレイクの丘を遠くから照らしていた。唯一近くにある光は、彼女の隣人の窓からのもので、よそよそしい温かさがカーテンの後ろに隠されていた。

家の前の通りにはだれもいなかった。今のところは、自分が正しい――だれもまだ自宅の住所はつきとめていない――と知って、少しリラックスした。

そのとき前庭の芝生で何かが動いた。

一瞬、気のせいかと思った。胃が恐怖でゆがんだ。

暗闇のなかに人の形が現われた。彼女の家の窓の灯りを背景にした、人の輪郭だった。だれかが家の前庭にあるヤシの木のあいだを音もなく歩いていた。

マヤは隣人の家の、木でできた門の陰にうずくまった。自分の心臓の鼓動を感じることができた。

それがだれであれ、その人影は、暗闇のなかを抜けて芝生の端まで滑るように進んだ。もしパパラッチなら、金になるのはマヤの写真だけだ。そのためには通りの向かい側で、彼女が現われるのを待つのが一番確実な方法だった。なのにこの男は庭をうろついている。

ウェインだ。

マヤはできるだけ速く走ってこのブロックを離れ、９１１に通報すべきだとわかっていた。だが、警察が到着する頃には、ウェインはいなくなっているかもしれない。検察側はこの通報を彼女に不利に利用するだろう。もし自分が彼らの立場だったら、同じことをする。

マヤは携帯電話を取り出し、スクリーンの灯りが漏れないように胸に押し当てた。ビデオカメラのスイッチをオンにした。

門の後ろから跳び出すと、庭に向かって走り出した。携帯電話を掲げ、フラッシュライトをつけた。

「きゃっ」

女性の声だった。聞きなじみのある声。その女性は光に驚いて、顔の前に手を差し出した。

「警察を呼ぶわよ」とマヤは言った。

「待って、わたしよ」

《マーダー・タウン》の若いＰＡ、シャノンが手を下ろした。

「ここで何をしてるの」とマヤは言った。

「あなたの友達のクリスタルが住所を教えてくれたの……あなたの力になりたいと思って」

「どうやって力になってくれるというの？」

　シャノンは大きなマニラ封筒を頭の上に掲げた。武装したSWATに降伏しているようだった。携帯電話を持った弁護士にではなく。

「あなたがだれかを殺したなんて信じない」とシャノンは言った。

「ありがとう」

「リックは番組のスタッフがすべてのファイルにアクセスできるようにしてたの。ジェシカ・シルバーの失踪に関して彼が知ったすべてに」

「彼は何を見つけたの？」

「わからない」シャノンはマニラ封筒を差し出した。

「でも、これが教えてくれるかもしれないわ」

　シャノンが待っているあいだ、マヤは衣類をいくつかボストンバッグに入れ、ほかにもノートパソコンと充電器をひとそろえ、ブリーフケースに詰めこんだ。

「あなたの車で行きましょう」と彼女はシャノンに言った。

「どこに行くの？」

「安全な場所よ」

　渋滞はなかった。シャノンは黒の新しい〈BMW〉を西に走らせた。

「いい車ね」とマヤは言った。エンジンの音を聞きながら、どうすればPAが〈BMW〉を買えるのだろうかと思った。

「両親のです」訊かれる前にシャノンはそう答えた。

　サンタモニカにある、クリスタル・リュウの家は手入れの行き届いた竹によって通りからさえぎられていた。深夜ちょっと前、彼女はスウェットパンツと古いTシャツという姿で戸口に現われた。

「大事なデートの日じゃなかった？」とマヤは言った。

クリスタルは彼女のことばを無視してシャノンのほうを見た。「ねえ、ほんとうにマヤのことを自分のヒーローだって言ったの？」

「もちろんです。どうして？」シャノンは悪びれもせずにそう言った。

　クリスタルのセンスのよい、ミニマリストふうのリビングルームで、シャノンはマニラ封筒を開けた。そこには《マーダー・タウン》の新人スタッフに対する注意事項が一式入っていた。駐車場の利用に関する注意、給料の支払い、欠勤に関する方針、そして番組のクラウド・ストレージ・システムへのアクセス方法。

　シャノンはクリスタルのパソコンを使ってログインした。「リックが番組に提供したものはすべてオンラインで保管されているの」

「だれかアクセスを追跡できるの？」とマヤは訊いた。

「もちろんです。今はわたしのIDを使ってログインしてる。でも、クリスタルのIPアドレスから」

「どういうこと？」

　シャノンはあきれたというように眼をぐるりとまわした。マヤは彼女に最後に会ってから、自分がこれほど年を取って、役立たずだと感じたことはなかった。

「クリスタルのパソコンには固有のIPアドレスがあるの。番組スタッフのだれかが、ログインした物理的な場所を特定しようとすれば、彼女のパソコンからアクセスしたことがわかるでしょうね。でも、なぜ特定しようとするの？　だれかがシステムに侵入したわけじゃないし。彼らはすでに警察にもアクセス権を与えてるはずよ。今夜はすでにたくさんの新しいIPアドレスからアクセスがあったはず」

　マヤはクリスタルのほうを見た。クリスタルはうなずくと言った。「やって」

　シャノンは〝リック・レナードからの提出資料〟というタイトルの大きな容量のファイルをダウンロードした。

「彼らがチェックして、わたしたちがこの情報を利用したことがばれたら、クビになるわよ」とマヤは言った。

シャノンは肩をすくめた。「正直に言っていい？」

「今まではそうじゃなかったの？」

クリスタルのパソコン上で、彼女はファイルをクリックした。「この仕事はクソよ」

その後、マヤはシャノンが報酬を得ていないことを知った。彼女はインターンで、どうやらコネチカットの資産家の出身らしかったが、正確なところはマヤも詮索しなかった。

三人はそれぞれ別のソファに坐った。シャノンがクリスタルのパソコンを操作しているあいだ、クリスタルは自分のｉＰａｄを使った。マヤは自分のパソコンの電源を入れた。

クリスタルがシルバー一家のファイルを担当した。シャノンは科学的な証拠を担当し、マヤが資料の残りの大部分——ボビー・ノックに関する資料——を引き受けた。

ジェシカ・シルバーの失踪に関するリックの十年に及ぶ調査は徹底していた。マヤは少なからず予想はしていたものの、それでも彼の執念深さに驚かされた。そこには事件のすべてに関する詳細なファイルがあった。ＤＮＡ分析。法医学の専門家に対する十数回もの面談記録。携帯電話の三角測量に関する理論。無線ネットワークが機能するための電波技術に関する、二十ページにも及ぶ解説。ルー・シルバーの不動産王国の歴史には、財務データだけでなく、もと従業員からの証言も含まれていた。またエレイン・シルバーの家系図には、億万長者となるルーと結婚する前に、彼女がどんな苦労をして育ってきたかが記されていた。ほかにもジェシカ・シルバーの成績表——幼稚園まで遡っていた——があり、そしてもちろんボビー・ノックの人生と悪行についても、数えきれないほどのページを割いて記録していた。

マヤは自分自身の作った事件のフォルダーのことを思い出した。リックがホテルの彼女の部屋で見たものだった。彼はそこに自分に匹敵するほどの執念を見ることを予想していたのだろうか？ 彼女のフォルダーはなんとも貧弱で薄っぺらいものだった。

彼は殺される前に、ひとり彼女の部屋でそのフォルダーに眼を通していたのだろうか？

死ぬ前の彼女への最後の思いは、失望だったのだろうか？

マヤは深夜一時過ぎにコーヒーを淹《い》れにキッチンに行った。こんな遅くにコーヒーを飲むのはロースクール以来だった。

クリスタルのノルウェー製のしゃれたコーヒーメーカーと格闘していると、シャノンがやって来た。シャノンは数秒でコーヒーメーカーを動かした。

「ウェインがやったんだと思いますか？」とシャノンは訊いた。

マヤはわからないと答えた。ウェインの嘘――さらに姿を消したこと――は、彼が間違いなく何かを隠していることを意味していた。しかし、それは複数の陪審員が関与しているというクリスタルの陰謀説に信憑性を与えることにもなった。

「ウェインが殺したのかもしれない」コーヒーを注ぎながらマヤは言った。「でも、彼が計画したんじゃないと思う。彼にはどこか鈍いところがあるから、やったとしても単独犯とは思えない」

「ありがと」陰謀説を支持されたクリスタルが隣の部屋から声をかけた。

シャノンは、お気に入りのテレビ番組のワンシーンに連れてこられた登場人物のような表情をしていた。ワクワクするような刺激と神経の昂《たかぶ》り。そしてこれがほんとうに自分に起きているのだということがどこか信じられないようだった。

マヤは、リックが話を聞いた人々の数の多さに驚いた。教師や大学のクラスメイト、幼なじみにもインタビューをしていた。全員についてメモがあり、その多くは録音されていた。

「リックはいつこんなことをしていたのかしら？」とマヤは訊いた。

「十年もあったじゃない」とクリスタルが答えた。

「これが、彼が十年間にしてきたすべてなのかしら？」マヤは疑問を口にした。

「そうみたいです」とシャノンは言った。

マヤは彼女に顔を向けて言った。「どういう意味？」

「わたしたちはリックに関するシーンを撮ることから始めました。数週間前に。その……わたしは何もさせてもらえなかったけど。そこで彼は、裁判のあとどこにいたのか話してくれたんです」

「どこにいたの？」

「ここ、ロサンゼルスです。評決が出た六カ月後に大学院を中退しています。ほかの大学院生や教授たちとのあいだでピリピリした雰囲気になってしまったみたいです。ついていくのも大変だったんでしょう。学校の避雷針になったみたいなものですから。いい意味ではないけれど」

「いい論争と悪い論争があるわ」とマヤは言った。

「リックは悪いほうだったのね？」

「ええ」

「それで彼はずっとロサンゼルスにいた。それで……？」

シャノンは肩をすくめた。「とり憑《つ》かれた」

「あの本を出版した」とクリスタルが言った。「あんたがどれだけひどいかについて書いたあの本」

マヤはクリスタルに眼をやった。

「でも、そのあとは？」マヤはシャノンに訊いた。

「お金はどうしてたの？」

「しばらくは本の印税で賄《まかな》ってたみたいです。貯金をして、投資もしてたんじゃないかな。その辺の細かいところはよくわからないですけど」

シャノンは間違いなく東海岸の裕福な家の出身だ。

「ということは」とマヤは言った。「裁判のあとリックがしてたのは、ジェシカ・シルバー失踪に関する調査だけってこと？」

「彼はそう言ってました。すごく孤独だったと思う。彼の家族も大変だったみたい。評決のあと、両親は離婚しています。ふたりとも今も……えーと、どこだったかしら……」

「ノースカロライナよ」とマヤは言った。リックの両親について聞いたのを思い出した。裁判のあいだ、それぞれの家族の話は安全な話題のひとつだった。シャノンが自分よりもリックの家族のことを知っていることがどこか腹立たしかった。

リックはわたしに話したくなかったのだ。なぜ？

「信じらんない」とクリスタルが言った。「なんであの事件をそのままにしておかなかったの？」

マヤには完璧に理解できた。

「わたしたちのだれもそのままにはしておけなかった」とマヤは言った。「そのふりをしていたとしても」

クリスタルは珍しく何も言わなかった。

昨日、マヤは自信を持ってリックに言った。あの事件をもう乗り越えたと。だれがジェシカを殺したかを考えるのはやめた、気にするのはやめたと。

なんと虫のいい戯言《たわごと》だろうか。

マヤはデジタルファイルを三分の一ほど読み進んだところで、気になるものを見つけた。

「リックはボビー・ノックに会いに行ってる」と彼女は言った。リックの調査がここまで徹底したものだったのなら、当然容疑者に直接尋問する方法を見つけていたはずだ。だが、彼女は、リックとボビーが実際に会っていたとは信じられず、考えてもいなかった。

「いつ？」とクリスタルが訊いた。

マヤは簡単に説明した。「ボビーはここから数時間北に行った小さな街に住んでいる。リックは四月五日に会いに行っている。ファイルにはそれしか書いてない。彼と話したのに、記録も録音も残っていない」

シャノンが眉をひそめた。「それはちょっと……奇妙ですね、そうじゃないですか？」

マヤはうなずいた。「ここにはエレイン・シルバーのフロリダにいる貧しいいとこについて記録した数ページがある。彼女がロサンゼルスに来てルーと知り合う前に育ったトレーラーパークについても。でも、リックが十年間も刑務所に入れようとしてきた男との会話の記録はない。変ね？」

「そしてその彼も今は姿を消した」クリスタルがソファから指摘した。

マヤは顔をしかめた。「彼は五カ月前に消えている。クレイグはそう言ってたわ……」リックが訪問した日をもういちど見た。「ボビーの保護観察官は、いつ彼の仮釈放違反を報告している？」

クリスタルとシャノンは互いに顔を見つめた。その情報はどこにあっただろうか？

マヤはふたりのマイクにメールをした。

ひとりが二十秒後に返信してきた。その十五秒後にもうひとりも。

「ボビーは四月九日に仮釈放違反をしてる」とマヤは携帯電話のメールを読み上げた。「そしてそれ以来、だれも彼に会っていない」

クリスタルはマヤを見上げて言った。「ボビー・ノックはリックが訪問した四日後に消えている」

「つまり、リックが何を見つけたにせよ」とシャノンは言った。「ボビーにとっては仮釈放に違反するよりも恐ろしいことだったということですね」

一時間後、マヤはとうとうイライラしてパソコンを押しやった。

「もうこれ以上はないわ」と言った。午前三時、サンタモニカは不気味なほど静かだった。マヤは自分の声の大きさに驚いた。「ジェシカの血液がボビー・ノックの車のトランクにあったという検察側の主張を支持する別の科学者をリックは見つけている。たいしたもんね」

「たいしたことないんじゃない?」とクリスタルは言った。

「目新しいものではないわ。何百ものページに眼を通したけど、十年前に死ぬほど議論されたものばかり。新しい法医学の技術も何も明確には証明していない。ジェシカに似ている女の子を失踪した当日に見たような気がする、と証言した、ボビーのアパートメントの近くにある合鍵屋の店員の宣誓供述書がある。これもたいしたものね」

シャノンがスクリーンを見ながら言った。「こっちも同じです。つまり……全部もう知ってるものばかり」

「あたしはこの件については何も知らなかったけど」とクリスタルは言った。「読んだもののなかに、あたしがボビーだったとして、〝ワオ、すぐに消えなきゃ〟と思わせるものはなかったわ」

マヤは立ち上がった。「リックが見つけたものがなんであれ、ここには入《い》れなかったようね」

シャノンは当惑したような表情をした。「でも彼がわたしたちに渡したのはこれで全部です」そう言うと立ち上がって背筋を伸ばした。「次の日にはわたししたちに説明することになってました。彼が殺された日の翌日……えーと、今日ですね。やだ、まだ今日でいいの？」

　クリスタルはスクリーンの時計を見て言った。「昨日ね。正確には」

「番組スタッフのだれもこの資料に眼を通してないの？」とマヤは訊いた。

「実際には見てません。彼の説明を待っていたから。今となってはだれが説明するのかわかりません。警察やらなんやらのせいで」

「警察がこのすべてをくまなく調べることはないわ」マヤはデイジー刑事のことを考えた。刑事はマヤに不利なように事件を組み立てようとしていた。「警察はわたしに照準を合わせている。わたしを逮捕するのに役立たないものは無視するはずよ」

　クリスタルはｉＰａｄの画面をスワイプした。「ふーん、なるほど。でも、少なくともここに、彼らが興味を持ちそうなものがあるよ」

「どういう意味？」とマヤは言った。

「ファイルがある」とクリスタルは言った。「一番下に。マヤ・シールという名前がついてる」

「何が入ってる？」マヤはクリスタルの隣に坐った。

　クリスタルがタップすると、スクリーンにマヤの写真が現われた。あるものはボビー・ノック裁判のときの写真、あるものはそれ以前の写真だった。そしてあるものは……彼女が別の法廷にいるときの写真だった。別の事件だ。あの裁判のずっとあとの。

「すごっ」とクリスタルは言った。

　シャノンもソファに加わった。「見て、裁判記録っていう別のフォルダーもある。あなたが関係したすべての裁判ってこと？」

　マヤは寒気《さむけ》を覚えた。震えが肌を走った。

「あんたのロースクールの成績証明書がある」とクリスタルは言った。「すごい……あんた不法行為でＡ取ったの？」

　マヤはまた胃がひきつるような感覚を覚えた。「どうしてリックはこれだけの時間をかけてわたしのことを調べたの……？」

　クリスタルが別のフォルダーをタップした。今度のフォルダーにはジェ・キムと書いてあった。

　ジェの写真でスクリーンが埋め尽くされた。彼によく似た若者たちの写真があった。子供たちなのだろう。全員の雇用記録があった。

「あなただけじゃないのね」とシャノンがささやいた。

　マヤはスクリーンに手を伸ばした。ジェ・キムのファイルを閉じると、次のファイルをタップした。そこには陪審員ひとりひとりのファイルがあった。ライラ・ロザレス。フラン・ゴールデンバーグ、キャシー・ウィン。ピーター・ウィルキー。カロリナ・カンシオ。ウェイン・ラッセル。ヤスミン・サラフ。トリーシャ・ハロルド。カル・バロー。

「リックは事件の捜査に十年を費やしたんじゃない」とマヤは言った。胃がぎゅっと締まった。「彼はわたしたちを調べていたのよ」

10

ピーター

二〇〇九年七月十日

ピーター・ウィルキーは、女性が眠っているあいだにホテルの部屋に忍びこんだ、初めての夜のことを思い出すと、今でも笑みがこぼれた。ひどく緊張していた。汗をかきすぎて、手のひらが濡れてしまい、彼女がフロントに残しておいてくれた、カードキーも湿らすほどだった。

世界で一番長いエレベーターに乗っているような気分だった。カードキーが使えなかったらどうしよう？ 彼女が彼を見て怖くなり、間違いを犯したと悟ったら？ くそっ、頭がどうかなりそうだ。

ホテル・ハイアット・リージェンシー・ロングビーチの五階、五二一号室に着く。部屋番号は今でも覚えている。よかった、カードキーはちゃんと使える。暗闇のなか、忍び足で絨毯敷の床の上を歩いた。ベッドに彼女がいた。ぐっすり眠っている。髪の毛が顔を覆っていた。

前日に彼女が送ってきた写真のとおりであることを願った。

衣服をすべて——下着も——脱ぐと、ベッドのなかに潜りこんだ。彼女は少し動いたが、眼は覚まさなかった。

一分ほどそのまま横たわっていた。もちろん怖かった。だが眠っている見知らぬ女性の隣に横たわっていることに刺激を感じていた。おれはだれだ？ そう思った。

彼は咳きこんだ。芝居がかった咳だった。

彼女が彼のほうに転がって眼を開けた。一瞬、パニックに陥ったようだった。この人はだれ？　何が起きてるの、と。

彼女は彼の頭をつかむと自分のほうに引き寄せた。そしてふたりはことばも交わさずに一晩中ファックした。

彼女がeメールで頼んだように。

それは二年前のことだった。これまでにしてきたなかでも一番ホットな出来事だった。〈クレイグスリスト〉（インターネット上のコミュニティサイト。不用品の売買、求人、仲間の募集などを個人が書きこめる）でこんなにも人々がワイルドになれるなんて、全然知らなかった。

インターネット万歳！

アイデアは友達の友達から聞いたものだった。サンセット大通りのよくあるいかがわしいストリップクラブで、べろんべろんに酔っぱらったその男は、ピーターにほとんどの男が抱えている問題は、だれもが自分に正直でないということだと言った。〝いつかいっしょに飲まないか〟〝家まで送ろうか？　変なことはしない、約束するよ〟――男はいつもこんなふうにほのめかしながらじゃれかかっている。

そんなくだらないことにどんな意味がある？　そんなんじゃ、だれもひっかかりゃしない。

そう言うと、その男はネットに投稿したものをピーターに見せた。〝ハイ、こちらは高学歴で運動神経抜群、健康的で性的に大胆な、性病知らずの四十代男性です。一夜かぎりの匿名のセックスの相手を探してます。そこでお願いです。ずっとやりたいと思ってたけど、彼氏や旦那さん、彼女が興味を持ってくれなかったことはないですか？　あなたの心の奥底の妄想を教えてください。そうすればあなたの心の彼氏になります。名前も会話もその後の連絡もなし〟

そしてその男は自分が受け取った反応をピーターに

見せた。嘘みたいだった。一週間に三件から四件、女性からひどく具体的な妄想をつづったeメールが送られてきていた。〝ラニヨン渓谷のみんなから見えるところでセックスをしたい〟とか、〝我慢できなくなるまで、あなたをくすぐりたい。それから上に乗って、押さえつけてくすぐり続けるの。そしてわたしたち……〟

翌日、ピーターは最初の投稿をした。〝ハイ、ぼくは教育を受けた、独身、ストレートの三十代白人男性です。あなたの心の奥底の満たされない妄想を聞かせてください……〟数時間で返信があった。〝ホテルの部屋で見知らぬ人の隣で目覚めたいと、ずっと思っていたの。文字どおり、ひとこともことばを交わしたことのない人と……〟そしてその週末、彼はホテル・ハイアット・リージェンシー・ロングビーチの部屋に忍びこんだのだった。だが、二回目の投稿にはなんの反応もなかった。そこで彼はいろいろと表現を試してみた。

彼が見つけたコツは、あまり扇情的にならないことだった。よりストレートで、率直であればあるほどよかった。明確、直接的、簡潔に。何を一番恐れているにしても、恐れる必要などないのだと教えてあげるのだ。

やがて科学的な響きのあることばも役に立つと気づいた。〝セックスは体にいい！〟ということばで始めた。〝充実したセックスライフを送ると、血圧が下がって平均寿命が五年から八年延びる研究結果がある〟。でたらめだった。それでも〝研究結果がある〟と言えば、人々はそのあとに続くことばをなんでも信じた。彼の投稿がわいせつでなく、科学的であればあるほど、反応も多かった。

ある女性は大音量で音楽をかけたがった。夫がまったく音楽をかけさせてくれず、完全に静かでなければだめなのだそうだ。ピーターが会ったとき、彼女はi

Ｐｏｄの大きなスピーカーを持ってきて、ベートーベンをかけていた。いや、ブラームスだったかな？　クラシックだったのは間違いない。

もっとアグレッシブなことを頼んできた女性もいた。

〝わたしのアパートメントに押し入って欲しい。ほんとうに押し入るんじゃなくて。ドアには鍵をかけておかないから。でも、強盗みたいに入ってきて欲しいの。マスクをかぶって……〟。最初、ピーターはそんなことはできないと思った。スキーマスクをかぶるのはばかばかしく思えた。だが、ドアを開けて、彼女がシャワーを浴びているのを見ると……すごく興奮した。そのスリルはセックスよりもよかった。

そのあとに穏やかな妄想に戻るのは、奇妙な感覚だった。消防士の制服を着たり、温かい蜂蜜をかけたりしたが、あのときのようなクソ強烈なアドレナリンの爆発は感じなかった。ある女性は、アパートの非常階段で、鍵穴に鍵がささったままの状態で襲って欲しいと言ってきた。すごかった。また別の女性は、冗談ではなく、台所の窓から押し入って欲しいと言ってきた。彼は映画でやるように、肘で窓を叩き割ろうとした。

ガラスはびくともせず、一週間は腕がひどく痛んだ。

彼が最後に投稿したのは、陪審員に選ばれる数日前だった。その女性はほとんどすぐに反応してきた。

〝拝啓、ヘルシー・セックスライフさん。自分がこんなことをするとは思っていませんでした。**ほんとう**はそんな女じゃないことを知って欲しいんです。でも、わたしの**夫**が〟――彼女たちはいつも夫を言いわけにした――〝**身体的**にもう多くのことができないんです〟――情状酌量すべき状況というわけだ――〝それにあなたは充分信頼できるようだし、**安全**みたい。**安全**なことはお互いに**重要**なことよね〟。彼女はやたらと太字で強調したがるタイプのようだ。夫？　身体的？　重要？　何を考えて、これらのことばを太字にしたのだろう？

その女性はウエスト・ハリウッドにある小さなプールつきの家でするのを望んだ。その夜、彼が行ってみると、言っていたとおりゲートが開いていた。ガラスのドアをすり抜けると、ベッドで待っている女性を見つけた。彼は医者が使うようなラテックスの手袋をするように言われていた。手袋はコンドームのようなにおいがした。

そしてまた顧客を満足させた。

ピーターはときどき、以前恋人に頼みこんだり、おだてたりして、なんとかセックスをしようと必死になっていた頃のことを思い出した。なんであんなふうに生きていられたのだろう。いまはもっと正直に生きていた。もっとリアルだった。

ところが今の彼を見て欲しい。オムニ・ホテルの廊下を歩いている。法廷での長い一日のあとで。シャワーを浴びながらマスをかくか、ケランがこっそり持ちこんだくだらないDVDを見るしかすることがなかった。最後にセックスをしたのはいつだっただろう？インターネットを通じて相手を見つけるクレイジーなセックスではなく、どんなものであれ、セックスをしたのは？頭がおかしくなりそうだった。

裁判所の善良な連中は、ホテルでの隔離が始まるとすぐに、彼の携帯電話を没収した。ピーターは犬のようにムラムラしていた。これまでの人生のなかで一番退屈していた。しかも先が見えなかった。彼がカードキーをドアのロックに通していると、ライラ・ロザレスが部屋から出てきた。あんなタイトなジーンズを法廷で穿《は》くなんて信じられなかった。だが、彼が文句を言うすじあいのことではない。彼女は陪審員のなかで一番セクシーだった。ずば抜けていた。「ハイ」とライラが言った。

ピーターの手がドアノブを握った。

「ハイ」

彼女が通り過ぎると、古びたホテルのなかをフローラルな甘い香りが漂った。ピーターは彼女がエレベーターに消えるまでずっと見ていた。

そして部屋に入ってドアを閉めた。

ああ、ほんとうに頭がおかしくなりそうだ。

その日の午後、被告側弁護人のギブソンは、膝の上まである黒のスカートに白いシャツといういでたちだった。シャツが薄かったため、ピーターにはその下のブラジャーのラインが見えた。この服は前にも見たことがあった。お気に入りだった。

状況はそこまで悪くなっていた。ブラジャーのラインにまで興奮していた。

ギブソンは法廷の床を大股で歩き、検察側の証人に襲いかかろうとしていた。男のなかには、そのような自信にあふれた態度に萎《な》えてしまう者もいたが、ピーターは違った。彼はミソジニストではなかった。自分の欲しいものを知っていて、それを手に入れる方法を知っている女性は好みだった。

その日はジェシカ・シルバーのＤＮＡについて議論された。ギブソンがなぜジェシカの毛髪と血がボビーの車の助手席から発見されたかについて簡単な説明をした。ボビーは放課後、ジェシカと時間を過ごしたことを否定しなかった。車に乗せたこともあったので、彼女の毛髪は、そのときに付着した可能性があった。同様に、彼女はたびたび鼻血を出していたので、そのときのものが血痕として黒い布製のシートに残っていたのかもしれなかった。

ピーターも、そしておそらくほかのみんなも、その説明に納得した。だが、どうして彼女の血が彼の車のトランクにあったのだろうか？　自分の車のトランクにだれかの血が残されていたとしたら、どんなばかでも何か悪いことが起きたと考えるだろう。

警察の鑑識の専門家のひとり——パンツスーツ姿の中国系の女性——がしばらくのあいだ何かを話してい

たが、ピーターはうわの空だった。裁判が始まってからずっと寝不足だった。延々と証言の続く毎日に集中力を保つのが次第に難しくなっていた。運動もあまりしていなかった。肉体的にも性的にも何もしていなかった。

「ふたつのサンプルは」その専門家が言った。「係員によってわたしのデスクに届けられました」

「係員があなたのデスクの上に置いたんですか？」とギブソンは言った。

「わたしの使っている机があります。サンプルをその上に置いて、そのあと、それをポリメラーゼ連鎖反応装置にかけます。先ほど説明した装置です」

ピーターはオンラインで女性からもらったなかで一番のメッセージについて考え始めていた。それはもちろん最初のやつだった。あのホテルの部屋に忍びこむスリルといったら……

法廷のあちこちから、息を飲む音が聞こえた。ピーターはあわてて注意を戻した。

「では、ふたつのサンプルを、そのように互いに並べて置いたのは明らかに手続き違反だったんですね？」とギブソンが訊いた。

「厳密に言えば」と鑑識の専門家は答えた。

「それは〝イエス〟と言っているように聞こえますね」とギブソンは言った。「それらが机の上で、隣同士に置かれていたあいだに、これらふたつのサンプルに何かがあったのではないですか？」

「それはありえません」

「助手席から採取したサンプルがトランクから採取したサンプルに触れた場合、トランクから採取したサンプルに、あなたが発見した微量のジェシカのDNAが含まれると考えることはできますか？」

「その可能性は極めて低いと言えます」

「申しわけありませんが、〝はい〟か〝いいえ〟で答えてもらえますか」

ピーターはふたりの女性のあいだで交わされている短いにらみ合いを愉しんだ。

「はい」と鑑識の専門家は答えた。「もし、ふたつのサンプルが机の上にあったあいだに、汚染があった場合――」

「手続きに違反して同じ机の上に、ふたつのサンプルを置いたことを認めるのですね?」

「その可能性は極めて低いですが、そのような汚染が発生した場合、あなたの質問に対する答えは〝イエス〟です。その結果として、わたしが発見したテスト結果となる可能性はあります。ですが、もういちど言いますが、その可能性は極めて低いです」

「可能性は低い」とギブソンは繰り返した。彼女は陪審員のほうを向いた。「それはわたしには、その疑いがあるというように聞こえますね」

判事はその日は早めに休廷を宣言した。ピーターは、ほかの陪審員とともにヴァンに乗ってホテルに向かった。彼は前の列にいたライラから眼をそらすことができなかった。彼女はいくつだった? 十九歳? ヴァージンのはずはない。

部屋に入る頃には勃起していた。バスルームに直行して自分で処理するつもりだった。興奮しているわけではなかった。お愉しみのようなものだ。だが少し神経質にもなっていた。心配といってもよかった。勃起していることが病気の一種で、薬を飲まなければならないかのように。

バスルームのドアを押し開けた。

そこにはメイドがいた。シンクにかがみこんで手の届きにくいところを拭いていた。彼女の制服は体にぴったりとフィットしていた。腰をかがめている姿が美しかった。

水が激しく流れている。彼が入ってきた音は聞こえなかったのだろうか?

自分が何をしているのか——あるいは何をしようとしているのか——わからないまま、一歩近づいた。何かが起きている感じがしたが、それがなんであれ、自分がそれをしているとは思えなかった。

それはただ……本能だった。

彼女が彼の気配に気づいたときには数十センチまで近づいていた。彼女は驚いて彼のほうを向いた。が、彼が彼女の肩に手を置いた。強く。動きを奪った。いつものやり方で。

「お客様！ 何をするんですか！」

彼女は混乱していた。彼は体を押しつけ、その質問に答えた。

「お客様、やめてください」

だが、その言い方は、彼にeメールを送ってくる女たちと同じように聞こえた。抗議するのが好きな女たち。だめと言うふりをして興奮している女たち。

彼女の口を手で抑えた。

怯えていた。ほかの女たちが怯えていたように。それがいっそう彼を興奮させた。

シンクに押しつけた。

彼女が望んでいるのだ。ピーターはそう考えた。自信満々で、絶対にそうなのだと。制服のシャツを引き裂くと、ちぎれたボタンが冷たい床の上を音をたてて転がった。

11　ミラクル

現在

　人々が自分の罪となる秘密を持っていないなどという幻想を、マヤはとっくの昔に捨てていた。彼女がこれまでに証人席に坐らせた証人はいつも、その証言に疑問を抱きたくなるような罪を過去に犯していた。リックが準備した、陪審員に関する資料を読んでも彼女は驚かなかった。だが、リックが彼らの罪を引き出したスキルには感銘すら覚えていた。

　彼女は自分自身の罪から始めた。思ったとおり、そこにはふたりの関係が記されていた。「わたしリック・レナードは、マヤ・シールと三ヵ月にわたって関係を持っていた。ふたりの関係が始まったのは……」

　最後に、ふたりのあいだに何があったのかについての、リック自身による説明があった。自分がふたりの関係についてのリックの説明を、どれだけ聞きたかったのかに気づいた。自分と同じように話すだろうか？　彼女のことをどう思っていたのだろうか？　彼女が彼のことをどう思っていると考えていたのだろうか？

　だが、ここでは答えを見つけることはできなかった。彼の説明は簡潔で、ことばには感情がこもっておらず、そのトーンは堅苦しかった。リックはふたりの不正行為を扇情的にも感傷的にも見ていなかった。彼の心のなかにあったものは、これまでにないくらい痛々しいほどのよそよそしさだった。

　マヤのファイルには彼女の依頼人のリストまで含まれていた。彼らが告発された容疑まで記載されていた。そこには彼女が警察に対抗するために使った論拠も含まれていた。鑑識の専門家に対して行なった、法廷での苛烈な尋問の記録もある。法執行機関との専門的なやりとりについての、網羅的な記述も見つけたが、すべてが友好的なものというわけではなかった。ベレン・ヴァスケス事件でマヤが疑問を呈した、デイジー刑事の捜査についての記述もあった。デイジー刑事がマヤを刑務所に入れたがっているのも不思議ではなかった。

　リックが何をしようとしていたかはすぐにわかった。マヤが警察に対する偏見を抱いていることを示そうとしていたのだ。マヤ・シールはボビー・ノックの事件を公正に判断することはできなかった。なぜなら、証拠がどうであれ、彼女は警察を決して信じていなかったから。

　彼がまとめた主張は、その暗示するところの強さから考えて、まんざら悪くもなかった。

　マヤは、クリスタルとシャノンが自分に関する資料を読んでいるあいだ、ずっと黙っていた。ふたりが彼女とリックとの関係の部分に差しかかったとき、ふたりの表情を見た。シャノンはしかめ面をしたまま、マヤを見た。いま読んでいる内容が真実なのかをたしかめるかのように。

　クリスタルは読みながら、いちどだけマヤと眼を合わせた。顔には意味ありげな笑みを浮かべていた。

「犯人はいつも一番疑わしくない人物よ」

　それらの資料は、偏見と嘘、そして違法行為にあふれていた。やさしさや誠実さ、正直さのかけらもなかった。最悪の決断だけを集めたカタログのなかでは、だれもが悪役に見えた。

　ジェ・キムは陪審員に対するアンケートで嘘をついていたようだ。これは重罪だった。彼はかつてルー・シルバーの下で工事を請け負ったことがあった。この情報を開示していたら、陪審員に選ばれることはなかったのだろう。なぜ嘘をついたのだろう。何を隠していたのか？　実際にはシルバーとどんな金銭的な関係があったのだろうか？

ウェイン・ラッセルは裁判のわずか一年前に、暴力的で心身を衰弱させるほどの事故にあっていた。彼は重度のPTSDとなり、攻撃的な感情の暴発につながる閉所恐怖症を発症していた。あるときは、警官とのいさかいにまで発展していた。彼は情緒不安定で冷静に評決を下せなかったのではないだろうか？

ライラには高校時代に付き合っていた男がいたが、彼はその後、武装強盗で刑務所に入っていた。彼女はこの事実をアンケートのなかで開示していなかった。なぜ？　同様に彼女は、息子であるアーロンの父親を出生証明書に記載していなかった。なぜ？　アーロンの父親は、彼女やアーロンの人生にはなんの役割も果たしていないように見えた。何があったのだろう？　アーロンの父親も刑務所にいたのだろうか？　もしそうなら、そのことは法執行機関に対する偏見を意味するかもしれない。

カル・バローは一九七四年にゲイ・バーの外で公然わいせつ行為をしたとして逮捕されていた。彼は有罪を認めて罰金を払ったが、裁判所にも、その後の雇用主やビジネスパートナーにもこのことを公表していなかった。マヤは、このことについてリックがふたとおりの解釈をすることができると気づいた。ひとつはカルが決して反省することのない性犯罪者であり、ボビーの犯罪にも寛大だったかもしれないというものだった。もうひとつは――こちらのほうがもっともらしいが――、自らの性別にふさわしい服を着ていないことが犯罪だった時代に、おとり捜査で逮捕された多くのカリフォルニア住民のひとりだったというものだ。こちらの場合、カルは警察の大ファンではなかったかもしれない。

読み進めるにつれ、その資料が大小さまざまな疑惑で埋め尽くされていることがわかった。フラン・ゴールデンバーグの息子がシナゴーグの放課後プログラムの金を着服し、彼女がそれを隠蔽《いんぺい》したとする、立証されていない告発を眼にしたとき、マヤはあまりの嫌悪感からこれ以上読み進めることはできないと思った。なかには誹謗中傷もあれば、罪のないものもあった。だが、そのいずれも、しかるべき文脈のなかで公衆の眼にさらされれば、その人物の人生を傷つける可能性が充分にあった。これらについての質問を公衆の前ですることは、大きなダメージを与える可能性があった。〝有罪であれ無罪であれ、なぜだれにも言わなかったのですか？ ならば、そのとき嘘をついていたということですよね？ それとも今も嘘をついているのですか？〟

これらの資料があれば、リックは陪審員全員を細かく切り刻むことができただろう。

「彼は陪審員による妨害を証明しようとしていたんですね」とシャノンは言った。「そういう言い方でいいんですか？ 彼はこれを使って評決を覆そうとしていた」

「ううん」とクリスタルは言った。「無罪判決は覆すことはできないの。憲法修正第五条の原則よ。リックが相談したどの弁護士も、ボビー・ノックの再審理は無理だと言ったはず」

「カリフォルニアではね」クレイグが示唆していたことを思い出しながら、マヤはそう言った。「そして殺人では。だけど、連邦なら……。この資料を使えば、最初の裁判では失敗したけれど、新たな裁判では成功するかもしれないと、連邦検事事務所を説得することができたかもしれない。あるいは法律は気にしていなかったのかもしれない。彼は単にこれを使って世論を動かして陪審員に何かをさせることができた。なんでもさせることができたのよ」

「彼はこの資料を番組に渡した」とシャノンは言った。

「ということは、間違いなくあなたたちの最悪の秘密を、すべて公表するつもりだったということね」
マヤはスクリーン上の名前のリストに眼をやった。十一人の陪審員。そこにはこれらの資料が外に出るのを防ぎたいと願う、十一の理由があった。

午前四時前、シャノンがマヤのほうを見て言った。
「マルガリータ・デルフィーナってだれですか？」
マヤはその名前をすぐには思い出せなかった。「マルガリータ……うーん、メイドのひとりじゃなかったかな。ホテルの。わたしたちが隔離されていたときにずっといっしょだった」
シャノンはピーター・ウィルキーの資料を見せた。リックは、スティーブン・プリンスという男から署名入りの供述書を得ていた。マヤはこの男が廷吏のスティーブのことだと気づくのに少しかかった。彼も今は引退していた。

スティーブは次のように証言していた――〝二〇〇九年七月十一日、マルガリータ・デルフィーナがピーター・ウィルキーから性的暴行を受けたと報告した。マルガリータによると、彼女はピーターの部屋にいたとき、ピーターに後ろから襲われたということだった。もみ合いの末、彼女は彼を押しのけて廊下に逃げた〟。

マヤは、セックスによって乱れた自分の部屋のシーツに、メイドが気づくのではないかと心配していたことを思い出した。今、読んでいるものを考えると、そんな心配はばかげたことのように思えた。

スティーブの証言は続いた――〝わたしはその主張をピーターに突きつけましたが、彼は否認しました。マルガリータは裏付けとなる証拠を提供できなかったので、わたしはこの事件を裁判所に報告することはできないと考えました。あるいは警察にも。今になって思えば、これは誤った判断であり、弁解の余地もありません。全責任は自分にあります〟。

マヤはスティーブが報告しなかったことに愕然とした。だが、マルガリータがこれ以上追及しなかったことは理解できた。彼女は、証明できる望みのない疑惑を公表することをためらったのだ。

クリスタルが首を振った。「で、このクソ野郎は逃げ切ったってわけ？」

スティーブはさらに供述書のなかで、当時は、〝誤解〟によって裁判を危険にさらしたくなかったのだと語っていた。今、引退して、十年間考え抜いた結果、彼はリックにこのことを話そうと思ったのだった。

クリスタルは読み終わるとため息をついた。「刑事弁護士じゃなかったらって思ったことある？」

マヤはクリスタルのリビングルームにある、趣味のよい、間違いなく高価な装飾品に眼をやった。彼女の聖人君子のような給料ではそんな贅沢をする余裕はなかった。

「ええ」マヤは認めた。「あるわ。でも、代わりに何になるのか考えた……。検察官にはなれないと思ったわ」

シャノンはファイルを詳しく調べていた。「その女性の供述はありません。リックは彼女にはコンタクトしなかったのかしら？　何も書いてないわ」

「リックがマルガリータに連絡しなかったはずはないわ」

「見つけられなかったとか？」とシャノンが言った。

「彼はほかの全員を見つけてる」とクリスタルが言った。

マヤはジャケットのポケットから携帯電話を取り出し、親指で数回タップして番号を見つけた。

「オムニ・ホテル・ロサンゼルス」電話の向こう側から声がした。「グレッグです」

「グレッグ」とマヤは言った。「そちらのハウスキーピングスタッフのことで電話をしてるの。マルガリータ・デルフィーナ。彼女の今日のシフトはもう始まってる？」

　当てずっぽうだった。

「マルガリータ・デルフィーナ……」グレッグがキーボードを叩く音が聞こえた。「今日は六時にならないと出勤しません。ハウスキーピング担当の別の者におつなぎしましょうか？」

　マヤは電話を切った。

「たぶん」とマヤは言った。「彼女は同窓会の夜も働いていた」

　クリスタルのリビングルームに静寂が流れた。まるで彼女たち全員がさまざまな恐ろしいシナリオを頭のなかで演じているかのようだった。

「あの夜に何があったと思いますか？」シャノンがやっと言った。

「わからない。でも今は、マルガリータとピーター、そしてリック――ピーターがマルガリータを襲ったことを知っている数少ない人々――が、同じ時間にあのホテルにいたことがたしかになったわ」

　ボイルハイツは、都市の郊外でよく見られる水平スラブ造りの建物だった。暗くなったショッピングセンターやハンバーガー・チェーン店を通り過ぎるとき、マヤは、アメリカのどこか中規模の都市にいるような感覚を抱いた。最後に眠ったのがいつだったか、思い出そうとした。ここ数日はアドレナリンのせいでぼんやりと過ぎていっていた。

　マヤが資料のなかに住所を見つけたのは午前五時のことだった。静かな通りの近くにある、木造二階建てのこじんまりとした建物だった。

　車を降りた。家のなかには灯りがついていた。きしむ門を開け、細い庭を通って玄関のドアをノックした。

　戸口に現われた中年の女性は、オムニ・ホテルの制服を着ていた。シャワーを浴びたあとのようで、黒く長い髪は濡れていた。とても小さく見えた。マヤは、彼女がピーターのような大きな襲撃者を撃退するのにどれほど苦労したのか想像しようとした。

「マルガリータ・デルフィーナ？」マヤは眼の前にいる女性の十年前の姿をぼんやりと思い出した。当時はそれほど接点はなかった。ほかのことで頭がいっぱいだったのだ。そう思って恥ずかしくなった。

マルガリータがうなずいた。

「わたしがだれだかわかる？」

マルガリータは一瞬見つめてから言った。「英語は話せません《ノー・アブロ・イングレス》」

「それなら、スペイン語で話しましょう《エントンセス・アブラレモス・エン・エスパニョル》」とマヤは言った。「でも」――マヤは英語に戻した――「何語でも関係ないんじゃない？」

マルガリータのまなざしが固まった。「何がお望み？」

「十年前、ピーター・ウィルキーはあなたを襲った。二日前の夜、あなたはふたたびホテルで彼を見た。何が起きたか教えて欲しいの」

マルガリータはまばたきさえしなかった。

「トラブルはごめんよ」と彼女は言った。

「わたしはあなたの味方よ。だれもトラブルに巻きこまれていない。ピーターを除いて」

マルガリータはストッキングを穿いた足を見つめていた。

「何があったの？」とマヤは言った。「二日前の晩に。そして十年前に」

マルガリータは意を決したようだった。「二日前の晩、ホテルで見たのはピーターじゃない。リック・レナードよ」

彼女はマヤの向こうにある、夜明けのオレンジ色に染まり始めた通りを見ていた。

「入る？」

ふたりはキッチンのテーブルに坐った。二階からは子供たちの音が聞こえた。水道の蛇口を開けたり閉めたりする音や、ドアを開けたり閉めたりする音、兄弟喧嘩をする声が絶え間なく聞こえた。男の子ふたりのようだ。

「夫は眠ってるの」とマルガリータは言った。「階上《うえ》で」まるでここは自分の家で、自分は保護されているのだと知らせようとしているような口ぶりだった。マヤは、自分とマルガリータが互いに警戒しているようでいやだった。

「ホテルでリック・レナードを見たのはいつ？」とマヤは尋ねた。

「午後よ。テレビのクルーが彼を部屋に連れていった。怖かったわ」

「どうして？」

二階では、男の子のひとりがスペイン語で何かを叫んでいた。兄弟喧嘩のトーンはどの言語もいっしょだ。

「彼がわたしのところに来たからよ。ここに」

彼女は散らかったキッチンを手で示した。「一年前だったかしら。やって来て、何が起きたか知ってると言った。わたしに供述して欲しいって。断ったわ」

「どうして？」

マルガリータは怒ったように首を振った。「どうなるっていうの？　だれもそんなこと気にしてやしない」

彼女のことばが胸に刺さった。「わたしは気にするわ。多くの人が気にするはずよ。ピーターが何をしたにせよ……」

「話すつもりはない」とマルガリータは言った。反抗的な口調だった。

「話す必要はない。今は」

「あのＤＶＤのことを覚えてる？」

マヤは一瞬混乱した。「なんのＤＶＤ？」

「あなたの別のお友達がこっそりホテルに持ちこんでたでしょ。十年前に」

「知ってたの？」

「わたしが手伝ったの。掃除用具といっしょにカートに入れて。お金をもらったわ。違法だった」

マヤは怒りを覚えた。マルガリータは些細な違法行為を犯していたために、恐ろしい暴行についても口をつぐんでいなければならなかったのだ。だが、マヤには理解できた。陪審員の隔離条件に違反することは重罪になる可能性があった。彼女は間違いなく解雇されていただろう。

「あなたのお友達のリックには出ていくように言った」とマルガリータは言った。「彼は怒ったわ。わたしが必要だと言った。彼が何をしようとしていたのか、どんな大きな計画があったのかはわからない。どうでもよかった。ノーと言った。彼は去っていった。それから一年が過ぎて……。二日前にホテルで彼を見た。スタッフに部屋に案内されるところを。わたしは床を掃除していた……。午後のことだったわ。彼が廊下でわたしを見つけて、まだ話す必要があるって言った。ノーと言ったわ。彼は何があったかをみんなに話すと言った。夫にも。みんなに。やめてって言った！　彼はピーター——あの恐ろしい男——が来てるって言った。わたしはマネージャーに気分が悪くなったと言って早退した。それから次の日に……リックが死んだっていうニュースを見た」

マルガリータの表情は、まるでずっと前に舗装されたはずの路面に、痛みという名の亀裂が走ったようだった。人生を賭けてもいい。マルガリータは真実を話している。マヤはそう思った。

「わかった」とマヤは言った。「リックはピーターがあなたにしたことを知っていた。リックが知っていることをもしピーターが知ったら……、そのときはピーターがリックを殺す充分な動機になる」

「あなたの友達に何があったのかは知らない。わたしはこの件には関わりたくないの。わかってくれる？

夫。子供たち。職場。だれにも知られたくない」

「わかったわ」

「約束して」

マヤは彼女の眼を見た。この女性のためにできることはそれしかなかった。「約束するわ」

マルガリータはうなずいた。

「あなたの力になれると思う」マヤは頭のなかでひとつの考えが固まっていくのを感じていた。

「自分のことは自分でできるわ」

「わかってる」とマヤは言った。「でも、弁護士を利用することもできるのよ」

マヤは翌日、スティーブと電話で連絡を取ろうとしたがだめだった。スティーブの所在はクリスタルが裁判所であっというまに調べてくれた。スティーブにとって、ボビー・ノックの裁判が引退する前の最後の裁判だったことがわかった。今はサクラメントに住んでいた。だが、クリスタルが調べてくれた番号には出なかった。

マヤは残された唯一の選択肢を取ることにした。ピーターに電話をした。

ピーターは、予想していたよりもあっさりとマヤと会うことに同意した。彼は自宅で会うことを申し出た。ピーターはクリスタルのことを知らないので、クリスタルの家に呼ぶわけにはいかず、ほかに選択肢もなかった。ふたりの人生を取り巻く世間の眼を考えれば、公共の場でなければどこでもよかった。

彼は変更できない仕事の予定があるので、会えるのは早くてもその日の夜九時になると言った。そのおかげで数時間の余裕ができ、少なくとも休息を取ることができた。だが、クリスタルのベッドに横になって、無理やり眼を閉じてもどうしても眠れなかった。

まるで彼女の眼が、もうすでに充分長いあいだ閉じられていたとでもいうかのように。

ピーター・ウィルキーは、彼自身は決して〝邸宅《Mansion》〟とは呼ばないであろうたぐいの屋敷に住んでいた。彼ならこの家を〝スペイン植民地時代風の家〟と呼ぶだろう。マヤはそう思った。近頃ではベニス（カリフォルニア州ロサンゼルス西部の地域）で風通しのよい、四つのベッドルームを有する家に住んでいる人は、おしとやかなあまり、だれもMで始まることば（Mansion〔邸宅〕とMother-fuckerをかけている）を使おうとしないのだ。

その家はにぎやかなベニス大通りからすぐの場所にあった。クリスタルの車を車寄せに入れるとき、大通りから酔っ払いが大騒ぎしている声が聞こえてきた。キーパッドのブザーを鳴らすと、スチール製のゲートが開いた。ゲートが彼女の背後で滑らかに閉まると、街の喧騒も突然消えた。

ピーターの家は、近くで見るといっそう大きく見えた。二階建てで、外の世界からは見えない多くの入隅《いりすみ》（ふたつの壁が内向きに入り合ってできる奥まった部分）で構成されているようだった。

ピーターは曇りガラスのドアの戸口で出迎えた。カーディガンに白のTシャツ、ジーンズという姿で靴は履いていなかった。「きみが自由にうろつきまわってるのを見れてうれしいよ」と彼は言った。

「警察は辛抱強いみたい」と彼女は言った。「襲いかかるタイミングを見計らってるのよ」

家のなかは、冷たく味気なかったものの、意外とセンスがよかった。「うちのデザイナーは最高だろ」彼女がおしゃれな感じに擦り切れた革製のソファを褒めると、彼はそう言った。

こんな儀礼的な駆け引きをしなければならないのはいやだったが、ここに来たのには理由があった。

ふたりは暗くなったサンルームの白いキャンバス地のソファに坐った。壁には巨大なモノクロ風の写真がまばらに飾られていた。マヤは、個人的なアイテム――家族写真や古い記念品など――がどこにもないことに気づいた。

　彼はガラスのコーヒーテーブルの上にある、金属製のケースを開けた。そこには電子タバコが入っていた。

「吸う？」と彼は言った。「うちで作ってるんだ。マリファナじゃなくて、電子機器のほうを。儲かるのは付随事業のほうなんだ」ピーターは気化技術の純度の高さについて話していたが、マヤが膝の上に置いているハンドバッグをちらちら見ていた。

　クリスタルは古い缶入りのペッパースプレーを無理やりマヤに持たせた。マヤはばかばかしいと思った。これまでにも数多くの強姦魔から話を聞いたことがあったし、ピーターが彼女を襲う心配はないと思っていた。だがクリスタルは、もしピーターが、自分がマルガリータにしたことを隠すためにリックを殺したのなら、追い詰められて何をするかわからないと言い張った。今、ピーターの暗いサンルームで、マヤはクリスタルの言うとおりにしてよかったと思っていた。

「大丈夫かい？」とピーターが言った。

「疲れてるだけ」

「ＣＢＤオイル（大麻に含まれる生理活性物質のひとつカンナビジオールを抽出したオイル）をやってみる？　これもうちで作ってるんだ。ハイにはならないけど……緊張には効果があるよ」

「やめとくわ」

　ピーターはカーディガンのポケットに電子タバコを入れた。「昔見たＤＶＤのことを覚えてる？　ケランがこっそり持ちこんだやつ」

「ええ」

　ピーターはニヤリと笑った。「おれたちがどれだけクソみたいなことから逃げ出したか考えると驚くよな」

　マヤは彼が彼女のことを試しているのか、それともただ自慢しているだけなのかわからなかった。

　このクソ野郎。

「マルガリータ・デルフィーナ」と彼女は言った。

「彼女は二〇〇九年七月にオムニ・ホテルであなたから性的暴行を受けたという供述書にサインしなかった」ピーターは凍りついていた。「でも、当時の証人からの宣誓供述書がある。あなたに訊きたいのは、これをどうしたらいいかってこと」

だれかを自白させたいのなら、罪を犯したかどうかを訊くのではなく、罪を犯したことは既定の事実であり、それをどうするかが差し迫った問題であるかのように扱うのだ。

ピーターは顔をしかめた。「おれが襲ったとだれが？」

「それは言えないけど、そこは重要じゃない。重要なのはその供述書を持っているのはわたしだけじゃないってこと。リックも持っていた。そしてリックは死んだ」

より深刻な疑惑を持ち出せば、より深刻でない可能性のある疑惑のほうは認めやすくなる。

「リックが殺されたことに、おれが関係してると言うのか？」

「わたしたちのなかのだれよりも動機がある」

彼は立ち上がった。彼女も思わず立ち上がった。

彼は窓際まで進むと、木製のキャビネットを開けた。

ああ、なんてこと、クリスタルの言うとおりだった？

マヤはバッグに手を伸ばし、スプレーをつかんだ。苦労して指でボタンの位置を探した。

ピーターは、キャビネットからウィスキーのボトルとグラスを取り出し、彼女のほうを向いた。彼女の手はバッグのなかにあった。

「おれがきみを傷つけるとほんとうに思ってるのか？」と彼は言った。

「念のためよ」

諦めたように、ピーターはソファに腰を下ろした。

「おれは愚かな過ちを犯した」と彼は言った。

「それだけで説明がつくとは思わないわ」

　彼は自分から話した。彼女が実際よりも詳しく知っていると思いこんでいるようだった。ネットに投稿したメッセージのことや、見知らぬ女性からの反応のことを話した。認められた暴力の危険とスリルに、思わぬ中毒になってしまったのだと。そして禁断症状に陥ったこと。あの日、彼はホテルの部屋で混乱していた。心理学でいうところの条件づけ――マヤは調べてみる必要があると思った――がそうさせたのだ。彼は、今は治療を受けており、当時は正常な性的反応が狂っていたのだと知った。自分が悪いことをしているとは思っていなかったのだ。もちろん、今ではよくわかっていた。それ以来、あんなばかなことはしていないし、二度とするつもりもなかった。ひどく後悔していた。

　マヤは彼を信じてよいのか確信が持てなかった。だが、それは問題ではなかった。

「それが、あなたがリックに話したこと？」彼女はまったく同情することなく言った。

「リックには話してない。リックが知ってるとは思わなかった。いったいだれが――」彼が気づいた。「くそっ、廷吏のスティーブか。ほかに知っていたのはあいつだけだ。あのとき、あいつから訊かれたけど、おれは嘘をついた。何もしてないと。あいつはそのまま何もしなかった」

「そう、あなたを裏切ったのはスティーブよ」

　彼はソファに深くもたれかかった。「起きたことはほんとうにすまないと思ってる。だが、きみがおれにできることは何もない。調べたんだ。同窓会やらなんやらがあったから、あのときのことを思い出して……。時効は十年だ」彼は腕時計を見た。まるでそこに数十年を示す文字盤があるかのように。「もう過ぎている」

　マヤには反論することはできなかった。ハンドバッグのなかに手を入れると、携帯電話を取り出した。

ピーターに見えるようにスクリーンを彼に向けた。ボイスレコーダーがオンになっていた。

彼女は赤い停止ボタンを押した。

「あなたの言うとおりよ」と彼女は言った。「法的にはわたしにできることは何もない。カリフォルニアでは、今はレイプに時効はないけど、あの当時はあった。十年だった」

彼女はもういちど、バッグのなかに手を入れ、折りたたまれた書類を取り出した。「でも、民事訴訟は……」

彼女は書類をコーヒーテーブルの上に投げた。

ピーターは覆いかぶさるようにして、それを素早く読んだ。「おれを訴えるというのか？」

「わたしの依頼人のマルガリータ・デルフィーナは、あなたを訴えるかどうか考えているところよ。まだ決めかねている。だけど問題なのは、あなたがマリファナを売って生計を立てているということ。合法的にね。そのためには免許が必要よね。前科があれば、州の委員会は免許を取り消す可能性がある。わたしの推測では、有罪判決がなくても、証拠があることと罪の重大性を考えれば、民事訴訟だけでもおそらく……。わたしの依頼人が訴えると決めれば、五分で委員会のだれかにあなたの免許を取り消させることができるわ」

彼女は部屋のなかを手で示しながら言った。「いいところね。売らなければならないとなったら、残念だわ」

ふたりとも動かなかった。彼が襲ってくるんじゃないかと思った。いや、彼女を殺そうとするほどばかじゃないだろう。

録音は自動的にクラウドにバックアップされていたので、彼女の携帯電話を壊しても無駄だったし、新たな刑事告発の理由になるとわかっているはずだった。

「おれに何をして欲しいんだ、マヤ？」

彼女は携帯電話をハンドバッグに戻すと、ドアに向かって歩いた。彼は傷ついた子犬のように彼女のあとに続いた。

「依頼人が決心したら必ず知らせるわ」

彼女は夜の空気のなかに踏み出した。海からの霧を感じた。活力を与えられるようだった。

彼がなすすべもなく戸口に立っているあいだ、彼女はクリスタルの車に乗った。

「おれはリックを殺してない！」ピーターは彼女に向かって叫んだ。「誓うよ！　おれは殺してないんだ！」

ピーターの家をあとにしながら、彼女は不安になっていた。彼は真実を話しているのではないかと。

「言ったことは無駄だったようだな」クレイグはその夜遅く、マヤがこの二十四時間にしたことをすべて聞いたあとでそう言った。「たしか、何もするなと言ったはずだったんだが」彼女はクリスタルの家に戻ってから、クレイグに電話をしていた。

「ピーター・ウィルキーにはリックを殺す動機があった」とマヤは言った。「それに彼が過去に女性を襲ったことを証明できる。ウェイン・ラッセルの動機はわからないけど、同窓会に参加するつもりはないと嘘をついたことは、間違いなく怪しいわ」

「十二人の人々を通りへ連れ出せば、十二人の犯罪者が見つかるだろう。きみはよくやった。だが……当初の戦略に変わりはない」

「まだ正当防衛を主張させるつもりなの？　わたしは彼を殺してない！」

「それがなんだね」とクレイグは言った。「きみたちは言い争っていた。そのことは聞いていなかったぞ」

「ごめんなさい」

「ロサンゼルス市警はリックの衣服や」とクレイグは続けた。「きみと彼が使ったグラスを調べるだろう。きみたちふたりが触れたかもしれないものをすべて」

「ＤＮＡ？」

「ひょっとしたら、だれか別の人物のＤＮＡがそこで見つかるかもしれない。ピーターやウェイン、わからないがだれかのが。だが、もし見つからなければ……

……」

「彼らはわたしを逮捕する」

不吉な沈黙がふたりのあいだを流れた。

「検査には……四十八時間かかるのよね？」と彼女は言った。「七十二時間だった？」

「あえて言う必要はないだろうが」とクレイグはやさしく言った。「殺人罪で起訴されることでわれわれの仕事が終わってしまうわけではない。あくまでも始まりだ」

クレイグなりの励ましのことばだった。

「きみがほかの陪審員について得た情報は頼りになる」とクレイグは続けた。「だが、きみの部屋にリックの死体があったことや、きみのＤＮＡが彼に付着していること、そしてきみの手に彼の血がついていたことよりも決定的な証拠となるだろうか？」

彼はその質問を宙に漂わせた。

「今の段階では」と彼は言った。「起訴を止めるすべはない。だから、ほかの陪審員に関する情報を警察に話すつもりはない。特にピーター・ウィルキーの蛮行のような、彼ら自身で見つけるかもしれないことは。彼らが知らないでいて、われわれが知っていることはほとんどない。だからわれわれが持っている数少ないものは、どう使うかがわかるまでは取っておいたほうがいいんだ。そして次の四十八時間で何か変化がなければ、われわれの弁護方針は、正当防衛とするべきだ」

彼女は深く息を吸った。

「聞いてるのか？」

彼女は、自分が聖書に誓った上で、リック・レナードに襲われたと証言する様子を想像しようとした。あまりにも不快でとても考えられなかった。法的な最良の選択肢が、真実とは最もかけ離れたシナリオになるなんて。

別の解決法を見つけなければならなかった。

「リックのファイルから何かがなくなってるはずよ」クレイグの指摘を無視して彼女は言った。「リックがボビーに突きつけるやいなや、ボビーを怯えさせて逃げ出させるような何かが。いったい何？」

「だが……リックはきみに話さなかった。番組のプロデューサーにも、だれにも話さなかった。そして彼は死んでしまった。どうやって見つけようというんだ？」

マヤは考えた。彼女がたどり着いた答えは、恥ずかしいほど自明のことだった。「リックの証拠がなんなのかを知っているはずの人物がひとりだけいる。彼を探し出すわ」


カリフォルニア州ミラクルは町をさらに小さくしたような地域だった。サンタ・バーバラから、車で北へ九十分の距離の海岸沿いに位置し、周囲は何マイルにもわたる農地に囲まれていた。南にはバラ、西にはベリー、東と北にはレタス——真っ黒な土地に緑の葉が細長い線を描いていた——が植えられていた。人口はわずか二百七人。ほかの小さな町とは違い、住人は全員男性だった。その全員が性犯罪で有罪判決を受けた過去を持っていた。

このミラクルがボビー・ノックの最後の住所だった。

マヤは、この場所のことをかつての依頼人から聞いたことがあった。その男は、法律事務所を訪れてきたときには、非常に礼儀正しく控えめな男だったが、実刑は免れたものの、性犯罪者として登録されていた。公衆の面前でマスターベーションをしたことを考えれば妥当な措置だった。そのときマヤは知ったのだが、性犯罪者として登録されていることの問題のひとつは、住む場所を見つけるのが難しいということだった。

性犯罪者に適用される住居の選択に関する制限——特に刑務所から出所したあとに関する制限——は、極めて厳しいものであると同時に多岐にわたっていた。彼らは、学校や公園、託児所、幼児教育を提供する宗教施設、ときにはプールや全年齢を対象にした社会復帰訓練施設から、八百メートル以上離れた場所に住まなければならなかった。たとえ法的に住むことが認められている地域だったとしても、登録された性犯罪者にアパートメントを貸してくれる家主は多くなかった。さらに借りることができたとしても、新しく住む地域のすべての隣人のドアをノックして、自らの罪を告白しなければならないことは、屈辱である以上に実害もあった。通常は隣人らからの反応がすぐにあり、賃貸契約が一方的に破棄されたり、窓に卵を投げつけられたり、スプレーで落書きをされたりしたのだ。〝変態〟と呼ばれるのはごく普通のことだった。ときにはもっとひどいこともあった。

児童強姦犯に厳しすぎることで選挙に負けた政治家はいない。そのため、データベースに登録が必要な犯罪のリストには、さらに多くの犯罪が加えられていった。最初に、禁止わいせつ文書の制作がリストに加えられ、次にはその購入——購入者がわいせつな画像のモデルが未成年者だと知らなかった場合でも——が加えられた。さらに口頭での性的ないやがらせも、肉体的な接触と同様に罰せられるようになった。

社会から追放され、平穏に暮らす場所を必要とする男性が増えていくにつれ、厳しい不動産環境もあいまって、ミラクルのような町が生み出されていった。社会がそういった男たちからの保護を必要としていたのか、それとも彼らが社会からの保護を必要としていたのかは、それぞれのビジネスモデル次第だった。

マヤがロサンゼルスをあとにしたのは、真夜中過ぎだった。クリスタルのブルーの〈テスラ〉を借りて、近くのレタス畑で働く男たちが起き出してくる夜明けまでに、ミラクルに到着することを願って、一〇一号線を北上した。こういった男たちから話を聞くことは容易ではないとわかっていたので、できるだけ多くのチャンス《バイト・アット・ジ・アップル》を得ることが必要だと思っていた。

彼女は気づいた。何百人もの強姦魔や露出狂、児童性愛者のまわりでは、禁断の果実についての比喩を用いるべきではなかった。

数時間後、バラの咲き誇る畑の上に、色鮮やかなカリフォルニアの夜明けが広がっていた。一〇一号線を下りて未舗装の道路に入ると、車の後ろに砂塵が巻き起こった。新しい一日の始まりの最初の瞬間から、これまでに見たこともないくらいわびしい場所にいた。ミラクルは、数十台のトレーラーハウスに囲まれた、信号のない交差点にすぎなかった。トレーラーハウスのあいだの地面は、ほとんどが土がむき出しで、空気の抜けたタイヤや風化した古い家具の残骸が置かれていた。何よりも残酷さを感じさせたのは、いくつかの子供用の空っぽのプールがあったことだった。彼女は車を道端に止めて降りた。

そして待った。

古いジーンズに汗で汚れたTシャツという、ほぼ同じような服装の男たちが、トレーラーハウスから現われるのにそう時間はかからなかった。彼らはすぐにマヤに気づいた。予想どおりだった。そして次に顔を隠した。まるで法廷から出てきた犯罪者であるかのようだった。マヤは両手を上げて、カメラを持っていないことを示して見せた。

「ちょっと訊きたいことがあるの!」と彼女は呼びかけた。だれも関心がないようだった。彼女は〈テスラ〉に乗ってやって来たよそ者であり、彼らが感じているのは疑惑でしかなかった。さらに彼女が女性であるということが、危険を予言していた。

それからの数時間、トレーラーハウスから出てくる性犯罪者ひとりひとりに近づいていったが、だれひとりとして彼女とことばを交わそうとしなかった。彼女を認めて近づいてくる者が出てきたのは、午前九時を過ぎた頃だった。その日、畑で働く人々はすでに出ていたため、ほとんど動きがなかったが、やがてフランネルのパジャマパンツを穿いた男が玄関のドアからヌーッと現われた。男は白人で、巻き毛のブロンドをしていた。汚れた巨体は優に百十キロはあるだろう。無精ひげが、おそらくかつてはハンサムだったであろう顔を覆っていた。彼女を見て一瞬凍りついたが、トレーラーのなかに身を隠す代わりに、周囲を見渡した。まるでドッキリ番組に騙されていると思っているかのようだった。

「あんたがデリアかい？」

「わたしはマヤ。ここに住んでた人のことで訊いてもいい？」

男は失望したように息を吐きだした。「デリアのことは知らないか？」

「いいえ」彼女はトレーラーに近づいた。彼は止めなかった。

「五カ月前」と彼女は言った。「ボビー・ノックという名前の男がここに住んでいたはず。アフリカ系アメリカ人よ。三十五歳くらい」

男は遠くを見つめていた。この情報がどう自分に不利に働くかを見極めようとしているかのように。

「ボビー・ノックを探しているの」とマヤは言った。ポケットに手をやり、百ドル札を取り出した。紙幣が風になびくのが男に見えるようにかざして見せた。「力になってくれない？」

男は金を見た。そしてうつろな眼で周囲を見た。うなずくと言った。「入ってくれ」

彼はトレーラーハウスのスクリーンドアを開けて、なかに入っていった。なかで何が待っているのかわからなかった。

だれもいなかった。携帯電話の電波は一本しか立っていない。

彼女は怯えると同時に、怯えている自分を恥じていた。この男については何も知らなかった。何をしたのか、いつしたのか、そしてどうやってここにたどり着いたのか。彼女の依頼人が常にそうであるように、彼も彼女が疑念を抱くに値することをしたのだ。そして、悪質な犯罪で有罪判決を受けた人物とふたりきりでトレーラーに入るのは、どう見ても愚かな行為に思えた。

マヤは自分がここに来た理由を思い出した。今週、すでに死体をひとつ見ていた。性犯罪者であるとわかっている人物とふたりきりで過ごしてもいた。だがこのトレーラーのなかにはリックを殺した犯人はいなかった。そこがどんなに危険であっても、外の世界で彼女を待っているもののほうがはるかに危険だった。


トレーラーのなかは思ったよりもきれいだった。自分のことに気を使わない男でも、家のことは大切にしているようだった。壁にはリサイクルショップで買った船の油絵が飾ってあった。

彼は流し台の前に立ち、グラスふたつに水を入れた。ひとつを彼女に手渡すと言った。「〈ＢＲＩＴＡ〉とかはなくてね」

「大丈夫よ」と彼女は言った。「ありがとう」

彼はコーデュロイのふたり掛けのソファに坐った。空気は生暖かく息苦しかった。

「デリアってだれ？」とマヤは訊いた。

「仲間の娘だ。そいつのところに来ることになっていた。そう言ってた」

「訪問者があることはうれしいことなんでしょうね」そう言って、自分がばかみたいに感じた。

彼は肩をすくめた。「どうかな」

「あなたの名前は？」

彼は一瞬考えてから言った。「ハンク」

彼女は微笑んだ。「本名じゃないんでしょ？」

もういちど肩をすくめた。「それは大事なことなのか？」

マヤは百ドル札をかざした。「ここにはどれくらい住んでるの？」

ハンクは紙幣を指さした。「見せてくれ」

彼女は紙幣を渡した。彼は片方の手に取り、もう一方の手の指でそっと触った。

マヤは彼から少し離れると言った。「ここにはどれくらい住んでるの？」

「八年」一瞬、間《ま》を置いた。「もっとかもしれない」

「ボビー・ノックを知ってる？」

「女の子を殺したやつだろ？」

「彼が殺したと思う？」

「やつがそう言ってた」

マヤは厳しいまなざしで彼をじっと見た。「ハンク、ボビー・ノックはあなたに自分がジェシカ・シルバーを殺したと言ったの？」

ハンクは近くのカウンターの上に紙幣を置いた。

「やつがおれにそう話したと言って欲しいんだろ？あの女の子を殺したと」

マヤはため息をついた。安堵からか、失望からか、あるいは束の間の解放を望んでいたのか、自分でもわからなかった。

「ほんとうのことを話して欲しいだけよ」と彼女は言った。

ハンクは軽く肩をすくめた。「あんたの百ドルだからな」

「彼のことを知ってるのね？」

「ああ、知ってる」

「どこに行ったか知ってる？」

ハンクは首を振った。「あるときまでここにいて、そしていなくなった。しばらくはだれも気づかなかった」

「どうして？」

「静かなやつだったからな。いつもひとりでいた。仕事もしていなかった」

「どうやってお金を稼いでいたの？」

「知るかよ。家族じゃないのか？　おれたちの多くにも家族はいる。訪ねちゃ来ないし、電話もかけてこない。だけど小切手を送ってくる」

　マヤは携帯電話でリック・レナードの写真を見せた。

「この男を知ってる？」

　ハンクは眼を細めた。この写真に写った若い黒人のリックと、ここに住んでいた若い黒人のボビーとが違う人物だということを考えているようだった。記憶力という点に関しては、よい兆候だった。とは言えボビーとリックは全然似てなかったが。

「よく見せてくれ」とハンクは言った。

　マヤは一歩進み出て、携帯電話をランタンのように自分の前にかざした。

「もっと近く。貸してくれ」

　マヤは彼に覆いかぶさるように立つと、携帯電話を彼の伸ばした手に渡した。

「別の男だ」とハンクは言った。

「ええ、そうよ」

「リックという名前じゃなかったか？」

　マヤは反応しないように努めた。「どうして知ってるの？　ここに来たの？」

「ああ、数カ月前。彼もボビーのことを探してた。何度か来た。しつこかったよ」

「それはボビーがいなくなる前のこと？　それともあと？」

　彼は、なんとか思い出そうとするかのように天井を見た。「おれが会ったのはあとだった。そいつはボビーとは前に話したことがあると言っていた。友達か何かだって。おれは信じなかったけどな。だが、ボビーが突然消えちまったんで、見つけなきゃならなくなったと言ってた」

「リックには何か話した？」

「あんたに話したのと同じことだよ」

「だれかほかの人が、あなたがわたしに話していないことを彼に言ってなかった？」

「ほかの連中が何を話したかなんて、どうすりゃわかるんだよ」

「だってみんなで話すんでしょ。あなたたちだってばかじゃない」

初めてハンクが微笑んだ。「そう言ってくれてうれしいよ」彼は立ち上がった。その巨体は小さなトレーラーハウスを埋め尽くすようだった。「だが、あいつもここでは何も見つけられなかったようだ。何かわかったら電話をするようにと、何人かに電話番号を置いていった。けど……何が出てくるかな？」

「彼は電話番号を教えたの？」


ハンクはトレーラーの奥のベッドルームに入っていった。あちこちを探している音が聞こえた。彼女は無意識のうちに、スクリーンドアのほうににじりよった。ハンドバッグのなかに、クリスタルのペッパースプレーがまだあるのを見つけ、トリガーに指をかけて握った。もし彼がナイフを持って出てきたら、逃げ出すか、追い払うことができるだろう。だが、もし銃を持って出てきたら、死ぬしかない。

代わりに彼は一枚の紙を持って出てきた。

　それを彼女に手渡した。三一〇——ロサンゼルス——のエリアコードの電話番号が書いてあった。

　それ以上、ハンク——あるいは彼の本名がなんであれ——からは聞きだせなかった。長居をするつもりもなかった。

　外に出ると、新鮮な空気を吸った。太陽が容赦なく照りつけている。自分の車に戻って日陰で休み、ミラクルの住民との次の戦いに備えた。

だがまず、携帯電話を取り出し、ハンクから教えてもらった電話番号にかけてみた。リックの留守番電話の応答の声を聞くのだろうと思って身構えた。今は亡き彼の普段の声を聞くのは、どんなにつらいだろう。

呼び出し音が一回鳴っただけで、女性の声が出た。

「おはようございます」電話の向こうの声が言った。

「ルー・シルバーのオフィスです」

長い間《ま》があった。住人すべてが悪質な犯罪者である、砂漠の街のはずれに駐車していたマヤの車のなかは、恐ろしいほど静かだった。

「どちらにおつなぎしましょうか？」

12

ジェ

二〇〇九年九月二十七日

多くの人々は金持ちの悪口を言うのが好きだったが、ジェ・キムはそういうタイプの人間ではなかった。貧しいことにはどこか清く気高いところがあると考える人間もいた。それは、彼らがほんとうの貧困を知らないからだとジェは思っていた。彼は幼い頃、屋根のない家で夜を過ごしたことがあった。食べ物もなかった。もし貧乏か金持ちかの選択をするとしたら、絶対に金持ちであることを選ぶだろう。金持ちになりたくないと思う人間は、金持ちにはなれないと洗脳された人間だけだ。彼はそう思っていた。

ジェが働いていた建設現場にいる男たちは、新聞や雑誌に載るような金持ちの写真を見ると、その手のダークスーツを着た男や、派手な下着姿の女——なぜか雑誌で見る金持ち女の半分は下着姿だった——は、みんなペテン師の集団だとみなした。その地位を得るために厳しい選択をしなければならなかったという理由だけで。ひょっとしたら、彼らはひとり残らずペテン師なのかもしれない。だが、ジェは多くの貧しい人々もまたペテン師であることを知っていた。少なくとも新聞や雑誌に載っている人々——ビル・ゲイツやスティーブ・ジョブズ、ウォーレン・バフェットのような男たち——は事業を起こしていた。オプラ・ウィンフリーやジェニファー・アニストン、アンジェリーナ・ジョリー、ダナ・キャランといった女たちは自らをブランドとして確立していた。金持ちになれるかどうかは考え方次第なのだ。金を持っていない人間が、金持ちをからかうことをおもしろいと思っていること自体が、その人間がお金を持っていないこと、そして決して金持ちにはなれないことを示す一番の兆候だった。それこそが貧乏であることについて、ほんとうの意味でクソのような戯言《たわごと》だった。それは脳のなかに浸みこんでくる。今の自分の状況は、自分のせいではなく、まわりのみんなのせいだと考えるようになる。まわりのみんなも同じように考えているのだと。貧乏人のなかには、そういった考えにどっぷり浸かり、生涯をそのなかで過ごし、何世代にもわたってそれを受け継いでいく者がいる。

金持ちの子供たちを見て、ジェは思った。なぜ彼らは両親よりも金持ちになるのだろうか？　それは最初の日から、正しい考え方を持って育ってきたからだ。

ジェが自分の子供たち——四歳から十四歳までの女の子三人と男の子ひとり——にひとつだけ望むとしたら、それは、彼らに、自分自身のなりたい人間と同じ考え方を身に着けて欲しいということだった。ジェは自分の子供たちが、彼が本で読んだような人物になれるということを、まるで予言であるかのように強く信じていた。人々が、「ヒーローなんてもういない」と言うのを聞いたことがあったが、それは負け犬の考え方だと思った。ヒーローを尊敬する必要がないと思っているのなら、それはそれでいい。そういった人間は高みを目指す必要はないのだから。だがジェはそんなふうには思わなかったし、彼の子供たちも同じだった。

ビジネスマンがヒーローになる映画を最後に見たのはいつだっただろうか？　ある男が、地下水を汚染する犯罪者と疑われながらも、荒れ果てた砂漠地帯に井戸を掘り、何もないところに街を作り上げる。そんな話はなかっただろうか。ハリウッドはなぜそういった映画を作らないのだろう？

彼はその理由をよく知っていた。ビバリー・ヒルズの上の隠れた崖の上に暮らす、ハリウッドのリベラルは、近くにいる貧乏人たちを恥ずかしく思うあまり、自分たちの豪邸に閉じこもって、貧乏人の被害者意識を賛美する映画を作っているのだ。ほんとうは近くにいることにも耐えられないくせに。

要するに言いたいことは、ルー・シルバーが証人席についた日、ジェは正真正銘の億万長者の話を聞けることに、かなり興奮していたということだった。

ジェのルー・シルバーに対する第一印象は失望だった。これが経済界の巨人であり、市場の創造主であり、かつてある雑誌にミネアポリスのミダス王と称えられた男なのだろうか？　肩を丸め、顔は肌を支える筋肉さえも失ったようにたるんでいた。ジェは何かで、億万長者は、人を引きつける存在感を持っていて、部屋に入って来るだけでそれを感じることができると読んだことがあった。だがルー・シルバーは違った。彼のスーツはあるところは大きすぎ、またあるところは小さすぎるといった感じだった。最初ジェは、彼がヨーロッパの最新の流行のスーツを身にまとっているのかもしれないと好意的に考えた。だが、違った。木製の椅子に坐るシルバーを見ながら、彼がただサイズの合っていないスーツを着ているにすぎないことに気づいた。

どんなに金があっても、ひとり娘を殺されたあとに身なりを気にすることなどできないのだろう。

ルー・シルバーが法廷に現われたのはこの日が初めてで、ジェはそのことが気になった。彼の妻、エレインは毎日、黒いドレスを着て傍聴席の最前列に坐っていた。まるで復讐の天使が人々の行ないに裁きを下しに来ているようだった。

もしだれかがジェの子供たちのひとりを殺したら、彼もエレインと同じように、毎日、朝から晩まで法廷の最前列に坐っているだろう。

シルバーは検察側の最後の証人だった。この数カ月間、モーニングスターは自身の論拠をひとつひとつ組み立てていった。血痕、DNA、いかがわしい画像の送信、そして最後にジェシカの携帯電話からの奇妙な発信。彼女から——あるいは、被告側弁護人がずっと主張しているところによれば、彼女の携帯電話から——、失踪した日の午後、シルバー家の自宅に電話がかかっていた。留守番電話が応答したが、メッセージは残されていなかった。電話がかかってきたとき、ジェシカの携帯電話はダウンタウン——被告側弁護人がずっと主張しているところによれば、ダウンタウンの大部分と四つの主要な高速道路を含む、十万平方メートルもの広さのエリア——にあった。

モーニングスターは、携帯電話の位置に関して最も可能性が高いのは、彼女がボビーのアパートメントに向かっていたか、アパートメントからどこかへ向かっていた途中だと示唆した。モーニングスターははっきりとした絵を描いてみせた。ボビーはその日の午後、ジェシカを車に乗せて彼の部屋に連れていった。セックスをするために彼のアパートメントに行く途中か、あるいはセックスをしたあとの帰り道でふたりは口論になった。彼女はスキャンダラスな関係を終わりにしたがったのかもしれない。あるいは両親に話すと言ったのかもしれない。ボビーは激怒して、車のなかで彼女を殺害した。そのとき、彼女の血がそこらじゅうに飛び散った。自分のしたことに気づいたボビーは、彼女の死体をトランクに詰めこみ——だから彼女の血がそこにあったのだ——砂漠のどこかに埋めた。

　ジェは、全体的に見て検察側の主張はしっかりしていると感じていた。ボビー・ノックがジェシカを殺していないのだとすれば、彼は最悪の相手と性的な関係を持ったことになる。

　ルー・シルバーは、おそらく事件の最後の手がかりを提供するために来たのだろう。

声は穏やかだった。「ルー・シルバーです。ミネソタ州ミネアポリスで生まれ、今はロサンゼルスに住んでいます」ジェはよく聞き取れるように身を乗り出した。ほかの陪審員も同じことをしていた。「ビジネスマンです」

　彼が話すと陪審員全員に身を乗り出させるような、ある種のパワーがそこにはあった。

　モーニングスターはシルバーに事業の内容を説明するように求めた。

　弁護人のギブソンが異議を唱えた。彼女は〝関連性〟について何か言い、議論が交わされた。これはこの裁判ではごく普通のことだった。いくつかの質問があり、法的な議論がある。また別な質問があり、さらに議論が交わされ、これが延々と続く。議論があまりにも複雑になった場合は、判事が陪審員をいったん退出させた。

「わたしは〈シルバー・プロパティーズ〉の創業者であり、ＣＥＯです」最終的にシルバーはそう答えた。

「〈サンレイ保険〉の創立者であり、取締役でもあります。〈アライド・メタルワーク〉、〈アライド・コンクリート〉、〈アライド・グラスワークス〉、〈アライド・リノベーションズ〉の主要な株主でもあります。名前とは裏腹に、そこまでは互いに協力的な関係《アライド》ではありませんが」それはこれまでにも話したことのあるジョークのように聞こえた。何人かが笑みを浮かべた。「〈シルバー・ベンチャーズ〉の創設者兼ＣＥＯでもあります。〈シルバー財団〉については、妻の下で働いています」

さらに何人かの笑みを誘った。だが、ジェは固まっていた。〈アライド・コンクリート〉という名前を聞いて愕然とした。

ジェは〈アライド・コンクリート〉のために仕事をしていただけではなく、三年前から下請の仕事をしていた。陪審員に召集される直前まで、〈アライド・コンクリート〉から報酬を受け取っていたのだ。

漫画に出てくる間抜けな登場人物のように自分で自分の頭を殴ってやりたかった。ルー・シルバーがアライド・グループの会社を持っていることは知っていた。なぜ、そのなかにコンクリート会社があることに気づかなかったのだ？

ルーがダウンタウンでの新たな建設プロジェクトについて話しているあいだ、ジェは、ルー・シルバーとは個人的または金銭的なつながりはないと宣誓していたことを思い出していた。

なんてことだ。以前にルー・シルバーに会ったことがあったのだ！　少なくともセンチュリー・シティの建設現場で、現場監督たちと同じ輪のなかにいた。シルバーはあの日、ふらりと訪ねてきた、スーツ姿の見知らぬ白人の男たちのひとりだったのだ。だが、ジェは彼とは話していないはずだ。九十五パーセントたしかだ。

九十パーセントかもしれない。

突然、体が熱くなり、椅子の上で位置を変えた。フラン・ゴールデンバーグが毎日、彼の隣に坐っていた。フランが彼のほうに眼をやり、「大丈夫？」と口もとで伝えると、水筒を差し出した。

ジェは手を振ると、シルバーに視線を戻した。フランに知られてはならない。ほかの陪審員にも。彼らは友人ではない。知ればすぐに判事に報告するだろう。とはいうものの、ロサンゼルスでルー・シルバーとまったく関係のない人物なんているだろうか？ ジェでさえ気づかなかったのなら、ほかにも同じ過ちを犯している人物がいるかもしれない。

ジェは証言に集中することにした。検察官はシルバーに、娘が死んだ朝の彼女との最後の会話について尋ねた。

被告弁護人がすぐに異議を申し立てた。

「裁判長、この件についてはすでに話していますが」とギブソンはうんざりするような口調で言った。「ジェシカ・シルバーの〝死〟は証明されていません」

「異議を認める」と判事は言い、モーニングスターに対し、あきれたというように眼をぐるりとまわして見せた。「二度とこのようなことのないように」

モーニングスターは申しわけなさそうにうなずいた。

「ジェシカとの最後の会話はなんだったんでしょうか？」と彼はシルバーに訊いた。「彼女が失踪した日の」

シルバーは悲しそうに首を振った。「何が最悪かわかりますか？ 思い出すことさえできないことです」

シルバーは娘のことを、信頼できて思いやりがあり、やさしく、おっちょこちょいだったが、次第に暗い秘密を抱えるようになっていたと証言した。ジェシカとボビーのあいだに何があったのかまったく気づいていなかったと語った。彼は自分を責めた。仕事に夢中になりすぎていたのだろうか？ 家族のことにあまりにも無頓着だったのだろうか？ それとも同じ家のなかにいても、他人のようになってしまう年頃だったのだろうか？　自分自身の習慣や決まりを持った、外国の生き物のように。

シルバーが娘のことを話しているのを聞いて、ジェには、彼がどこか他人事を話しているように聞こえた。ある意味、それがこの男をさらに悲しく見せた。自分の身に起こったつらい経験をどう話したらよいのかわからず、一般的なつらい経験について話すのが精一杯という感じだった。モーニングスターはシルバーに、事実関係に関する質問を山のようにした。いつもは学校から何時に帰って来るのか？　いつ頃から彼女がいないことが心配になったのか？　長いあいだ不在にすることは普通なのか？　シルバーはほとんどの質問に、ジェシカについて自分は何も知らないと答えるばかりだった。

モーニングスターは質問が終わるたびに陪審員のほうを見た。特に、ジェ、カロリナ、フラン、キャシー、そしてエンリケに注意を払っていた。ジェは彼らが子供のいる陪審員だということに気づいた。そのとき初めて、彼は検察官が陪審員を操ろうとしていると感じた。たしかに、ルー・シルバーが経験したことは、すべての親にとっての悪夢だった。ジェ自身にとってもそうだ。だれあろうルー・シルバーに自分の娘の安全を守れなかったのだとしたら、いったいだれに守れるというのだろうか？

モーニングスターは、親が不在のときに子供たちが何をするかについて、くどくどと話し続けていた。ジェにはそれが正しいことには思えなかった。モーニングスターが、勝つためにこのように陪審員をいじめる必要があると考えているのだとしたら、それは大きな間違いだった。

法廷の雰囲気が暗くなるなか、ギブソンがゆっくりと立ち上がった。まるで空気中に漂う何かが晴れるのを待つかのように。

「ミスター・シルバー、このたびのことはほんとうにお気の毒に思います……」と彼女は言った。「たいへんおつらいことでしょう」

シルバーが答える前に、モーニングスターが異議を唱えた。「質問になっていません、裁判長」

判事は、細かいことにまで異議を唱えるなというような眼でモーニングスターを見た。が、彼は間違っていなかった。判事はギブソンのほうを向くと言った。

「弁護人、質問をどうぞ」

彼女はうなずいた。「はい、裁判長。ミスター・シルバーのために簡潔にすませましょう」

ギブソンは証人席に向かって歩きながら尋ねた。

「あなたはいくつの会社を持っていますか？」

モーニングスターが異議を唱えた。「関連性がありません」

ギブソンは首を振った。「デジャヴュを見てるんでしょうか？」

「却下する」と判事はモーニングスターに言った。

「扉を開けたのはあなたです」

ギブソンは法廷の中央まで歩き、証人に対するのと同じように――あるいはそれ以上に――陪審員に向かって話した。「ビジネス上の利害関係によってトラブルが生じたことはありますか？」

シルバーは深く息を吸った。「ビジネスの規模に応じては」

「すみません、それは〝はい〟ということですか」

「はい」

「殺されると脅されたことは？」彼女はジェのほうをまっすぐ見ていた。

これは自分とシルバーとのことに関係あるのだろうか？　でも、どうやって彼女は知ったんだ？

「もちろんあります」とシルバーは答えた。

彼女は振り向きざまに言った。「もちろん？」

「開発によってテナントを立ち退かせることがありま

す。地域の人々を怒らせることもあります。彼らは手紙を送ってきます。怒ったときに人が口にすることは、それはひどいものです。ですが口だけです」

「家族を傷つけるという手紙を受け取ったことはありますか？」

「あったと思います」

「あなたのティーンエイジャーの娘をレイプして殺し、死体を砂漠に埋めてやるという手紙を受け取ったことはありますか？」

あまりにも具体的な質問に法廷にいた全員が息を飲んだ。

「覚えていません」とシルバーは答えた。

そんな手紙を書いてくる人間がいたら覚えているだろう、とジェは思った。

「では、証人の記憶を新たにさせてください」ギブソンは机から書類を取り出し、まずモーニングスターに見せた。それがなんであれ、彼は以前に見たことがあるようだった。彼女はその書類を判事に渡した。判事はうやうやしく、これを〝被告側証拠一〇一〟とした。

「証人に近づいてもよろしいですか？」と弁護人は言った。判事はうなずいた。

証人席に近づくと、ルー・シルバーにその書類を渡した。

「読んでもらえますか、ミスター・シルバー？」

彼は許しを請う子供のように判事のほうを見た。判事がうなずいた。

「親愛なる〝ユダ公《ジュー》〟シルバー。おまえはこの街を壊した。おまえのふしだらな娘がレイプされて殺され、死体がおまえが見つけられないように砂漠に埋められたとしてもあきらめるんだな。やるのはおれかもしれない。たぶんな。幸運を祈る」シルバーは顔を上げた。

「サインはありません」

ギブソンは平静を装って言った。「砂漠に埋める？」

「そう言っています」

「この手紙を受け取ったことを覚えていますか？」

「いいえ」

「あなたの自宅宛に送られていますが」

「警察からそう聞きました。ボビー・ノックがジェシカ殺害容疑で逮捕されたあとに」

「特に注目するほどではなかった？」

「もちろん注目すべきことだと思いました」

「この手紙を書いた人間が本気だと考えるほどではなかった？」

「娘を殺したのはボビー・ノックだ」

　ジェはギブソンが微笑むのを見た気がした。

「ショックを受けたことでしょうね」と彼女は言った。「娘さんと被告人とのあいだのメールを見て」

「娘が殺されるまでは見ていない」

　ジェは裁判のリズムがわかってきていたので、ギブソンがこの機に乗じて異議を申し立てるものと期待した。が、驚いたことに彼女はこれを放棄した。彼女はただ同情を求めるように陪審員を見るだけだった。まるで陪審員全員が、悲しみに暮れる父親の感情の爆発に対し、なんとか理解ある対応をしようとしていると言うかのように。

「メールを見たとき、どう思いましたか？」

「信じられなかった」

「あなたの娘さんが、教師とそのようなメールのやりとりをしていたことがですか？」

「あの男が、娘にあのようなメッセージを送っていたことがだ」

　ギブソンが興味深そうな表情をした。「娘さんよりも彼の行動に驚いたと？」

「やつが法を破った。娘を騙したんだ」

「おことばですが、ミスター・シルバー、あのメッセージを見るかぎり、娘さんも喜んで付き合っていたのではないですか？」

この弁護士はなんてひどいことを言うんだ。少女の父親に対して！　考えられない。

ジェはモーニングスターにあまりよい印象を持っていなかった。だがギブソンはもっとひどかった。

「よくもそんなことを」とシルバーは言った。

「失礼」と彼女は言った。「怒らせるつもりはありませんでした」

「娘は十五歳だ」とシルバーは言った。「子供なんだ」

「娘さんとわたしの依頼人のあいだの、露骨なほど性的なメッセージを読んだことをお気の毒に思います」

シルバーは黙ったままだった。まるで怒りを煮詰めているかのようだった。

「ジェシカが、ボビー・ノックのことを話したことはありましたか？」

「そうは思わない」

「そうは思わない？」

「覚えていない」

「教師としての彼について話したことも？」

シルバーは首を振った。

ギブソンは助けを求めるように判事を見た。

「ミスター・シルバー」と判事は言った。「本法廷では、弁護人の質問に対し、口頭での回答しか記録することができません」

シルバーは判事のほうを見た。今は判事にも怒りを覚えているようだった。人から指示されることには慣れていないのだろう。

ジェは自分が億万長者だったとしても、人から、何をいつ言うべきかを指示されるのはいやだろうなと思った。

「いいえ」とシルバーは言った。

「なんと？」とギブソンは言った。

「あなたの質問に対する答えだ。ノーだ。ジェシカがあの男のことを話していたかどうかは覚えてない」

「普段からボーイフレンドのことを話していましたか?」

シルバーは胃が痛くなったような表情をした。「なんだって?」

「女の子はこういったことは秘密にしておくものです。特に父親には。よくあることです。ボビーの前のボーイフレンドのことについて、彼女があなたに話していたかどうかを知っておきたいと思いまして」

「あの男はボーイフレンドじゃない」

ギブソンは肩をすくめた。「失礼しました。娘さんはどんなことばを使ってましたか?」

「先生だと」

「娘さんがボビーに書いたメッセージを読んだとき、彼を憎んだでしょうね」

「ああ、そうだ」

「娘さんにそんなことを言ったことに対し、罰を受けさせたいと思いましたか?」

「あの黒い悪魔に自分のしたことの報いを受けさせたいと思ったよ」

法廷中に息を飲む音が響き渡った。まるでだれがより多くの酸素を吸えるかを競っているかのように。ジェは、だれかが実際に「ああ、なんてことを」と言う声を聞いた。だがそれがだれなのかはわからなかった。判事でさえも凍りついていた。

ギブソンもまばたきをするのがやっとだった。彼女はかすかにため息をついた。まるで世界中が彼女の依頼人に対して悪意に満ちた偏見を抱くことに疲れ果てたかのように。

「質問は以上です」

判事は短い休憩を命じた。陪審員室では多くのアイコンタクトが交わされたが、会話はなかった。だれかひとりでもことばを発すれば、面倒なことになるとみんながわかっていた。だが、あんなことを聞いたあとに、どうして黙っていられるだろう？

ジェは黙ったまま、リックとコミュニケーションを取ろうとした。彼に伝えようとした。ああいった白人が何を考えてるかは知ってるよ、というように。だが、リックの顔を見ると、彼はそうは思っていないようだった。あるいは、彼が同情して欲しいのはジェではないのかもしれない。

ジェは、黒人が、白人がいかに人種差別主義者であるかをジェに認めさせたがるのと同時に、自分たち黒人こそが最悪の扱いを受けていることをはっきりさせたがっているのに気づいていた。たとえばジェが、白人から自分がしないようなアクセントを真似されたり、ジェがどれだけ計算が得意かについて話したりしているのを聞いたことがないというかのように。黒人が、白人のもたらす戯言の唯一の被害者のふりをしているのを見ると、腹が立ってしかたがなかった。

ジェはトリーシャのところへ行った。彼とトリーシャはいっしょにいることが多かった。彼女は辛辣でユーモアがあり、皮肉さえ理解できれば、とても愉快な人物だった。ジェは彼女にただひとこと、「クソだ」と言った。それで伝わると思った。

トリーシャはただ首を振った。「たしかに」

フラン・ゴールデンバーグは腹を立てているようだった。同じユダヤ人であるルー・シルバーが人種差別主義的な発言をしたことに困惑しているのだろうか？自分まで悪く見られると思っているのだろうか？

廷吏のスティーブが彼らを法廷に戻したとき、法廷には張り詰めた空気が漂っていた。

判事がモーニングスターに発言を求め、彼が立ち上がった。

「検察側は以上です」と彼は言った。

判事はギブソンのほうを見た。「被告側は最初の証人を尋問する準備ができていますか？　それとも本日は休廷にして、翌朝に尋問を行ないますか？」

ギブソンはためらっていた。ボビー・ノックの耳もとで何かささやいた。しばらくのあいだ、ふたりのあいだでやりとりがあり、最終的にボビーがうなずいた。彼はまた眼の前の机を見つめた。

ギブソンが立ち上がった。

「陪審員のみなさん」と彼女は言った。「被告側からの尋問はありません」

13

わたしこそがきみにとっての最高の友人かもしれない

現在

「ミスター・シルバーとお話がしたいのですが」マヤは電話の相手にそう言った。電話の反対側のその女性——彼女がだれであれ——は反応しなかった。気まずい沈黙が流れたあと、マヤが付け加えた。「マヤ・シールといいます」

「少々、お待ちください」女性の声が返って来た。マヤは延々と続く音楽を聴きながら、眼の前に広がるミラクルの荒れ野を眺めていた。

リックとシルバーはふたりで何をしていたのだろう？　シルバーはリックの調査に対して金銭やそのほかの支援をしてきたのだろうか？　そしてなぜリックはそのことをだれにも話さなかったのだろう？

別の男がトレーラーの前に現われ、マヤの借り物の〈テスラ〉をじっと見た。こんな見捨てられた地域で、その車――そして彼女――が何をしているのかを理解しようとしていた。

「ミス・シール？」声がして、電話に戻った。「ミスター・シルバーは明日の朝九時にオフィスに来て欲しいと言っています。ご都合はよろしいですか？」

マヤはそうすると答えた。

彼女はその後の数時間を、登録された性犯罪者にインタビューを試みて過ごした。だが、彼女と話そうとする者はもういなかった。

彼女は午後いっぱいをかけて、海岸沿いの眺めの美しいルートを通ってロサンゼルスに戻った。曲がりくねった道が、ビーチの上に高くそびえたつ危険な崖を削るように走っていた。海岸線の向こうでは、波が岩にぶつかって砕け、白く美しいしぶきを作っていた。これまでにわかったことをじっくりと考える時間が欲しかった。そして刑務所に入る前の、最後になるかもしれない海の景色をしっかり味わいたかった。

ロサンゼルスに引っ越してきて以来、ハイウェイ一号線を走るのはこれが初めてだった。輝く海を眺めながら、サンフランシスコからロサンゼルスへの旅のあいだに、ハンターと交わした会話のことを思い出した。ハンターのことを思い出すことはたまにあったが、それは驚くほどまれだった。

裁判が終わってまもなくしてふたりは別れた。彼女の浮気が原因ではなかった。リックとのあいだであったことは、悲劇的な過ちであり、彼女はすでに充分後悔していた。だがハンターによると、ふたりのあいだの障害となったのは、ボビー・ノックだった。

「お願いだから、いちどでいいから何か別のことを話せないか？」彼女が家に戻った二週間後、ハンターが苛立ちをぶつけた。「あのクソ野郎は何人もの人生を台無しにした上に、おれたちの人生まで台無しにしようというのか？」

夕食に出かけても、だれかがレストランでマヤに気づくのだった。あるとき、黒のレギンスを穿いて、大きな宝石を身に着けた女性がテーブルに近寄って来て言った。「あなた、あの陪審員でしょ、そうよね？　幸せでいることを願ってるわ」困惑した友人がその女性の腕をつかんで引き離していった。

そのあとのデートは最悪だった。緊張の漂う沈黙。思いつきのくだらない話題に対する、失礼なほど取るに足らないコメント。そしてまた緊張の漂う沈黙。ウエイターがグラスに水を注ぐと、氷の溶けるチリンという音が響いた。

「愉しい時間を過ごしたいだけなんだ」と彼は言った。

代わりに何を話せばよかったのだろう？　今になっても彼女にはわからなかった。そのとき彼に尋ねたが、彼は答えず、「ほかのことならなんでもいいよ」というだけだった。

「わたしはあなたの接待係じゃない」喧嘩になってそう言ったこともあった。いつのことだったかは思い出せなかった。記憶のなかではすべてが曖昧になっていた。「あなたを愉しませるのがわたしの仕事じゃない」

「きみはとり憑《つ》かれている」と彼は言った。それは間違いなく、あとになってからの喧嘩だったはずだ。彼女がロースクールに行きたいと言ったあとの。マヤは皮肉だと思った。これまではマヤが人生の〝方向性〟を見失っていることが、ふたりの関係における微妙な緊張の原因となっていたのに、ロースクールに行くという彼女の決断が、彼をいっそう動揺させたようだった。

「弁護士になってボビー・ノックの殺人罪を晴らすつもりなのか？　教えてあげるよ。きみはもうやった」

「違うわ」彼女は説明しようとした。「弁護士になるのは、ボビー・ノックやジェシカ・シルバーのような人たちの両方に正当な正義の機会を受ける権利があるからよ」

　この街では毎日だれかが殺人を犯している。毎時、だれかがレイプし、毎分、だれかが盗みを働いている。警察は右から左に容疑者を逮捕する。無実の者もいれば、そうでない者もいる。ハンターは彼女に何をさせたかったのだろう？　ただ傍観させたかったのだろうか？　だれも気にもかけないくだらない小説を書き上げさせたかったのだろうか？　それとも司法制度がどれだけ彼女をひどく扱ったかについての回顧録でも書かせたかったのだろうか？

　冗談じゃない。自分は冷酷な司法制度の無力な犠牲者なんかじゃない。無害な傍観者なんかじゃない。

　ハンターは、弁護士になることが、あの裁判を延々と追体験することではないと理解してくれなかった。弁護士になるということは、彼女の人生で最も困難で衝撃的なあの出来事を受け入れ、それを自らのものにするということだった。

　かつての自分はあの法廷に置き去りにしてきた。今の自分は別人だ。そしてこの新しいミズ・シールはあの陪審員室で生まれたのだ。そここそが彼女の原点だった。

　ハンターも今は結婚して、ポートランドに住んでいた。彼のフェイスブックの写真によると、クラフトビールの醸造に情熱を注いでいるようだ。

　マリブ周辺でラッシュアワーの渋滞にぶつかるまでは順調だった。太陽がちょうど沈んだところで、ひとりの男がそのほとんどすべてを所有する、新しいダウンタウンの輝きが遠くに見えた。

マヤは裁判のあと、いちどだけルー・シルバーに会ったことがあった。数年前、美容関連の会社が主催する、気候変動問題に関する資金調達パーティーに出席するため、パリセイズに行ったときのことだった。彼女はクリスタルのプラスワン（パーティーで招待客が連れてくることができる招待状のない客のこと）で、めったに味わえない匿名性を愉しんでいた。

「マヤよ、クリスタルと同じ法律事務所で働いてるの」と彼女はほかの出席者に言った。クリスタルはオイルを振りかけたサラダを食べたり、次のシーズンの香水を試したりしていた。その夜はそれだけで終わるはずだった。

　部屋の向こうにいるエレイン・シルバーを見かけるまでは。一瞬、ふたりの眼があった。マヤは本能的に眼をそらした。エレイン・シルバーが彼女に気づいたかどうかはわからなかった。またそれがほんとうにエレインだったかどうかさえもわからなかった。マヤは自分自身を納得させようとした。部屋の反対側にいる、エレガントな六十代の女性は、エレインとは違う億万長者の慈善家であり、上流社会の大物に違いないと。それならマヤは肩越しに見続ける必要はなかった。

　知らないふりをするのは、その夜の終わりまでは効果があった。彼女はクリスタルの隣で駐車係の列に並んでいたときに、少し近づきすぎただれかにぶつかった。

　そこにはルー・シルバーがいた。ふたりを待つ車に妻を案内していた。

「ミス・シール」通り過ぎるときに、彼はそうささやいた。

　それだけだった。シルバー夫妻はマヤのほうを二度と見ることはなく、そのまま車に乗りこんだ。

「で？」数分後、クリスタルは、夜に向かって車を走らせながら言った。「だれかおもしろい人に会った？」

ルー・シルバーのさまざまな会社がセンチュリー・シティ・コンプレックスの南側のタワーのフロアを占めていた。フロアの各ブロックごとに彼が関心を寄せるさまざまな分野――不動産、保険、プライベート・エクイティ、イノベーション――それが何を意味するのかはわからなかったが――が配置されていた。〈エレイン＆ルー・シルバー財団〉は金融関係の企業に挟まれて、フロアの半分を占めていた。ルー・シルバーのオフィスは最上階にあった。

ルーはマヤが想像していたよりも老けて見えた。老いは徐々に進んでいくと表現されるが、彼の場合は、急な崖のように進んだようだった。十年前、五十歳のときは中年に見えた。今ではもう髪を分けて禿げた頭を隠すこともなく、手には黒い肝斑が目立っていた。角部屋のオフィスを横切って彼女を出迎えたとき、マヤは彼の一歩一歩がどこかたどたどしいことに気づいた。

顔にも同じように疲労が貼りついていた。

「たしか、以前に握手したことがあったんじゃないかな。ルー・シルバーだ」

彼女は握手を交わした。「たぶんしてないと思いますよ」

「どうして？」

「なぜって、〈ニューヨーク・タイムズ〉に、わたしが子供の頃、母が何度も頭から落としたに違いないって言ってたでしょ」

彼は彼女の率直さを受け入れ、それに応えた。「そう、きみがわたしのジェシカを殺した男を自由にしたからね」

「盛り上がってきたわね」

彼は微笑んだ。「正直言って思ってた以上だ。坐るかね？」

彼はソファを手で示した。窓のひとつからは海が見えた。別の窓からはハリウッドヒルズが、さらにもうひとつの窓からはダウンタウンの超高層ビル、そしてその向こうにはインランド・エンパイア（カリフォルニア州南部、リバーサイド市とサンバーナーディーノ市を中心とする地域を指していうことば）が見えた。

「それで」とシルバーが言った。「きみのほうから電話をしてきたんだったね」

「なぜリックはあなたの電話番号を、ミラクルと呼ばれる町に住む性犯罪者に教えたの？」

　彼は驚かなかった。「ああ、そうか。なるほど。どうしてその非公開の電話番号を手に入れたのか不思議に思っていたんだ。それはわたしの調査部門の電話番号だ」

「調査部門があるの？」

「彼から聞いてないのか？」

「ええ」

「ふーむ」明らかに彼が期待していた反応ではなかったようだ。「実はここ数年、リック・レナードは基本的にわたしの調査業務を担当していた」

「彼はあなたのために働いていたの？」

「二年くらい前、彼がわたしに会いにやって来て、ボビー・ノックについて彼自身が調べた結果を話してくれた。ボビー・ノックの有罪を証明できると信じていたが、時間とマンパワー、資金が必要だった。彼は事実上、無一文だった。わたしは彼の本を読んで、彼が正しいとわかっていた。だから彼の望むものをすべて与えた」

　マヤはシルバーの率直さに驚いた。

　彼はマヤを見た。「わたしがこれらのことを隠そうとすると思っていたのかね？」

「わからない」

「なぜそんなことをする必要がある？」

　彼の言い分は充分理にかなっていた。

「リックが死んだことは聞いてますね」

「悪党が」

「リックがですか?」

「ボビーだ」

「どういうことですか?」

「ボビー・ノックがリックを殺したんだ」まるで自明の理であるかのようにそう言った。

マヤはそれが理にかなっているとは思えなかった。

「そう信じてるんですか?」

シルバーは怒っているようだった。「ボビー・ノックがわたしの娘を殺した。きみが自分の無限の英知を信じて、やつを自由の身にしたあと、やつは十年間、自らの負うべき正義から逃れてきた。ありがたいことにリックはわたしの力を借りてボビーを調べ、彼に不利な証拠を発見した。だからボビーはリックを殺した」

「ボビーがリックを殺したと主張するためには、証明すべきことがあることをわかってますか?」

「言ってみたまえ」

「まずボビーは同窓会が行なわれるという事実を知っていなければならなかった。次にどこで同窓会が行なわれるかを知っていなければならなかった。さらにわたしたちのだれにも気づかれずにホテルに入る方法を見つけなければならなかった。数十人もの人々がすぐに彼に気づくだろう状況で。そしてさらに、リックがわたしの部屋に行くつもりだったこと、いつ行くのか、そしてわたしが自分の部屋にいないことを知っていなければならなかった」

「わたしはボビーならどんなことでもやりかねないと思っている。おそらくわたしときみの本質的な違いはそこなんだろう」

公平に考えて、彼のことばは、ふたりの置かれた状況を正確に説明していると思った。「警察はわたしがやったと思っていることを知ってますか?」

「ああ」

「でもあなたはそう思っていない」

「ああ、思わない」彼はことばを切った。「きみにとってすぐには受け入れがたいかもしれないが、きみを無実だと信じているのはわたしひとりかもしれない。つまり、たとえきみがこの州で一番騙されやすく、頭の固い人間だとわたしが思っていたとしても、わたしこそがきみにとっての最高の友人かもしれないということだ」

マヤには自分の耳にしていることばが信じられなかった。

「たしかに、奇妙な相棒だ」彼はソファに腰を下ろし、天使の羽のように両手を広げた。

シルバーのボビーへの憎しみが彼の視界を曇らせていた。リックの殺人に関するボビーの関与については、あまりにも取ってつけたようで信じがたかった。

「リックは何を見つけたの？」と彼女は訊いた。「あなたのあらゆる権力を使って」

シルバーの表情が失望で曇った。

「くそっ、なんてことだ」と彼は言った。「ちくしょう」

「どういうこと？」

「きみが知っているものだと思っていた」

「彼から聞いてないの？」

シルバーはため息をついた。「リックは頭がよかったし、やる気もあった。背教こそが人を偉大な行ないへと駆り立てるものだ。わたしは、ボビーが娘にしたことのために正義を求めた。だがリックは、ボビーが彼にさせたことのために正義を求めた」シルバーはマヤのほうに身を乗り出した。「少なくともリックは自分の過ちを認めた。われわれとは違って」

彼女はその手には乗るまいと思った。いま必要なのは、だれがジェシカ・シルバーを殺したかを議論することではなかった。特に被害者である少女の父親と。必要なのは、ただひとつ、自分の弁護に役立つ情報だった。

「きみはまだ信じているのかね？」彼は彼女の落ち着きに苛立つかのようにそう訊いた。「これだけの年月が過ぎても？　あんなことが起きたあとでも？　その頑固さには感服するよ。まったく」

「リックがあなたのために仕事をしていたのなら、彼の資料にもアクセスできたはずよね。ボビーに関する彼のファイルに」

　シルバーは舌打ちをした。「ああ。それらは秘密じゃなかった。彼はテレビのプロデューサーにも渡していた」

「わたしも彼らの持っている資料を見た」

「なら、わかっているはずだ。そのファイルには大きな啓示はない。彼はわたしにも教えてくれなかった。もちろん訊いたさ。何度もね。山のように送ったメールだって見せることができる。彼は何かをつかんだとずっと言っていた。すばらしいもの。恐ろしくすばらしいものだ。だが、彼はタイミングが重要だと言い張った。そのことで言い争いにもなった」

なんともばかげて聞こえた。「リックはなぜ議論の余地のない何かを見つけたのに、あなたやほかのだれからも隠したの？」

　シルバーは指で唇を軽く叩いた。どことなく学者のようなしぐさだった。「すばらしい、そう思わないか？　結局、きみとわたしは同じ質問をしている」

　シルバーは窓の外のスカイラインを眺めて言った。「ジェシカはいつも水が好きだった」

　マヤは彼の視線の先を追った。見えたのは何マイルにも及ぶ街並みだけだった。「ええ」

「小さい頃からずっと。赤ん坊はお風呂が嫌いだろ？　ジェシカは違った。大好きだった。大きくなってからは水泳のレッスンだ。それから水泳のチームに入った。週末はいつも友達とビーチに行った。わたしはここにいた。このオフィスに。ずっと働いていた。今もだが、今となってはほかに何がある？　夜にあの娘《こ》に会ったとき、長い髪がまだ濡れていることがあった。潮の香りがしたものだ。よく言ったよ。〝ジェシカ、平日は水泳のチームで泳いで、週末は海で泳ぐのかい？〟って。あの娘《こ》は、瞑想的なんだと言っていた。そんな娘《こ》だった。よく〝瞑想的〟だと言っていた」

マヤはどうしたらいいのかわからなかった。なんと答えたらいいのかも。

「彼女に会ってみたかったわ」そう言うのが精一杯だった。

シルバーは首を振った。彼女が何を言うべきかは関係なかった。「エレインがなんと言い続けているかわかるかね。ボビー・ノックを罰しても娘は戻ってこない。彼女はそう言うんだ」

「あなたはそうは思っていない」

「わたしはエレインに言い続けている。やってみよう。そうすれば何が起きるかわかる」彼は両手を膝の上に置いた。「それがきみを助ける理由だ」

「どうやって助けてくれるの？」

「ボビー・ノックがどこにいるかを知っている」

マヤは耳を疑った。

「リックが一カ月前に突き止めた」とシルバーは言った。「ありがたいことに、その情報についてはわたしにも教えてくれた。それをきみにも教えよう」

「なぜ？」

シルバーは微笑んだ。「わたしがボビーの居場所を教えれば、きみはそこに行って彼と話すだろう。きみ自身の容疑を晴らすためには、リックがボビーについて何を知っていたのかを知る必要がある。ボビーは薄々感づいていたはずだ」

「どうしてあなた自身で行かないの？」

シルバーは肩をすくめた。「わたしにどうしろと？」立ち上がった彼の体は震えていた。「それに何より、ボビーがわたしに話すと思うかね？　わたしの仲間に？」

「たしかに」

「だが、きみになら彼も話すんじゃないかな？　まがりなりにも彼の救世主であるきみには」

全員の利益を計算し、自分の利益に合う者だけを採用するという、シルバーの冷徹な論理には舌を巻くばかりだ。何年にもわたって対立する法律家と交渉してきた彼女は、人を思いどおりに操ることのできる人物を見分けることができた。だが、シルバーは違う人種だった。人間の基本的な欲望をもとに、複雑怪奇な仕組みを巧みに作り上げる秘密を知っているかのようだった。

おそらく、だから彼は億万長者になったのだろう。他者に自分の意志を及ぼすのではなく、他者を組織して彼らの意志を互いに及ぼすようにすることによって。だれもがルー・シルバーのために働いた。彼ら自身がそれを知っているかどうかはともかく。

「わかった」と彼女は言った。「話に乗るわ。で、ボビー・ノックはどこにいるの？」

「彼の居場所を教える前に、きみから聞きたいことがある」

「何？」

「真実を話して欲しい」

マヤは混乱した。「いつわたしが嘘を言ったと？」

「きみはさっき、わたしの質問を避けた。教えて欲しい。きみはほんとうに――ほんとうに――十年前、自分が正しかったと今も思っているのかね？」

何年にもわたって、人々はこの質問を避けて通って来た。彼女はシルバーが率直に訊いてくれたことに感謝した。彼女がずっと一貫していることに彼が敬意を抱いているとしたら、彼女は彼の率直さに敬意を抱いていたのかもしれない。

「それとも、もしかしたら」彼は言った。「もしかしたら、ボビーがジェシカを殺したかもしれないと思っているのかね？」

シルバーの顔は渇望のあまり痩せこけているように見えた。

　彼女には、なぜ彼がその答えを求めているのかがわかった。あまりにも長いあいだ議論しすぎて、その結果がもはや問題ではなくなることがある。唯一救いを与えてくれるものは、自分が正しくあることではなく、自分が最初からずっと正しかったと示すことだった。

　それがシルバーの望んでいることだった。正義をなすにはもう遅かった。決して平穏を見つけることはできないだろう。だから唯一満足を得ることができるのは、彼女が間違っていると認めるのを聞くことだった。

　マヤは教えてあげたかった。彼が求めてやまないものは、残りの人生のあいだずっと、彼を苦しめることになるだろうと。決して知ることができないという、最も受け入れがたい運命と、ずっといっしょに生きていかなければならないのだ。答えを求める人間であることに対する罰は、疑問を抱えたまま永遠に生きていくことだ。

　この街のあらゆる法廷で、彼女は人々が自らの望む評決を得るのを見てきた。望まない評決を得る人々と同じくらい。だが、評決は真実とは関係なかった。どんな評決も人の意見を変えることはなかった。陪審員は神ではない。神の啓示を求めて法廷に足を踏み入れた人々は、官僚的な交渉の結果を持って法廷をあとにする。

　マヤはシルバーに伝えたかった。自分が正しいことの証明を求めることこそが、彼らの小さな国全体を苦境に陥れているのだと。人々は、毎日眼を覚ますと、彼らの仲間が高潔な人間であり、それ以外の人間は絶対的な悪であると証明する新聞の見出しを読みたいと願う。だが、そんなニュースは永遠に手に入らない。彼らと異なる意見の人々を非難する新たな事実が明らかになるたびに、それらの意見に対する新たな正当化が行なわれる。予測が失敗するたびに、その失敗を正当化する理由が現われるのだ。彼らは代替案が気に食わないという理由で、最も弱い信念にさらに賭け金をつぎこんでしまうのだ。そして通路の反対側にいる連中もそれにならう。彼女は言いたかった。間違っていることよりも悪いのは、自分が決して間違っていないことを証明したいと強く願い続けることなのだ。

だが、彼女はシルバーにそう言わなかった。

代わりにマヤは、シルバーの聞きたかった答えを言った。なぜなら彼女にはわかっていた。シルバーが自分の生き方に絶対口を出して欲しくない人物がいるとすれば、それは彼女をおいてほかにいなかっただろう。そして彼が率直な質問をした以上、マヤは正直に答えなければならないとわかっていた。

「ミスター・シルバー」手ぐしで髪を整えながら彼女は言った。「自分には、もう何もわかりません」

14

キャシー　二〇〇九年九月二十八日

「どうするつもりだ？」キャシー・ウィンの夫、アルバートが電話の向こう側で言った。その後ろからはテレビの音が聞こえていた。「まさか事件を解決するつもりじゃないだろうな？」

キャシーは、廷吏のスティーブがこの通話を聞いていると想像するといやだった。アルバートにほかにも電話を聞いている人間がいることを思い出させたかったが、経験上、すでに知っていることをアルバートに〝思い出させること〟はうまくいかないことが多いとわかっていた。

　だからこう言うことにした。「明日が最終弁論よ。それから陪審員の審議に入る。すぐに帰れるわ」

「四カ月だぞ、キャス」とアルバートは言った。「四カ月ものあいだ、だれがサラベスの世話をしてると思ってるんだ？」

　ふたりの娘のサラベスは、大学出願用のエッセイさえ書き終えていなかった。アルバートが彼女の世話をしてきたといっても、その程度だった。だが、今はそのことで言い争っても意味はなかった。

「あなたがわたし抜きでどれだけがんばってるかはわかってる。約束するわ。戻ったら必ず埋め合わせをする。裁判はもうすぐ終わるわ」

「そこでいったい何をしてるんだ。正義を行なおうってのか？　きみは弁護士でもなければ、判事でもないんだぞ。何も知らないくせに。自分が何かを変えられるとでも思っているなら、正真正銘のばかだな」

　彼女はため息をついた。アルバートの言っていることはやや乱暴だったが、正しかった。自分は何をしようとしているのだろう？

　だが肝心なのは、彼女が約束をしていることだった。カリフォルニア州に奉仕すると約束したのだ。州は、彼女に公平であること以上のものを求めていた。なのに、責任も約束も果たさずに投げ出したら……サラベスにとってどんな模範となるだろう？

　キャシーは傍聴席にいる被害者の母親、エレイン・シルバーを見た。この女性はボビー・ノックからわずか六メートル離れた席で、背筋を伸ばして毎日坐っていた。夫のルー・シルバーが暴言を吐いた昨日でさえも。キャシーは、彼女の夫の吐いたことばについて、彼女を責めるつもりはなかった。もし法廷の人々にアルバートの言ったことの半分でも聞かれたなら……

　もし娘のサラベスに何かあった場合——ああ、そんなことがありませんように——、エレインのように気丈でいられることを願うばかりだった。彼女はカリフォルニア州に約束しただけではなく、エレインにも約束したような気がしていた。そしてそのことにこそ意味があった。

だが、それをアルバートに説明してなんになる？ 億万長者の妻に対する義務感について話そうとしたら、彼がなんと言うか彼女にはいやというほどわかっていた。

「もしかしたら、補欠になるかもしれない。そうならいいと思わない？ そうすれば、家に帰れるし……そうね、明日には帰れるかも」

判事は審理が終わったあとに、三名の補欠陪審員が選ばれると言っていた。補欠の陪審員になると即座に解任される。つまり、キャシーは五分の一の確率で、明日の夕食には家に帰れるのだ。

「ほんとに正真正銘のばかだな！」とアルバートは言った。「きみは利用されてるんだぞ、そんなこともわからないのか？」

彼がこういう気分になったときは、すべて吐き出させるのが一番だった。

「補欠になる必要があると自分から申し出るんだ」と彼は言った。

「裁判長は無作為に選ばれると言っていたわ。だから――」

「自分から言うんだよ。明日、家に帰って来て、それで終わりだ」

キャシーは、サラベスが自分の部屋で大学出願用のエッセイに取り組んでいる姿を想像した。キャシーがまっすぐ家に帰ることが一番なのだ。補欠になることは義務を怠ることにはならない。違う？ わたしたちのうちの三人は補欠にならなければならない。そのうちのひとりは自分かもしれない。「わかったわ」

「わかった？」アルバートの声は疑わしげだった。

「言ってみる」

「彼らは真相究明にきみを必要としちゃいない」アルバートは彼女がまだ同意していないかのように続けた。「ずっと見つからなかった重要な証拠のひとつを見つける？　それはきみの役目じゃない、わかったな？　きみが家族のもとに帰っても、刑事司法システムは崩壊しやしないんだ」

キャシーは廷吏のスティーブが居眠りをしていてくれればと思った。だが、無理だろう。「話してみるって言ったでしょ」

「想像してみろよ」アルバートはひとり笑った。「キャシー主任警部殿？　はっ、ばかばかしい」

翌日の午前中の法廷では、モーニングスターがあっというまに最終弁論を終えた。キャシーは、彼がもっと情熱をこめた最終弁論を繰り広げると思っていた。ジェシカがどれだけ苦しんだのか、エレインとその夫がどれだけ耐えたのかとか。だが、昨日、燃えるような証拠を山のように積み上げたあとで、少し熱を冷ます必要があると感じたのだろう。

彼は事件の三本の柱に注目した。メールのメッセージ、血痕、殺害時の所在に関する嘘。「通路の反対側にいるわたしの友人が、全力でみなさんを混乱させようとしたときは、この三つの基礎的かつ基本的な事実を思い出してください。メール。血痕。嘘。たぶん弁護人は被告人が周囲から誤解された若者だと言うかもしれません。そうなのかもしれません。でも……メール。血痕。嘘です。彼女は警察が焦って彼を逮捕したと言うかもしれません。そうかもしれません。それでも……メール。血痕。嘘です」

彼はジェシカのほぼ等身大の写真を掲げることで締めくくった。それは彼女が失踪した日の学校の防犯カメラが撮影したもので、彼女を最後に撮った写真だった。

キャシーは裁判のあいだ、この写真を何十回となく見てきた。モーニングスターは何度もこの写真に戻った。今、彼はその写真を台の上にバランスを取るようにして置いた。裁判が歌だとしたら、この写真はコーラスだった。繰り返すことこそが肝心だった。

キャシーはこの写真を忘れたくても忘れることはできなかった。ジェシカは学校の制服を着ていた。膝下丈のネイビーのスカート、黒のレギンス、白のボタンダウンシャツ。ブロンドの髪は後ろでまとめていた。この大きさの写真で見ると、キャシーにはジェシカの鎖骨のあたりにぶら下がっているロケットの細かい部分まで見えた。

その銀のロケットは父親からのプレゼントなのだそうだ。何年か前に行った旅行のおみやげだった。まだ見ぬ大人の世界に、無鉄砲にも飛びこもうとしている少女の首についているにしては、妙に子供っぽいなとキャシーは思った。

キャシーは、サラベスが父親からもらったロケットを身に着けているところを想像しようとした。まあ、ないだろう。

モーニングスターは最終弁論を終え、写真をそのままにして席に戻った。まるで制服を着て子供っぽいロケットをしたジェシカが、陪審員に一番覚えておいて欲しいものであるかのように。

ギブソンの戦略は検察側とは正反対だった。彼女は、モーニングスターが自信を持って語った部分が、曖昧であると示唆した。彼が明らかだとした部分に、水にインクをスプレーで吹きかけるように疑問を投げかけた。法医学に関する数字については、さまざまな用語――マイクロパーセントやppm、誤差の範囲など――を駆使して、眼がくらむようなスピードでこれらを検討していった。

ルー・シルバーの証言に関しては、正攻法で攻めた。前日の彼の暴言にはいっさい触れず、その代わり、彼の敵に関する漠然とした疑惑の雲を作ることにした。

彼と彼の家族に危害を加えたいと考えていた人物がいた。その人物がジェシカを誘拐したことを示す責任は被告側にはなく、これらの人物によって彼女が誘拐されていないことを証明するのは、検察側の責任なのだった。

ギブソンはいつもジェシカに関し、〝誘拐された〟ということばを使った。彼女はいちども〝殺された〟とは言わなかった。

ギブソンはボビー・ノックの弁護側証人を尋問しなかった理由を説明しなかった。ボビー・ノックが証言しなかった理由についてもひとことも話さなかった。

彼女はまるですでに勝利したかのように振る舞っていた。検察側が何ひとつ証明できなかったと言うかのように。そして彼女はいっさい反論をしなかった。

ギブソンが陪審員に対し感謝の意を伝えたあと、判事は審理が終了したことを告げた。

「では、無作為に選んだ結果、陪審員のうち補欠になったかたを発表します」と彼は言った。「番号を呼ばれたかたは立ち上がって、廷吏とともに判事室に行ってください。カリフォルニア州はみなさんの貢献に感謝します。わたしも同様です」

キャシーはまわりの全員が緊張しているのを感じた。補欠になりたいと思っているのは自分ひとりだと確信していた。トリーシャは言っていた。数カ月もここに坐っていて、評決を下さずに家に帰るなんて想像できないと。「そんなのばかにされてるとしか思えないわ」

キャシーも同じように感じていたが、アルバートの指摘も正しかった。彼女がボビー・ノックに有罪または無罪の評決を下さなければならないとしたら、どちらに投票するだろう？ 〝有罪〟だろうか？ 自分は評決を下すのには向いていないと思った。マヤのように、今にも陪審員室に入って投票したくてうずうずしている人がいる。彼女の〝友人〟のリックもそうだ。トリーシャはマヤとリックが寝ていると言っていた。だが、キャシーは自分には関係ないと思っていた。ついでに言えばトリーシャにも。

それにウェインがいる。彼も絶対補欠になるべきだ。彼はだんだん神経質になってきて、ずっと黙って窓の外を見つめていた。先週は、裁判所へ向かうバスに乗る前に、二十五分間日光浴をしなければならないと言い張った。そのため廷吏のスティーブは判事に電話をして遅れると伝えなければならなかった。彼が審議にどれだけ耐えられるかわからなかった。あるいは自分たちがどれだけウェインに耐えられるかも。

判事が番号を読み上げた。

「陪審員番号九〇六番」

アーノルド・ディーンが立ち上がった。彼は興奮のあまり過呼吸の状態のように見えた。

「陪審員番号五五二番」

キャシーは、ほとんどむち打ち症になりそうになりながら、振り向いてエンリケ・ナヴァロが立ち上がるのを見ようとした。エンリケはあまり反応を示すことなく、このニュースを受け止めていた。

彼女とウェインには、あとひとつしか席は残されていなかった。

「陪審員番号八七三番」

ケラン・ブラッグが立ち上がった。

三人が廷吏のスティーブのあとについて扉のほうに向かった。

キャシーは呆然としていた。あっというまの出来事だった。何も話す機会もなければ、状況を説明する機会もなかった。彼女ではなく彼ら三人を家に帰す正当な理由はなかった。

考える前に手を上げていた。

全員が注目した。

「陪審員番号六九〇番ですね?」と判事が言った。

「何か話したいことがあれば、判事室でうかがいます」

キャシーはおずおずと手を下ろした。なんてばかなの。

「審議を始める前に」今は十二人となった陪審員に向かって判事が言った。「これから無作為に陪審員長を選びます。本法廷に対する——つまりわたしに対する——連絡は、われわれが用意する用紙に手書きでメモをすることによって、指名された陪審員長が行なうことになります。陪審員長は、みなさんの陪審員室での会話を管理し、審議する過程を監督する責任を負います。本法廷が課す基本的な規則は次のとおりです。まず、すべての審議は、陪審員室で十二名の陪審員全員が出席して行なわれなければなりません。つまり、一部の陪審員だけでの会話や、夜にホテルに戻ってからの会話は禁止です。評決が出るまでは、陪審員全員でその部屋で審議してもらいます。わかりましたか？」

キャシーはうなずいた。

「次に」と判事が続けた。「被告に対する罪状はひとつだけです。第一級殺人罪です。この罪状に対し、みなさんは被告人の有罪または無罪を判断します。ただし、みなさんが下すいかなる判断も全員一致でなければなりません。罪状の定義やみなさんに対する指示のいずれかに関して質問がある場合、先ほどお話ししたように、手書きのメモを陪審員長から回付することによって、追加の説明を求めることができます。よろしいですか？」

キャシーはふたたびうなずいた。彼女はただこの判事からの指示が終わったら、判事室に行って、この間違いを正したいだけだった。

判事がマニラフォルダーを開け、なかにあった封印された封筒を破って開けた。「陪審員長は……」

封筒から一枚の紙を取り出した。「陪審員番号六九○番」

「ここには、いられないんです」数分後、キャシーは判事室でそう言った。「家族のもとに帰らなければならないんです」

判事は椅子をきしませながら背もたれに身をまかせた。すでにローブを脱ぎ、ダークスーツ姿だった。キャシーは判事がローブを脱いだところを見るのは初めてだった。不思議なことに、スーツを着ているにもかかわらず、裸でいるように思えた。

「お子さんのことで、陪審義務を果たせないのなら、もっと早くにそのことを言うべきでした」

キャシーは判事に嘘をつきたくなかった。「そうじゃないんです」

「どういうことですか？」

どうやって判事を説得するつもりだったんだろう？

「ほとんどの陪審員は残りたがっています。残りたがっている人を残し、帰りたい人は帰したらどうでしょうか？」

判事は禿げあがった頭を掻きながら言った。「詳しい説明をするなら、そうすると陪審員の構成が作為的になって、結果が偏ってしまうからです。より簡単な答えがお望みなら、はっきり言いましょう。わたしがそう言ったからです」

キャシーは自分自身の失望のため息を聞いていた。そしてこれはキャシー自身がこれまでに娘のサラベスに経験させてきたのと同じことだと思った。

「神経質になるのは当然です」と判事はやさしく言った。「眼の前に大きな責任が待っているんですから」

「まさにそれです。わたしは事件のことは何も知りません。夫が言っていました——そう、あまりにも大きな決断すぎて、わたしには無理なんです」

「知らないからこそ、あなた自身で判断すべきだと思いませんか？」

なぜ、わかってくれないのだろう？　夫に正真正銘のばかだと言われたことを話すのよ。

「すでに補欠の陪審員は帰しました」と判事は続けた。「評決が出る前にあなたが陪審員を辞任するなら、審理無効を宣言しなければならないでしょう。そしてもし陪審員を辞任する法的拘束力のある理由があなたになければ、法廷侮辱罪に問うことになります」

キャシーがようやく陪審員室に戻ってきたとき、ほかの陪審員たちは全員が立ったままだった。

どうして坐っていないんだろう？

「席の指定はあるの？」とフランが尋ねた。

全員が答えを求めてキャシーを見た。「わからない」

「たぶん、番号順に坐るべきなんじゃないかしら」とフランは言った。

「ぼくはどうでもいいと思う」とリックは言った。

「法廷では番号順に坐ってたわ」とトリーシャが言った。

「なあ」とウェインが言った。「ここはおれたちの部屋だ。自分たちでルールを決めようぜ」

全員がまたキャシーを見た。彼女はパニックに陥った。これまで十五年間、薬剤師をしてきたので、抗不安薬の処方が切れてしまった人を落ち着かせることには慣れていた。とはいっても、彼女がこれまでに集団をまとめたり、率いたりしたことがあるのは、娘の迷惑な友人たちがせいぜいだった。

「判事からの指示をもういちど読みましょう」とキャシーは言った。

「いい加減にしてくれ」とウェインが吠えた。ドアのほうに歩くと、全員が驚いたことに、ドアを開けた。

「スティーブ？」彼は廊下に向かって呼びかけた。

廷吏のスティーブが現われた。「どうしました？」

「どこに坐ってもいいのか？」

スティーブはその質問をおもしろがっているように

見えた。「法的な質問には答えてはいけないことになっています。ですが……ここはみなさんの部屋です。みなさんの好きなようにすることができます。判事の指示に従っているかぎりは」

「ありがとう」とウェインは言った。スティーブはドアを閉めた。

「坐ろうぜ」とウェインは言い、窓際の席に坐った。

彼らは順不同に坐った。フランは不機嫌そうだったが、キャシーにはどうすればフランの機嫌をなおすことができるのかわからなかった。無意識のうちに彼女はそうしたいと思っていた。だが、そのとき、また全員の視線が自分に集まっていることに気づいた。みんなが指示を待っていた。

「投票をしたらどうかな？」とリックが提案した。

キャシーはテーブルの上に置いてある山から、インデックスカードを全員に配った。油性マーカーを覆っていたビニールのラッピングを破りながら、満足から来る解放感を感じていた。ペンを全員に配っていると、サラベスの遊び友達のグループで、放課後に作った手作りの工作を配っていたときのような束の間の落ち着きを感じた。

「オーケイ」とキャシーは言った。「じゃあ、無記名投票をしましょう。全員がそれぞれ書いてまわしてちょうだい」

だれも動かなかった。キャシーは彼らが何を待っているのかわからなかった。

彼女はアドバイスを求めるように見まわした。

「みんな、〝有罪〟か〝無罪〟のどちらかを書くんだ」とリックがやさしく言った。助け舟を出してくれた。「そうしたら、その結果をキャシーに読み上げてもらえば、今の自分たちの位置を確認することができる」

キャシーは自分の紙に眼を向けた。なんと書けばいいのかわからなかった。わたしなんかに、だれがジェシカ・シルバーを殺したかを判断する資格があるのだろうか？　なんでこんなことになってしまったんだろう？

彼女は隣の席に坐っているトリーシャの紙を覗きこんだ。彼女は腕でインデックスカードを隠していたが、首を伸ばすと見ることができた。

彼女はトリーシャと同じ評決を書いた。

少なくともトリーシャは自分が何をしているかをわかっているようだった。

一分後、マヤが手を上げた。「わたしよ」

キャシーは信じられなかった。残りの全員は同じ意見だった。

マヤはいったい何を考えてるの？

リックは打ちひしがれているように見えた。まるでマヤが彼のことを個人的に裏切ったかのように。ふたりはずっといっしょだったので、そのとおりだったのかもしれない。

「ありえない」とジェが言った。

「ほんとうにわたしだけ？」とマヤは言った。「みんなのなかの何人かは有罪に投票すると思っていた。でも……全員？」

そう、全員だった。自分がほかの全員と違う意見であると知った以上、マヤは自分の投票を変えるべきだろう。十一人を相手に議論しなければならないなんて、あまりにもばかげている。

「トリーシャ」とマヤは言った。「あなたはなんの疑いも持たなかったの？」

トリーシャは信じられないという顔をした。「疑いのひとつやふたつ？　もちろんあるわ。でも……それがなんだっていうの」

マヤはリックのほうを見た。彼は顔を背けた。「陪審員のうち、黒人のあなたたちは昨日法廷で見たことをもっと気にしてると思ってた」

「どういう意味よ？」トリーシャが尋ねた。

キャシーは驚いて死ぬかと思った。

マヤは気分を害したようだった。「わたしはあなたの味方よ」

「わたしが黒人だから、そしてボビー・ノックが黒人で、ルー・シルバーが人種差別主義者だから、わたしは〝無罪〟に投票しなければならないってわけ？」トリーシャが反駁した。

「違うわ」とマヤは言った。助けを求めるようにもういちどリックのほうを見た。が、無駄だった。

「たぶん」なんとか熱を冷まそうとしてキャシーは言った。「マヤはなぜボビー・ノックが無罪だと思っているか説明できるんじゃない？　そうしたらわたしたちが彼女の指摘に答えることができるわ」

キャシーはサラベスと従姉妹たちとの議論を鎮めているような気分だった。アルバートは子供たちが騒ぎ出すと怒鳴るばかりでなんの役にも立たなかった。少なくともこれはキャシーがどうすればいいか知っていることだった。

マヤは首を振った。「逆よ」

「え、どういうこと？」とフランが言った。

「立証責任は検察側にある」とマヤは言った。「あなたたちがどうしてそこまで有罪を確信しているかを話してちょうだい。そうすれば、その点を議論することができるわ」

テーブルのまわりから苛立ちのこもったため息の合唱が起きた。

「きみは、法廷であの男をずっと見てきて、それでも〝この男は見たところ無罪のようだ〟と自分に言い聞かせることができるのかね？」とジェは言った。〝見たところ〟ということばに何人かが居心地悪そうに椅子のなかで体を動かした。

キャシーは無意識のうちにリックとトリーシャに眼をやった。彼らは今のジェのことばを人種差別的な中傷と受け取っただろうか？　キャシーにはわからなかった。だが、もし陪審員のなかのふたりの黒人が、黒人の被告人の〝見た目〟についてのジェのコメントを、人種差別的だと思わないのなら、そうじゃないのだろう。

「彼の〝見た目〟がどうだと言いたいの？」とマヤは言った。「どういう意味？」

それまでは気まずさが我慢できたとしても、もう無理だった。マヤはなぜこんなことができるのだろう。文明的な会話をするはずだったのに。

ジェは〝彼女のこと信じられるか〟というような表情をトリーシャに向けた。

「地獄への道は」トリーシャは悲しそうに言った。「手を差し伸べようとしている白人によって舗装されてるのよ」

緊張感が漂った。キャシーは泣きそうになった。拳を固く握ると必死に涙をこらえた。

「わたしがボビー・ノックを見るとき」とマヤは言った。「そこに見るのはひとりの無実の男の姿だけよ」

15

イースト・ジーザス

現在

ルー・シルバーによると、イースト・ジーザスはロサンゼルスとはソルトン湖をはさんで反対側にある、法人化されていないヒッピー・アーティストの居留地のようなものだった。砂漠の真ん中に位置し、法的な地位もなく、ましてや公的な警察権力も存在しない地域だった。いったいだれが、そこにいる人間を逮捕する権限を持っているのだろうか？　仮釈放違反者を取り締まる人間はいるのだろうか？　おそらくいないのだろう。シルバーは彼女にＧＰＳ座標を教え、そこが悪人が身を隠すのには最適の場所だと告げた。

七時間のドライブのあと、マヤはハイウェイから一車線の道路に入り、さらにかろうじて標識のある未舗装の道路を進んだ。砂ぼこりの立ちこめるなかをゆっくりと走っていくうちに、日も暮れてきた。〈テスラ〉のセダンはオフロードを走るようには作られていなかった。電気自動車は岩だらけの砂漠の地面の上では不安定に感じた。

日の名残が消えると、ヘッドライトをハイビームにして走った。眼の前に広がる不毛な風景も数フィート先までしか見えなかった。ニューメキシコで生まれ育ったマヤだったが、夜の砂漠の広がるこの風景は、驚くほど落ち着かない気持ちにさせた。今週だけで、すでに警察の取調室で取調べを受ける側の席に坐り、性犯罪者のコロニーを訪れている。芸術家のコミューンについてもなんとかなるだろう。

イースト・ジーザスに最も近い〝町〟のようなもの

はスラブ・シティだったが、その魅力的な移動式トレーラーの群れも彼女のはるか後方にあった。暗闇のなかを進んでも、バックミラーに灯りは映っていなかった。

前方にクリスマスイルミネーションの光の広がりのようなものが見えてきた。建造物のようなものの上で、赤、緑、青、そして黄色の灯りが点滅していた。車で近づくと、地面に近いところにいくつかの構造物があるのが確認できた。そのうちのいくつかはブリキ小屋のような形をしていた。巨大なゴミの山のように見えるものもあった。一番高い構造物のおぼろげな輪郭が見えてきた。ありえない、とマヤは思った。それはまるで……

マヤは車を止めた。

それは四階建ての高さの人形の頭の山だった。それらはてっぺんにあるクリスマスカラーのイルミネーションだけで照らされていた。

さらに奇妙なことに、一番下の部分には入口があり、ドアが開いていた。

マヤは車から降りた。

「動くな」後ろから男のしゃがれた声が聞こえた。

「振り向くんだ。ゆっくりとな」

振り向くと、染みだらけの灰色のジャンプスーツを着た赤いひげの男がいた。男はＬＥＤのヘッドランプをつけており、それをマヤの眼に向けた。男の顔は見えなかったが、自分に向けている散弾銃を見落とすことはなかった。

彼女は両手を上げた。

「あんたを撃ちたくない」と男は言った。

「安心したわ」とマヤは言った。「わたしも撃たれたくないから」

男は微笑んだ。利口ぶった人間ほど、同じ種類の人間を見分けることができる。

「それはなんだ？」と彼はうなるように言った。

マヤは自分がまだ車のキーを握りしめていることに気づいた。「車のキーよ。下に落とすわ。だから地面に落ちても驚かないで」

「がんばろう」

彼女はキーを落とした。固い砂漠の地面にぶつかったときの音にびくっとした。

男はヘッドランプを使って、彼女の足もとを照らした。

ありがたいことに散弾銃は彼女のほうを向いていなかった。「あんた、警官か？」

彼女は片足を使って車のキーをひっくり返し、彼に〈テスラ〉のロゴが見えるようにした。「いいえ」

「強盗に来たようには見えないな」

「あなたたち、盗む価値のあるようなものを持ってるの？」

男はそのことをじっくりと考えているようだった。

「だれもがそうだってわけじゃない」

「人を探してるの」

男は後ろの野営地を手で示した。「ルールがあってね。暗くなったあとは出入りできないことになっている」

「ごめんなさい、知らなかったわ」

「ウェブサイトに書いてある」

「ウェブサイトなんてあるの？」

彼はイラついた顔つきをした。「インスタグラム。スナップチャット。フェイスブック。なんでもある」

「ツイッターはないの？」

彼は首を振った。「ツイッターはクソだ」

「あなたとは仲よくなれそうな気がしてきたわ」

彼は彼女の服や車、履き心地のよさそうな革製のフラットシューズをじっと見た。「あんた、だれだ？」

「わたしはマヤ・シール」

彼が彼女の名前に思い当たった様子はなかった。よい兆候だ。この場所は明らかにインターネットにつながっているようだが、この男――あるいはまわりの人たち――は最新のロサンゼルスのニュースを見ているようには見えなかった。

「なんて呼んだらいい？」と彼女は尋ねた。

彼は自分の答えを慎重に考えてから微笑んで言った。

「イシュマエルと呼んでくれ」

「オーケイ、イシュマエル、ボビー・ノックという男を探しているの」とマヤは言った。

「モビー・ディックみたいだな」

「そうね」

「ボビー・ノックという男はここにはいない」

「違う名前を使っているかも」

「だとしたら、あんたとは話したくないようだな」

「そんなことはない」と彼女は言った。「彼がまだ知らないだけ」

イシュマエルが頭を動かすたびに、彼のライトがマヤの眼を照らし、マヤはくらくらしそうになった。

「どうやってボビーという男を知ったんだ？」と彼は訊いた。

マヤは一瞬考えた。「以前、彼を刑務所から出してあげたの」嘘ではなかった。正確ではなかったが。イシュマエルはその説明に満足したようだった。

「来いよ」と彼は言った。「キャンプのなかに連れていこう」

彼は散弾銃を握っていた手を離すと、しっかりと胸もとに抱えるようにした。彼女の車の横を通って、光り輝くクリスマスイルミネーションのほうに向かった。

マヤは彼のヘッドランプからこぼれる灯りを追いかけた。「あれはなんなの？」と彼女は言い、前方を指さした。

「あれが」と彼は言った。「イースト・ジーザスだ」

イースト・ジーザスは、マヤの理解するかぎり、管理されていない大規模なアートプロジェクトの集合体で、そこには芸術家とその飲み仲間が住んでいた。あの人形の家を見たことがあっただろうか？　あれを作った男はどうやら数人の助手とともにあのなかで暮らしているらしい。なかには自分たちの作品の横にテントを張って住んでいる者もいた。特にキャンプの中心的な構造物は、ほとんど本物の建物のようだった。乾式壁に囲まれた構造物には屋根があり、間に合わせのステージには周囲をうろついているミュージシャンのためにグランドピアノが置かれていた。ミュージックビデオを撮りに来る人たちのために、ちゃんとした照明設備があるのだと、イシュマエルは彼女に言った。

「ここでミュージックビデオを撮る人がいるの？」

「もちろん」彼は、全体が壊れた古いテレビでできている壁の向こうに連れていった。壁にはスプレーでメッセージがひとことずつ書かれていた――〝政府〟

〝信頼〟〝ファッション〟〝殺せ〟。

「要するに」と彼は続けた。「ここはかなりクソ変わった場所だ」その口調は誇らしげだった。

壊れたテレビの壁の後ろに焚き火があった。二十人くらいの人間が火のまわりに集まって、酒を飲んだり、マリファナを吸ったり、地面に寝転んだりしてうっとりと炎を見つめていた。幻覚剤でトリップをしているように大きく眼を見開いた者もいれば、静かに夕食について話し合っている者もいた。

大量の麻薬が出まわっているようで、治安上の不安もあった。住民の多くが、芸術を作るために休暇を取っている麻薬ディーラーなのか、麻薬を売るために休暇を取っている芸術家なのかはわからなかった。そのあたりの境界線は曖昧だった。

「マヤだ」イシュマエルが火のまわりにいたグループに言った。

「暗くなってからの訪問者は禁止よ！」ひとりの女性が叫んだ。彼女は白人でスキンヘッド、トーガのようなものを着ていた。あるいはただのベッドシーツかもしれない。

「クールなんだ」とイシュマエルは言った。「彼女はクールなんだ」まださりげなく散弾銃を持っていた。だれも見向きもしなかった。

「古い友人を探してるの」とマヤは言った。「ボビーという名で通ってる。黒人、三十代半ば。眼鏡をかけていて、すごく痩せてる……少なくとも以前は。しばらく前までは」

女がイシュマエルと視線を交わした。

「彼のところに連れてってくれない？」とマヤは尋ねた。

イシュマエルと女は無言のまま交渉しているようだった。これをすることが暗黙の掟に違反していないかどうかを。

だがしばらくすると、ふたりは固まった。イシュマエルの眼はマヤの肩越しに何かを見ていた。

炎の向こう側から、黒いジーンズと赤いチェックのボタンダウンを着た男がバケツを持って彼女たちのほうに向かってきた。歩くたびにバケツの縁で液体がパシャパシャと撥ねていた。マヤが覚えているよりもさらに痩せていた。

マヤを見るとすぐに、立ち止まってじっと見た。炎の光が彼の横で踊っていた。

マヤはふたりがこれまで互いに話したことがないことに気づいた。

「ハイ、ボビー」と彼女は言った。

「ハイ」

「話せる？」

彼はゆっくりとバケツを置いた。「マヤ・シール」と彼は言った。「何を話せばいいのか想像もつかないよ」

イシュマエルはマヤとボビーをテントのようなものに案内した。入口を開けるとなかが見えた。マヤは自分も幻覚を見ているのだろうかと思った。テントのなかはテディベアで埋め尽くされていて、暴力シーンのジオラマのように配置されていた。小さなおもちゃの銃を持っているものもあれば、ナイフを持っているものもいて、なかには弓矢を構えているものさえあった。それらは木の床に置かれた上向きの照明に照らされていた。凶暴な動物たちの不気味な影がテントの壁を覆っていた。

LSDでハイになってしまったんだろうか？

「どうやっておれを見つけた？」イシュマエルがテントを出ていくと、ボビーは言った。ささやくような小さな声で、まるでまだだれかが聞いていないか恐れているようだった。

「リック・レナード」

「彼が、おれがここにいると？」

マヤはこの反応をどう読み取るべきか考えた。

「彼がルー・シルバーに話した」

ボビーはうなずいた。それが期待していた答えだというかのように。あるいは恐れていた答えだというかのように。「じゃあ、あんたもルー・シルバーのために働いてるのか？」

マヤは一瞬考えた。「正直言って、わからない」

彼はそれを肯定と受け取った。「あんたらはみんなに——ルー、リック、みんな——地球の果てまで、永遠におれを追いかけるつもりなのか？　まるでおれがフランケンシュタインの造った怪物みたいに？」

「彼は北極に逃げた」とマヤは言った。「少なくともあなたが行き着いたのはもっと暖かいところのようね」

彼は微笑んだように見えた。だが違った。「おれはその本を教えていたんだ」

「ジェシカに？」

「いや、学校で」

「リックはもうあなたを追うことはない」

彼女は彼の表情を注意深く観察した。この三日間に何が起きたかをほんとうに知らないのだろうか？

「リックは死んだわ」

彼が一瞬見せた驚きは、本物だったか、あるいは彼がかなりの役者だったかのどちらかだった。

「いつ？」

「三日前」

ボビーが、自分を刑務所に戻そうとしていた男の死を悲しんでいるようには見えなかった。それでも心配そうには見えた。眉間にしわを寄せていた。下から灯りに照らされた彼は、まるでキャンプファイヤーで怪談話を聞いているようだった。「どうして？」

「同窓会があったの。あの裁判の十周年で陪審員全員がオムニ・ホテルに集まった。そこでだれかがリックを殺した」

彼は腕を組んでテントのなかを歩きだした。マヤにはわかった。彼は自分の発言に注意深くあることを学んだのだ。そして彼女がすでに何を知っているのかがわからないかぎり、何も話すべきではないとわかっているのだ。自分を信頼してくれないからといって、彼を責めることはできなかった。

「あんたは」と彼は言った。「おれがリック・レナードを殺したと思ってるのか？」

「いいえ。でも、ルー・シルバーはそう思っている」

「だろうな。警察はどう見てる？」

「警察はわたしがやったと見てる」

彼はマヤをじっと見た。まるで彼女が世界で一番魅力的な人物になったかのように。「あんたを？」

「ええ」

彼の口もとに奇妙な苦笑いが浮かんだ。立場がまったく逆転してしまったことをほとんどおもしろがっているようにも見えた。「これからは」と彼は言った。「だれもが十五分もあれば、だれかを殺した罪で起訴されるようになる」

「何かアドバイスはある？」

「ああ」彼はブーツのつま先で床板を蹴りながら言った。「いい陪審員を確保することだ」

マヤはそれを称賛と受け取った。「あなたの助けが必要なの」

「おれがどうやって助けられると？」

「ミラクルでリックがなんと言ったか知りたいの」

「おれが仮釈放の条件を破ったのは知ってるだろ？　おれがここにいることをだれかに発見されたら、何が起こるかも」

「わかってる」

「じゃあ、なぜおれがあんたを助けると？」

「なぜなら、わたしに借りがあるから」

灯りがボビーの顔に鋭い影を刻んだ。この距離では、そこに作られたしわまで見ることができた。刑務所生活の痕《あと》、迫害の痕、追いかけられた痕。顎には以前はなかった傷痕があった。この男は地獄とのあいだを行ったり来たりしたのだ。それが人にどんな影響を与えるか、だれにわかるだろう？

十年前、彼女は彼のことを、いくつか悪い決断をしたものの、まともな若者だと思った。だが、当時の彼がどうであれ、今の彼が何者なのか、彼女にはわからなかった。

「おれにそんな厚かましいことを言えるなんて、ほんとうに感心するよ」と彼は言った。

「リックの本は読んだでしょ？　わたしが十一人を説得してあなたを自由の身にしたことは知ってるわよね」

彼は否定しなかった。「ルー・シルバーが証言した日のことを覚えてるか？　おれの裁判で？」

「ええ」

「彼がおれのことを〝黒い悪魔〟と言ったあと、おれの弁護士はおれに対する弁護を始めるはずだった。だが、彼女はそうしなかった」

「ええ、全部覚えてるわ」

「それはあんたのおかげだ」

マヤは聞き間違えたに違いないと思った。「なんですって？」

彼は怪しく微笑んだ。まるで物理の法則が破られた夢を思い出すかのように。夢を見ている者にとってだけは、意味のある悪夢だったかのように。「おれたちは全般的な弁護を展開する準備をしていた。性格証人。おれがジェシカを殺していないと信じている人たちだ。古い友人。兄弟。同僚も。別の犯行説も用意していた。だが、弁護士とおれはどうすべきかずっと議論していた」

マヤにはそれらの証人が法廷で何を話そうとしていたかを想像することができた。というのも、裁判のあと、彼ら全員がテレビで話しているのを聞いたからだった。すでに評決を下したあとに、ボビーのことを知るのはショッキングだった。家に帰って初めて、ボビーの両親がバージニア州での彼の少年時代のことを話すのを聞いた。バージニア大学時代のルームメイトから、彼らがやっていたポップバンドのこと——ボビーはピアノ担当だった——を聞いたのも、そのときが初めてだった。そしてマヤは、ようやく彼がロサンゼルスに引っ越してきた理由を知った。バージニア大学出身の年上の友人が、ジェシカの学校で教えていて、彼を音楽の教師として推薦してくれたのだ。彼は仕事を受けたが、ロサンゼルスに到着すると、学校とのあいだでいくつかの行き違いがあり、音楽教師の職がすでに埋まってしまっていた。そのため、代わりにパートタイムの国語教師になったのだ。彼は一週間に四日、ひとつのクラスだけを教えていた。生活費を稼ぐために、週末にはフリーランスのピアノの家庭教師もしていた。

「もしそれらの証人が証言していたら」と彼女は言っ

た。「そのあとにはあなた自身も証言すると思っていた。山のような友人や家族にあなたのよい評判を証言させて、あなた自身が証言しなければ、陪審員に悪い印象を与えることになるから」

「おれの弁護士もまさに同じことを言っていた」

「だけどもし、あなたが証言していたら、検察側が用意していた過去の過ちをさらされることになる」

「そのことまで知ってたのか？」

「裁判のあとで知ったわ。高校生のときに子供を殴ったのよね。重暴行罪。でも未成年だったから、社会奉仕活動ですんだ」

「重暴行罪？　ふたりの年上の少年に財布を取られそうになった。抵抗して、なんとか勝った。今でもどうしてあんなことができたのかわからない。でも、あいつらはおれのほうが仕掛けたと言ったんだ。それでおれだけが逮捕された」

「あなたは証言しなかったから、前科について触れられることもなかった。あなたの弁護士は賢明な選択をした」

「どうすればいいのか、ずっと迷っていた。自分のほんとうの姿をみんなに伝えたかった。ジェシカに起きたことについても。でも、その一方で証人席に着けば、暴行罪について触れる機会を検察側に与えることになる。それは悪い方向に、ほんとうに悪い方向に進みそうな気がした。あの日までは何が最善の方法なのかわからないでいた。だが、ルー・シルバーがあの人種差別的なクソ発言をした……そしてギブソンはあんたの反応を見た」

「陪審員の？」

「いや、あんただ」

マヤには彼が何を言おうとしているのかわからなかった。

「ギブソンは身を乗り出してきて、耳もとでささやいた。〝必要なのはひとりだけ。マヤ・シールがそのひとりよ〟」

　マヤはそのときの自分の表情がどんなだったか思い出そうとした。ほかの多くの人々がそうしたように、椅子のなかで体を動かそうとしていただろうか？　ハッと息を飲んだだろうか？　わからなかった。そのときはルー・シルバーに注目していたため、ボビーの弁護士が同じように自分に注目していたとは思っていなかった。

「わたしは……」マヤは口ごもった。審議に入る前から、自分がすでに裁判の結果に影響を与えていたとは思いもよらなかった。

「ハーツのプレイの仕方を知ってるか？」とボビーは言った。「実際には今もルールをよくわかってないんだが、ギブソンは詳しかった。彼女は、自分たちはシュート・ザ・ムーン（本来はマイナス点となるカードを全部集めることで、逆にほかのプレイヤー全員にマイナス点を与えることができる逆転技）をやろうとしてるんだと言った。それはリスクの高い手らしく、ものすごくうまくいくか、それとも一瞬で負けるかのどちらかだった」彼は指を鳴らした。「リスクを考えると……やめるべきだとわかっていた」

　ボビー・ノックの弁護士は、マヤ自身よりもよほどマヤのような人々を見抜く眼を持っていたようだ。法廷で顔を見ただけの人物に、自分のことを徹底的に知られるというのは、いい気分ではなかった。自分がわかりやすいタイプなのだと知っても慰めにはならなかった。理想家。十字軍気取り。

　世間知らず。

「なぜ、そのことをわたしに話すの？」と彼女は言った。

「おれがあんたを助けることに同意したとしても、あんたにクソな借りがあるからじゃないと知ってもらうためだ。あんたはおれのために危険を冒したわけじゃない。あんたは自分がやるべきだと思ったことをやっただけだ。やるために選ばれたことを。信じられないかもしれないが、おれの人生にもほんとうに心の底から感謝している人たちがいる。だが、あんたはそのなかのひとりじゃない」

彼に褒めてもらう必要はなかった。必要なのは情報だった。「じゃあ、感謝の気持ちから助けるんじゃなかったら、なぜわたしを助けてくれるの？」

「おれはジェシカを殺してないからだ」

マヤはそれが単なる宣言ではないのだと理解するのに一瞬かかった。それは取引だった。

「わたしはリックを殺してない」彼女は交換条件を申し出た。そしてそれ以外にことばを交わすことなく、ふたりは合意に達した。

「リックに見つかったときに何があったの？」と彼女は尋ねた。「なぜ、そのあと逃げたの？」

そして彼は何百時間も法廷でともに静かに過ごしてきたなかで、マヤがいちども見たことのないことをした。

彼は笑ったのだ。彼の笑い声は話す声よりも高く、子供のようだった。まるで使われていない肺の一部から出てきているように聞こえた。「散歩しよう」

ボビーが最初にしたのは、リックが殺された夜のアリバイを裏付ける証拠を見せることだった。野営地を横切りながら、ボビーはあの夜はイースト・ジーザスにいたと話した。写真家のひとりが一週間ずっと写真を撮っていた。ボビーはマヤを写真家のテントに連れていき、電子的なタイムスタンプが表示された写真を見せた。ボビーの顔が写っていた。

タイムスタンプが正確なら、ボビーがリックを殺すためには、タイムスタンプと犯行時刻のあいだの七十分間に、本来なら五時間から七時間かかるロサンゼルスまで車を運転し、殺人を犯してから、また同じ距離をここまで戻ってこなければならなかった。

ボビー自身のテントは、人形の頭でできた塔の近くにあった。そのテントは寝袋と水の入った箱、懐中電灯、そしていくつかの装飾品を置くのに充分の広さだった。

「坐って欲しいところだけど……」彼はそう言うと、椅子がないことを身振りで示して見せた。

テントの壁にかけられた寝袋の隣に、クレヨンで描いたワニの絵があった。ワニは明るい赤の肌にオレンジ色の歯をしていた。周囲と不釣り合いな様子に思わず眼を止めずにはいられなかった。一瞬、ボビーがクレヨンアートを始めたのかと思ったが、子供の作品だということに気づいた。彼には弟がふたりいたことを思い出した。そのどちらかに子供がいただろうか？それはまるでボビーが普通の家庭生活の名残をひとつだけ取っておいていたように見えた。

彼女は法廷でボビーの家族を見ていた。彼の両親は毎日法廷に現われ、エレイン・シルバーの反対側に坐っていた。彼らはエレインよりも眼に見えて取り乱しているか、それとも悲しみを隠そうとしていなかったかのどちらかのようだった。マヤは彼らの苦しみの深さを推し測ろうとした。ルーとエレイン・シルバーの娘は一瞬にして消えてしまった。だが、ジェリー・ノックとアラナ・ノックの息子は日に日に、何カ月もかけてゆっくりと彼らの眼の前から奪われていった。マヤにはどちらが悪いのかわからなかった。

「リック・レナードは何も持っていなかった」彼は、彼女の質問にやっと答えた。「ある日、ミラクルのおれのトレーラーに現われて、おれに尋問しようとした。最終的に告白させるか何かをしようとしていた。出ていけと言った」

マヤは信じられなかった。「なのにどうして逃げたの？」

「彼が来るのをやめなかったから。彼とほかの連中が。十周年が近づいているから、特別な企画があると言っていた。マスコミもやって来ると。おれを見つけるのは難しくない。だからまた始まろうとしていると思った。もう……我慢できなかった。いやだった。ミラクルにいた男のひとりがここのことを教えてくれた」ボビーは首を振った。「自分の人生がどれだけクソみたいになったかわかるか？　小児性愛者から不動産をあっせんしてもらったんだぞ」

マヤは彼の顔を見た。ほんとうなのだろうか？　リックはボビーにも何を発見したのか言わなかったというのか？

「家に帰ることもできたのに」

「家？」

「両親や兄弟のもとに」

「家族はもう充分ひどいめにあってきた」

「あなた自身も充分以上にひどいめにあってきたんじゃない？」

「おれが？」ボビーはブーツのつま先で固い地面を蹴った。「もっとひどいめにあった人がいる」彼は見上げると言った。「ジェシカだ」

マヤは、十年間疑問に思い、仮説を立て、戦略を練ってきた質問をボビーにした。まるでそれが世界で最も当然なことであるかのように。

「ボビー、だれがジェシカを殺したと思う？」

彼は顔をゆがめて笑った。「それを訊かれたのはひさしぶりだな」

彼は壁にかかっている、子供の描いたワニの絵を見た。まるでそのなかの何かが、彼のなかにあるものを溶かしてくれているかのような表情をしていた。

「彼女の父親はよく彼女を殴っていた」とボビーは言った。

マヤは喉に息が詰まるような感覚を覚えた。「なんの話？」

「ジェシカはおれにあざを見せてくれた。エレインも殴られていると言っていた。ずっと続いていたそうだ。どんなことでもすぐに怒るんだそうだ。ジェシカが夜に電気をつけっぱなしにしたり、間違った灯りを消したり、夕食に遅れたり、なんでもだ。話したのはおれが初めてだったと思う。彼女は父親を怖がっていた。くそっ、会ったこともないのにおれまで怖くなった。そんな家で育ってみろ。彼は爆発するガス状の星で、彼女も含めてだれも暮らすことのできない不毛の星だ。彼女は実際にそうたとえていた。彼女がそう言ったのを覚えている。煙草のやけど痕を見せられたすぐあとに……」

　彼はことばを切った。まるでマヤに最もひどい部分を知らせたくないというかのように。

「彼女は母親も彼女と同じくらいひどいめにあっていると言っていた。でも母親は何もしようとしなかった。母親は何十年もそんなクソみたいな状況を受け入れてきたんだ」

　マヤは混乱のあまりめまいがしそうだった。ルー・シルバーが何かを隠しているんじゃないかと思ったことは何度かあった。ティーンエイジャーの少女に何かが起きたとき、だれもが父親のことを考える。統計的にもそれは理にかなっていた。だがここまでに、虐待に関する発言はいっさい出てこなかった。

　マヤは、きゃしゃで悲しみに打ちひしがれていたルー・シルバーが、そのような恐ろしい暴力を振るう姿を想像してみようとした。とてもそんなことはできそうに見えなかった。だが、いったい何人の虐待者がそのとおりに見えたことだろう？

「なぜそのことを裁判で言わなかったの？」

「自分のことば以外に証拠がなかった。もしおれが証人席に着いて、宣誓のもとにルー・シルバーが娘を虐待していたと証言したら……あんたはどう思った？」

　マヤには理解できた。彼が証言すれば、過去の彼の有罪判決に関して扉を開くことになるだろう。ジェシカが受けていた虐待について証言するのは間違ったことではないものの、法廷戦略としては悪手だった。

ときに真実は、弁護上は悪い結果をもたらすものだ。

「何が最悪だったかわかるか？」とボビーは続けた。

「そうやって始まったんだ。おれたちふたりのあいだが。ジェシカは家庭で何が起きているのかだれかに話さなければならなかった。怯えて混乱し、だれも信じられなかった……。だが、なぜかおれを信じてくれた」彼は手を強く握りしめた。まるで自分の手の骨を折ろうとしているかのように。「それがどうだ？」

「そのときからふたりきりでいっしょに過ごすようになったの？」

ボビーはうなずいた。「地獄のような日々を送っている哀れな少女がいた。おれが何を考えたかわかるか？　力になることができると思ったんだ」

彼は悲しそうに首を振った。「そんなクソみたいなことを考えたことがあるか？　おれたちは、結局は自分が人の役に立ってると自分自身に言い聞かせたくて何かをするんだ」

マヤはそのことをあまり考えたくなかった。「ええ、わかるわ」

「放課後、彼女とふたりでコーヒーを飲みながら、おれは自分が人の役に立ってるんだと言い聞かせた。彼女のためだと思いこんで、カウンセラーに会いに行けとか、校長に話すようにとか、警察に話をするようにとか言った。でも、彼女は首を縦に振らなかった。だれにも言わないと約束させられた。彼女は言った――〝みんながあなたとパパのどっちを信じると思う？　他人が何をしてくれると言うの〟。彼女が正しいのかどうかわからなかった。だけどルー・シルバーのような男が逮捕されるとも思えなかった。彼のような男が刑務所に入る？　ありえない。シルバーにとって最悪の事態はエレインがジェシカといっしょに逃げ出すことだった。おれはそのことについてアドバイスした――

――〝ママに言うんだ。ふたりともそこにいたら、どちらかが殺されることになる。ママを連れて車で――飛行機をチャーターしてもいい――逃げ出すんだ〟。彼女は母親を置いて逃げるつもりはないと言った。そして彼女の母親も逃げ出すつもりはなかった。母親は大丈夫だと言った。対処できる、夫を止めることができると言った。だれも殺されることはないと……」

彼の最後のことばが暗闇のなかで響いていた。

「で、おれは何をしたと思う？　だれにも言わないと約束した。ずっと話を聞くと約束した。カウンセラーに会いに行くように説得した。ずっと会い続けた。おれはロサンゼルスに来たばかりで知り合いがいなかった。孤独だった。ふたりでコーヒーを飲みに行くことがますます多くなった。放課後、ほかに何をするというんだ？　彼女はどんな人生を望んでいるのかを話してくれた。どこかの小さな町で暮らしたいと。都会から離れた静かな場所。たぶん、農場とかで。子供たちがいて、子供たちにはやさしい父親がいる。素敵な父親。彼女の父親とは正反対の。重たい話ばかりじゃなかった。彼女がとても愉快な娘《こ》だって知ってたか？　人々はテレビで彼女の写真を見たり、彼女の人生に関する事実を聞いたりするけど、だれも彼女がほんとうはすごくおもしろい娘《こ》だって知らないんだ。彼女は水が嫌いだった。なぜだかサメか何かに食べられるのを怖がっていた。水泳チームに入っていたらしいが、傷やあざがあるため、水着になれないからやめてしまった。それでも、両親にはまだ泳いでいると嘘を言っていた。週末におれと会うと、家に帰る前にシンクに頭を突っこんで髪を濡らしていた。一日中、ビーチにいたと父親には言っていたらしい。どうしてビーチに？　わからなかった。

それからメールをするようになった。冗談を言い合ってふざけた。生徒とメールをするべきじゃないことはわかっていたけど、やめられなくなってしまった。

なんてばかだったんだ。おれは虐待を受けている十五歳の少女の関心を引いて、いい気分になりたいと思ったんだ。彼女はおれを尊敬してくれた初めての人だった。おれは自分に言い聞かせた――〝だれも傷ついていない。何も悪いことはしていない〟。だから彼女との時間を過ごし続けた。卑猥なメールや卑猥な写真。あれはジョークだったんだ。彼女がいつだったかおれの携帯電話を取って、あの性的なメッセージをふたりの携帯電話のあいだで送りあったんだ。そのうち彼女がおれの携帯電話を持っていることに気づいた。放課後、彼女を見つけると、彼女は大笑いしながら自分のしたことを見せた――〝だれかに見つかったら大変なことになるわよ〟。彼女は笑いが止まらないみたいだった。悪ふざけだったんだ。おれは一連のメッセージを消したけど、彼女の携帯には残ってたんだろう。そして、あとになって警官がそれを見て……」

マヤは裁判のときの様子を覚えていた。ボビーとジェシカのあいだの露骨なメッセージはすべて同じ日に送られていたので、その説明には妙に信憑性があった。たとえ、彼がそれを今になって持ち出してきたのだとしても。

「想像してみろよ」と彼は言った。「おれが自分の弁護のためにその話を持ち出すところを。いったいだれが信じると思う？　あんたは信じたか？　実際にそのメッセージを送ったことにしておくほうがまだましだった。だが、それはおれの弁護全体に言える問題だった。おれたちの関係は不適切だった。それは認める。だが、おれたちの関係は説明できるよりもずっと奇妙なものだったんだ。

車のこともそうだ！　一番皮肉な部分だ。前の座席に彼女の鼻血や髪の毛があった。彼女がおれの車でどれだけの時間を過ごしたと思う？　ただドライブしていただけ？　検察官が考えていた以上に彼女はおれの車のなかにいたんだ。ロサンゼルスの三十パーセントが道路だって知ってるか？　ジェシカが言っていた。父親がいつも話すんだそうだ。そう、おれたちはドライブした。そしてメールをした。トランクに血がついていた理由は今もわからない。たぶん、弁護士の言ったことが正しいんだろう。鑑識がヘマをしたんだ。だが、車のなかでずいぶんと時間を過ごしたから、DNAはいたるところにあったはずだ。おれたちのあいだにあったことは間違いだった。それはおれのせいだ。そしてある日……彼女は消えた」

　マヤは彼の言うことを信じずにはいられなかった。ずっと信じてきた、そうじゃない？　彼はジェシカを救えなかった。そのことを彼は知っていた。だが、それはだれもが同じだった。彼女の両親や教師。そしてもしボビーの話がほんとうなら、ジェシカを虐待していた人物のために今行動しているマヤ自身さえも。

「ルー・シルバーが自分の娘を殺したの？」とマヤはささやくように言った。

「それが弁護側の考えていた説だった。〝積極的抗弁〟というのか？　たぶん、ルー・シルバーはジェシカとおれのことを知ったんだろう。ジェシカが虐待のことをおれに話したと言ったのかもしれない。死体は見つかっていない。死体を消すだけの力を持ってるのはだれだ？　ほんとうに消えたのか？」

　ルー・シルバーを示す証拠は、糸一本さえもなかった。だが、それがボビーの主張だったのだろう。ボビーがジェシカを殺したと信じるには、彼が自分自身の車に血痕を残すほどヘマをしたと信じなければならなかった。一方でルー・シルバーがジェシカを殺したと信じるなら、彼が十年の長い期間にわたって、だれも彼を疑うことのないほど、見事な手際でやってのけたと信じなければならなかった。

　マヤはルーが殺人者だという告発は信じられなくとも、虐待に関するボビーの話は信じられると思った。同じ考えはボビーにもあてはまり、彼は何かひどいことをしていたかもしれないが、だからといって必ずしも彼が殺人者だということにはならなかった。

　考えがシルバーとボビーのあいだを行ったり来たりするあいだ、マヤは恐ろしい無限のスパイラルに囚われてしまったような気がした。シルバーとボビーのふたりは、ジェシカの人生において最も重要な人物だったが、ふたりとも彼女を守れなかった。

「あなたがそのことを証言しなかったのは……」そう言いながら、さらに胃のあたりが重くなってきた。

「わたしのせいだと言うのね」

　彼は、長年にわたって発酵させてきたような、苦々しさの混じった笑みを浮かべた。「ときどき考えることがある。何かわかるか？　司法制度はちゃんと機能したってことだ。おれは十代の女の子に不適切なことをし、その結果、刑務所に入った。あんたらは、そのすべては不当な仕打ちだったって言うが、そう言うときの不当ってのはいったいなんなんだ？」

　マヤは自分たちのまわりを見た。この奇妙な場所は、彼女の理解している正義とはまるで違うと思った。

「このことを人々に伝えるべきよ」

　ボビーは愚か者を見るかのような眼でマヤを見た。

「だれが？　なぜ？」

　マヤは困惑した。この告発はあまりにも衝撃的で、自分たちだけのあいだにとどめておくことはできなかった。それでもなお、ボビーの言っていることは間違いではなかった。彼には公表しない理由があった。警察に話すことはできたが、警察が何をしてくれるというのだ？　ここで語られた犯罪は、どれも古くて何も証明できなかった。マスコミにリークして、ルー・シルバーに恥をかかせることはできるが、やはり、彼の娘を殺したと思われている男の証言だけではどうにもならなかった。

　シルバーとボビーが残りの人生のあいだ、互いの非道を告発し続けたとしても何も変わらないだろう。どんなことをしたところで、彼らが失ったものを取り戻すことはできないのだ。

「で、どうするつもりなの？」とマヤはボビーに尋ねた。「永遠に逃げ続けるの？」彼がしたことは間違っていた。が、だからといって、永遠に迫害されるべきものではなかった。世のなかには、彼がジェシカに対して犯した過ちよりも、ひどい罪を犯した者がいるのだから。「あなたのことを気にかけてくれている人がいる」

「だれだ？」

「法廷であなたの家族を見たわ。わたしはあなたのお母さんを何百時間も見つめていた。どうしたら人は、毎日あそこに坐っていられるほど強くなれるのか想像しようとした。彼女があなたのことを信じるのをやめたとは思えないし、あなたのお父さんがあなたのことを信じるのをやめたとも思えない。ふたりが寂しがっていると思わない？　あなたのそばにいたいと思っているんじゃない？」

　ボビーは彼女の希望を萎《しぼ》ませるようなため息をついた。「あんたにはわからない……。あんたはおれのことをわかったつもりでいるみたいだが、全然わかっちゃいない。ほんとうのおれを何もわかっちゃいない」

　彼女は眼をそらした。クレヨンで描かれたワニに眼を止めた。長く赤い体。オレンジ色の歯をむき出しにして今にも噛みつきそうだ。恐怖を描こうとする子供らしい試みが、ふたりのまわりのドラッグ漬けのホラーショーとは対照的な悲しい印象を与えていた。

　彼女は絵を指さして言った。「ワニが好きなのね？」

　ボビーはなんとか笑ってみせた。彼女とその絵のことを話すつもりはないようだった。たとえ十年経っていたとしても、ほとんど知らないだれかとは話すつもりはないようだった。

「あんたに手紙を書こうと思っていた」代わりに彼は

そう言った。「裁判のあとに」

「なんて書くつもりだったの？」

「あんたの人生を台無しにしてすまないと」

「わたしがしたことは……あなたのためにしたわけじゃないわ」

「あのときは、〝あなたはわたしの人生を台無しになんかしていない〟と言って欲しかった」

「自分の正義のためにしたのよ」

彼は眉をひそめた。「どうだった？」

自分の正義を守ることの重要性を主張したくない相手がいるとしたら、彼以外には思いつかなかった。砂漠の真ん中の小さなテントで体を丸めているこの男は、恐るべき不正義の犠牲者か、加害者であるかのどちらかだった。

あるいはその両方か。

それなのにどういうわけか、彼はあらゆる正義について穏やかな気持ちを抱いているかのようだった。いや、それは正しくないかもしれない。ボビーは正義についてまったく気にしなくなってしまったのかもしれない。

「わたしも手紙を書こうと思っていた」と彼女は言った。

「なんのために？」

マヤは残念そうに肩をすくめた。「それが書かなかった理由よ」

ボビーはため息をついた。まるで以前の生活の恐ろしい記憶に迷いこんだかのように。「みんな、そこに来たのか？　ホテルに？」

「みんなって？」

「陪審員」

彼女はうなずいた。

「どうだった？」

彼女はボビーが陪審員のことを知らないということに気づいた。彼らはみな、彼が何時間も、何日も、そして何ヵ月にもわたって見つめていた顔にすぎなかった。おそらくあとになってテレビで名前を知ったのだろう。

「わたしたちのことをどう思ってたの？」と彼女は訊いた。

彼は顔をしかめた。「きみたちがベストを尽くしてくれることを願っていた」

悲しみが彼女を襲った。そのことばにはボビーの皮肉が含まれていたものの、彼に言える精一杯の感謝のことばだったのだ。

そしてそのことに胸が張り裂けそうになった。

そんな時間も、テントの外での騒ぎの音に邪魔された。

テントの入口のフラップを開けると、そこは混沌《こんとん》としていた。キャンプのあちこちで人々が四方八方にいっせいに走っていた。ボビーが騒ぎのなかに彼女を導くと、何がみんなを怯えさせているのかがわかった。五台の黒いＳＵＶがヘッドライトを輝かせながら、侵略軍のようにキャンプに向かって走ってきていた。

ヘッドライトの光が暗闇を切り裂いた。ＳＵＶが近づいて来ると、人々は両手で眼を覆い、痛みを伴うほどの光から身を守った。

彼女の横にイシュマエルが現われた。散弾銃を腰に構えていた。

そしてＳＵＶが迫ってきた。

何人かの芸術家はテントのなかに逃げこんだ。ほかにも銃を構えている男がふたりいた。

ＳＵＶはターンすると、横並びになって壁を作った。そのとき初めて、〝バズフィード・ニュース〟のロゴが車のサイドに見えた。

イシュマエルが散弾銃を振り上げた。

「だめよ！」とマヤは叫んだ。「撃っちゃだめ！」

「クソ食らえだ」と彼は言った。ＳＵＶが止まり、土ぼこりが夜空に巻き上がった。

「お願い！」マヤは彼の散弾銃の銃身にそっと指をかけた。「彼らは警官じゃない。レポーターよ。あなたたちを追って来たんじゃないわ」

「じゃあ、あんたを追って来たのか？」

カメラマンがＳＵＶから飛び出してきた。

マヤはボビーをちらっと見た。彼は光のなかで凍りついていた。怯えた苦々しいまなざしをマヤに向けた。そして逃げ出した。

あっというまにパニックに陥った群衆に包まれた。

彼を追いかけなければならなかったが、同時にクスリで正体もなくハイになっている砂漠の人々と、興奮したレポーターとのあいだの対立を、平和的に終わらせる必要があった。カメラのライトが、マヤの左右の散弾銃を照らしていた。落ち着くようにと叫んだ。が、だれも聞いていなかった。この混乱状態を考えると、彼らにそのつもりがあっても、マヤの声は聞こえなかっただろう。

選択肢はひとつしかなかった。彼女は両手を上げ、マスコミとイースト・ジーザスの守護者たちのあいだの無人地帯に進み出た。

一歩ずつ、土を踏みしめながら進んだ。

五台のカメラが彼女に向けられた。

「みなさん！」彼女は芸術家たちのほうを振り向くとそう叫んだ。「深呼吸しましょう。だれもだれかを傷つけたいわけじゃない。だれも傷つく必要はない」

彼女はイシュマエルに向かって言った。「彼らは記者よ。わたしを追ってここに来たのよ」

彼は納得していないようだった。

「ボビー・ノックはいっしょですか？」記者のひとりが叫んだ。

「ボビー・ノックはここにいます」とマヤは叫んだ。「ですが、あなたたちが彼を追ってこのなかに入ってきたなら、わたしの友人たちは恐怖を感じ、自身を守るために法的な権利を行使するでしょう。彼らのなかには武装している者もいます」

彼女は芸術家たちのほうを向いて言った。「みんな、銃を下げたほうが賢明だと思う。彼らはあなたたちを取材するためにここに来たんじゃない。だれかが傷つけば、全員が大変なことになる」

ようやく、イシュマエルが散弾銃を下ろした。

それを見た仲間たちもそれに続いた。

「クソ野郎どもをここに入れるな」とイシュマエルは叫んだ。

彼女は記者たちに向かって叫んだ。「このキャンプは私有地です。あなたたちが入ってきた場合、カリフォルニア州の法律では、彼らには合法的にあなたたちを撃つ権利があります」まったくのでたらめだったが、記者たちにはわからないだろう。

記者のひとりが答えた。「ボビー・ノックと話せますか？」

「あなたが入っていっても無理です。わたしが行って、ボビーを探してあなたたちと話すかどうかを確かめる。メッセージを伝えるわ」

記者から反対の声はなかった。彼女はキャンプのほうを向くと言った。「それでいい？」

「あんただけが入れ」とイシュマエルが言った。

「わかった」

「なぜ逃げたのかボビーに訊いてくれ」記者の声がした。

「わかったわ」とマヤは言った。あえて指摘しなかったが、答えは明らかに〝あんたたちのせい〟だった。

「それから」と記者が言った。「彼にジェシカ・シルバーを殺したのかどうか訊いてくれ」

「もうすでに答えてる」マヤは反射的にそう言った。「でも、最善を尽くすわ」

「あんたは簡単には驚かないんだな」イシュマエルの横を通ってキャンプに向かうとき、彼がそう言った。

「長い一週間だったから」

イシュマエルが先頭に立ってくれたおかげで、マヤはキャンプの混乱のなかを通り抜けることができた。あまり探すことなく、ボビーのテントを見つけた。ボビーは文字どおり、すべての――ただし数少ない――持ち物をダッフルバッグに放りこんでいた。

「あんたが連れてきたんだな」と彼は言った。まるで彼女が、これまでに彼を裏切った人々の長い列のひとりにすぎないと言うかのように。

「そうかもしれない」と彼女は言った。「あるいはルー・シルバーがあなたの居場所を話したのが、わたしひとりじゃなかったのかもしれない」

ボビーは首を振った。いまさら彼女が自分を正当化するのを聞いても仕方がなかった。

「逃げ続けることはできないわ」と彼女は言った。

「ほかにどうしろというんだ？」

警察に捕まれば、仮釈放違反で刑務所に逆戻りだ。おそらくチノで六カ月から十二カ月服役して、またミラクルに戻る。その後、警察はまた別の方法で彼を無理やり刑務所に戻すだろう。彼の人生はその繰り返しなのだ。刑務所、性犯罪者のコロニー、そしてまた刑務所。

ボビー・ノックはまだ三十四歳だ。彼が下着をバッグに詰めるのを見ながら、彼女はそう思った。顔は痩せていて、全身は壊れそうなほどに細かった。彼の人生はまだ決して終わっていない。だが、希望のかけらどころか、自由になる可能性すら残されていなかった。これが彼の運命であり、彼女やほかのだれかにできることは何もなかった。

逃げることだけが今の彼にできることだった。これが、かつて自分が命を救ったと信じていた男の末路だった。

「わたしはあなたの味方よ」ひどく説得力のないこと

ばだとわかっていた。だが真実だった。

「知ってるよ」彼はまるで子供に話すようにそう言った。

壁からワニの絵を取ると言った。「おれを助けたいか、マヤ・シール？」

「ええ」

彼はワニの絵を持ち上げた。「ならばこれを覚えていて欲しい」

彼女はワニを見た。戦いを挑んでむき出しになったオレンジ色の歯は、動物の体に対しては大きすぎた。こんな他愛のない絵にもどこか激しさを感じた。

「おれはもう自分のものは何も持っていない」と彼は言った。「その絵は、自分が間違いをしたとしても――悪事を働いたとしても――、おれはみんなが思っているような人間じゃないということを思い出させてくれる。だから、何が起きようと、みんなが次におれのことをなんと言おうと、おれがかつてほんとうにひとりの人間だったことを忘れないで欲しい」

彼は絵を折りたたんでバッグに入れた。そして彼女を押しのけてテントの外に出た。

マヤはボビーを追いかけなかった。ゆっくりとあとに続くと、彼が走っていくのを見守った。ダッフルバッグが跳ね、肩がその重みに耐えかねるように揺れた。

彼は暗闇のなかに消えていった。

16

トリーシャ

二〇〇九年十月四日

トリーシャ・ハロルドは、ニュースのカメラを見ていた。彼らはまるで申し合わせたように毎朝午前五時にやって来た。彼女はいちどならず感じていた。まるで自分が、同意してもいない舞台に突然押し出されて演じることになった俳優であるかのように。役は決まっている。観客も集まっている。批評家はペンと紙を持って用意している。ジェームズ一世時代の復讐と欺瞞に満ちた血なまぐさいドラマが幕を開けようとしていた。なのに自分だけがまだセリフを覚えていない。まるでクリストファー・デュラング（アメリカの劇作家。風変わりで不条理な戯曲で知られる）の手による《復讐者の悲劇》のなかにいるような気分だった。

彼女はホテルの部屋の窓際から、ベッドの足もとに置かれた小さなベンチに眼をやった。そこにはその日に備えてきれいにたたんだ服が置いてあった。前日の夜に服を準備しておくことは、新しい一日を効率的に始めるために、十代の頃から彼女がやってきた習慣だった。というのも、劇場でのリハーサルが深夜まで及ぶことも避けられなかったのだ。その頃、彼女は女優になりたいと思っていた。彼女の初恋の相手はミュージカルだった。振り付けよりもメロディにすぐに夢中になった。

八年生から九年生になる休みのあいだ、彼女はミシガン州のアートキャンプで人生最高の夏を過ごした。彼女は、《レ・ミゼラブル》のファンティーヌ、《シカゴ》のロキシー・ハートを演じたほか、《イントゥ

・ザ・ウッズ》でいくつかの脇役を演じた。すべて二カ月のあいだのことだった。彼女は今でも、これらのミュージカルのブロードウェイ版の録音をよく聴いた。市役所では毎日、ＩＴシステムの構築――そして補修や再補修――を担当していたが、ヘッドフォンをつけると、遠く離れた舞台の上にいる自分を想像することができた。だが、この裁判のあいだ、彼女は自分が何かを演じているように感じることはいちどもなかった。

四カ月ものうんざりするような期間が過ぎたが、そのあいだ、彼女が陪審員のなかでふたりきりの黒人のうちのひとりだということを口にする者はいなかった。そして彼女が唯一の黒人女性だということも。彼女はそのことについて何度かジョークを言ってみた。ジェやフランに。が、彼らは彼女を無視して、聞こえないふりをした。

このとき彼女が唯一望んでいたことは、陪審員のひとりが彼女のために書いてくれた台本――ロサンゼルス市警の暴虐行為と闘う怒れる黒人女性の役――を手渡してくれることだった。

マヤは最悪だ。服を着ながらトリーシャは思った。マヤはボビー・ノックを救うという常軌を逸した使命に取り組むやいなや、トリーシャに支持を求めてきた。だが、トリーシャにその気はなかった。マヤはトリーシャが自分と違う結論に達したことに怒っているようだった。正確には、トリーシャが与えられた役を演じていないことに対して怒っているようだった。

マヤは言い続けた。被告人が白人だったら、検察側は死体のない殺人事件の裁判を進めるはずがないと。トリーシャは、それは真実かもしれないが、検察側は、ボビーが明らかに殺人を犯したという理由で裁判を進めているのだと言って反論した。

あの男は十代の女生徒とセックスをしていたのだ。信じられない！　マヤが、ボビーがトラブルに陥った唯一の理由が人種差別にあるふりをすることは、アメリカの人種差別が吹きこもうとしているほんとうの問題に眼をつぶっているだけなのだ。すべてが人種差別的な理由にあったなら、彼女もそう言っていただろう。だが決してそんなことはなかった。ボビー・ノックはほんとうに法執行機関の組織的な不正に対し、一番擁護を必要としていた男なのだろうか？

　過去数週間の審議のあいだ、トリーシャは、マヤが何人かの陪審員を改宗させるところを見てきた。ライラは威厳のある声にあっというまにぐらついた。カロリナは証拠をめぐる際限のない議論の応酬に混乱していた。カルは探偵役を愉しんでいた。マヤは真犯人がだれなのかという証拠を見つけるために、与えられた情報を掘り返す役目をカルに与えた。

　トリーシャは覚悟を決めた。またうんざりさせる議論の一日が始まる。

　部屋を出て、ドアの開いているエレベーターに駆けこんだ。なかにはリック・レナードがいた。

「ハイ」とリックは言った。

「ハイ」トリーシャは言った。エレベーターのドアが閉まり、彼の隣に黙って立っていた。

　彼は隔離期間のほとんどをマヤといっしょに過ごしていた。トリーシャはふたりが食事中もほかの陪審員から離れているのを見ていた。秘かに持ちこんだ映画を見るために、ふたりでホテルの部屋のなかに消えていくのを見ていた。リックが早朝にマヤの部屋から出てくるところを、ウェインが見たとフランから聞いても驚かなかった。もしふたりがみんなを騙せていると思っているとしたら大間違いだ。

　審議の初日、リックはマヤと反対の意見であることに心からショックを受けていたようだった。トリーシャはふたりのあいだに寒冷前線が居坐っているのが見えた。それ以来、ふたりはほとんど話をしていなかった。

「元気？」リックは緊張をほぐすように口を開いた。

エレベーターのなかで、この質問に正確に答えるにはどう言ったらいいだろうか？「疲れてる」

彼は共感するようにうなずいた。「早く家に帰れるといいね」

「どうすれば、そうなると思う？」

「マヤが引き下がればね」

トリーシャはリックが陪審員室で自分の主張をマヤに向けて話す様子を見てきた。彼がずっとマヤを見ていることに気づいていた。彼は夢中になっていた。恋に落ちた男の子が、無視されたときにいつもするように振る舞っていた。とり憑《つ》かれ、怒り、まわりが見えなくなっていた。

一方、マヤは前に進んでいた。昨日はジェを心変わりさせた。リックが彼女に執着すればするほど、彼女はほかの陪審員に眼を向けた。

「いいえ」ロビーでエレベーターのドアが開くとトリーシャは言った。「彼女は引き下がらないわ。あなたが引き下がるまで」

彼女はエレベーターを降りると、コーヒーの準備の整ったレストランに向かった。また長い一日が待っていた。騙されて眼の前が見えなくなった連中の好きにさせるわけにはいかなかった。

彼らは毎朝、あらためて投票を行なうことで一日を始めた。それを進めるのはキャシーの仕事のはずだった。が、二日目から、マヤがその主導権を奪った。正直なところ、キャシーは安堵しているように見えた。だが、最近になってみんなが互いに疲れ切っていくにつれ、キャシーは元気を取り戻していった。彼女にはトリーシャが予想していなかったエネルギーがあった。彼女はますます話すようになっていた。まるで人生で初めて、自分の話を聞いてくれる相手を見つけたかのようだった。そして聞いてもらうことを愉しんでいる自分を発見したかのようだった。

その朝のキャシーは、インデックスカードと油性マーカーを配り、十二人の評決を読み上げる儀式を進めることに誇りを持っているようだった。投票の結果は、九対三で有罪の支持が優勢だった。

「メールの件をもういちど見なおしましょうか？」キャシーが提案した。

フランが顔をしかめた。明らかにメールを声に出して読み上げるのをいやがっているようだ。いったいだれが好むというのか？　トリーシャはそう思った。

メールのメッセージは被告人の精神状態を知る唯一の手がかりだったので、彼らの議論における最も重要な戦場となっていた。検察側は彼らの前にたったひとつの罪状を示していた。第一級殺人。判事が何度も声に出して読み上げた、カリフォルニア州刑法第一八七条によると、第一級殺人は、〝殺意をもって人または胎児を不法に殺害すること〟と定義されている（〝胎児〟の部分は明確化のために加えられていたが、この事件には無関係なので、判事は省略していた）。殺意をもって〟というフレーズは、マヤにとって、疑いの煙を噴き出す穴のように思えた。〝殺意〟については、カリフォルニア州刑法でも、何段落にも及ぶ説明が必要だったが、要点はこうだった。〝有罪〟と評決するためには、ボビーがジェシカを殺したことだけではなく、彼が事前に殺人を計画していたと信じる根拠が必要だったのだ。

そうやってマヤはジェを味方につけた。彼は、ボビーはとっさの状況でジェシカを殺したのかもしれないと考えた。ジェシカが、ふたりが付き合っていることをだれかに話そうとしていたのかもしれない。あるいはこれ以上関係を続けたくなかったのかもしれない。マヤは、もしジェがそう信じるなら、〝無罪〟に投票しなければならないと主張した。そのうち、彼らは陪審員の投票がトルストイのいう家庭——幸福な家庭はすべてよく似たものであるが、不幸な家庭はみなそれそれに不幸である（『アンナ・カレーニナ』の一節。中村白葉訳）——に似ていることに気づいた。〝有罪〟の投票は、同じような論拠である必要があったが、〝無罪〟への投票は、異なる理由であっても、同じ結果になりうるのだ。

「きみが強調しようとしているのは」とリックが言った。「ボビーとジェシカがセックスをしていたとは言えないという点なんだね」

「そのとおりよ」マヤは立ち上がると身を乗り出して、テーブルの上に置いてあった証拠のなかから、印刷されたメールのメッセージを取り出した。「〝下着を着てないのよ〟——もし、ふたりがセックスをしていたなら、ボビーはそのことをすでに知っていたはずよ」

　フランは声に出してため息をついた。これは殺人事件の裁判じゃなかったの？

「わしが思うに」とカルが言った。「そのいかがわしいメッセージは文字どおりに読むべきじゃないのかもしれない」

「何が言いたいの？」フランが突然口を挟んだ。「彼らがそういう関係にあったかどうかはともかく……このメッセージは充分にひどいんじゃない？」

「彼をクビにするためならそのとおりね」とマヤは言った。「でも彼を殺人罪で有罪にするためなら、わたしはそうは思わない」

「だけど仕事を失うことに対する恐怖は動機になる。メールはその大きな証拠だ」とリックは言った。

「仕事にしがみつくために、ボビーがジェシカを殺したと言うの？　明らかに大切にしていた女性を」

「女性？」とトリーシャが言った。彼女は気づいていた。その口調は自分が意図していたよりもとげとげしかったかもしれない。

「彼女は十五歳よ」とマヤは言った。「〝少女〟だと言いたいの？」

「彼女は十五歳よ」とトリーシャは言った。「わたしなら〝子供〟と言うわ」

「わたしの娘は十七歳よ」とキャシーは言った。「だけど、この手のことをするのに充分な年齢だとは思わない」

「わたしはそれが正しいとは言ってない」とマヤは言った。「ボビーとジェシカのあいだに何があったにせよ、それはわたしたちが知ることのできるよりもずっと複雑だったかもしれないって言ってるの」

マヤはそう言うとリックをちらっと見た。ふたりのあいだに実際に何が起きているのか、トリーシャが理解するにはそれで充分だった。

マヤは事件に自分自身を投影しているの？ 彼女は現実の世界ではボーイフレンドと暮らしていた。実質的に結婚していると言っていい。リックとのことは、法廷のルールだけじゃなく、多くのルールに反していた。トリーシャには、マヤの執拗なまでの〝互いに許し合って生きていこう〟という倫理観がどこから来ているのかわかった気がした。

「わたしたちはみんな罪人だって言いたいの？」トリーシャは皮肉っぽく言った。「神以外のだれにわたしたちそれぞれの罪を量ることができるというのかって言いたいの？」

マヤはたじろいだ。トリーシャが知らないはずの自分の秘密が暴露されようとしているかのように。「わたしが言っているのは、だれかを見て、その人たちのほんとうの姿を知っていると主張するのは難しいということよ」

トリーシャは自分が怒っていることにずっと居心地の悪さを感じていたが、正直に言って、マヤの聖人ぶった戯言《たわごと》にこれ以上付き合うことはできなかった。

「あなたにわたしの何がわかるの？」とトリーシャは言った。

「わかった、わかった」とキャシーが言った。「休憩を取りましょう」

「いいえ」とトリーシャは言った。「これ以上聞いていられない。ずっとほのめかされてきたことに。マヤ、あなた、ほんとうは何が言いたいの？」

「わたしは……別に……。なんのこと？」

「あなたはわたしがボビー・ノックと同じであるべきだと思ってる。わたしたちの黒さが一番の特徴だと思ってるのね。いいのよ、マヤ。人種差別主義者《レイシスト》だなんて言わないから。善良で人のいい白人の考えそうなことね。人種差別主義者《レイシスト》だと思われないためだったらなんでもするってわけ。ああ、信じられない！　〝ボビーは男で、トリーシャは女だから、共通点は少ない〟って言うんじゃなくて、〝ボビーは黒人で、トリーシャも黒人だから、共通点があるはずだ〟って言うのね。明らかな特徴は何？　定義は何？」

　彼女はもはや自分が何を言っているのかまったくわからなかった。ただただ苛ついていた。

「ジェ」トリーシャはわれを忘れて続けた。「あなたは韓国人よね」

「ああ、そうだ」彼は怪訝そうに答えた。

「韓国人であることは、あなたにとって一番重要なこと？」

　ジェは顔をしかめた。

　リックがトリーシャを見て言った。「冷静になろう、いいかい？」

　彼女はリックを無視して続けた。「ジェ、きっとあなたの人生には韓国人であることよりも重要なことが何千もあるはずよ。そのことを言ってるの。なぜなら、〝韓国人〟というたったひとつのことばが、なぜか壁になってしまうから。壁画よ。ひとりの人物の絵が、あなたというほんとうに生きている人間に対する、ほかの人たちの視界をさえぎるのよ」

　彼女のなかからことばがあふれ出ていた。深く疲れ切った心の奥底からあふれ出ていた。

「リック、あなたは黒人よね。じゃあ、教えて。わたしたちにはどのくらい共通点がある？」

「今は」とリックは言った。「ぼくたちはふたりともボビー・ノックが有罪だと考えている」

トリーシャはうなずいた。「そう、そのとおりね」

「自分たちの経験というレンズを通すことなしに、だれもこの事件を見ることはできないわ」とマヤは言った。「あるいは、だれも何も見ることはできない。言いたいのはそれだけよ。ここではだれもが同じじゃない。だれも事実だけを見ることはできない。なぜなら、わたしたちは事実が何を意味するかを議論してるんじゃない。わたしたちは何が事実なのかを議論してるのよ。なのにメールのメッセージはひとつの事実だとみんなは言う。そうじゃないとわたしは言う。みんなは、血痕は事実だと言う。わたしはわからないと言う」

「お願い、みんな」

ライラの声だった。トリーシャが振り向くと、彼女は今にも泣きだしそうだった。

「大丈夫よ、ライラ」とフランが言った。「休憩を取ったほうがよさそうね」

「この部屋のなかにいる人はみんないい人よ」とライラは言った。

あまりにもやさしく寛大なことばだったので、トリーシャはとっさに自分が恥ずかしくなった。だがテーブルのまわりにいる人々の顔を見て、自分だけが罪人ではないと思った。

なぜ自分はマヤとの言い争いをエスカレートさせたのだろう？　何を証明しようとしたのだろう？　いったい何を望んでいたのだろうか？　もし、ボビー・ノックが残りの人生を刑務所に入れられ、苦悩のなかで過ごしたとして、そこになんのメリットがあるのだろう？

結局は、それはすべてが演技だったのかもしれない。もし、〝無罪〟に投票したら、みんなが期待している反抗的な黒人女性の役割を演じることになる。〝有罪〟に投票すれば、その役割への抵抗を演じることになる。逃げ道はないの？　彼らが望んでいるとおりの人間なのであれ、そうでないのであれ、どちらの自分も彼らの期待の影のなかにしか存在しなかった。

十代——ミュージカルの神童だった頃の最高の思い出は、それぞれの役の人生を生きることができることだった。何世紀も前に死んだイギリスの貴族の女性、大草原に住むアメリカの少女。ある日はある人間になり、次の日は別の人間になることができた。その瞬間以外に、何にも縛られていなかった。もし、彼女が陪審員になることで、同じように先入観から解放されると思っていたのだとしたら、マヤと同じくらい考えが甘かった。テーブルの上にある写真から、輝くような笑顔を向けている哀れな死んだ少女のように簡単に操られていた。

ボビー・ノックがジェシカ・シルバーを殺したのか？　トリーシャにはわからなかった。確信はなかった。合理的な疑いを越えてまでは。ひょっとしたら、ジェが考えていたように事故なのかもしれない。どういうつもりかはわからないが、ウェインが示唆したように、実際にはジェシカがなんらかの理由でボビーを襲い、血まみれの死闘を演じた末に彼が自分の身を守ったのかもしれない。あるいはクソみたいな自然発火の仕業かもしれない。

法廷で審理が行なわれた四ヵ月間、正直に言って、彼女は、人々についてほんとうに知っていたと言えるのだろうか？　ボビーやジェシカ、ルーやエレイン、そして彼女のまわりにいる奇妙な登場人物たち。彼らは衣装を着た俳優で、熱い照明の下で汗をかいていた。ほんの短い、感情に訴えるシーンのためだけに舞台に立ち、袖に戻っていった。

だが、だれも台本を持っておらず、だれも自分のセリフを知らなかった。そして舞台が長引けば長引くほど、その作り事によって多くの生活がひっかきまわされることになるのだ。

第三幕に戻るなんてまっぴらだった。それが彼ら全員にとってどうだろうとかまわなかった。これ以上、真実をわかったようなふりをしているよりは、〝有罪〟の男が自由になる――それが何を意味するのであれ――ほうがまだましだ。

　彼女は椅子のなかで坐りなおした。両手をテーブルの上に置くと、背筋をまっすぐに伸ばして言った。

「わかったわ」トリーシャは言った。「わかった」

　彼女はマヤの顔を覗きこむと、彼女が望んでいたことばを言った。

「無罪よ」

17

出頭　現在

　マヤが、次第に治まっていく混乱のなかをキャンプの端まで通り抜けたときには、レポーターのヴァンは、スピードを上げて遠くに去っていた。あとに残された砂ぼこりが立ちこめるなか、テールライトの輝きがぼんやりと消えていった。

　イシュマエルが立っていた。散弾銃は脇に下ろしていた。

「彼らはどうして出ていったの？」と彼女は訊いた。

「車が出ていった」と彼は言った。「キャンプの反対側から。あんたのお仲間の車が」

「彼の名前はボビーよ」

「ああ……で、彼は女の子を殺したのか？」

どこから始めたらいいのだろう？

「そうは思わない」と彼女は言った。

彼女は自分の車を見つけると、ロサンゼルスへの長いドライブを始めた。あまりにも多くの銃に囲まれたせいで疲れ果てていた。さびれた町が点在するインランド・エンパイアのぼんやりと見える黒い山々を越えて進みながら、マヤは想像していた。この土地の最初の入植者は、これらの同じ尾根から見下ろしたときに何を考えていたのだろうか。この先に海が待っていることを知らなかったのかもしれない。自分たちが何かすばらしいものを見つけることになると夢見ていたのだろうか？

一時間後、マヤはモントレーパークの西の線路上を走る高架橋を走っていた。大量の出荷用の木箱が街に近づいたことを知らせていた。それらはロサンゼルスが交差点であることを示していた。人やモノが世界中を行き来する場所だった。

ボビーはロサンゼルスの三十パーセントが道路だと言っていた。それはほんとうだろうか？

ボイルハイツのあたりで電話が鳴った。クレイグからだった。

イースト・ジーザスであったことをどう説明すればいいのだろう？

「もしもし」と彼女は電話に向かって言った。

「わたしも以前のような若者じゃない」とクレイグは言った。

「ええ……」

「ときどき、物忘れをするようになる。だが、きみに基本的なルールをひとつ話したことは覚えている。そのルールを覚えてるかね？」

「愚かなことはするな」

「それなのに……」

彼女はここ数日で彼が決して認めないだろうことをいくつもやっていた。

「何が言いたいの？」と彼女は言った。

「インターネット上で、きみのビデオが流れている。どうやらイースト・ジーザスと呼ばれているところらしい。きみが銃を持った田舎の麻薬ディーラーの前に立って、ボビー・ノックとの取引を仲介できると主張している」

ああ、なんてこと。マヤは思った。もうオンラインで流れてるなんて。

「早いわね」

「なんて愚かなことを」

「ボビーを見つけたの」

「そうらしいな」

「彼はリックを殺してない」

「そんなことはわからないだろう」その声に苛立ちが感じ取れた。

彼女はボビーと会ったこと、リックの殺害に関する彼のアリバイを証明する写真とタイムスタンプのことをクレイグに話した。

「それじゃあ、きみがやったことは」彼女が話し終わるとクレイグは言った。「容疑者かもしれない人物をひとりリストから排除しただけというわけか？」

正確に言えば、そのとおりだと認めざるをえなかった。

「DNAの鑑定結果が出た」と彼は言った。「たった今、聞いたところだ」

彼女は最も恐れていた結果を待った。

「リックのまわりから発見されたのはきみのDNAだけだった」

やっぱり。棺桶に最後の釘が打たれた。

彼女には彼が励まそうとして何か言おうとしているのがわかった。証拠がなかったことは、証拠が存在しないことを証明するものではなかった。これは彼女だけが殺すことができたことを証明するものではない。彼を殺した者がだれであれ、髪の毛や唾液などを残さなかったことを意味しているにすぎない。

だが励ましのことばは聞きたくなかった。

「次はどうなるの？」と彼女は尋ねた。答えはわかっていた。

「ロサンゼルス市警はきみを殺人で逮捕しようとしている」

三十分後、マヤはクリスタルの家に着いた。クレイグはすでにそこにいた。午前一時過ぎだったので、クリスタルはスウェット姿だった。上司の前でそんな姿をしていることは気にしていないようだった。ここは彼女の家なのだから。

クリスタルはマヤを包みこむように強く抱きしめた。

「あんたはまだクソみたいな刑務所にいるわけじゃない」クリスタルはマヤの耳もとでやさしくささやいた。クレイグは心配を表には出さず、無言のうなずきでマヤを迎えた。

マヤはふたりがありがたかった。

クリスタルがジンジャーティーを作ったが、だれも手をつけなかった。三人は選択肢の検討にかかった。

第一の選択肢は、ピーター・ウィルキーかウェイン・ラッセルのどちらかがリックを殺したと主張することだった。ピーターには動機があったが、手段は少なく、ウェインには、手段はあったが、動機に乏しかった。「好きなほうを選べ《ピック・ユア・ポイズン》」クレイグはそう言った。

第二の選択肢は、両方の〝毒《ポイズン》〟を選ぶと同時に、ほかの何人かも容疑者に加えるというものだった。〝マヤは殺しておらず、それが可能だった容疑者のリストが別にある〟と主張するのだ。この論拠を最も効果的にするためには、容疑者のリストをできるかぎり充実させる必要があった。マヤがわざわざボビー・ノックをこのリストから除外してしまっていたので、ほかの陪審員でこのリストを埋めたかった。ジェ・キムに関する資料には、彼がルー・シルバーとの関係について嘘をついていたとあった。ほんとうだろうか？ 殺人のあった夜は、少し飲みすぎていなかったか？ 資料によると、カル・バローにも公表されていない法的なトラブルがあった。八十歳のカルが三十八歳のリックを体力的に上まわっていたという主張はいかにも苦しいと認めざるをえなかった。だがクレイグが指摘したように、第二の選択肢のポイントは、特にだれかに対しスラムダンクを決める必要はないということだった。単に容疑者を集めさえすればいいのだ。

　そして第三の選択肢があった。

「正当防衛のいいところは」とクレイグは言った。「すべての証拠を認めた上で、それを逆に利用することができることだ。遺体にきみのDNAしかなかった？ いいだろう。認めよう。それはリックがきみを襲ったからだ。きみはリックとの性的な関係を隠して、友人や家族、法廷にまで何年にもわたって嘘をついてきた？ そのとおりだと言えばいい。リックが虐待を繰り広げるクソ野郎で、きみはそこから逃れることができず、そのことを恥じていたので話さなかったとかね。リックの傷の状況――テーブルで後頭部を強打していた――さえ、口論が発展した上の喧嘩のように見える。なんでも説明できる」

「ただし」とマヤは言った。「リックを殺した真犯人の正体を除いてね」

　クレイグは子供を見るような眼でマヤを見た。「わたしの仕事はリックを殺した真犯人を探すことじゃない。カリフォルニア州からきみが殺人で有罪宣告を受けることを防ぐことだ」

　マヤは助けを求めるようにクリスタルを見た。が、何も得られなかった。

「ベン・ガオと一時間前に話をした」クレイグは副地

方検事長のことを言った。「明日の午前十時には出頭して欲しいと言っている」

頭が真っ白になった。ベン・ガオとは法廷で対したことはあったが、直接、一対一でやりあったことはなかった。彼女はそこまで事務所のなかで高いポジションにはなかった。

副検事長の多くはろくでなしだったが、ガオは違った。彼について覚えているのは、丁寧でやさしい口調で話し、そして完璧なまでに徹底していることだった。

クレイグに言われるまでもなく、正当防衛の主張を通すための唯一の方法は、証人席でとんでもない嘘を話すことだとマヤはわかっていた。宣誓した上で、リックが彼女を襲い、反撃したと嘘を言わなければならないのだ。してもいない罪で罰せられることから逃れるためにもうひとつの罪を犯さなければならなかった。リックが〝暴力的〟だったと証言しなければならなかった。〝怒りを爆発させる傾向があった〟と。ほんとうに証言できるだろうか？　真実でもなく、かつて大切に思っていた人との思い出を踏みにじるような話を。ましてや人種差別や性差別をほのめかすなどとんでもなかった。考えるだけでもゾッとした。

彼女は自分自身を《アラバマ物語》の卑劣な白人女性にしようとしていた。保身のために黒人からレイプされたと嘘の主張をする女性に。

「ロサンゼルスに住む黒人のひとりとして、あなたは」と彼女はクレイグに言った。「黒人であるリックがわたしを襲ったと主張することを……その……」

「人種差別主義じゃないかと？」とクレイグは訊いた。

「少なくとも、裁判所の人種差別的な偏見を利用することになるんじゃない？」

クレイグは自分をこのような立場に置いた神を恨むかのような表情をした。「ロサンゼルスに住む黒人のひとりとして、わたしは四十一件の刑事事件を裁判で争ってきた。何百もの司法取引の交渉をしてきた。ロサンゼルス市警を残虐行為で訴えたことも六回ある。そして、五回勝利した。ロサンゼルスに住む黒人のひとりとして、わたしは間違いなくこの街で最高の刑事弁護人だ。そうだろ？　ロサンゼルスに住む黒人のひとりとして、わたしはだれにも――特にうちのスタッフや、そう、わたしの友人に――してもいない罪で刑務所に入って欲しくない」彼はため息をついた。「ロサンゼルスに住む黒人のひとりとして、わたしが何を一番望んでいるかわかるかね？　正義だ。きみが残りの人生を刑務所で過ごすことに正義があるとは思えない」

　クリスタルは非難するようなまなざしをマヤに向けた。自分のボスと議論してどうなるの？

「できるかどうかわからないわ」とマヤは弱々しく言った。

　彼女はふたりが視線を交わすのを見た。どうやらふたりはすでに、マヤのいないところで話し合っていたようだった。

「今夜決める必要はないわ」クリスタルは冷静に言った。「睡眠を取って、家族と話しな。明日の午前中に出頭したら、罪状認否までは罪状の申し立てをする必要はないから」

　刑務所に一日入ったあとにね。

　クリスタルは、一日かそこら刑務所に入れば、マヤも軟化して正当防衛の主張を受け入れると思っているのだろう。マヤの崇高な考えも、ただ生き残るための欲求に従わざるをえないだろうと。どのくらいで自分は壊れてしまうだろう？

　マヤは自分が操られていることを悟った。

　彼女は、まさに同じことを彼女自身のクライアントを相手に繰り広げ、多くの時間を無駄にしたことがあった。明らかに有罪の常習犯の場合は簡単だった。彼らはプロであり、取引に応じるので、常に自分たちの立場をわかっていた。苦痛なのは、罪のない人々や、犯罪に足を踏み入れてしまい、自分には向いていないと悟った人々だった。彼らの気持ちは常に尊重する必要があった。慰めの笑顔が必要不可欠だった。ときには、文字どおり手を握る必要もあった。

クレイグが腕時計を見た。「さて、わたしも少し寝ることにしよう。きみもそうしたほうがいい。話す必要がある人と話してくれ。午前八時になったら、迎えに戻って来る」

「いっしょに行ってくれるの？」

クレイグは近寄ると彼女の手を握った。「もちろんだよ、マヤ」

クレイグが去り、クリスタルがベッドに向かったあと、マヤは何をしたらいいかわからなかった。

刑務所に入る前に人は何をするものなのだろう？

彼女は父親に電話をした。アルバカーキとのあいだには一時間の時差があった。父親は寝ていたようだった。おそらくソファで。ＭＳＮＢＣの深夜ニュースがテレビから流れていた。

彼女はあの裁判を通じて、両親を心配させないすべを学んでいた。あの裁判は、母親はもちろん、父親にとってもつらい体験だった。まともな状態を維持することは、不可欠であると同時に不可能だったようだ。もちろん裁判のことを話すことはできず、ほかの会話もすべて廷吏のスティーブに聴かれていた。両親は自分たちの生活の近況報告をすることで沈黙を埋めた。母親がもうすぐニューメキシコ州立大学のマスター・ガーディナー・プログラムを終えるところだとか、トマト・フィエスタがまもなく開催されるとか、家の裏手にある河に侵食されて新しくできた岩壁がいい感じになってきたとか。

当時、ふたりはできるだけ長く、マヤに話をさせようとした。

ふたりはケーブル・ニュースから得た情報より、マヤから聞く情報がはるかに少ないことについて、自分自身を納得させなければならなかった。あとになってマヤは両親が毎日何時間もCNNを見ていたことを知った。ふたりはニュースの即時性に感謝した。それがなんであれ、ありとあらゆるカメラやニュースキャスターが示している、彼女に対する漠然とした親近感に感謝した。

　だが、評決が出た。一瞬にしてニュースは彼女に背を向けた。世間からの眼に対してなんの準備もしていなかった、税理士の父と主婦の母は、世間からの非難の声の大きさに打ちのめされた。

「パパ？」父親が電話に出るとマヤは言った。「怖がらないでね」

　ゾッとするような会話のスタートだった。

「どうしたんだい、ハニー？」と彼は言った。意識がもうろうとしているようだった。「ボリュームを下げよう……」リモコンをいじっている音が聞こえた。「大丈夫だから」と彼女は言った。「わたしを信じて。わたしの弁護士とわたしとで対処してるから」残酷なほどの間《ま》が流れた。「ただ、殺人罪で逮捕されそうなの」

　結局のところ、そのひとことに比べれば、あとの会話はかなりましだった。

　そのあと、彼女は服を着たまま、クリスタルの家のゲストルームのベッドの上に横になって、しばらく眼を閉じていた。眠れないことはわかっていた。みんなから見捨てられるんじゃないかと、どうしても考えてしまった。両親、友人、同僚……。きっとあっというまだろう。

　不毛の砂漠を永遠に走り続けるボビー・ノックの姿を思い浮かべた。たったひとりで走っていく姿を。

　彼はひどいことをした。だが、だれからも同情されないような、ひどい罪なんてあるのだろうか？　だれもが許すことのできない一線とはなんなのだろうか？

彼女は、有罪の男を自由の身にした。ほとんどの人の眼にそう見られたとき、マヤが見捨てられたと感じたのはあくまでも部分的にすぎなかった。今、カリフォルニア州から間違いなく疑わしいと見られている自分は、みんなから完全に見捨てられることになるのだろうか？


クリスタルが朝食にプロテイン・スムージーを作ってくれた。

「話したいことはある？」と彼女は言い、マヤに特大のグラスを手渡した。

「ううん」そう言うと、マヤはひと口飲んだ。バナナ、オレンジジュース、イチゴ。おそらくこの先しばらくは味わえないだろう味を愉しもうとした。

「オーケイ、じゃあ行こうか」クリスタルは電話を手にした。それだけだった。


いつものように、クレイグは時間きっかりに現われた。車内ではだれも話さなかった。ロサンゼルスのラッシュアワーの渋滞はいつも以上にひどかった。彼は時折思い出したように、彼女を待っている刑事のことや彼女が過ごす拘置所のこと、容疑者受け入れに関する細かな手続きのことなど、彼女がすでに知っていることを話した。

彼女も自分のクライアントに同じように説明をしていた。クライアントはまったく注意を払っていなかったが。

彼女とクレイグは時間どおりに中央署に着いた。デイジー刑事と彼女のパートナー、マルティネス刑事が六丁目通りのはずれの裏通りで彼女たちを待っていた。四人の私服警官が気乗りのしない護衛役を買って出ていた。だれも何かが起きるとは思っていないようだった。

マヤは副検事長のベン・ガオに気づいた。警官といっしょに、静かにそして辛抱強く見守っていた。クレイグが先に車から降りて、マヤのためにドアを開けた。

「次にきみに会うときは」と彼はやさしく言った。「罪状認否のときになるだろう。どう主張したいか考えておいてくれ」

それ以外のことを考えられるとは思っていなかった。

「なかに入りたければ」とデイジー刑事は言った。「いつでも言ってちょうだい。入れてあげるから」

クレイグは笑った。作り笑いではなく、腹からのほんとうの正直な笑いだった。

「行ってくれ、刑事」と彼は応えた。

デイジーは微笑んだ。ウケたようだ。彼女はポケットからプラスチック製の手錠を取り出した。

マヤは携帯電話と財布、鍵をクレイグに渡した。拘置所よりも彼に預かってもらうほうがましだった。

彼女は、何も言わずにデイジーに背を向けると、両手を後ろに差し出した。

「手は前でもいいよ」とデイジーは言った。「そのほうが楽なら」

警官からどう逮捕されたいか尋ねられたときほど、マヤにとって、アメリカの司法システムにおける弁護士と容疑者のあいだの境界を明白に感じたことはなかった。

マヤはデイジーのほうを向くと、体の前で両手を握った。デイジーが慎重に手錠をかけた。彼女は拘束された。

「マヤ・シール」デイジー刑事は言った。「リック・レナード殺害容疑で逮捕する」

18

ヤスミン

二〇〇九年十月十五日

ヤスミン・サラフはリックとマヤのあいだのまさに最高レベルの激論に耳を傾けていた。ほんとうにすごい。微妙な見下し、「はっきりさせておきましょう」という悪意に満ちた断り文句、不用意に選んだことばがつじつまの合わないときに、容赦なく飛びつくさま。

ヤスミンはずっと考えていた。

このふたりはお似合いだ。

いつだったか、フランがリックとマヤが寝てると言っていた。だけどフランはふたりが〝恋人同士〟なのかどうか、あるいはそうなりたいのか、それとも何か取引をしたのかはわからないようだった。お似合いなんじゃないかな？　もしかしたら自分はただのどうしようもないロマンチストなのかもしれない。夫のデビッドはいつもそう言っていた。でも、ふたりの激しい議論を見ていると、ある種の愛を見ているような、ポジティブな気分になってきた。

だれかのことを大事に思っていなければ、こんなにも激しく争うことはできない。相手の意見をほんとうに大切にしているからこそ、相手の意見がまったく違うことに腹を立ててしまうのだ。

ヤスミンの一家は議論好きの家系だった。両親のような議論好きには会ったことがなかった。なかでもペルシャ系ユダヤ人の両親は、イラン革命のあとテヘランを脱出した。ヤスミンが小さい頃、両親がペルシャ語に切り替えるとゲームが始まったことを知った。英語は食料品のリストや病院の予約に使うためのもので、議論はすべてペルシャ語だった。母親はいつも辛らつなことばで始めた。「じゃあ、あなたはゴミのなかで暮らしたいの？」そして人格攻撃を仕掛けてきた。「あなたは自分以外の人をだれも尊敬していないのよ」父親は残酷な笑いで返すのが好きだった。「ハッ！　それがおまえの思っていることか？」そして自虐的なセリフを繰り出す。「おれはずっと店にいたほうがいいみたいだな。そこなら少なくともみんな、おれといっしょにいてくれるからな」

　ふたりは嵐のようにそれぞれの部屋に入ってしまい、その後何日も、子供たちを経由してしか会話を交わさなくなる。ヤスミンと弟のダリウシュは律儀にふたりのあいだでメッセージを伝えたものだった。

「ヤスミン」と母親が言う。「お父さんに、もしポーチで煙草を吸うつもりなら、窓を閉めるように言って」

「ダリ」と父は言う。「お母さんに、洗濯物が乾燥機のなかにずっとほったらかしになってると言ってくれ」

　何週間かに一回、ヤスミンは、寝室の閉じられたドアの向こうで、両親が涙ながらに互いを許し合っているのを聞いた。感情的な謝罪の声が聞こえ、やがて情熱的なラウンド——その部分については考えないようにした——が始まるのだ。

　口喧嘩はふたりの共通の趣味のようなものだった。そしてそれが三十五年間もいっしょにいられる秘訣だった。

　対照的にヤスミンの夫のデビッド——アッパー・ウエスト・サイド育ちで、離婚した両親は二十年間話をしていなかった——は、お母さん子だったがとてもやさしく、人生の半分近い時間をセラピーに費やしていた。なのでふたりが口論になって、彼女の声が半デシベル上ると、彼はいつも「ヤスミン、きみは健全な大人の関係を知らないんだね」というようなことを言って諫《いさ》めるのだった。

些細な意見の不一致さえもデビッドを何日も不機嫌にさせた。もし彼女が彼を非難しようものなら、彼は〝家族会議〟を開くよう言い出しかねなかった。デビッドの〝対処法〟には、社内eメールと同じくらい、ロマンチックのかけらもなかった。

それが健康的だと言えるのかしら？

ヤスミンは弁護士の法廷での戦い方について考えた。それは〝対審主義〟と呼ばれるものだった。法律家双方が禁じ手なしで勝利のために全力を尽くし、大けがを伴うような混乱から生まれたものは、それがなんであれ正義と呼ばれた。

それはヤスミンにとって理にかなっていた。リックとマヤにとってもそうなのだろう。

素敵。ふたりはなんてお似合いなんだろう。

今日の争点はピーターの意見についてだった。ピーターはメールのメッセージに曖昧さがあると主張した。

「つまり」とピーターは言った。「ぼくらも女の子にすべきじゃないことを書いたメールを送ることがあるだろ。そんなことでひとりの男を刑務所に送るべきじゃないと思うんだ」

マヤは最初から彼の意見は簡単に変えられると思っていたようだった。そしてどうやらうまくいきそうな気配になってきた。「わたしもそう思ってるんだけど、もしメールのメッセージが問題ないなら、検察側の論拠はいったい何？」

だが、もちろん、リックはそう簡単にピーターをマヤに渡してはくれなかった。「携帯電話のログやボビーの嘘、それに山ほどのＤＮＡがあるじゃないか」

ボビーの車のなかにあったＤＮＡはピーターにとっては最も重要なポイントのようだった。「ぼくにとっては、科学こそが一番重要だ」その結果、彼らの議論はまたも血痕に戻っていった。

「じゃあ、どうして」リックが大声で言った。「ジェシカの血がボビーのトランクにあったんだ？」

マヤはイライラした表情で言った。「彼らはそれがジェシカの血だったとは証明できてないわ。鑑識の専門家の話を覚えてるでしょ？」

「彼女はそれがジェシカの血液だと言ったじゃないか！」

「彼女は、テストしたサンプルがジェシカのＤＮＡと一致したと言った。けど、最初に車を調べた鑑識担当者が正しい手続きに従わなかったことを認めている」

「〝正しい手続き〟だって？　くだらない。横断歩道のないところを横切っても、手続きを守っていないことになる。家賃の小切手に赤いペンでサインしても手続きに従っていないことになる。手続きが多すぎて、常にだれかは手続きを破ってるさ」

「もしだれかがあなたを殺したら」とマヤは言った。「あなたの死体を調べる鑑識担当者が手続きに従ってくれることを願うわ」

リックの声は皮肉に満ちていた。「そりゃ、ありがたいね」

「なあ、ふたりとも」とカルが言った。「深呼吸して落ち着こうじゃないか」

ピーターが言った。「鑑識の専門家は、トランクの血液がジェシカのものだと確信していると言った」

「そのとおりよ」とカロリナが言った。「確信してるって言ってた」

「でも」とトリーシャが反論した。「百パーセントの確信は持てないとも言った」

ヤスミンはトリーシャが今は〝無罪〟を主張していることに驚いた。少なくとも、彼女はボビーが間違いなく無罪だと言おうとしているわけではなかった。トリーシャの痛烈なコメントはすべて、疑わしい点があるということを支持するものだった。

「ただ」とウェインが言った。「弁護人が彼女とちょっとおしゃべりをしたあとだったけどね」ウェインはこの日の午前中、いつもの窓際の席で体を強張らせて眼をつぶっていた。起きているのかと尋ねられても、うなずくだけだった。これがこの日、彼の発した最初のことばだったので全員が驚いた。「彼女は百パーセントではないと言った。だけど彼女は専門家であり、血液がジェシカのものであると信じている。道義上、そのことを無視していいとは思えない」

ウェインが突然会話に入ってきたことを、全員が受け入れるのにしばらくの沈黙があった。

「彼女が何を信じているかじゃない」とトリーシャは言った。「彼女が何を証明できるかよ」

「まあ」とウェインは言った。「彼女は自分の話していることをよくわかっているようだったけどね。彼女が信じているなら、おれは彼女を信じる」

「なぜ？」マヤが穏やかな口調で言った。

「彼女は正直そうだったから」

ヤスミンはマヤの顔に一瞬、笑みが浮かんだのに気づいた。ヤスミンの母親も同じ表情をした。ヤスミンの父親が自分の思いどおりのことを言ったときに。

マヤはウェインのことばを繰り返した。「彼女は正直そうだったから」

「そう言っただろ」

「あの鑑識の専門家があなたにとって正直そうに見えた。だからなんだっていうの、ウェイン？」

「マヤ」リックが割りこんできた。「彼女は科学者だ」

ヤスミンはピーターを見た。彼は体をウェインから離そうとして動いた。まるでふたりのあいだに開いた穴に落ちないようにするかのように。

「ウェインに訊いてるの」とマヤは言った。

「何が言いたいのかわからない」とウェインは言った。

「あなたは、あの鑑識の専門家がボビー・ノックよりも信じられる、正直だって思っているのよね。そうかもしれない。でも、結局それがすべてなんじゃない？　違う？　わたしたちがだれを信じられるかが？」とマヤはウェインに言った。

「だれを信じるか、信じないかには、いろんな理由がある」とピーターは言った。舵《かじ》を切ってみんなをこの海域から遠ざけようとしたが、うまくいかなかった。

「あなたの言うとおりよ」とマヤは言った。「わたしたちは、あと一年もここに坐って、血痕のことを話すことだってできる。どれくらいのDNAがどのサンプルに含まれていたのか、どのくらいの時間、ラボのデスクにサンプルの入った瓶が放置されていたのかとかをね。でも、そんなことは重要じゃない。わたしたちのだれにとっても。これは〝事実〟に関することじゃない。人に関すること。ひとりの人に関することになってしまってる。わたしたちはボビー・ノックを信じている？　それとも、彼が嘘をついていると思っている？」

「おれは思っている」とウェインは言った。「あの野郎は間違いなくクソ嘘つきだ」

ヤスミンは〝野郎〟ということばが部屋中に響くのを感じた。ウェインがそんな暴言を吐くほど苛立っているのが信じられなかった。

トリーシャは、お腹を殴られたかのように深く息を吸いこんでいた。

ピーターは眼を閉じていた。まるでウェインと同じ側にいることを恥じているかのように。

リックが割って入った。チームメイトだと思っていたウェインのひどいことばが自分自身も悪く見せていることに気づいていた。「ボビーが信用できない理由は、彼が以前、嘘をついていたからだ。警官や学校、そして生徒のひとりとのひどく不適切な関係について気づいていたかもしれない人たちすべてに」リックはウェインに賛成すると同時に非難していた。「ボビーを信じられない充分な確固たる理由があるんだ」

ウェインは納得したようにも、腑に落ちたようにも見えなかった。「わからない」と彼は言った。「言えるのは、あいつはただのクソ野郎だってことだ」

ヤスミンにはリックの苛立ちが見て取れた。ウェインは味方を貶《おとし》めたのだ。ダメージを与えていた。

マヤがすぐに弱点を突いた。ウェインを手で示しながら、ピーターに話しかけた。「これがあなたの主張。あなたたちの言い分よ。好きなように言いつくろうことができる。でも、これがほんとうに陪審員の評決によって言いたいことなの？」

リックが反論した。「ピーターをウェインといっしょにするな」これにはウェインが反応した。「なんだって？」

「ピーターとぼくは」とリックは言った。「きみと同じ意見じゃあない」

「そうなのか？　きみがわかっていても口に出したくないことを、おれが言ってやっただけだろうが？」ウェインは体を乗り出し、両肘を机の上についた。ヤスミンは彼の体の重みで机が動くのを感じた。彼の右足のかかとが床を叩いている。いつもよりさらに速く。ヤスミンは彼が感情を爆発させるのではないかと心配になった。今日かもしれない。明日かもしれない？　でも間違いなくすぐだろう。

「ぼくの頭のなかを知ってるみたいに言わないでくれ」とリックは言った。

「おれを人種差別主義者《レイシスト》と呼ぶな」

〝レイシスト〟ということばに全員がハッとした。

ピーターの表情は凍りついていた。彼のようにカリフォルニアに住む白人男性は、たまたまであるか否かを問わず、偏見を持っていると思われることを死ぬほど恐れている。ヤスミンには彼が頭のなかで必死に考えているのがわかった。ウェインと同じ側に投票することは人種差別になるのだろうか？　たとえ、違う根拠だったとしても？

「だれもきみを人種差別主義者《レイシスト》とは言っていない」ジェがウェインに言った。

だが、ウェインは泣きそうになっていた。侮辱されたと思い、反撃しようとしていた。

「リックはそう思ってる」とウェインは言った。さらにリックのほうに向かって机に覆いかぶさるように身を乗り出した。「そうだろ？」

「〝レイシスト〟ということばにどうしてみんなそんなに動揺するんだ？」リックも引き下がらなかった。「英語のなかで一番不快なことばだと思ってるんだろ。笑わせるね。ぼくならもっとひどいことばを思いつけるさ」

ヤスミンは、彼が〝N〟で始まることば（〝ニガー〟のこと）を言わなかったことに感謝した。

リックは続けた。「これはスイッチじゃない。二者択一じゃないんだ。〝この人は人種差別主義者〟〝この人はそうじゃない〟一かゼロかじゃない。もっと構造的なんだ。フレームワークだよ」

「なるほどね」ウェインはばかにしたように笑った。

「性差別を考えろよ」とリックは言った。「くそっ、性的指向を考えろ。その概念を考えろ。人種差別は人種的な指向だ。ボビー・ノックを黒人だからという理由で有罪だと判断していると指摘したからといって、フードをかぶってロープを持って歩きまわるような、救いようのない偏屈なクソ野郎だと言ってるわけじゃない。ぼくたちは、こういった連中こそが人間以下のろくでなしの集合体――〝人種差別主義者《レイシスト》〟――だと思っている。笑顔の白人のヒーローが出てくる、ばかげた映画の悪役たちみたいなもんだ。悪役がはっきりとしていれば、自分は彼らとは全然違うと納得して、安心してぐっすりと眠ることができる。でも、それがそれほどはっきりとしていなかったらどうだ？　非人種差別主義者の白人のヒーローと、人種差別主義者の白人の悪役という構造よりもっと複雑だったら？　ぼくにとって最も切迫した問題が、きみが自分のことをどれだけ〝人種差別主義者《レイシスト》〟だと思っているか、そうじゃないか証明することじゃないとしたらどうだ？　ぼくは人種差別のキンゼイ指標（アメリカの性科学者アルフレッド・キンゼイが考案した異性愛と同性愛の指向を示す七段階の指標）できみが一だろうが十だろうがどうでもいいんだ。ぼくが気にしてるのはきみが何をしようとしてるかだ」

ウェインはこのリックのスピーチをどこか愉しんでいるように見えた。「きみが何を言ってるのかわからない。だが、〝人種差別主義者《レイシスト》〟の話を持ち出したのはきみだ」

ヤスミンにはピーターが寝返ったのがわかった。彼女はマヤがカロリナを寝返らせ、次にライラ、トリーシャを寝返らせたのを見てきた。そして今、マヤはピーターを寝返らせた。ヤスミンは、この若い女性が満足そうな顔をして椅子に深く坐るのを見た。

マヤはウェインとリックが同じものを信じているとわかっていた。だが、その理由は相反《あいはん》するものだった。彼女は彼らの結束を分断し、ピーターを自由にした。ピーターにとっては、リックとウェインの側に残って評判に傷をつけるよりも、マヤに投票したほうが安全だったのだ。今、ウェインとリックは、マヤと言い争うのではなく、互いに言い争っていた。どちらかが、相手をもっと怒らせれば、もうひとりマヤの側に寝返るのは間違いなかった。

だれがジェシカ・シルバーを殺したのか？　ヤスミンにはまったくわからなかった。

それはもうどうでもよかった。マヤの邪魔をしても無駄だ。彼女はひとりずつ倒していくつもりだ。最後にリックが倒れるまで。

19

ほんとうにごめんなさい

現在

結局のところ、拘置所はそれほど悪いところではなかった。あまりにも多くのマスコミが事件を取り巻いていたため、ガオ副検事長はマヤをほかの囚人といっしょにするリスクを冒すことはできなかった。もし彼女が傷をひとつでも負って釈放されたら、クレイグは州に対し、いくつもの民事訴訟を起こして大混乱に陥れるだろう。だから彼女はきちんと扱われた。それは、ロサンゼルス郡拘置所では、ほとんど放っておかれることを意味していた。

彼女は独房に連れて来られ、数時間してから、罪状認否手続きは翌朝まで行なわれないと知らされた。クレイグはこの事態に備えておくようマヤに言っていたので、彼女自身もこのことを予想していた。裁判官が彼女の保釈を認める場合を考えて、ガオ副検事長は彼女が少なくとも拘置所で一晩過ごしたと言えるようにしたかったのだろう。彼は今日の逮捕と明日の罪状認否で二回、報道陣の注目を浴びることができた。

彼女は硬い金属製のベッド――蓋のないトイレを除くと独房内で唯一の本物の家具だった――に横になった。考える時間はたっぷりある。午後はいつのまにか夕方になり、夕方はいつのまにか夜になっていた。拘置所での短い時間のなかで、これが最悪の時間だった。自分自身以外に、だれの考えにも触れることができなかった。そして彼女が最も逃げ出したかったのが自分自身だった。

粉末卵とフライド・ポテトの朝食のあと、彼女は拘置所から裁判所に移送された。ある部署から別の部署へ、市から州へと責任が引き渡された。もし彼女が裁判所の廊下で刺されたなら、別の法律家の一団が責任を取らされることになるだろう。

警察のヴァンで移動し、クララ・ショートリッジ・フォルツ刑事裁判所に到着すると、彼女は拘束されたまま廊下を歩かされた。そこは彼女とリックがクロスワードパズルをした場所だった。裏口のドアを通って彼女がボビー・ノックを無罪にした法廷に連れていかれた。数年前、虐待していた叔父を殺した、十代の女の子の無罪を彼女が勝ち取った法廷でもあった。後ろのタイル張りの床に自分自身の足音が響くのが聞こえた。マヤはこの建物で演じたすべての異なる役割——陪審員、弁護人、そして被告人——について考えた。

彼女の人生がどんな展開を迎えようと、彼女はここそが自分の運命の場所であるように感じていた。

ふたたび、彼女は独房に入れられ、ふたたび、その場所の唯一の住人となった。裁判所と拘置所は、彼女をまるで温室の花のように扱った。彼女はこの経験が、被告人の視点から見た刑事司法システムの暗部を明らかにするのではないかと思っていた。だが、そうでないとわかって失望した。彼女は特別な存在であり、ここでさえも、暗黙の特権に守られていた。

すべての被告人がそのような配慮をもって扱われていたならと思った。ボビー・ノックがそうだったならと。

彼女の審理は、アニータ・フォンテーン判事の法廷のその日最初の審理だった。

両親は傍聴席にいた。母親は、青いブレザーを着て岩のように坐った父親の隣にいなければ、見つけるのに苦労しただろう。彼女の母親は普段はとても情熱的なタイプの人物で、色とりどりの衣装と鮮やかな大きな宝石を身に着けていた。出会うウェイターのすべてと仲よくなり、スカーフを買った地元の店員の生い立ちをなぜか聞き出してしまうような人だった。だがその朝、母の髪の毛は乱れ、眼は泣いたせいで充血し、頬はこけていた。

マヤが入って来ると、父親が手を上げた。

彼女は全力で微笑んだ。これはただのルーティンなのだということを知らせて、ふたりを安心させようとした。

通路の反対側の席にはリックの両親と思われるふたりの人物がいた。ふたりはマヤの両親よりもさらにひどい状態のように見えた。たしか、ふたりは何年か前に離婚していた。だが、それでもいっしょに坐っていた。リックの父親の後妻と思われる女性がもう片方の隣に坐っていた。

この数日間で、彼らはリックの葬儀を手配したのだろうか？　わからなかった。彼女は、いま陥っているような事態にならないようにするのに必死だった。

リックの両親は彼女をにらんでいた。冷たく険しいまなざしだったが、まるでマヤに悲しみの深さを見せたくないかのように、何かを押し隠していた。マヤは確信していた。裁判がどういう結果になろうと、ふたりは生涯彼女を憎むだろう。

傍聴席は報道関係者で半分が埋め尽くされていた。また事務所で見たことのあるアソシエイト弁護士も何人かいた。

クレイグは弁護人席でひとり待っていた。通路の反対側にはガオ副検事長がふたりの若手検事とともに坐っていた。

マヤはクレイグの隣に坐った。ぼうっとするあまり、廷吏に拘束を解かれてもほとんど気づかなかった。

「大丈夫か？」とクレイグがささやいた。

彼女は手首を伸ばしながら答えた。「ええ」

「被告人は起立してください」とフォンテーン判事が

言った。「マヤ・ルイーズ・シール。あなたは第一級殺人、第二級殺人、第一級暴行、そして誘拐で起訴されています。どのように主張しますか？」

ボビー・ノックの裁判で、検察は殺人罪のみの一発勝負に賭けた。それは危険な賭けだった。今ならマヤにもそのことがわかっていた。過信から生まれたありえない作戦だった。そして彼らは敗れた。ガオは同じ過ちを犯すつもりはなかった。彼は手当たり次第のアプローチを取ろうとしていた。大量の散弾を彼女に浴びせ、何が動脈に当たったのかを確かめようというものだった。実際、複数の犯行説を同時に主張しようとしていた。陪審員が、彼女が事前に犯行を計画していたと信じれば、第一級殺人で有罪にすることができた。犯行はとっさのものだったと信じるなら、第二級殺人で有罪にできた。マヤにリックを殺すつもりはなく、思わずリックを殴っただけだと信じるなら、リックの死は単なる回避可能な事故であり、第一級暴行で有罪にすることができた。

誘拐は戯言《たわごと》だ。もし陪審員が、マヤがリックを彼の意に反し力づくで、一瞬でも彼女の部屋に拘束したと信じるなら、法的には誘拐が成立する。だれもマヤがリックを〝誘拐〟したとは思わないだろう。だが、この罪状は陪審員に妥協の余地を与えることになる。かつての彼女のように、無罪を主張する陪審員がひとりだけいた場合、誘拐という罪状は陪審員らに妥協点を与えることになるのだ。

「どのように主張しますか」フォンテーン判事がふたたび訊いた。

クレイグは身を乗り出してささやいた。「さあ、どうする？　チキンにする？　魚にする？」

マヤはそのふざけた言い方がありがたかった。クレイグにとって、この決定は道義上のものでも、良心に関するものでもなかった。純粋に戦略上の問題だった。

もしクレイグが無節操な男だったら、選ぶのはもっと簡単だっただろう。だが、彼は正反対の男だった。彼の行動原理はすばらしい仕事をすることだった。司法制度を機能させるために、彼ほど強い貢献をしている人物はいなかっただろう。彼の解決策は、ロースクールの一年目に、彼女が半分眠っている講義で教わるような理想主義の考えだった。対審主義においては、勝つために最善を尽くすことこそが両当事者の義務だった。そこでは真実はどうでもよかった。

法律家が大勢いるこの法廷で、だれも真実を求めようとはしていなかった。正義のためにここにいる者はひとりもいなかった。

マヤはクレイグの手に触れた。「ここで嘘をつくことはできない」

クレイグはもう片方の手を彼女の手の上に置いた。

「自分が弁護士だってことをわかってるよね？」

彼女は、クレイグの眼に心からの心配を見てとった。

「ほんとうにごめんなさい」

フォンテーン判事が言った。「弁護人、罪状の認否をしてください。すぐに」

「はい、裁判長」クレイグはマヤの指をぎゅっと握るとささやいた。「専門家として意見を言わせてもらえば、きみはひどい間違いを犯そうとしている。考えなおして欲しい。今日、わたしが言うことは、すべてマスコミに報道され、陪審員候補の意見に影響を与えることになるだろう。あとで考えを変えることはできない。今、ひとつの話を選べば、きみの潔白が証明されるまで、それを変えることはできない。正当防衛で進めさせてくれ」

マヤは手を握り返した。「ありがとう。あなたは全面的に正しい。でも、わたしはリック・レナードを殺していないの」

クレイグがたじろいだ。彼女がそのことばを口にしたことで、正当防衛を主張することは法的に禁じられてしまった。「くそっ、マヤ」

彼は、一瞬で判事に顔を向けると言った。「裁判長、わたしの知っているとおり、そして全世界が知っているとおり、わたしの依頼人は無罪です。彼女はあらゆる罪状に対し、無罪を主張します」

法廷のあらゆるところからざわめきが聞こえた。マヤはガオ副検事長を見た。無表情なままだった。

「〝無罪〟の主張が記録されました」とフォンテーン判事は言った。「保釈に関して、州はどう考えますか？」

「州は被告人の保釈を認めないよう主張します、裁判長」とガオは言った。さらに部屋のなかにざわめきが起きた。母親の泣く声がたしかに聞こえた気がした。

ガオは続けた。「被告人には手段と資源があり、明らかに逃亡する危険性があります。彼女は司法制度から逃れたもうひとりの犯罪者、ボビー・ノックの仲間です。もし本法廷がミズ・シールの保釈を認めたら、その金額にかかわらず、彼女を本法廷で見るのは今日が最後になるでしょう」

フォンテーン判事はうなずくと言った。「あなたは、ミスター・ロジャース？」

クレイグはガオのほうを向いて答えた。「よくもそんなことを。裁判長、わたしの依頼人が、十年にもわたって、地域で尊敬される立派な市民であったことをあえて言うつもりはありません。法曹界における、彼女の地位を説明してあなたの時間を無駄にするつもりもありません。彼女はカリフォルニアにおけるアメリカ法律家協会認定メンバーとして彼女自身のクライアントだけでなく、まさにこの法廷にも義務を果たすことを誓っています。彼女には犯罪歴はありませんので、ありがたいことにそのことに触れる必要はありません。その代わりに言いたいことがあります。十年前に依頼人は、陪審員の義務を果たすことで地域社会に貢献しました。この建物のなかで、わたしの依頼人は、あらゆる市民に求められる義務を果たしたのです。そして今、彼女はここにいます。その席に。彼女が自らの義務を果たしたせいで知名度が高いのだとしたら、だからこそ彼女を拘置しておくことは危険なのです。思い出してください。最初に彼女のプライバシーが危険にさらされたのは、州による不正行為があったからです。もしかつて彼女を裏切った州による拘置中に、わたしの依頼人に何かあったら、そのような著名な市民を、評判の悪い連中のなかに送りこむことは州による過失として、訴訟の充分な根拠となるだけでなく、この法廷にとって必要不可欠な市民参加をまさに阻害することになります。そのような判断の結果として、取り返しのつかない損害を被るのは、陪審員であり、被告人であり、そして、そう、検察官自身でさえあるのです。最大の負担はわたしの依頼人ではなく、たったひとつの悲惨な裁定の結果として機能しなくなる司法システムそのものが負うことになるのです」

長い沈黙が続いた。

ガオ副検事長は何か言うべきだったのだろう。ただ圧倒されるのを見せるのではなく。だが、彼は何も言わなかった。

フォンテーン判事が言った。「保釈金は百万ドルとします」

「結構です、裁判長」クレイグは廷吏のほうを見た。「小切手を用意してあります。いつでもどうぞ」

判事は小槌を鳴らして、傍聴人のざわめきを静かにしようとした。

クレイグは坐ったまま、マヤの耳もとにささやいた。「きみがボスだ」

マヤは一時間もしないうちに釈放された。クレイグは拘置所から彼女を連れ出すと、ヒル通りに二重駐車してあったリムジンに案内し、後部座席に乗せた。そこでは両親が待っていた。

ひどくつらい再会だった。母親は泣いていた。母親がマヤを抱きしめると、父親も自分を抑えることができなくなったようだった。ふたりはことばもなくマヤを抱きしめた。クレイグは少し離れて坐り、よそよそしく携帯電話のメールをチェックしていた。

「ママ」とマヤは言った。「パパ、わたしは大丈夫よ。もう大丈夫だから」

自分がほんとうにそう信じているのかわからなかった。信じてみるしかなかった。

「わかった」父親はそう言うのが精一杯だった。「わかった」

「保釈金は返すから。不動産を売って……」両親が百万ドルの十パーセントの銀行小切手を今朝、手配しなければならなかったことを考えると、ひどく後ろめたかった。これまでの人生の果てに成し遂げたことが、両親に保釈金を払ってもらうことだというのが恥ずかしくてならなかった。

「おまえの家に戻ろう」と父親が言った。

「そこに戻るのはお勧めできません」とクレイグは言った。「今はまだだとしても、やがてマスコミが住所を嗅ぎつけるでしょう。どこか人目につかない場所にいたほうがいい」

「わかった。あなたの言うとおりね」とマヤは言った。

「一週間ほどわたしのマリブの家にいたらどうだろう?」とクレイグは言った。「パートナーはニューヨークにいるので、今はだれもいない」

「マリブ」とマヤの父親は言った。まるで自分の頭のなかをその考えで満たそうとするかのように。

マヤはクレイグにうなずいた。「ありがとう」

「マリブはいいところだ」とクレイグは言った。「渋滞が厳しいのが玉にきずだが」

クレイグの家は、マリブ・ロードの通りから少しはずれたところにある三階建てのコンパクトな建物だった。デザインは、マヤが想像していたよりも家庭的で、木が多く使われ、ガラスは少なく、壁には抽象芸術の立派な作品よりも、額に入った個人的な思い出の品が多く飾られていた。それでも一階のパティオに立つと、眼の前には海以外に何も見えなかった。

「クレイグは、法廷ではいつもあんな感じなのかい？」とマヤの父が訊いた。彼はパティオの手すりのところで、マヤの隣に立っていた。クレイグはロサンゼルスのハンコック・パークにある週日を過ごす家に帰っていた。

「実際に法廷でいっしょになったことはないの。彼は事務所の経営者で、ロースクールを出たわたしを雇ってくれたのが彼なの」

「いい人のようだ」

マヤは思い出していた。高校生の頃、父親の車を借りたことがあり、彼女の友人がマリファナの吸いさしをダッシュボードに置き忘れていったことがあった。両親とのあいだに問題を抱えている頃だった。二週間後、彼女が学校のロッカーにマリファナを持っているという密告があった。捜索したところ、わずかなかけらが見つかった。校長が父親を呼び出したとき、父親は全面的にマヤの味方をしてくれ、きちんとした証拠もなしに罰を与えた場合は学校を訴えると言って校長を脅した。父は以前の違反のせいでマヤに課していた外出禁止令も解除してくれた。父は厳しかったが、彼女が他人からの脅威にさらされていると感じたときはすぐに彼女を守ってくれた。

彼女は今、必要なことをどう言おうか迷っていた。父が怒るだろうと思っていたが、同時に、自分から話さなければ、父は訊く勇気のない質問に対する答えをずっと抱えて悩んでいくことになるだろうとわかっていた。

「パパ……」彼女はおずおずと切り出した。「聞いて。わかってると思うけど……」

「なんだね？」

黒い波が砂の上に静かに押し寄せていた。「わたし、やってない」

彼はびくっとした。まるで何かに怯えたかのように。

「マヤ……ああ……マヤ……」

「そんなことは考えてないよね。わかってる。でも言っておきたいの。はっきりと。わたしはだれも殺してない」

彼は両手を金属製の手すりに置いたまま、かかとで立って体を前後に揺らした。「たとえおまえがやったとしても、それでも愛してるよ」

怒ったらいいのか、感動したらいいのかわからなかった。「わかってる」

「おまえも子供を持てばわかる。どんな罪を犯していようが関係ない。親は子供を守るものなんだ」

「パパ……わたしはやっていないって言ってるのよ」

彼は息を吸うと手すりから手を放した。「そうか、だとしたら、ほんとうにまずいことになってしまったな」

その夜はどこか現実離れしたほどくつろいだ一夜だった。三人はいっしょに夕食を作った。母親が食料品を買いに行き、ふたりに新鮮なスズキの塩漬けの作り方を指南した。父親はあと片づけを担当した。マヤはクレイグの豊富な酒のコレクションからジンのカクテルを作った。三人は壁に取り付けられた巨大なテレビで映画を見た。それはまるで、彼女が家にいた頃の感謝祭の週末や、クリスマスのあとの浮かれた日々のようだった。

だれも殺人事件について口にしなかった。

翌朝、マヤが眼を覚ますと、父親はすでにテレビの前にいて、前の日の晩に途中で寝てしまった映画を見終えようとしていた。たしか、最後にどんでん返しがあったはずだ。父は見逃したくなかったのだろう。

マヤがクレイグのコーヒーメーカーと格闘していると電話が鳴った。それがこの家の固定回線だと気づくのに一瞬かかった。存在することさえ気づいていなかった。

五回鳴ったあと、朝食用のテーブルの近くにあるのを見つけた。

「もしもし?」と彼女は言った。「こちらは……クレイグ・ロジャースの家です」

「クレイグだ。テレビをつけてくれ」

隣の部屋から映画の音が聞こえてきた。「パパが映画を――」

「ニュースだ、頼む」

マヤは電話を隣の部屋まで持っていくと、父親の横にあったリモコンをつかんだ。

父親は抗議しそうになったが、彼女の表情に気づいた。「ハニー?」

「どのチャンネル?」とマヤは電話に向かって言った。

「どこも同じニュースを流してる」

マヤはＣＮＮにチャンネルを合わせた。スクリーンの三分の一を見出しが覆っていた。〝ボビー・ノックが死亡。自殺のもよう〟

父が息を飲んだ。

「いったい何があったの?」とマヤは言った。

「警察が彼の死体をテキサス州のモーテルで発見した」とクレイグは言った。「ＦＯＸとＣＮＮは書置きがあったと言っているが、ＭＳＮＢＣは確認できていない。が、きっと……」

画面には記者が粗末なモーテルの部屋をあわてて撮った写真が映し出されていた。色あせた花柄の毛布のかかった古いベッドと木製のコーヒーテーブルがある。コーヒーテーブルの上にはぼやけた白い紙と銀のロケットがあった。

こんなはっきりとしない写真であっても、ジェシカ・シルバーのロケットは明るく輝いていた。マヤはそれにすぐ気づいた。が、それが何を意味するのか、頭のなかで処理するのに時間がかかった。叫びそうになるのを必死でこらえた。

「あれは……」とマヤの母が言った。「ジェシカ・シルバーのロケットじゃない？」

マヤにはどこにいてもそのロケットがわかった。学校の防犯カメラに映ったジェシカの最後の謎めいた写真を何時間も見てきたのだ。マヤは、彼女が死の数時間前に何を身に着けていたか正確に知っていた。紺の制服。白のスニーカー。純銀製のキラキラとしたロケット。

書置きの文章が画面いっぱいに映し出された。

ほんとうにごめんなさい。青いペンで、手書きの文字が書かれていた。

マヤはめまいがした。

「でも、彼はやっていない」マヤはクレイグにそう言った。その声は弱々しかった。「わたしにそう言った……あの砂漠で……彼は真実を話していた……」

マヤはそう確信していた。

「その点に関しては、きみは驚くほど一貫してるな。まだ警察がジェシカ・シルバーのDNAをロケットから検出するだけの時間があったようには思えない」

「あれはジェシカのロケットよ」マヤは認めた。

彼女はボビーが持っていたダッフルバッグを思い出した。彼がそのなかに詰めたいくつかの品のことを考えた。あのなかにロケットがあったのだろうか？

彼女は自分のこれまでの考えに、この新たな事実をあてはめようとした。が、難しかった。意味をなしていなかった。

「ジェシカのロケットじゃないことを願うばかりだ」とクレイグは言った。「もしあれがジェシカのロケットで、ボビーがそれを持っていることをリック・レナードが知っていたと、地区検事が証明できたなら、きみがリックを殺す動機は極めて明確になってしまう」

20

フラン

二〇〇九年十月十六日

フラン・ゴールデンバーグが寝る準備をしていると、バスルームの方向から奇妙な音が聞こえてきた。オムニ・ホテルの夜の音は聞き慣れていたフランだったが、これは初めて聞く音だった。

それはどこか鈍く、不規則なうねりのようだった。

人間の発する音だ。

耳をバスルームの壁に押し当てた。隣はウェインの部屋のバスルームだ。朝に彼がシャワーを浴びている音が聞こえることもあった。彼にも同じように聞こえていると考えるといやだった。

彼は吐いているようだった。

「ウェイン？」拳で壁を叩いた。「大丈夫？」

反応はない。吐く音がするだけだった。

「ウェイン？」

それでも反応はない。

彼女は心配になった。スリッパを履くと廊下に飛び出た。この時間の十二階は不気味なほど静かだった。

ウェインの部屋のドアまでつま先で歩き、ノックをした。

グレンはどこ？　エレベーターの脇には夜警が二十四時間配置されているはずだった。廊下を進むと見覚えのない警備員がグレンの椅子に坐っていた。その交代の警備員はぐっすり眠っていた。

起こしたほうがいい？　そしてウェインの部屋から奇妙な音がすると言ったほうがいい？　頭がおかしいと思われるだろう。おせっかい、被害妄想。その全部かもしれない。こんな時間に部屋から出たことでトラブルになったらどうしよう？

あとになって考えると、少なからずストレスを感じていたと認めざるをえなかった。彼女は警備員の椅子の横にある折りたたみテーブルから警備員のカードキーを奪った。自分はもともとルールを破るタイプの人間ではなかった。ウェインとマヤはそういうタイプの人間だ。ひょっとしたら、彼らといっしょにここに閉じこめられていたことで、影響を受けてしまったのかもしれない。

ウェインの部屋に戻ると、カードキーを差しこみ、ドアを開けた。

「ウェイン？」

なかは灯りが全部ついていた。バスルームのドアは開いている。吐いている音がまた聞こえてきた。

バスルームに近づいた。

ウェインは胎児のような姿勢で床に横たわっていた。顔や顎、冷たいタイルが嘔吐物と唾にまみれていた。

フランは彼の横にひざまずいた。ウェインは激しく痙攣していた。もう液体は出てこなかった。胆汁がかすかに出てくるだけだった。

「ウェイン」フランは言った。「ウェイン」

彼が眼を開けた。よかった。

「フラン？」彼はつぶやいた。

「何があったの？　大丈夫？」

そのとき、シンクの下の床に空の薬のボトルがあることに気づいた。片手でウェインの頭を支え、もう一方の手でボトルに手を伸ばした。

ラベルに書かれた名前はわからなかった。睡眠薬？

「フラン？」彼の声は弱々しかった。が、少なくとも話している。

「そうよ、ウェイン」と彼女は言った。「ここにいるわよ」

長男のジョシュが死んだとき、フランはそのそばにいなかった。彼は地球の裏側にいた。その時点で、フランが息子の電話番号さえ知らなくなって数カ月も経っていた。結局、彼はタイにいることがわかった。彼はそこで酒を飲んだり、ドラッグをやったりと、自分自身を破壊することをなんでもやっていた。ジョシュがなったような人々のことを〝死の塊〟と呼ぶと知った。自分自身を破壊するために、物価の安い貧しい国に旅行して結局命を落とすのだ。

タイ警察が彼を発見したときのホテルの部屋もこんなふうだったのだろうか？　ジョシュもこんな冷たいタイルの床の上で死んでいたのだろうか？

下の子のイーサンが遺体を引き取りに行った。

「ウェイン、あなた……この薬を全部飲んだの？」

彼はうなずいた。恥ずかしそうだった。「間違えたんだ」彼はささやくように言った。「全部吐き出そうとしたんだ」

「吐くのはいいことよ」と彼女は言った。「胃から薬を全部出すの。そうすればよくなる」フランは自分自身に言い聞かせるように言った。

彼は泣いていた。おそらくもう涙しか体から出てこなかったのだろう。

彼女は、彼の頭を床の上に置いて立ち上がろうとした。

「いやだ」と彼は懇願した。「お願いだから」

「あなたが大丈夫か確認する必要があるの」

「だれにも言わないで」

彼女はひとつ息をすると言った。「ウェイン、お医者さんに診てもらわないと」

「お願い、お願い、お願い」

彼は彼女のほぼ二倍近い体重だった。だが、床の上に丸まっていると、信じられないほどに小さく感じた。

「全部出したから」彼は懇願した。「全部出た」

彼女は息子たちのキャンプで応急処置の訓練を受けていたので、病院でできるのはウェインの胃を洗浄するぐらいだろうとわかっていた。そして洗浄するべきものも残っていなかった。

　彼女は流しにあったコップに水を入れると、もういちど彼の横にひざまずいた。

「ちょっとした取引をしましょう」と彼女は言った。「この水を飲んで。そして全部吐き出すのよ。もういちど同じことをする。さらにもういちど。胃のなかに何も残っていないとわかるまで。それからたくさん水を飲んで、ずっと起きてるのよ。一晩中。あなたが元気になるまで」彼女は彼に最初の水を飲ませた。「そうして朝になったら、次のステップについて話し合いましょう」

　彼はフランを見上げ、初めて眼を合わせた。

「ここから出なきゃ」彼はひと口飲むあい間に、ささやくように言った。

「バスルームから？」

「ううん……ここから……これ以上我慢できそうにない」

　フランは彼を強く抱きしめた。決してジョシュにはしてやることのできなかった抱き方で。ウェインの頭を膝の上に置くと、彼のくしゃくしゃの金髪に指を走らせた。ジョシュがこんなふうに彼女の膝に最後に頭を置いたのはいつのことだっただろう？　彼女に髪をなでさせたのは？　どんなに愛しているかを伝えても、ジョシュはこちらを向いてくれなかった。最も単純で、最も基本的で直接的な愛情表現もただ過剰でしかなかったのだ。自分がその愛情に値するとは信じていなかったひとりの少年——そしてやがてひとりの大人——にとっては。

　彼女はタイルにもたれて眼をつぶった。眠るつもりはなく、一瞬たりとも立ち去るつもりはなかった。

「ここから出なきゃ」彼はもういちどつぶやいた。

　ええ、フランは思った。そうね。

次の日の朝、フランはインデックスカードと油性マーカーを手にし、初めて〝無罪〟と書いた。

無罪への投票は十票、有罪は二票だった。ジェとリックだけが有罪に投票していた。

「何があったんだ？」リックはフランとウェインに訊いた。昨日までは自分の味方だったのに。

ウェインは肩をすくめて言った。「自分で決めた」

フランはジェシカ・シルバーの写真を探し出した。最後に撮られた写真。制服を着て、銀のロケットが輝いていた。

フランはそれをみんなに見せた。「あれこれと一日中議論することはできる。何日も。でも、重要なのは、わたしたちは知らないということよ。わたしたちはボビーについて知らない。ジェシカについて知らない。彼女の頭のなかで、彼の頭のなかで何が起きていたのか、彼女が両親やみんなから何を隠していたのかを知らない……。重要なのはそこよ」

フランは、少女の顔をなでるように、親指で写真の縁に触れた。「ジェシカ・シルバーにはわたしたちが最善を尽くす価値がある。彼女を殺した犯人を世間に知らしめる価値がある。もし、わたしたちがボビー・ノックを有罪にしたら、捜査は終わる。警察は立ち去る。毎朝外にいるカメラや記者は次の犠牲者を探しに行く。次の大きな謎を……。でもジェシカにはそれ以上の価値がある。この明るい少女には、ここ、この部屋で、疲れ切ったわたしたち十二人が最も有力だと考える推測によって終わりにしてしまう以上の価値がある。ウェインのことはわからない。けど、わたしは〝無罪〟に投票する。なぜなら、わからないから。そして、わたしが望むのは、いつかきっと、わたしたちみんながわかる日が来るということよ」

21

この一週間で最も新鮮な腐ったニュース

現在

マヤと彼女の両親はケーブル・ニュースのチャンネルやスマートフォンの画面を次々に切り替えながら、最新のニュースを探していた。ツイッターやフェイスブック、アドレスに〝news〟と含まれる、ポップアップ広告満載のウェブサイトから、最新のレポートを交互に読み上げた。それぞれの更新記事はむしろ、前のニュースを混乱させたり、明らかに矛盾していることもあった。何を信じればいいのだろう？　マヤの父は、ツイッターからの〝検証済み〟ということばで始まるレポートを息もつかずに声に出して読んでいた。母親のほうは、〈ニューヨーク・タイムズ〉や〈ワシントン・ポスト〉、ＣＮＮ、彼女の地元の〈アルバカーキ・ジャーナル〉といった古くからの権威のあるメディアを読み上げた。だが、これらのサイトは三十分おきにしか更新されなかった。

マヤの母親のフェイスブックに、だれかがボビーが発見されたモーテルの写真を投稿した。二十分後、マヤの父親のツイッターにジャーナリストが同じ写真を投稿した。そこには〝誤った写真であることが判明した〟ということばが記されていた。どうやらそれは、四年前にだれか別人が自殺したよく似た名前のモーテルだったようだ。

英国の〈デイリー・メール〉は、現場から遠く離れていることを考えると、驚くほどの効率性を発揮して、モーテルにいた目撃者のことばを掲載した。目撃者は、ボビー・ノックが首を吊る前に、彼に気づいた別の客を殺したと証言していた。このニュースはマヤにとって信じがたいものだったが、ツイッターで〈AP通信〉の関連者がこれを確認すると、深刻に受け止めるようになった。だが、どのケーブルチャンネルもそのことには触れていなかった。

耐えがたいほど長い九十分間のあと、〈AP通信〉が〈デイリー・メール〉の記事の確認が同じ目撃者のアカウントに基づくものだったことを認めた。その三十五分後、〈ダラス・モーニングニュース〉がこの〝目撃者〟を有名なデマ投稿者だと特定した。その後一時間もしないうちに、〈デイリー・メール〉の記事は、最初から存在しなかったかのように、インターネットから消えた。リンクはエラーページにたどり着き、ツイートは削除された。スクリーンショットだけが残り、その話とともに世界中の何百万もの人々のあいだを流布していった。〈AP通信〉は自らの記事の最後に、〝エディターズ・ノート〟を困惑気味に掲載し、記事全体は撤回されたが、透明性の精神からページは残していることを伝えていた。あるいは――マヤは思った――虚偽記事と知った上でクリックする最後のわずかな読者さえも逃さないという精神から。

数時間が過ぎた。情報が入ってきた。〝ボビー・ノックは四十五ページにわたる遺書を書いていた〟情報は錯綜していた。〝更新――ボビー・ノックは遺書を書いていなかった〟まるで乾いた井戸の底から掘り出されたしずくのように、政治的な意味合いまでもが、わずかな事実からにじみ出ていた。〝ボビー・ノックの「黒人の命も大切だ《ブラック・ライブズ・マター》」と記した遺書がアイデンティティ政治（社会的不公正の犠牲になっている人種、ジェンダー、民族、先住民、性的指向、障害など、特定のアイデンティティに基づく集団の利益を代弁して行なわれる政治活動）の誤りを証明している〟五時間後、だれも――マヤも両親も、あるいはほかのだれも――、たとえ昼寝をしていたところで得られるニュースはたいして変わらないと考えるようになっていた。

午後遅くにかけて、テキサス州ブロワード郡の保安官が記者会見を開き、この話を追っていた者ならだれもがすでに知っていることを並べ立てた。

ボビー・ノックはオーストラリアのタブロイド紙の記者にモーテルまで追跡されていた。ドアを叩いても反応がなかったので、記者がモーテルの従業員を説得して部屋を開けてもらったところ、天井の扇風機から首を吊っていたボビー・ノックを発見したのだった。警官が、遺体の足もとから数インチのところにあった、コーヒーテーブルの上に遺書を発見していた。手書きの文字は、ボビーがクリス・ランメルという名でチェックインしたときに、フロントで記入した筆跡と一致していた。

遺書には、実際にはただ「ほんとうにごめんなさい」と書かれていただけだった。

遺体の横には銀のロケットがあったことを、保安官は認めた。ロケットの写真はすでにマスコミにリークされていた。

保安官は新たな情報をひとつ付け加えた。長いブロンドの髪がロケットの留め金から発見されていたのだ。DNA鑑定を行なっているところだった。だが保安官は、見たところ髪色はジェシカ・シルバーのものと一致していると語った。

ジェシカ。リック。ボビー。

マヤは海のはるか彼方に沈む太陽を見ていた。頭のなかでは三人の死がぐるぐると渦巻いていた。ジェシカ・シルバーの殺害は、リック・レナードの殺害につながる事件の連鎖を引き起こした。リック・レナードの殺害は、ボビー・ノックの自殺へとつながった。マヤはなんらかの正義――あるいは真実――を求めて戦ってきたが、結果的に多くの命を無駄にすることになってしまった。やがてこの死と破壊の連鎖は彼女にも訪れるのだろう。

マヤにはまだボビーがジェシカを殺したとは信じら

れなかった。しかし、彼女には、ボビーが希望を失い、孤独だったことから自ら命を絶ったと想像することはできた。ほかに彼の死を説明することができないかと、何度も何度も考えた。そしてその都度、彼女の考えはルー・シルバーに戻るのだった。

ボビーが疑っていたように、ルー・シルバーがジェシカを殺したのだとしたら……。彼女の死体からロケットをはずし、十年間保管していたのだとしたら……。そして今それをモーテルのボビーの部屋に置いたのだとしたら……。ボビーを殺したあと、どうにかして自殺に見せかけたのだとしたら……

だが、ここで論理は破綻する。なぜシルバーはロケットを取っておいたのだろうか？　たとえ、彼が娘を殺したあとに、なんらかの不可解な理由でロケットを取っていたとして、なぜ十年前にボビーに仕掛けなかったのだろう？　ボビーが最初に捜査を受けていたとき、そのロケットがあれば決定的な証拠になっていたはずだ。もし、シルバー——あるいはほかのだれか——がボビーに殺人の罪を着せようとしたのなら、恐ろしくお粗末な、タイミングを逸した仕事ぶりだと言わざるをえない。

マヤはじれったい非論理性を説明してくれる、ある種の壮大な陰謀論を想像しようとした。だが、ジェシカ殺害の〝真犯人〟がボビーに罪を着せたというシナリオはどれも信憑性に欠けるものだった。

ボビーの死後、マヤは何度もクレイグに電話をし、心のなかでますますふくらんでいく理論を彼に説明してみた。彼は辛抱強く聞いてくれた。しょせん彼はだれがジェシカ・シルバーを殺したかについては、まったく利害関係がなく、関心もなかったのだ。

「ボビーに対するリックの謎めいた新証拠についてはどう？」と彼女は訊いた。「それがなんなのか、わたしたちにはまだわかっていない」

「その証拠がロケットじゃないかぎりはね」とクレイ

グは言った。「もしリックが、なんとかしてボビーがロケットを持っていることを知って、ミラクルでその事実を彼に突きつけたか、それを盗もうとして、そのせいでボビーが逃げ出したのだとしたら……」

「でもどうしてリックはそのことをわたしに言わなかったの？ なぜみんなに秘密にしていたの？」

「わからない。ひょっとしたら、リックはなんらかの計画を隠していたのかもしれない」

「このうちのどれも、ホテルのわたしの部屋でリックに何が起きたのかを説明していない」とマヤは訴えた。

「ただし」クレイグはやさしく続けた。「きみが争って彼を殺したのでないかぎり。なぜなら、その理論ならすべて説明できる」

でも、わたしは自分が殺していないことを知っている。彼女はそう叫びたかった。だが、今はクレイグにこれ以上自分の無実を主張するのはやめることにした。

マヤはイースト・ジーザスにいた銃を持った男たちのことを考えた。そしてミラクルで会った性犯罪者についても。彼らのなかにボビーのために喜んでリックを殺す者はいるだろうか？ たしかに彼らのうちのだれかはボビーにはできなかったこと――オムニ・ホテルに忍びこむこと――は、できたかもしれない。だがいったいどうやってそれを法廷で証明すればいいのだろう？

マヤは以前、心理学者を雇って、依頼人を評価させたことがあった。心理学者は証人席ですばらしい働きをしてくれた。その心理学者は、マヤの依頼人が被害者であり加害者でもある〝暴力の連鎖〟のなかにいることを繰り返し説明した。その女性は、それがまるで潮の満ち引きであるかのように説明した。満月の引力のように、決して逃れることはできないのだと。

マヤにとって、〝連鎖〟ということばは、当然の報いであるかのように過剰に響いた。彼女は報い《カルマ》というものを信じていなかった。彼女にとって、暴力は病気

――伝染病――だった。それに接触したものはだれもがキャリアになる。その生存者……傍観者もすべてが世界にさらなる暴力をもたらすことになるのだ。

自分がばかみたいに感じた。自分が好きな世界のすべてを非難することもできた。だが、もしこの一週間で最も新鮮な腐ったニュースに真実が含まれているのだとしたら、そのときは自分自身とみんなに認めなければならないだろう。ここ最近の災難――リック・レナードの殺害、ボビー・ノックの自殺、来たるべき彼女自身の起訴――は、十年前に彼女が間違っていたために起きたのだと。

マヤは心配する両親の見守るなか、マリブに留まった。マヤたちはほとんどの時間をリビングルームのソファに坐ったり、キッチンのテーブルを囲んだりして過ごし、絶え間なく流れてくるニュースや噂に気を取られないよう努めた。彼らは十秒前に知ったことも共有した。

ボビー・ノックの家族の生活はふたたび地獄になっていた。ボビーの両親は、息子の自殺に対するコメントを求めるマスコミに追いかけられ、まるで罪人のように扱われていた。父親は、ルー・シルバーに謝罪さえしていた。カメラの前ではずっと息子を信じていると言ってきた父親だったが、今となっては真実から逃れることはできなかった。息子が他人の子供の命を奪ったことを心から申しわけなく思っていた。

マヤはボビーが自殺した翌朝、ルー・シルバーに電話をした。以前と同じ女性が出て、ルー・シルバーから折り返し電話をかけると言った。が、彼はかけてこなかった。マヤは次の日にもういちど電話をした。その翌日も。その女性は、できるだけ早く電話をすると繰り返すだけだった。

マヤは自分がもはや用済みなのだと受け入れざるをえなかった。ルー・シルバーが彼女をイースト・ジーザスまで追いかけるように記者たちに教えたのだろうか？　たぶんそうだろう。だが、そうではなかったとしても、彼は知っていたのだ。彼女をボビーのところに行かせることで、なんらかの反応――マヤから、ボビーから、あるいは詮索好きの眼から――が引き出せるということを。ルー・シルバーは、どんな方法であれ、ボビーを罰することを望んでいた。そしてマヤを触媒として利用することが、ボビーに苦痛を与える方法のひとつだと気づいた。彼の計画は期待していた以上にうまくいった。ボビーは死んだ。ルー・シルバーにとって、もはやマヤには利用価値はなかった。

　シルバーは、ボビーが言っていたようにジェシカを虐待していたのだろうか？　もしボビーがジェシカを殺したのだとしても、彼が真実を話している可能性はあった。シルバーはジェシカを虐待し、ボビーが彼女を殺したのかもしれない。あるいはボビーはジェシカと不適切な関係を持ち、シルバーがジェシカを殺したのかもしれない。彼女に言わせれば、ふたりとも地獄に落ちるだろう。

　シルバーはボビーが自殺した二日後に記者会見を開いた。マヤと両親はクレイグの家の居間でその様子を見た。開け放たれた窓からは穏やかな海の音が聞こえていた。

　ルー・シルバーは、裁判所の正面階段に設けられた演壇の上で、テッド・モーニングスターもと検事のかたわらに立っていた。彼らは互いに自分たちの主張が正しかったことを祝福し合っていた。

　テレビのなかのシルバーは背が高く見えた。ハンサムと言ってよかった。あるいは、彼女が彼の笑顔を見慣れていなかっただけなのかもしれない。

　マヤはあの裁判のあと、何回かテレビでモーニングスターを見たことがあった。時折、法律的なコメントをし、悪賢い弁護人が自分の依頼人に対する共感を得るために〝人種カード〟を使うことについて詳しく説明していた。たしかミステリ小説も書いていたはずだ。自分自身をヒーローに仕立てた、ジェシカ・シルバー事件をそれとなく連想させるフィクションだった。彼はそのなかで自分自身をダーティハリーのようなタイプ――"人種差別詐欺師《レイス・ハスラー》"に悩まされる、正直で歯に衣着せぬ人物――として描いていた。ひとりの少女の死を用いて、多くの人々に英雄的なファンタジーを心に抱かせることに、どこか邪悪なものを当時のマヤは感じたものだった。モーニングスターはずっとクリント・イーストウッドになりたかったのだろう。弁護士のギブソンはおそらくジョニー・コクラン（O・J・シンプソン事件のシンプソンの弁護人）になりたかったのだろう。マヤは、自分は《十二人の怒れる男》のヘンリー・フォンダだと思っていた。真実を見ようとしない無慈悲な仲間を説得する、勇敢なひとりの陪審員。

マヤは後ろに並んだ官僚の列のなかに警戒した表情の人物を見つけた。ベン・ガオ副検事長。彼は、このひどい混乱を一掃する準備はできている、というような顔つきをしていた。この記者会見に彼が出席していることが示唆するものは明らかだった。ボビー・ノックが運よく自身の罪に正義を下されるのを免れたとしても、マヤはそう幸運ではないと言いたいのだ。もしボビーが地の果てまで追いかけられたとマヤが考えるなら、ベン・ガオもマヤに同じことをするはずだった。

壇上にはルー・シルバーとともに妻のエレインもいた。彼女は夫が活気にあふれているのに対し、うつろな表情をしていた。マヤは身を乗り出してテレビの画面に近づいた。ボビーが虐待について真実を話していたのなら、エレインは夫のひどい行動に苦しみ、それを隠していたことになる。注意深く整えられた無表情な見た目の裏には何が隠されているのだろうか？

ボビーの告白についてコメントできることに興奮しているルー・シルバーは、どこかゾッとするものを感じさせた。「わたしはホッとしています」と彼はカメラに向かって言った。「正義が果たされたと言えることに」

　だからといって、だれが彼を責めることができるだろうか？　この十年間、彼が求めてきたものは、正義だった。マヤのような人々はその正義をもたらすことはできないと言った。疑い深い周囲の人々をよそに、そしてうんざりするような時間の経過にもかかわらず、彼はなし遂げたのだ。

　レポーターのひとりが、ボビーに無罪評決を下した陪審員に対するコメントをシルバーに求めた。背後でベン・ガオが体を固くした。

　シルバーは一瞬、勇気を奮い起こすように身構えてから話し始めた。「陪審員を非難するつもりはありません。彼らは、ほかの多くの人々と同様、ボビー・ノックに騙されてしまったのです。彼らは間違いを犯しました。ですが、わたしは彼らが正直な人間だと信じています」

「あなたは」とレポーターのひとりが尋ねた。「マヤ・シールがリック・レナードを殺したと思いますか？」

　テレビの画面にマヤの写真が大写しにされた。

「その判断は新しい陪審員にゆだねられるでしょう」そう言うとシルバーは首を振った。まるで運命の気まぐれさを残念がるかのように。「かつての陪審員が自分たちの過ちを認めることを願っています。マヤ・シールに関しては……自分の主張を貫き、そして自分が間違っていたと認められないとき、その人物がどうなるかをみなさんは見ることになるでしょう」

　レポーターがさらに質問を投げかけたが、シルバーは「犯罪の捜査については関知していない」といって、それ以上答えなかった。

　ニュースはイースト・ジーザスで撮ったマヤの写真を映し出した。まるでボビーの共犯者のようだった。暗い砂漠の夜、カメラのライトが瞳を照らし、何かにとり憑《つ》かれているように見えた。「彼女はいつから彼の居場所を知っていたのでしょうか？」カメラがスタジオに戻ると、キャスターがそう問いかけた。「いつから彼を守っていたのでしょうか？」

「なんてことを」父親がソファの彼女の横で言った。母親は落ち着かせるように彼の膝に手を置いた。

「パパ」とマヤは言った。「大丈夫だから」

「なぜ、あんなことを言われなきゃならない！」

彼女はテレビを消さないほうがよいとわかっていた。隠しても何もならなかった。父はたとえ何があろうと一晩中、繰り返しテレビを見るだろう。

「彼らが何か言ったところでだれが気にすると言うの？」と彼女は言った。

彼はまるで狂人扱いするかのように彼女を見た。

「わたしが気にする」

父のそのことばにマヤはまた心が折れそうになった。


社会ののけ者になることも、二回目にもなるとずいぶんと楽だった。

コメントや意地の悪いほのめかしを無視する練習は充分に積んでいた。あるときは深夜にコメディアンが、ボビー・ノックが〝白人少女を意のままに操った〟ことについてジョークを言い、その後、公に謝罪した。今のところ、マヤとリックの関係は知られていなかったので、少なくとも彼女がその手の侮辱を受けることはなかった。だが、テレビコメンテイターのほとんどはマヤがリックを殺したと思っていた。〝ボビー・ノックは自分に代わって陪審員に彼を殺させたのか？〟という突拍子もない見出しすらあった。だれもが、まともに記録を調べることもなく、かつてボビーについて正しかったことを自画自賛していた。その事実が、今回の事件でマヤが有罪であるという彼らの信念に確固たる裏付けを与えていた。議論の行方を予想できていたことが、彼らのマヤに対する矛先の刺々しさを和らげていた。

　だが今となってはマヤは気まぐれな擁護者に感謝の念を感じるほどばかではなかった。今は彼女の味方だと主張している人々――勇敢なレポーターや熱心な法律家――でさえ、自分たちの意見に別の可能性があると気づくと、すぐに彼女を見捨てるのだ。そういった人々は、銃規制に反対する共和党員や、遺産税の撤廃を訴える民主党員のように、ただ自分たちが公平に見えるように自分の立場を捨てようとするだけなのだ。それはだれもが試してみたいと思わずにいられないほど簡単だった。「たしかに充分に同意できる……」と言えばよいのだ。しかし、彼らがたしかに同意できるのは、マヤがことあるごとに正義を果たすことを避けてきたということだった。

　気がつくとマヤは十年前にリックが彼女に向けてきた告発を懐かしく思っていた。当時はひどく傷ついた。でも、今は？　むしろ興味深く思えた。今の騒動に比べれば、合理的で冷静なものだった。もし、今リックが聞いているとしたら、マヤはただひとこと、「許してあげる」と言ってやりたかった。

　彼はどう思うだろうか？　わからなかった。でも、それが真実だ。

　彼女は経験から得た、実用的な冷淡さで武装することによって、この騒動をやり過ごすつもりだった。人々が自分についてなんと言っているのか、そしてなぜそう言っているのかわかっていた。だが彼女にはもっと差し迫った心配があった。刑務所に入らないようにしなければならなかったのだ。

　ボビーの死から四日後、ニュースのサイクルも変わり始めた頃、マヤは車でロサンゼルスに戻った。

　マヤは自分の法律事務所に依頼人として戻ってきた。だれもが痛々しいほどに礼儀正しかった。受付担当者は彼女にハグをした。クリスタルがやってきた。今は〝おとなしく〟していなければならない。自由に廊下を歩きまわることもできなかった。

「すごく変な感じ」マヤを抱きしめながら、クリスタルはそう言った。

「同感」

　正確なところ、マヤはまだここで働いているのだろうか？　クリスタルのあとをついて、クレイグのオフィスに向かいながらそう思った。ふたりは同僚のハグや励ましのことばにたびたびさえぎられた。彼女は、現在は休暇中の扱いだったが、数週間もすれば、人事部と率直な話し合いを持たなければならないだろう。彼女の担当していた事件は、少なくとも裁判が迫っているものについては、担当者を変えなければならなかった。長期的な事件については、マヤの不在がどのくらい続くのかがわかるまで待つことができた。

　クレイグは木製の机の手前の縁にもたれかかって待っていた。

「ハイ」と彼は言った。

「ハイ」とマヤは言った。

　クリスタルはふたりを交互に見た。「彼女が刑務所に行かなくてすむようにしてください、いいですね？」

　そう言うと部屋を出て、ドアを閉めた。

「さて、われわれは無罪を主張している」マヤが坐ると、クレイグは早速言った。「わたしのよりよい判断に逆らってな。つまり、やることが山ほどあるということだ。差し迫った問題として、だれがリック・レナードを殺したのかという問題がある」

　マヤはこう来ることを予想していた。「多くの可能性があるわ」

「では、ピーター・ウィルキーだと主張するか？　それともウェイン・ラッセル？　あるいは残りのだれか？　きみが送ってくれた資料を見たよ。いやはや……なんというか」

「わかってる」このときなんとも皮肉なのは、マヤの無罪を証明する証拠を提供しているのがリック自身だということだった。

「さらに」とマヤは付け加えた。「ボビー・ノックの友人のなかには、ミラクルやイースト・ジーザスの人間がいる。マイクとマイクなら、暴行の前科があって、曖昧なアリバイしかない人間を何人か見つけられるはずよ」

　クレイグは満足そうだった。「すぐに手配しよう」

「ウェインについて何か新しい情報は？」とマヤは言った。

「まだない」クレイグは肩をすくめた。「まだ一週間だからな」

　マヤは資料にあったウェインの汚点について考えた。そのなかで告発されている内容は褒められたものではなかったが、殺人を犯すほどひどいとは思えなかった。

　彼に関するリックのファイルが薄かったとしても、それでも殺人があった晩の所在に関するウェインの嘘は、彼を有望な容疑者にしていた。「彼は、裁判のあともフラン・ゴールデンバーグと連絡を取り合っていた。彼女はあの夜ホテルでそう言ってたわ」

　クレイグは関心を示さなかった。

「ひょっとしたら彼女は、彼が今どこにいるかについて何か知ってるかもしれない」とマヤは付け加えた。

　クレイグはこのことを考えた。「マイクを行かせよう」

「自分で行くわ」

「フランはきみにとって潜在的な目撃者であると同時に潜在的な代替の容疑者でもある。きみに彼女と接触してもらいたくない」

　マヤは眉を上げた。「マイク——あるいはもうひとりのマイク——は前に彼女と話をしたことはある？　殺人の直後に？」

「ああ」

「フランは何か話した?」

「いや、何も」

マヤはクレイグに答えさせることで、自身の主張を確認していた。クレイグは胸の前で腕を組んだ。「わかった、いいだろう」

マヤは背を向けて部屋を出ようとした。

「どうかわたしの仕事をこれ以上、難しくしないでくれよ」

マヤは微笑んだ。「あなたはロサンゼルス一の刑事弁護人よ」

彼女がドアを閉めると、ドアの向こうから彼の大きな声が聞こえてきた。「それを忘れるなよ!」

フラン・ゴールデンバーグは、今もロス・フェリズのトレイシー通りにある平屋建ての家に住んでいた。そこは大通りから不規則な角度で伸びている静かな通りのひとつで、八百メートルも進むと別の通りにつながっていた。赤レンガの階段を上がり、マヤがベルを鳴らしたとき、まだ午後の早い時間だというのに、家のなかは真っ暗だった。だれも出てこなかった。

車のなかで待ちながら、マヤはウェインがリックを殺したという説に大きな疑問が残ることを考えていた。

動機は?

リックがボビーについて発見したことと関係あるのだろうか? でも、どうしてウェインがそのことを気にするのだろう? 彼は事件について、何年も公にコメントしていなかった。すべてから逃げるためにコロラドへ行ったのでは?

それとも彼はあの夜、マヤを殺そうと思って彼女の部屋に入り、代わりにリックと出くわしてしまったのだろうか? マヤがあの裁判でウェインを苦しめたことを考えれば、彼女を殺したいと思っていても不思議ではなかった。だが、実際にやるだろうか? それになぜ、ドアを開けて、そこにリックがいたからといって、代わりに彼を殺すことになったのだ？

ぐるぐると思いをめぐらせて一時間過ごすうちに、マヤはやっと、少なくともその答えの一部を知っているかもしれない女性を見つけた。フラン・ゴールデンバーグはトレイシー通りを歩いていた。ショートヘアを片方だけ耳にかけ、スタイリッシュな大きな黒い眼鏡をしていた。彼女の髪が自然な白髪でなかったら、男子生徒と間違えたかもしれなかった。両腕いっぱいにあふれそうなほどプランターを抱えていた。

マヤは車から降りると言った。「ハイ。それはなんなの？」

フランはびくりとした。「多肉植物よ」

「手を貸しましょうか？」

フランは腕のなかで植物を持ちなおすと言った。

「こんなところで何をしてるの？」

「ニュースは見た？」

「ここ最近はニュースばかり。毎日。それもずっとね」

「入ってもいい？」

フランはプランターのひとつをマヤに渡すと階段を上がった。家のなかに入ってキッチンに案内されると、マヤは、スペイン風の家のあちこちに切りたての花が気前よく置かれていることに気づいた。カウンターの上の白いタイルは数十年前に流行ったもので、その後廃れてしまったものの、最近になってまた流行っていた。

「あなたが園芸好きだとは知らなかったわ」

「リタイアしたの」

「わたしもずっとガーデニングをしたいと思ってた。ママが好きなの」

「なぜしないの？」

「時間がないからかしら？」

フランは自分でグラスに水を注いだ。マヤにはすすめなかった。「思っている以上に時間はあるものよ」

二階から床板のきしむ音がした。「お客さんがいるの？」

「息子よ」とフランは言った。「こっちに来てくれたの……先週のことがあったあと」

「わたしの両親も来てるの。なんて言うか頭がおかしくなりそうよ」

「どうやって持ちこたえているの？」

　正直に答えるなら、残りの人生を刑務所で過ごさなければならないことに死ぬほど怯えていると言わなければならないだろう。

「ウェインが行方不明だって聞いた？」彼女は代わりにそう尋ねた。

　フランは、落ちていた花びらを拾い上げた。

「殺人のあった夜、ロサンゼルスにいたことは聞いた？　彼がどこにいるか知らない？　それか、みんなには来ないって言っていたのに、どうしてあの夜、ロサンゼルスにいたのか？」

　フランは花びらをゴミ箱に捨てた。「もう連絡を取り合ってはいないの」

「あなたたちふたりは、最後の頃は、ずいぶんと親しそうだったわね」

「あの裁判のとき？」フランは不安そうに言った。「彼はつらいときを過ごしていた。わたしたちみんなそうだった……。わたしは自分がつらいときには、だれかを助けたくなるの。息子たちは、それは強迫観念だって言ってた。人を助けることが」

　マヤにはその気持ちがわかった。

　床板がもういちどきしんだ。フランは苛立っているようだった。「失礼していいかしら。息子が何か用事がないか確認してくる」

　彼女がキッチンを出ていき、家の中央にある階段を上っていく足音が聞こえた。そして沈黙だけが残った。

　マヤは窓の外の裏手にある小さなバラの花壇を眺めた。私道は家の裏手にまわりこんでいて、かつてはガレージだった小屋――今は道具小屋のようだった――へと続いていた。その小屋の前に大きな赤いトラックが駐車してあった。

〈フォードＦ‐１５０〉

彼女はあわてて携帯電話を取り出し、ウェイン・ラッセルの赤い〈フォードＦ‐１５０〉のナンバープレートを調べた。同じだった。

ウェイン・ラッセルはここにいた。

マヤはキッチンから居間に向かった。

「マヤ？」フランが中央の階段を下りてきた。「何かあった？」

マヤはフラン越しに階段の上を見た。二階にいる情緒不安定な嘘つきが怖かった。

最初に考えたのは逃げることだった。だが、フランは気づくだろう。彼女はウェインに話し、マヤが警察に連絡して警官が来る頃には、ウェインは逃げ出しているだろう。そうなったら、マヤには彼がここにいたことを示す証拠はなかった。

「ううん、大丈夫」と彼女はフランに言うと、居間にある切りたてのバラの花瓶を手で示した。「素敵な花を眺めていただけ」

フランは明らかに花が自慢のようだった。「ここで育てるのは大変なのよ。土がね」

「本来はここには生命は存在しないってだれかが言ってたわ。砂漠には」マヤはここから抜け出さなければならないとわかっていた。だが、それでは終身刑にまっしぐらに走ることになるかもしれない。キッチンに戻れば、トラックの写真を撮ることができる。そうすれば少なくとも何かに使えるかもしれない。

「リックがそう言ってた」と彼女は付け加えた。

フランは階段の最後の段を下りた。「つらいでしょうね。リックを殺したとみんなから思われるのは」

「わたしが彼を殺したと思ってる？」

「もちろん思ってないわ」まるでそんなことは正気の沙汰ではないと言うような口ぶりだった。街の半分の人間はそんなことを信じていないというかのように。

二階からまた床のきしむ音がした。

「二階は大丈夫？」とマヤは言った。「息子さんは」

フランは眼を天井に向けた。「ちょっと待って」

フランが視界から消えた瞬間、マヤはキッチンに急いだ。携帯電話を取り出し、窓越しにカメラを向けるとトラックの写真を撮った。画像をチェックした。ナンバープレートは読み取れる。これでいい。さあ行こう。

彼女は振り向いた。

ウェイン・ラッセルが戸口に立っていた。

ウェインはジーンズに黒のTシャツ、そして重そうなブーツを履いていた。シャツはゆったりとしていたが、筋肉の輪郭を見て取ることができた。マヤは彼がこんなに大きいことを忘れていた。

脚の後ろ側がキャビネットに押しつけられるのを感じていた。

「マヤ」とウェインは言った。「きみを傷つけるつもりはない」

戸口の彼の後ろにはフランが立っていた。呆然としていた。「彼の言うとおりよ。ほんとう」

親指で二回タップすると、最後に電話をした番号にかかった。

どこかでクリスタルの電話が鳴っているはずだ。

彼女の電話を呼び出している音が聞こえた。取って。

「この電話がつながれば」とマヤは言った。「GPSでわたしの電話のある場所を、ここのキッチンまで特定することができる。どこからこの電話をかけているか正確にわかるのよ。携帯電話の技術は十年前よりもずっと進んでいる。あなたがリックにしたことをわたしにしようとしても、逃げることはできない」

これは正確には正しくなかったが、ウェインやフランがそのことを知っているとは思えなかった。

回線の向こう側ではまだ呼び出し音が鳴っていた。

「おれはリックを殺してない」とウェインは言った。

「なんとでも言ってればいいわ」

彼が部屋のなかに入ってきた。まだ何メートルか離れていたが、覆いかぶさられるような感じがした。

「電話を置いてくれ。警察には……」

フランが彼の肩に手を置いた。「警察に何をされたくないの？」フランはマヤにではなく、ウェインに話していた。「警察に相談したほうがいいかもしれないわ」

「あいつら、おれを捕まえる。リックに起きたことで」

マヤはクリスタルの留守番電話のメッセージを聞いていた。「はい、クリスタルです。メッセージをどうぞ……」

フランはウェインに言った。「あなたが話さなかったら、警察は彼女をどうするかしら？」

マヤは携帯電話を耳にあてた。「マヤよ、今、フラン・ゴールデンバーグの家にいて……」

ウェインの眼には恐怖が浮かんでいた。だが、同時に本物の不安も見て取れた。「警察はほんとうにきみを刑務所に入れようとしてるのか？」

マヤはうなずいた。「もう逮捕されてる。今は保釈の身よ」

「電話を置いて」とフランは言った。「そうしたら、わたしたちが知っていることを全部話すから」

マヤはふたりを交互に見た。どういうわけか、ウェインは彼自身よりもマヤを恐れているように見えた。

自分のしようとしていることが信じられなかった。

「かけなおす」マヤは電話に向かってそう言うと切った。彼女はふたりを信じるつもりになっていた。自分の命を賭けて。「わかったわ。じゃあ、教えて。だれがリック・レナードを殺したの？」

ウェインは戸口にもたれかかった。フランは息を吐いた。

「困ったことに」とフランは言った。「わたしたちにもわからないの」

数分後、三人は居間にいた。花瓶のバラが甘い香りを漂わせているなかで、フランはすべてを話した。

あの日、ウェインはぎりぎりになって気が変わり、同窓会に参加することにした。彼なしで全員が会っていると考えることは、彼ら全員とふたたび顔を合わせるという考えよりも我慢ならなかった。そこで彼はトラックに乗り、ガソリンを満タンにするとロサンゼルスに向かった。ダウンタウンに着いたときには遅い時間になっていた。そうほんとうに遅かった。オムニ・ホテルの外に車を止めると……

警官があらゆるところにいた。何かまずいことが起きていた。

「きみを見た」ウェインはマヤのほうを見て言った。「警官がきみを連れていくところを」

「そのとき彼を見つけたの」とフランは言った。「あなたが逮捕されたあとに」

フランは、警官が全員を起こして家に帰らせたと説明した。彼女はウェインがトラックの運転席にいるところを見つけたのだった。

「警官が彼を見つけていたら、怪しいと思ったでしょうね」

「実際に嘘をついていた」とマヤは言った。

ウェインは肩をすくめた。

「だから彼をここに連れてきたの」とフランは言った。「最初の計画では何が起きたのかを突き止めるだけだった。でも、だれも警官に話さず、警官もわたしたちに何も教えてくれなかった。だれが殺したのだとしても、どんなふうにリックが死んでいたのかさえもわからなかった。ウェインが監視カメラに捉えられていたことも二日以上経ってから知ったの」

「二日以上ものあいだ、警察はおれがリックを殺したと疑っていた」

「いい」とフランは言った。「わたしたちの視点で考えてみて」

「考えてるわ」

「わたしたちは、あなたがリックを殺したのかもしれないと思った」

マヤはウェインのほうを見た。だれもがだれかを殺すことができる、違う？

「おれはきみとリックを見た」ウェインが言った。「あの当時のことだ。リックがある朝、きみの部屋から出てきた」

「知ってる」

「だからきみが殺したと思った」

「わかってちょうだい」とフランは言った。「ウェインは何も悪いことはしていない。いい人なのよ」

マヤは、すべてがこれほど厳しい状況でなければ笑っていたかもしれない。彼女の人生で、恐ろしい行為が〝いい人〟のひとことでどれだけ正当化されてきたことか！ これまでに関わってきた残虐行為の多くは、人々が〝ただ最善を尽くした〟結果だった。彼女はそのことを、開きなおった依頼人や憤慨した依頼人の家族からさんざん聞かされていた。法律の最も厳格な解釈に従うことに〝手一杯の〟、やたらと熱血ぶった検察官から聞かされていた。そして陪審員仲間からも。さらに悪いことには、テレビをつければ人々が彼女のことをそう言っていた。

マヤはもうこれ以上、〝いい人〟に同情するつもりはなかった。彼らの判断は何度も何度も繰り返し他人を不幸にしてきたのだ。

「あなたたちはふたりとも」と彼女は言った。「リックの死には関係ないし、だれがやったのかもまったくわからないと言うの？」

ふたりとも何も言わなかった。いっしょに沈んでいこうとしている石のように毅然と身を固くしたままだった。

フランはウェインに罪はないとほんとうに信じていたから、ウェインのためについた嘘――純粋に不作為の嘘――は正当化されると思っているのだろう。ふたりとも自分が正しいことをしていると心から信じていた。

マヤは腹が立った。自分もフランと同じじゃないか。彼女は自分が信じていた――自分だけが信じていた――殺人者をかばっていた。今となってはそれがよくわかった。

「おれに警察に行って欲しいのか？」とウェインは言った。「ならそうするよ。それできみが助かるのなら」

恐ろしい皮肉だが、そうするつもりはなかった。彼の話は、漠然とではあったが、彼の無罪を証明していた。行方不明のままにしておいたほうが、より疑わしく見えた。そして彼女の弁護にも役立った。ひどく残念なことに、彼の行方がわからなかったことは、彼女の主張にずっと有利に働いてきたのだ。

「わたしを助けたいの？」とマヤは尋ねた。「じゃあ、リックを殺した犯人を探すのを手伝って」

ふたりは再調査に同意した。陪審員全員ともういちど話して、先週の出来事について何か新しい情報が浮かび上がってこないか調べるのだ。マヤはウェインとフランにピーターのレイプ未遂のことを話した。フランはショックを受けていた。ウェインは、自分の手で彼をボコボコにしてやるといきまいた。マヤは、マルガリータのための訴訟の面倒にならないのなら、彼にやらせてもいいと思った。

前にマヤがジェの家を訪ねたとき、そこにはトリーシャがいた。おそらくトリーシャは、もうヒューストンに帰っただろう。ウェインがもういちど、ジェにあたってみることにした。

フランはヤスミンとキャシーと話してみることにした。マヤはふたりのどちらからも話を聞けていなかった。フランならきっと話を聞くことができるだろう。

マヤは、なんとか新たな事実が明らかになることを期待して、すでにあたっている場所をもういちど訪れることにした。

玄関に出てきたとき、ライラ・ロザレスは赤い眼をしていた。泣いていたという事実を隠そうとしていたが、うまくいっていなかった。「マヤ、その……ごめんなさい。ばたばたしていて」

「電話しようとしたの」とマヤは言った。困惑していた。「でも、近くだと気づいて……また今度にするわ」

「ううん、大丈夫。何か問題でも？」ライラは鼻を掻くふりをして涙をぬぐうところを隠そうとした。「あなたが刑務所にいなくてほんとうによかった。ひどくつらかったでしょうね……想像できないわ。入って」

ライラはマヤを居間に案内した。そこでは彼女の父親が腕を組んで立っていた。彼はマヤをにらんでいた。どうやらそれまでしていた議論を中断させてしまったようだ。先週は、彼女たちにとっても大変だったに違いない。ライラは父親とひとこと、ふたこと、スペイン語で緊張した会話を交わした。その結果、父親は用事をすませに出ていった。

父親が出ていったあと、ライラはマヤのほうを見て言った。「自分だけの居場所が欲しいわ」

「わたしも父親と話すとき、父がわたしを守りたいという気持ちとわたしを絞め殺したいと思う気持ちで揺れてるんじゃないかと思うことがある」

「わかるわ」

家の奥のほうからアーロンの泣いている声が聞こえた。

　ライラは疲れたようにため息をついた。「ちょっと待っててくれる?」

　ライラがアーロンの世話をしているあいだ、マヤは小さな家のなかをぶらぶらと歩いた。台所はしみひとつなく清潔だった。空のビール瓶がシンクの横の箱のなかに入っていて、リサイクル用のゴミ箱に入る順番を待っていた。蓋つきの幼児用のコップと、先がゴムで覆われたスプーンが水切りラックのなかにあった。マヤはフランの花を手土産に持ってくればよかったと思った。

　殺人事件の捜査で、だれかの家に花を持っていくのは礼儀にかなっているだろうか?

　冷蔵庫にはアーロンの絵が貼ってあった。クレヨンやサインペン、指を使って描いていた。いろんな種類の動物。大きな黄色いライオン。どういうわけか、鮮やかな紫色の熊。怒った赤いワニ……

　マヤは覚えのある寒気《さむけ》を感じた。疲れているに違いない。そのワニはボビー・ノックのテントにあったものとまったく同じに見えた。大きく、むき出しの歯に赤いうろこ、小さな眼……

　ありえない。どうしてボビーがライラの息子の描いた絵を持っていたの?

　ライラがキッチンに入って来る音が聞こえた。

　マヤは冷蔵庫を指さして言った。「なぜ、ボビー・ノックがあなたの息子の描いた絵を持っているの?」

　ライラは動きを止めた。

「マヤ」とライラは言った。「お願いだから、今は何もばかなことをしないで欲しいの、いい?」

22

ライラ

二〇〇九年十月十九日

ライラ・ロザレスはボビー・ノックから眼が離せなかった。被告席に坐った彼は、この五カ月間、毎日ずっと、うつろなまなざしで遠くを見つめていた。彼女は陪審員席の二列目から、前列のフランの肩越しに覗きこむようにして裁判全体を見ていた。ボビーの頭のなかで何が起きているのかを想像しながら、数えきれないほどの時間を過ごしてきた。彼が弁護士や検察官、判事、裁判手続き全体について考えているに違いないことを想像しながら……彼女は彼のことをたくさん知っていた。だが彼は彼女について何を知っているだろう？

彼女の名前はニュースで報道されていたが、彼はニュースを見ることができるのだろうか？　結局のところ、ライラの名前すら知らないかもしれなかった。

「陪審員は評決に達しましたか？」判事が尋ねた。

キャシーが立ち上がった。ライラはボビーの顔をよく見ようと首を伸ばした。

「はい達しました、裁判長」とキャシーは言った。

「評決を廷吏に渡してください」

キャシーは紙を廷吏のスティーブに渡した。彼らは、陪審員室でその紙に評決を記載して折りたたんでいた。それぞれが下のほうにサインをしていた。

廷吏のスティーブがその紙を判事に渡した。ライラはそのあいだもほとんどボビーから眼を離さなかった。彼は今になっても、いっさい反応を見せなかった。判事も表情をいっさい変えなかった。ポーカーフェイスを維持する能力もきっと判事の職務内容のひとつなのだろう。

　ボビーの父親も母親も、自分を抑えようとさえしていなかった。ライラにはその気持ちがわかった。彼らだけが、本物の人間のように振る舞っているように思えた。母親は泣いていた。父親は彼女に手をまわしていた。彼らはじっとボビーを見つめていたが、ボビーはまったく気づいていないようだった。

　ライラは、エレイン・シルバーの顔に浮かぶうつろな表情を見ながら、彼女を責めることはできないと思っていた。あの女性は子供を失ったのだ。そんな悲劇のあとに、どんな表情をしていてもおかしくはなかった。

　ルー・シルバーは妻の隣に坐っていた。彼が自ら検察側の立証を台無しにして以来、その姿を見るのは初めてだった。彼の発言は残念だったが、それでもライラは彼のことを気の毒に思っていた。彼の経験してきたすべてのことを。

　判事は黙って評決を読んだ。ふたたび紙を折りたたむと廷吏に返し、廷吏がキャシーに手渡した。

「陪審員長は評決を声に出して読み上げてもらえますか？」と判事は言った。

　紙を広げるキャシーの手は震えていた。彼女は右を見て、それから左を見た。ほかの陪審員たちに、最後にもういちど、全員一致で評決に達したことを確認するように。「第一級殺人の容疑に関し」とキャシーは言った。「われわれ陪審員は被告人ロバート・ノックを無罪とします」

　法廷は不気味なほど静まり返っていた。検察官は身じろぎひとつしなかった。ボビーは呆然としていた。弁護士が彼の肩に手を置くと、やっとびくっとした。ギブソンは身を寄せて何かささやいた。ライラはそれが何か聞きたいと思った。

　エレイン・シルバーが悲鳴を上げた。痛みの叫びだった。それがライラに聞こえる唯一の音だった。ルー・シルバーは奇妙なことをした。彼は微笑んだのだ。それは苦々しげな、復讐心に満ちた、あきらめの笑みだった。まるで最悪の事態を覚悟していて、評決によってそれが現実になったかのように。

ライラはシルバー夫妻に伝えたかった。こんな結果になって残念だったが、評決は最善を尽くした結果なのだと。だが、これは彼女が想像していたものではなかった。映画のエンディングのような拍手喝采のないことはわかっていた。それでも、よい仕事をしたことに対するなんらかのアクションがあると思っていた。学校でよい成績を取れば、先生はAをくれる。でも、ここでは？　ボビーの自由を勝ち取るためにこんなにがんばってきたのに、これだけ？　涙、悲鳴、いくつかの咳。みな、それまでよりも話そうとしなくなっていた。

ライラも叫びたかった。どうして勝利を感じられないの？

「人民対ロバート・ノックの裁判は以上です」と判事が言った。「陪審員のみなさん、ご苦労様でした。廷吏が陪審員室にお連れしたら、最後にいくつか事務処理があります。それが終わったらみなさんは解放されます」

〝解放〟という言い方は、自分たちが檻のなかで飼いならされた家畜で、太らされたあげく、ジャングルに放り出されるかのように聞こえた。

「本法廷はみなさんが市民に求められる以上のことをしてくれたことに感謝いたします。われわれはみなさんが司法制度に対し多大な貢献をしてくれたことを知っています。ありがとうございました」

だが、判事は感謝しているようには見えなかった。むしろ怒っているようだった。

ライラが気づくと、ほかの陪審員はすでに立ち上がっていた。一団は陪審員席から出ようとしており、彼女のところで流れが滞っていた。ウェインが、何かを期待するように彼女を見下ろしていた。さあ、行こう。

ライラはどこかばかばかしく感じた。もちろん法廷は喜びを爆発させる場所ではない。喜ぶのは家に帰ってからだ。ひとりの男の命を救ったことを、父も母も誇らしく思ってくれるだろう。妹も。従姉妹たちは、おそらくもうよちよち歩きを始めてる赤ちゃんを連れてやって来るかもしれない。

家に帰れば彼女の待っていたエンディングが待っている。彼女はヒーローとして戻るのだ。

ロサンゼルス市警の警官ふたりが、ライラが生まれてからずっと住んできたサウス・ロサンゼルスの自宅に連れていってくれた。が、数ブロック手前で渋滞にぶつかってしまった。これまでにこの通りがこんなに混雑した記憶はなかった。パトカーがライラの住むブロックに近づくとその理由がわかった。両親の家の前に、裁判所の外で見たのと同じくらいの数の報道陣が集まっていたのだ。パトカーは、ライトを点滅させて群衆を散り散りにさせると、私道に止めてある父親の古い〈フォード〉の後ろに止まった。

父親が玄関のドアを開けると、山のような数のカメラのフラッシュが光った。父親は、まるで特別な日であるかのように着飾っていた。ライラの顔を見ると今にも泣き出しそうになった。ライラはパトカーのドアに手をやった。が、なかからは開かないことを思い出した。

警官が下りてきて、彼女のためにドアを開けてくれた。

彼女は、父親に両手で包まれるように抱きしめられても、まだ呆然としていた。

「愛してるよ《テ・アモ》」と父は言った。「愛しい娘よ《ケリダ》」

記者が距離を置いて見守るなか、父は力強い腕を彼女の体にまわし、家のなかに連れて入った。

なかには母親、妹、従姉妹、そしてふたりの赤ん坊が待っていた。全員がいっせいに彼女を抱きしめた。ライラは気がつくと泣いていた。

やっと家に帰ってきた。

ライラは、両親が自分のことを誇らしく思ってくれたのは、いつ以来のことだろうかと思った。兄たちのように高校の選抜チームの一員になったこともなければ、従姉妹たちのように陸上の選手として活躍したこともなかった。両親が彼女を愛していて、彼女のためならなんでもしてくれることはわかっていた。だが両親が誇りに思ってくれるようなことを自分がしたと感じたことはいちどもなかった。

今日までは。

「いったい何をしたんだい《ケ・アス・エチョ》？」

母親が言った。

困惑した。母親の口調は、ライラが門限を過ぎてしまい、家に忍びこもうとして捕まったときのようだった。母親はライラが無事だったことに半分ほっとしていたが、心配をかけたことに怒っていた。ライラは涙の向こうに家族の表情を見ているうち、何かがおかしいと気づいた。みんなの顔に浮かんでいるのは誇りではなかった。それは不安だった。

「大丈夫だ」父親が家族を落ち着かせるように言った。「そっとしておいてやれ」

父親の力強い手が彼女の肩に置かれた。「すべてうまくいくさ、愛しい娘《ケリダ》よ」

父親はライラだけではなく、自分自身も安心させようとしているかのようだった。

父親はいつも嘘が下手だった。

彼女は美容学校を退学になった。

学校に現われたのは数人の記者だけだったが、彼女がどんな生徒か、教師と不適切な交際をしていないかといったくだらない質問をして、クラスメイトたちを困らせた。学校の管理者は彼女の存在が生徒たちを混乱させると言った。「われわれはすべての生徒のことを考えなければならないんです」

ライラは怒った。何か規則を破ったとでもいうの？　何も悪いことはしていない。こんなふうに罰するなんてフェアじゃない。どうすればよかったというの？

仕事を見つけるなど、とんでもなかった。ありふれた名前だったので、すぐには気づかれなかったが、面接官はすぐに彼女がだれなのかわかった。最初のうちは、愚かにも履歴書の前の雇用主の欄に〝カリフォルニア州裁判制度〟と書いていた。陪審員としての五カ月間に千四百三十六ドルを受け取っていたからだ。父親はその金を自分のマスターカードの支払いに使っていた。彼女がその情報を記載しないようになっても、なぜ学校を退学したのかを説明しなければならず、陪審員だったことを話せば、面接官がグーグルでちょっと検索をするだけで気づかれてしまった。〈ペイレス〉（靴の小売りチェーン）、〈トレーダー・ジョーズ〉……。〈コールド・ストーン〉（アイスクリーム・チェーン）のシフト管理の仕事も不合格だった。彼女は高校生のとき、〈コールド・ストーン〉で店員のアルバイトをしていた。なのに今、十九歳になって、十五歳のときにしていた仕事さえも断られるようになってしまった。

次第に朝起きるのが遅くなっていった。なんとか家事を手伝おうとしたが、食器をひとつ抽斗《ひきだし》に片づけるたびに、母親から別の場所に入れるように注意される始末だった。何をしても間違いだと言われた。今までにないほど疲れ、子供の頃に使っていたシーツのなかで丸くなって、パステルカラーの蝶々にくるまって永遠に眠っていたいと思った。

ライラが家にこもって二週間になる頃、居間の窓に石を投げつけられた。ライラは怖いと思わなかったが、母親は違った。次の週にはトイレットペーパーが屋根に投げこまれた。近所の子供たちのいたずらに違いなかった。だが、母親は不法侵入されたように思ったようだった。母の弟たちも小さい頃は同じようなことをしていただろうに。

　父親は酒の量が増えていった。時折、ゴミを出すと、ゴミ袋の底で〈コロナ〉の空き瓶がガチャガチャと音を立てた。父親は空き瓶の上に家族のゴミを積み上げて隠すようにしていた。多少のビールは構わなかったが、空き瓶を隠すとなるとまた別の問題だった。

　それでも父は、まったくしらふの状態のとき、評決が陪審員以外のだれにとっても衝撃的だったことを説明してくれた。彼はボビーの暴行の前科について話してくれた。どうやら何カ月も前からニュースになっていたようだったが、陪審員には知らされていなかった。あるいは、陪審員が知らされていないからこそ、ニュースになったのかもしれない。ライラはそう思った。どのみちそんなニュースをだれが気にするというのか？　高校時代に喧嘩をしていたからといって、どうしてみんなは彼が十代の少女を殺したかのように振る舞うのだろう？　だれもがたったひとつの小さな事実を取り上げて、大げさに言いふらしていた。だれもがボビーのことを知っているかのように振る舞っていた。

　彼女は何カ月ものあいだ、法廷で彼とともに時間を過ごし、彼の頭のなかに入っていた。彼女は彼が善人だと知っていた。

　テレビでボビーの古い友人たちが彼のまっすぐな性格について話しているのを見た。彼のもとの生徒は、彼がどれだけやさしかったか、どれだけ思いやりがあったかを話していた。彼女は自分の正当性が証明されたように感じた。彼らの話を聞いていると、裁判期間中、開示されていた情報よりも、隠されていた情報のほうが多かったと言わざるをえなかった。

　彼女はテレビでリックも見た。彼は陪審員全員が下した結論に対して謝罪していた。ほかの陪審員についてひどいことを言っていた。特にマヤのことをひどく侮辱していた。

ジェも、リックと同じようにすぐに考えを変えたものの、話していたことはリックほど痛烈ではなかった。トリーシャは公の場ではあまり発言はしなかったが、話の内容を聞くかぎりはリックを支持しているようだった。

テレビでほかの陪審員を見ていると、不思議と懐かしい思いがした。現実の世界では、だれも彼女が経験したことを理解してくれなかった。あの十一人の陪審員だけが互いに理解し合っていた。どれほど憎み合っていたかはわからなかったが。

彼女はヤスミンに電話をした。やっと自分と同じ経験をした人と話をすることができた。ライラはどこか静かなところで会いたかったが、なぜかヤスミンは夜遅くに会いたがった。まるで彼女がしたいのは外出して踊りに行くことであるかのように。ふたりはドレスアップした。ダンスフロアの騒がしい場所でクランベリーカクテルを飲んだ。ふたりは酔っぱらい、やがて男たちが声をかけてくると逃げ出した。少なくともヤスミンがいればふたりは自分たちの飲み代を払う必要はなかった。

ヤスミンはボビー・ノックのことは話さなかった。ライラもあえて自分から話そうとはしなかった。

夜遊びの回数は減っていった。ライラが何よりも望んでいたのは、あの場所にいた人だった。廷吏のスティーブのことを、彼がだれなのか説明することなく思いだすことができる人。あるいは彼が陪審員のひとりではなかったにもかかわらず、彼といっしょにあんなにも長い時間を過ごしたことが、どんなに奇妙なことだったかを思いだすことができる人。

フラン・ゴールデンバーグとはいちどだけコーヒーを飲んだ。だが、フランは美容学校を退学になったときにライラが失ったものを理解してくれなかった。ライラは他人の髪の毛の世話をすることが恋しいこと、いろいろな女性たちといっしょに仕事をして、彼女たちの話を聞くことが恋しいことを説明しようとした。でも、フランは従姉妹たちと同じようにただうなずくだけだった。ただ礼儀正しく聞こうとしているかのように。

「あら、あなた」と彼女は言った。「代わりに何かしたいと思ったことはないの？　まだ若いのよ。どこにでも行けるし、なんだって好きなことができる。ずっと夢見てきたけど、そのチャンスがなかったことはないの？」

　自分はどこに行きたいのだろう？　彼女が知っている人たちはみんなここにいた。

　二度とフランには電話をしなかった。

　彼女は不眠症になっていた。一晩中起きていて、朝遅くまで寝ていた。テレビのある部屋に入っていく気力を振り絞るのがやっとだった。いったいどうしてしまったのだろう？

　胃に寄生虫がいるせいでずっと眠っている男のことをテレビ番組で見たことがあった。グーグルで〝寄生虫〟と検索してみたが、ほかの症状はあてはまらないようだった。

　もちろんボビー・ノックのことも考えた。ニュースは彼が何をしているのか常に最新情報を教えてくれた。警察は、児童ポルノ提供の罪で彼を告発していた。ボビーを嫌っていたテレビの連中もさすがにこれはやりすぎだと考えていた。

　ライラは自分が哀れに思えたとき、ボビー・ノックはもっとひどいめにあっていることを思い出した。彼は恐るべき犯罪で誤って告発され、一年近くも投獄された。そして今も追いまわされている。

　彼女はボビーに手を差し伸べたいと思った。そして思いついた。ボビーに手紙を書いたらどうだろう？　彼が経験したことは想像することしかできなかったが、あらゆる方法で彼をサポートすると伝えてはどうだろうか？

もし彼女が彼の立場だったなら、応援の手紙を受け取ればうれしいはずだ。

「親愛なるボビー・ノック様」と彼女は書いた。「わたしの名前はライラ・ロザレス、あなたの裁判の陪審員のひとり、陪審員番号四二九番です。だれが何を言おうとわたしは自分たちが正しい判断を下したことを知っています」彼女は自分自身のことをさらに伝えた。裁判前の彼女の生活について。今の生活について。以前はどれだけ家族を恋しく思っていたか、そして今は家族のせいでより孤独を感じていることを。

気がつくと、手紙は五枚もの長さになっていた。高校を卒業して以来、こんなに長い手紙を書いたことはなかった。

彼女はその手紙をボビーの弁護士宛に送った。送るだけで気分がよくなった。胸のつかえが取れたような気がしたし、たとえ手紙が彼に届かなかったとしても――それはなさそうだったが――手紙を書いたことを誇りに思った。

返事をもらえるとは思ってもいなかった。

「親愛なるライラへ」ボビーは三週間後に返事をくれた。「あなたの手紙を受け取って、どれだけ感動したか想像もつかないでしょう。あの法廷にいた数ヵ月間、ぼくはあなたやほかの陪審員が何を考えているのか知りたいと思っていました。あなたたちがぼくのことをどう思っているのか知ることはできませんでした。信じてくれてありがとう。そして今も信じてくれていてありがとう。ぼくを信じ続けることがあなたにとってどんなに大変か想像できます。それがぼくにとってどれだけ価値があったとしても、あなたにはなんの価値もないということをわかっています。

あなたのことをいろいろと教えてくれてありがとう。あなたはとても素敵な人のようだ。違った状況で知り合えていたらと願うばかりです。敬具。ボビー・ノック」

　名前の下にメールアドレスがあった。

　手紙を三回読んで、最後にライラは思った。理解してくれている人がいる。

　彼女はその夜、彼に返事を書いた。

23

二度目の評決

現在

「ボビー・ノックはあなたの息子の父親なのね」

「シーッ。ちょっと静かにして、お願い」ライラの体は凍ったように固まっていた。「アーロンに聞かれるじゃないの」

　十年のときを隔てたふたつの犯罪の詳細が、マヤの心のなかでひとつになった。「リックがボビーに関して見つけたのはそれだったのね。だからわたしにもルー・シルバーにも、だれにも言わなかった。彼はロケットを発見したんじゃない。ボビーとジェシカについて何かを見つけたんじゃない。ボビーとあなたのことを見つけたのね」

「リックは嘘つきよ！　彼はボビーが犯人だという証拠は何も見つけていない」

「リックは裁判のあと、あなたとボビーが関係を持ったことを知った。あなたたちに息子がいて、それを隠していることを」

「パパが隠させたの。妊娠したときに、パパに彼と会っていると言ったら怒り狂った。パパはアーロンに普通に育って欲しいと思っているの。平穏に。父親が殺人者だということで一生追いまわされることのないように。みんながボビーにしたように取り扱われることがないように」

「でもリックは……」やっとリックの巧妙な、そして一か八かの計画が明らかになった。「なんてこと、リックはこの情報を使ってボビーを脅して、ジェシカの殺害を告白させようとしたのね」

「リックは怪物がいっぱい住むあの恐ろしい町に行って、ボビーを脅した。わたしたちのあいだのことをみんなに話すと言って。彼はアーロンの人生を台無しにしようとした。ボビーがしてもいないことを告白しないかぎり」

マヤには信じられなかった。「ボビーが無実だと今でも信じているの？」

「ボビーはいい人だった」とライラは言った。「あなたにもわかっていたはず。彼はいい人よ。ジェシカに何が起きたとしても……。彼がメモにごめんなさいと書いていたとしても……」

「彼はロケットを持っていたのよ」

「彼は複雑な人だった」

ライラも、ほんの数日前に自分の子供の父親——自分の愛した人——が殺人者だと知ったのだ。〝複雑な人〟のひとことではとても言い尽くせなかった。

ライラはボビーが殺人者だと信じることを拒んだ。

マヤもいやというほどそうした。十年前に。

「わたしたちは間違っていたのよ」とマヤは言った。「わたしも信じたくなかった。今でも信じられない。何か別の説明があるんじゃないかってずっと考えてるけど……。彼のことについては間違っていた。これまでずっと。わたしのせいよ。ボビーがジェシカを殺したのよ」

これまでそのことばを口にしたことはなかった。舌に苦いものを感じた。

「違う」とライラはささやいた。「彼はやっていない」彼女は必死で正気を保とうとしていた。

「あなたたちふたりはなんらかの方法で連絡を取り合ってきた」とマヤは言った。「だれにも知られずに。ボビーはリックに脅されているとあなたに言った」

ライラはうなずいた。「ボビーには選択肢がふたつあった。告白するか、リックがアーロンの人生を台無しにするのを黙って見ているか。そして彼は自分のできる唯一のことをした。唯一正直なことを。彼は逃げた。消えた。ボビーはそういう人だった。彼はこれ以上傷つけたくなかった。わたしを、アーロンを、そしてだれも。彼はわたしにさえ、どこへ行くのか言わなかった。怖かったわ……。手紙を書いた。でもどこに送ればいいの？」そう言って長い黒髪を顔からかきあげた。その指は震えていた。

ボビーは、イースト・ジーザスでリックが言ったことについて、マヤに嘘をついていた。ボビーは決して会うことを許されない息子のために嘘をついたのだ。ワニの絵は、彼が決して手に入れることができない人生との唯一のつながりだった。

リックの死につながる一連の出来事が次第に解き明かされてきた。

リックはマヤの部屋に残って、ひとりで腹を立てていた。そこにノックの音がした。彼は当然マヤだと思った。言い争いを続けるために戻ってきたのだと。しかし、ドアを開けると廊下にはライラが立っていた。

「リックはあなたをなかに入れた」とマヤは言った。

「あなたの部屋に行ったのよ。リックの部屋ではなく。あなたを探していたの」

「わたしを？」

「何があったのかを伝えるために。あなたの助けが必要だった。あなたを信じていたから」

　ライラの震える手が固い拳を作った。

「そんなふうには見えなかった」

「わたしを助けてくれる人がいるとしたら、それはあなただと思った。だから、アーロンをホテルに連れていったの。あなたにあの子に会って理解してもらえるように」

「でも、部屋にはリックがいた」

「事故だったの！」ライラは訴えた。今にも涙が流れそうだった。「最初、あなたの部屋に彼がいるのを見て、すごく怖かった。きっと彼があなたに何かしたんだって思ったの！　彼はわたしに入るように言った。部屋のなかを見渡した。どこにいるの？　何があったの？　リックはあなたは何も知らないと言った。だれにも話していないと。そして、ボビーが〝真実〟を話すならだれにも言わないと。時間が迫っていた。彼は次の日の朝にはカメラの前に立つことになっていた。彼に懇願したわ、マヤ。〝わたしの息子の人生を台無しにしないで。アーロンはだれも傷つけていない。アーロンには自分の人生を生きる権利がある〟って言って。でも彼は聞かなかった。彼は〝アーロンの人生を台無しにするだって？　ボビーがぼくの人生を台無しにしたようにか？〟って言ったわ。わたしはリックがボビーを憎むほどに、人がだれかを憎むのを見たことがない……。まるでとり憑《つ》かれてしまった自分自身を憎んでいるようだった。自分をそんなふうにしたのはボビーだと言うかのように。口論になった。彼は大きな声を出した。わたしは彼を押した。彼が押し返してきた。またわたしが押して、そして彼が倒れた……。ああ、神様……事故だったのよ、マヤ。信じて。あれは事故だったの」

　マヤは、ライラが嘘をついていることを心の底から願った。何が起きたのか真相を知りたかった。悪魔を見つけたかった。ところが、彼女が見つけたのは、子供を守るために必死な恐怖に怯える若い女性だった。

「あなたは彼をあの場に置き去りにした」とマヤは言った。「わたしに発見させるように」

「警察があなたを逮捕するとは思ってなかったの。あなたたちふたりのあいだに当時何があったのか知らなかった。今週になって知った。リックは即死だった。何が頭にあたったのかもわからなかった。人があんなふうに死ぬなんて……。リックが死んだとき、自分が何を考えていたかわからない。もしあそこにいれば、警察はアーロンのことに気づくと思った。あそこから去れば、警察は見たままだと思うはず。事故だと」ライラは一歩近づいた。「あなたならなんとかできると思った。あなたのことで覚えていたのはそのことよ。これまでずっと。何が起きても、あなたならなんとかしてきた」

　そうであればよかったのに、とマヤは思った。

　ライラは泣き出した。なんとか涙をこらえようとしたが、我慢できなかった。

　本能からなのか、彼女を守ろうとしたのか、あるいは単なる人としての良識からなのかわからなかったが、マヤはライラに手をまわしきつく抱きしめた。

　マヤは自分の手に手を重ねているこの女性が、自分では何もできないとあきらめているのを感じた。彼女はマヤがなんとかできるとほんとうに信じていた。だから、なんとかしなければならなかった。

　マヤは柔らかな足音を聞いた。アーロンが忍び足でキッチンに入ってきた。母親の泣き声を聞いたに違いない。ふたりが抱き合っているのを見て、アーロンもふたりに加わった。小さな腕をライラの脚にまわし、もう一方の手をマヤの脚にまわした。彼女たちはそこに立っていた。この犯罪を解き明かそうとしているマヤ、罪を犯したライラ、そしてその結果に最も苦しむであろうアーロン。

しばらくしたあと、マヤとライラは小さな朝食用のテーブルに坐っていた。ライラは神経質そうに爪から色あせたマニキュアを剝がしていた。アーロンは、母親が大丈夫なことに安心して、自分の部屋に戻っていった。

「どうするつもり？」とライラは訊いた。

マヤは以前の自分について考えた。バックパックに〝H‐O‐P‐E〟のピンバッジをつけ、初めて裁判所に足を踏み入れた、純真なひとりの女性だった自分のことを。なんでもできると信じていた、世間知らずな自分のことを。そんな彼女は陪審員室で十一人の見知らぬ人たちと出会い、だれもが生きてそこを出られると信じていた。

「わたしたちどうしてしまったのかしら？」とマヤは訊いた。そしてそれを口にすることがひどく奇妙なことだと気づいた。

だが、ライラはマヤの言いたいことを理解したようだった。

「今、この場所にいる」とライラは言った。

マヤはまわりを見まわした。決して同じ部屋にいっしょにいるつもりはなかったし、決してそうなることのなかったふたり。そのふたりが今ここにいて、この狭いキッチンでありえない決断をしようとしていた。この忘れられた界隈で。この活気にあふれた街で。センセーショナルな恥ずべき行ない以外には何も関心を示さないこの偉大な世界のなかで。

「アーロンのことはどうするの」とライラは言った。

すべてがごちゃごちゃしていた。マヤにはライラがリックを殺したと主張することができた。が、ライラは否認するだろう。ライラはマヤを刑務所に入れたくはなかった。だがもし、マヤと自分の息子のどちらかを選ぶとしたら……。マヤにはその選択をした彼女を責めることはできないだろう。

どんな証拠がある？　二枚のワニの絵？　モーテルの部屋からボビーが持っていったワニの絵が、警察に発見されているのかどうかはわからなかった。もしマヤが親子のＤＮＡ鑑定を裁判所に認めさせることができれば――大いに疑問だったが――アーロンがボビーの息子だということを証明できるだろう。だが、それでマヤに対する刑事告発にどんな影響があるだろうか？

弁護士であるマヤの眼から事件を見ると、真実を主張するよりも、現在の弁護戦略のほうが実際には有効だということを認めざるをえなかった。もし〝このなかのだれかがやった可能性がある〟という主張をするなら、資料やピーターの暴行、ウェインの嘘などを利用することができた。潜在的な証拠はたくさんあった。だが真実は、依然として弁護にも役立たなければ、救いにもならなかった。真実はだれも助けてはくれなかった。

マヤの頭のなかにひとつの考えが浮かんだ。あまりにも現実ばなれしていて思わず笑ってしまいそうな考えだった。だが、考えれば考えるほど、それしかないと思った。

この一連の死の最後に、正義や公正さ、あるいは道理に基づいた道徳的な結果を求めるなら……彼ら自身でそれを作らなければならなかった。

「考えがあるの」とマヤは言った。「でもクソみたいに狂った考えよ」

生存しているほかの陪審員に連絡を取るには八回の電話ですんだ。マヤはリックを殺した犯人が特定されたとだけ伝え、どうするかを決めるために、もういちど集まって欲しいと告げた。

マヤは抵抗があることを予想していた。ウェインはマヤに裏切られると思うかもしれない。すでにヒューストンに帰っているトリーシャはもうこの件には巻きこまれたくないと思うかもしれない。

「ウェインはみんなにとって最善の結果となるならなんでもするわ」フランはそう言ってマヤを安心させた。「わたしもよ」

トリーシャも来ると言った。自分が行かなければ、マヤが自分抜きで全員を脅して決めるだろうと言って。

ジェは自分自身のために証拠について訊く必要があると言った。

カルは真相にたどり着いたマヤに感心しているようだった。

キャシーはフランが行くなら自分も行くと言った。

ヤスミンはみんなが行くなら、自分だけ取り残されるのはいやだと言った。

ピーターはマヤがしろというなら、なんでもすると言った。

二日後、彼らはカルの家の居間に集まった。カルの家は、広さと中立性のふたつから選ばれた。秘密を守ることが求められることを考えると最適の場所だった。

フランとウェインはヤスミンの横にある豪華なソファに坐った。

トリーシャ、カル、そしてジェは、小さなソファに体を寄せ合うようにして坐った。

ライラとキャシーは、ダイニングルームから椅子を持ってきて坐った。ライラは何週間も寝ていないように見えた。

ピーターは、カルがベッドルームから持ってきたロッキングチェアにひとり坐っていた。ピーターの足が神経質そうに床を叩くたびに、椅子が前後に揺れた。

マヤは立ち上がると、裁判所にいるかのようにみんなの作る円に向かって話しかけた。

「全員が集まってくれました」と彼女は始めた。「リックの死の真相を知るために。もし知りたくないなら、今、この場を去ってください。もし残るなら、約束してください。最後までいること。全員が犯人の処罰について合意するまで残ることを。十年前、わたしたちはいっしょに決断をしました。間違っていたかもしれないけれど、わたしたちは団結していた。今日、また別の決断をしなければなりません。わたしには、わたしたちのうちのだれかひとりにこの決断をさせることが、正しいことには思えません。だから、覚悟ができていないなら出ていってください。今日この部屋で起きることに煩わされることは二度とありません」

マヤは全員をひとりずつ見た。

だれも身動きひとつしなかった。

「ライラ」とマヤは言った。「あなたから何があったかを話してくれる？」

全員がこの話がどこに向かっているのかを悟るのにそう時間はかからなかった。ライラの話はおおむね彼女がマヤに話した内容と同じだった。うわべをよく見せようともしなかったし、リックを死に至らしめた自らの役割を小さく見せようともしなかった。

全員がライラの話を受け入れようとしているなか、マヤがふたたび全員に話しかけた。彼女は決断を下すために必要な残りの情報を伝えた。ウェインがあの夜、ホテルの外に突然現れたこと。そして、フランが彼のために嘘をついていたこと。

そしてマヤはピーターのことを話した。

マヤがピーターのマルガリータへの暴行について話すと、彼は自分の席に消えてしまいたいような表情をした。

ライラとは違って、ピーターはなんとか自分を弁護しようとした。「わかって欲しい」と彼は訴えた。

「精神的にどうかしてたんだ……。みんな自分を見失っていた。覚えているだろ。オンラインであんな経験をしてたから……」

「黙りなさい」とマヤは言った。彼は口を閉じた。

「みんなに問いかけたいのは、今、何をすべきかということよ。わたしに言えるのはふたつの選択肢しかないということ」

彼女は説明を続けた。第一の選択肢は、彼女が真実を明かすことだった。もちろん、すべての真実を。サイコロを振って、予測不可能な警察、節操のないマスコミ、そして信頼できない法廷に結果をゆだねることになる。最も可能性の高い結果は、アーロンが有名な殺人者の父とその信奉者である母の息子として一生を過ごすことになり、孤児として成長するということだった。ライラが殺人を否認しても、起訴される可能性は一定程度あった。ピーターは、刑事告訴はされないものの、マルガリータからの民事訴訟に勝ったとしても、マスコミに名前を取り上げられる可能性が高かった。そして、大事なことを言い忘れていたが、それでも犯してもいない罪でマヤが刑務所に行く可能性も残っていた。

マヤは、これらすべてを解明するために、裁判所が集める彼らのような——あるいは彼らとは違うかもしれない——十二人の人々をみんなにイメージさせるのに苦労する必要はなかった。彼女には、真実を突き止めようとする気持ちに満ち溢れた新米陪審員がどんなふうかよくわかっていた。彼らは自分たちが真実を見つけるとさえ思っているかもしれない。

望むらくは、彼らのだれも互いに殺し合わなければいいのにと思った。だが、経験上、確信は持てなかった。

そしてもうひとつの選択肢があった。これはさらにトリッキーで、ここにいる全員の参加が必要だった。

マヤは提案した。「もうひとつの選択肢では、わたしたちは真実を求めない。そして正義のために正しいことをする。あるいは自分たちにできる正義に最も近いことを」

「だれのための正義？」とフランは尋ねた。「リック？　あなた？　それともライラの子供？」

「まさにそれをわたしたちで決めるの」とマヤは答えた。「この選択肢では、あなたたちのだれかが殺人のあった夜のわたしのアリバイを証明する。だれでも構わない。検察が起訴を取り下げてくれさえすれば」

「きみを刑務所には行かせない」とカルは言った。「だが、ライラもだ。ほかのみんなも」

「どうするの？」ヤスミンが訊いた。

　マヤはカルがすでに頭のなかで考えているのだとわかっていた。何か奇妙な、それでいて漠然としたもっともらしいことを組み立てているのだ。「マヤは、事件のあった時刻にジェとトリーシャといっしょにいた。ふたりは警察には話をしていない。あの裁判の評決のことでまだマヤに腹を立てていたから」

「信じると思う？」とトリーシャが言った。

「『検察側の証人』のようなものだ」とカルは言った。「不本意ながら提供されたアリバイは信憑性が高い」みんなのぽかんとした顔を見てさらに説明した。「アガサ・クリスティーだよ。映画にもなってる」

　だれも反応しなかった。

　カルは続けた。「まあ、ただのブレインストーミングだと思ってくれ」

「重要なのは」とフランは言った。「自分たちで何かを解決することができるということね」

　マヤが言った。「次にピーターね。避けられない真実は、あなたを刑務所に入れる方法はないということ。だから手に入れることのできる償いでよしとするしかない。マルガリータと話し合って、彼女が何よりも望んでいるのは匿名性だとわかった。それが失われた結果、わたしたちのような人々に起きたことを彼女は見てきた。そしてあのホテルをやめることを望んでいる。だからピーター、この第二の選択肢では、あなたはマルガリータに大金を支払うことになる。オムニ・ホテルをやめて、彼女の小さな子供たちを私立の学校に通わせることができるくらいの大金をね」

ピーターは異議を唱えようとした。「おれがどのくらいの金を持っていると思ってるか知らないが、マリファナへの投資は現金化しにくくて――」

「興味ないわ」とマヤは言った。「自分で考えて。それから、アーロンのためにもどうしたらいいか考えて。ライラは息子を育てていく。そしてアーロンは何不自由なく暮らしていく」

マヤは全員が考えるのを見ていた。この第二の選択肢では、彼らは判事であり、死刑執行人であり、その他正義が彼らに求めるすべてだった。

「わたしたちがそんなことをすれば」とヤスミンが言った。「リックの死の真相は永遠に解き明かされない」

「世間に対してという意味ではそのとおりね。そしてもちろん、どんな決定であれ、全員一致である必要がある。だれかひとりでも秘密を明かしたら、全員が大変なことになるから」

「これは犯罪だ」とジェは言った。「殺人幇助《ほうじょ》だ」彼はことばを切った。「そう呼ぶんじゃなかったか?」

「事後従犯よ」とマヤは言った。「そしてそのとおり。犯罪よ」

「ライラを助けるためにわたしたちが罪を犯すべきだと言ってるの?」とトリーシャが言った。

「何をすべきかとか言うつもりはない」とマヤは言った。「みんなの選択よ。わたしが訊きたいのは、今みんなが何を考えているか」

カルは言った。「もしライラが刑務所に行ったら――

――彼女の可哀そうな息子は……」

「ボビー・ノックの息子」とフランが言った。

「子供に罪はない」とウェインが言った。その日初めて口を開いた。「父親がだれであろうと」

だれもそれに反論できなかった。

ライラは一瞬ためらったが、今はボビーの無罪を主張して、子供の父親の名誉を守るのはあきらめることにしたようだった。今はそのときでも、その場所でもなかった。

代わりに言った。「わたしたち以外にだれも決めることはできない。わたしたちでなければならない」彼女は立ち上がった。「ううん、あなたたちね」

ライラは自分には投票権はないと言った。彼女は自分の運命を全員に託した。

マヤはライラの言いたいことを理解した。そして、みんなもそのようだった。彼らは、自分たちが、個別にも、集団でも経験してきた結果、彼女の運命を司法制度の手にゆだねることはできないとわかっていた。だれか知らない者の手に。自分たちのような陪審員の手に。

ライラが部屋を出ていくと、キャシーが立ち上がった。それが正式に彼女の担当であるかのように。十年前に陪審員室のなかで感じていた自信のなさは、どうやらもうどこかへ行ってしまったようだ。

「カル」キャシーは言った。「紙やペンといった事務用品はある？」

彼はキッチンの抽斗《ひきだし》にあると言った。キャシーがインデックスカードと油性マーカーの入った箱を持って戻ってきた。

「予備投票よ」とキャシーは言った。「これでわたしたちの今いる場所がわかる」だれも異議を唱えなかった。

彼女はインデックスカードを配った。

そして十年ぶりに投票が行なわれた。

24

カロリナ

二〇〇九年六月二日

三十年間、カロリナ・カンシオの姉アラナは、サンセット大通りで小さな占いの店、〈タロットの館〉を経営し、その裏に住まいを構えていた。アラナの亡くなった夫は外壁を真っ黒に塗っていた。あの役立たずの男が酔っぱらっていたせいで、戸口の上に書かれた白い文字はゆがんでいた。彼が酔っぱらってシェークスピア橋から落ちて死んだ夜から十五年経った今も、文字はそのままだった。そのことはどこかアラナのことを物語っているようだった。

アラナについてほかに言えるのは、彼女が自分の店で売っている迷信的なナンセンスをまったく信じていないことだった。アラナもカロリナもカトリックだった。メキシコのドゥランゴで生まれ育ったふたりは、まだ幼い頃にロサンゼルスに来たので、すぐに英語を覚えた。アラナはカロリナの隣で聖母マリアに祈った。アラナはバシリカ式聖堂の近くの噴水に半ペソを投げこんだ。神を信じていないわけではなかった。彼女は、夜遅くに〈タロットの館〉にやって来る白人の客たち——店の何もかもを冗談みたいだと言ってクスクス笑っているくせに、ほんとうは自分の未来がわかると信じたがっていた——とは違った。だれもが何かを信じなければならない。カロリナにはそれがわかっていた。白人の客が、夜の十時や十一時にドアをノックして、四十五ドルを払って蠟燭の下でタロットカード占いをしてもらうとき、姉は厳密には、彼らを騙しているわけではなかったのかもしれない。客たちはいつも自分たちの求めるものを手に入れて帰っていくのだから。「あなたはすでに人生で最愛の人に出会っている」アラナはそう言うだろう。「それに気づいていないだけ」

それを聞いて彼らはうれしそうに笑うのだ。

あるいはアラナはこう言う。「お金のことを心配しすぎよ」すると彼らはうなずく。それが何かの啓示であるかのように。そして金を払っていく。

厄介なのは、客が帰ったあともアラナが演技を続けることだった。彼女はほんとうに〝愚者〟や〝ソードのキング〟、〝死〟――いつも彼女は新しい人生を意味すると言っていた――を信じてるのだろうか？ アラナはもっとよく知るべきだ。イエスはタロットについて何も言っていなかったし、カロリナの知るかぎり、聖パウロが死んだ猫の骨をお守りにすることはなかった。カロリナがそんなことを言っても天は許してくれるだろう。だがアラナの言うことは戯言《たわごと》ばかりだった。

そして今、信じられないことに、アラナは娘のソーニャ――カロリナの姪――に店を継がせて、白人の酔っ払い相手に同じような戯言を言わせようとしていた。

ソーニャはすでに成長し、近くの税務署で管理職についていた。子供や夫もいて、自分の生活を築いていた。占いの店など必要なかった。

だが、カロリナがそのことを話したとき、アラナはなんと言った？ なぜ他人のことに首を突っこもうとするのかと言ったのだ。アラナは言った。たぶん、それはカロリナのふたりの息子が成長して家を出て、リバーサイドとサン・ルイス・オビスポで家族を持っているからだろうと。息子たちは戻ってこないし、おせっかいな年老いた母親のことなど気にもかけていない。だから、彼女は他人の人生に口出しをしたがるのだ。自分のものではないものに鼻を突っこむことが、唯一彼女がやり方を知っていることなのだと。

陪審員の召喚状が届くと、カロリナはそれをこれ見よがしにキッチンのテーブルの上に置いた。二週間、キッチンを通る者はだれもが封筒のカリフォルニア州の紋章に眼を留めた。周囲――隣人や友人、アラナ、ソーニャ――が、陪審員になることになった彼女の不運に同情したとき、カロリナは憤慨した。銃を突きつけられて陪審員になることを強要されたわけではない。アメリカ人ならだれもがしなければならないことをしようとしているのだ。一九六四年に市民権を得たときの宣誓と同じくらい重要な儀式だった。なんの不満もなかった。四十五年間、税金を納め、法律を守り、この国――自分が結婚し、ふたりの息子を育て、若い未亡人となり、両親のどちらよりも年を取るまで健康に生きてきた国――を愛してきた。その四十五年の人生で正当に得た特権なのだ。姉がみっともない、不道徳な詐欺にしがみつきたいのなら、好きにすればいい。だがカロリナは八十二歳になっても、大きな世界があることをソーニャに教えることができた。そしてカリフォルニア州が、刑事事件でほかの市民の有罪か無罪かを判断するために、自分を必要としているというなら行くまでだ。

　しかしカロリナのばかな姉は苦々しげに言うのだった。カロリナは人を裁くことが好きだからそうするのだと。

　カロリナは最初に選ばれた陪審員だった。初日、ほかの陪審員がひとりずつ部屋に入って来るあいだ、彼女は坐って数独をしていた。

　すぐあとに入ってきたのは一五八番だった。彼はちょっとガリ勉ぽかった。カロリナにも好感が持てるきちんとした服装をしていた。

　彼の口から出た最初のことばは「占い師なんですか？」だった。

　わたしの考えていることがどうしてわかったのだろう？　足もとを見下ろして〈タロットの館〉のロゴが

描かれたバッグを持っていることに気づきばかみたいに感じた。なんということか、よりにもよって今日、数独の本を持ってくるために姉のバッグを借りてきていた。カロリナの姉は自分が占い師だと言い張っていて、カロリナがここに来た理由は、ただ姉が間違っていることを証明するためだったのに。

「占いなんて信じてないわ」と彼女は一五八番に言った。

なんてグループなんだろう！　分別のありそうなユダヤ人の女性は、ばかなことは言いそうになかったが、みんなが自分の子供であるかのように、彼らのあとをきれいにしていた。小説を読んでいるおかしな白人の老人はゲイに違いない。あの年で！　若いほうの白人男性は別の男性の背中を叩いて騒いでいた。中国系の女性は、裁判はいつも何時に終わるのかを三回も廷吏に訊いていた。

カロリナは彼らが互いを評価する前に全員を評価した。そしてずっと考えていたのは、こんな人々をいっしょの部屋に放りこむなんて、神様はいったい何を考えているのだろうかということだった。

彼らのなかのだれかひとりが、カロリナを神経質にさせたわけではなかった。ただ、全員がいっしょになると、なんというか、おはじきのように互いにぶつかりあうような感じがしたのだ。彼らはお互いを予想もしていない方向にはじき飛ばそうとしていた。

みんなまともな人間に見えた。彼らのだれもが、会うことなく死んでいった少女のために、正義を果たすべく最善を尽くそうとしているようだった。彼らはただ役に立ちたかったのだ。カロリナは陪審員室を見渡し、ただ善意だけを抱いている十四人を見た。

なのになぜ、この見知らぬ人々の善意が事態を悪化させるだけだという感覚を振り払えないのだろう？

「占いなんて信じてないわ」と彼女は一五八番に言っ

た。

だが、彼女はなぜ人々が占いを信じるのかわかりかけていた。

25
罪深き人々

現在

ジェ・キムは悪評とともに生きるという生涯の罰からひとりの少年を救うために投票した。

カル・バローは、この繊細な状況を乱暴な警察の手にはゆだねるべきではないと考えて投票した。

ヤスミン・サラフはこの混乱にほかのだれも巻きこむべきではないと考え投票した。

ウェイン・ラッセルは全員にとって最善なことをするために投票した。

トリーシャ・ハロルドは、見知らぬ人たちに自分たちのことをどうこう言わせないために投票した。

キャシー・ウィンは自分が正しいと思うことをするために投票した。

フラン・ゴールデンバーグはアーロンの利益を第一に考えて投票した。

ピーター・ウィルキーはただ自分のケツを守るために投票した。

マヤ・シールは自分の最初の過ちを正すために投票した。

九つの異なる理由で、人民対ロバート・ノック裁判のもと陪審員は、九人全員が明るい未来のために嘘をつくことを選んだ。

彼らが作り上げた物語は派手に飾り立てたものだった。いったん嘘をつくという決定がなされると、物語を考え出すという創造的な行為は、心地よい安堵感を与えてくれた。だれが悪役になるのか？　だれが勇敢な行動の代弁者となるのか？

このバージョンの真実では、マヤはリックが殺されたときにはトリーシャといっしょにいて、ジェシカ・シルバーに何が起きたかを言い争っていたことになった。だが、リックが殺されたあと、過去の警察との不愉快な経験もあって、ふたりとも警察には何も話さなかった。トリーシャはあの日の朝、フランにマヤのアリバイについて真実を打ち明けていることにした。そしてこのことを警察に最初に話す役割はフランが果たすことになった。トリーシャは、その後、真実を黙っていたことを認めることになる。だが、彼女がマヤに対し公正さを欠いていたとしても、それは違法ではなかった。それどころか、トリーシャが沈黙を守った理由は、マヤが無実であることを知っていたからであり、彼女は司法制度は無実の女性を有罪にしたりしないと信じていたからだった。

この部分は彼らが考え出したストーリーのなかでも

最も巧妙なでたらめだった。それはカルのアイデアだった。司法制度に対し抱いている不信感を表明するのではなく、トリーシャとフランのふたりが沈黙を守ったのは、司法制度の有効性を信頼していたからだと主張するのだ。正しいことがなされると信じていました。実際に彼女らはそう言うつもりだった。でも、そうはならなかったので、検察を窮地から救うために申し出たのですと。

彼らはこの物語が公になることがわかっていたので、全員がこのバージョンの真実を警察――そしてそのほかの全員――に対し、永遠に説明し続けなければならなかった。

いつものように、ルールを破るときは全員がいっしょだった。

ライラは、戻って来てみんなの決定を聞くと涙を流した。輪になったひとりひとりとハグをした。彼女はみんなに言った。ある意味、アーロンは今、彼らのすべてだと。実の父親に否定されかけていた人生を彼らが与えてくれたのだ。

繰り返された死のなかで、少なくともひとつの新しい命が生まれたのだ。少なくともこのすべてのなかで、純粋に偽りなく、魂の芯まで罪のない人間がただひとりいたのだ。マヤはそう思った。

翌日、マヤは、オフィスでクレイグに会って〝実際に起きたこと〟を伝えた。彼女は、リックが殺されたときにマヤといっしょにいたとトリーシャが証言するだけではなく、トリーシャがそのことをあの夜に話していたとフランが証言すると説明した。ほかのだれもふたりの話を否定しないはずだった。

彼女が話し終えると、彼はまず確認した。「ほんとうにふたりは証言するのか？」

「ふたりはまさにそのために今朝、警察に電話をしているわ」

「きみは言うまでもないが、トリーシャとフランは法的な意味合いを理解してるのかね……この告白の？」

「ええ、してるわ」

クレイグは片方の眉を上げた。

彼女は続けた。「検察は起訴を取り下げると思う？」

クレイグは考えた。「一週間か二週間は無理だろう。彼らはきみを苦しめたいと思うはずだ。きみの仲間も。何か揺さぶることができるか確かめるために。だれかが嘘をついていたとき――もちろんそんなことはないと思うが――に備えて。きみたちのだれかが口を割らないかどうかを試してみるだろう。あるいはほかのだれかを。どんな矛盾も見逃さないはずだ」

マヤはまばたきひとつせず言った。「わかってる」

「きみさえよければ、ふたりが警察に話をするまで待とう。ふたりが話をすれば地区検事がわたしに電話をしてくるだろう。彼はわたしが騙したといってあらゆる方法でわたしを告発しようとするだろうな。もちろんわたしは自分のクライアントのことばを信じる以外に何もしていないと言う」彼は効果を確かめるようにひと呼吸置いた。「そのときはわたしも協力する。きみはわたしに話したことを彼らに話すんだ。それ以外は何も話すな」

「クレイグ……ありがとう」

どういうわけか、彼女が嘘をついていることを互いにわかっていて、だからこそふたりとも感情的にはならないのだとどちらもわかっていた。「どういたしまして」

二週間後、カリフォルニア州はマヤ・シールに対するすべての起訴を取り下げた。地区検事はすでに陪審員の話をマスコミにリークし、マスコミは、イギリス王室のスキャンダルを暴くのと同じ情熱でその話を徹底的に解剖した。

リックの死に関する捜査が再開された。しかし刑事たちはこれ以上の進展には期待していなかった。

マヤの両親はまるまる一カ月ロサンゼルスに滞在した。起訴が取り下げられたとき、マヤの母は、ひとりで長い散歩をして、ひたすら喜びをかみしめた。父親はもはや恥ずかしがることもなく、彼女の前で涙を流した。ふたりはばかではなかった。娘を自由の身にした話が嘘だとわかっていたに違いない。それでも決して、いちどたりとも彼女にそのことを尋ねることはなかった。親と子のあいだには許される嘘の量が決まっているのだ。それは契約によって互いに合意しており、ありがたいことに今回のことはそのなかに収まっていた。

その一週間後、マヤは仕事に戻る準備をしていた。今や彼女は、かつて陪審員だっただけでなく、被告人だったことも自慢することができるようになっていた。その特異な専門知識にはさらに高い需要が集まるだろう。クレイグは彼女の時間当たりの弁護料を引き上げることにした。

仕事に戻る前日の夜、マヤはクリスタルとゆっくりとディナーを愉しんだ。冷たい牡蠣の料理を味わいながら、マヤは自分のアリバイをめぐる問題について、クリスタルに話そうとしていた。クリスタルに怒って欲しくなかったので、まだ真実を伝えることができないでいた。

「その……」とマヤは言った。「殺人のあった夜のわたしとトリーシャの話にはびっくりしたと思うけど……」

「ああ、あのでたらめ？」クリスタルは笑ってさえぎった。「取引しようよ。あたしたちはここにいる。あんたは刑務所にはいない。大事なのはそれだけ。必要なことをなんでも話せばいい。あんたがトラブルに巻きこまれないかぎり、あたしは何も訊かない。約束する」

マヤは深く息を吸うとプロセッコ（イタリアのスパークリングワイン）のグラスを上げた。クリスタルはスパークリング・ウォーターの入った自分のグラスを重ねて、チンという音を鳴らした。

翌朝、マヤはようやく自分のオフィスに戻った。マイクとマイクが彼女を迎えてくれた。彼らもマヤが戻って来てうれしそうだった。

彼女にはまだどっちがどっちかわからなかった。

一週間後、マヤはリックに手紙を書いた。家の裏のパティオに坐り、言う機会のなかったさよならのことばを書き留めた。リックのすべてを許した。彼女を公の場で非難したこと、ボビーを追いかけたこと、ライラを脅迫しようとしたこと……そして自分が彼の死を隠蔽《いんぺい》したことを謝った。理解してもらえるとしたら、彼しかいないと思っていた。もし陪審員のだれかがライラの息子を脅迫していたら、リックも同じように投票していただろう。今回だけは、ふたりが同じ考えであることを彼女は願った。

チャンスがあったら、彼を愛していると伝えたいと書いた。彼も彼女のことを愛していたと思っていた。もし、ジェシカの死がなければ、ふたりはまだ愛し合っていたかもしれない。だが、その一方で、ジェシカが死んでいなければ、ふたりは出会っていなかった。

マヤは手紙を折りたたむと火をつけた。灰が宙を舞い、秋の風に運ばれていくのを見守った。

次の日、やっとルー・シルバーが電話をかけてきた。もっともかけてきたのは彼のアシスタントだったが。その女性は、直接会いに来られないかとマヤに尋ねた。

「ミスター・シルバーは、われわれのあいだの不愉快な出来事をすべて終わらせたいと言っています」とその女性は言った。

　マヤがセンチュリー・シティに向かったのは、金曜日の午後遅くのことだった。アシスタントがマヤを彼の角部屋のオフィスに案内する頃には、床から天井まであるすべての窓から沈みゆく太陽が見えていた。どの方向を見ても、ロサンゼルスは深紅の輝きにあふれていた。そして数枚の書類と額に入った写真の並ぶ机の後ろに、ルー・シルバーが坐っていた。

　シルバーの娘に対する虐待について、ボビーがマヤに話したことは真実だったのだろうか？　さらに言うなら、ジェシカがボビーに話したことは真実だったのだろうか？　それとも、ボビーはマヤを味方につけるためにすべてをでっちあげたのだろうか？　マヤは自分が何も知らないことを受け入れなければならなかった。もっとも今となっては知りたくもなかった。

「さて」シルバーは彼女を大きなコーヒーテーブルの横にある、革製の椅子に坐るように促し、自分もその隣に坐った。「あれを言ってくれるのかな？」

　身近な人間がふたりも殺されていなければ、笑っていただろう。

「あなたが正しかった」マヤは彼の眼を見て言った。「わたしが間違っていた」

　シルバーはかすかにうなずいた。が、顔をしかめた。まるで失望したものの、その理由がわからないというかのように。

「気がすんだかしら？」とマヤは訊いた。「自分が正しかったと知って」

　彼は首をかしげて言った。「まだよくわからない」

「あなたはわたしを利用した」

「わたしが？」

「あなたは、ボビーを探しにわたしをイースト・ジーザスへ行かせた。そしてあの記者たちにわたしを追わせた。ただ単に彼を見つけさせるのではなくて、彼がわたしといっしょにいるところを見つけさせるために」

「ああ、そうだ。たしかに」その告白には恥ずかしさのかけらも見えなかった。ボビーがもと陪審員のひとりといっしょのところを発見されれば、さらに大きな話題になり、さらに多くのマスコミがボビーを追うようになるだろう。シルバーの目的はあらゆる手を使ってボビーを苦しめることにあった。マヤはそんなときにのこのこと彼の前に現われ、役に立つ道具として自分自身を差し出したのだった。

「わたしは怒っています」とマヤは言った。

「わたしにかね？」

「ええ」

「そうは見えないがね」と彼は言った。

自分は何をするつもりなのだろう？　正義――彼の殺された娘に対し、彼女自身がずっと否定してきた正義――を追求するために、彼が彼女を利用したことを非難しようというのだろうか？　「信じてもらうしかないみたいね」

「わたしもすべて正しかったわけじゃない」

「そうなんですか？」

「ボビー・ノックはリック・レナードを殺してはいない」

シルバーの口から話されると、それはまるでボビーに対する賛辞のように聞こえた。少なくともひとつ、ボビーが無実である罪があったのだ。

「警察が写真を発見した」とシルバーは続けた。「ボビー・ノックの……。仲間かなんか知らんが、あの砂漠にいた写真家から」

「その写真にタイムスタンプがあった」

「ああ、そうだ。だから、わたしはその点については間違っていた」

「でも」とマヤは言った。「少なくともわたしが殺していないという点については正しかった」

「だが、ひとつの疑問がある」彼は近づいた。「だれがリックを殺したんだね？」

今、マヤは、彼がこのまわりくどい謝罪の場を設けた理由を理解した。彼はリックの死の真相を知らないのだ。そして彼は彼女の言い分が嘘だとわかっていた。

シルバーはリックの人生などちっとも気にしていなかった。ボビーはリックを殺していなかった。だれがリックを殺したのか、シルバーがそれを知りたいと思ったところで、そのことになんの意味もなかった。

「わたしたちにわかると思いますか？」と彼女は訊いた。

彼は身動きひとつしなかった。「残酷だね。やっと娘を殺した犯人を証明したと思ったのに……きみのボーイフレンドを殺した犯人の手がかりを失った」

リックのことを〝ボーイフレンド〟と呼んだことに、あざけりや見下しの含みがあったとしても、彼女は気づかなかった。それでもそのことばは彼女の胸に刺さった。「知らないまま、心安らかに生きていく方法を見つけなければならないのかもしれませんね。その練習はずいぶんとしてきました」

「あるいは警察が見つけてくれるかもしれない」

「そう願います」

「リックを殺した犯人にはすばらしい陪審員がつくことを願うよ」

ふたりの会話は電話のベルに邪魔された。シルバーは不機嫌そうに電話に出ると、電話の相手にすぐに行くと答えた。

彼はマヤのほうを見て言った。「ちょっと失礼していいかね？　イノベーション・パートナーが金曜の午後の危機に直面しているようでね」

彼は人差し指を伸ばして〝一分〟というジェスチャーをすると、彼女をひとりオフィスに残して出ていった。

彼女は夕日を眺めていた。この高さから見る景色はすばらしかった。街の東端はすでに暗くなり、西のほうでは、残りわずかとなった太陽が海の下に消えようとしていた。ロサンゼルスの夕日は次第に沈んでいき、あっというまに消えてしまった。

彼女はシルバーの机をまわって西側の窓の前に立ち、日の最後の名残を追いかけた。

彼女は何げなく机の上のフォルダーや雑誌、そして額に入った写真を眺めていた。

写真はすべてジェシカのものだった。

そこには彼女の短い人生のさまざまなステージにおける写真があった。赤ん坊の頃の写真では、眼を閉じて病院の毛布にくるまり、エレインの腕に抱かれていた。幼稚園の写真では、トランポリンの上を跳びはねていて、黄色いブロンドの髪も四方八方に跳ねていた。小学校の写真では、彼女の体には大きすぎるドールハウスのなかに這って入ろうとしていた。高校時代の写真には、写真撮影《ピクチャー・デイ》の日のために作り笑いを浮かべる、紺の制服を着たティーンエイジャーの姿があった。

マヤは気づいた。ジェシカの人生の最後の数カ月については、多くのことを知っていたが、その前の十五年間についてはほとんど何も知らなかった。彼女はルーとエレインがいっしょに過ごしたジェシカのことは何も知らなかった。ある意味では、マヤは両親の知らなかったジェシカのわずかな一面だけを知っていたのだ。

マヤは、ルー・シルバーが毎朝どんな思いでこの写真を見ているのか想像してみた。閉ざされたドアの向こうでふたりのあいだに何があったにせよ、彼は、多くの人がそうするようにそれを隠そうとも、忘れようともしなかった。これらの写真をここに飾ることは、どこか気丈に思えた。これが自分の娘なのだという誇りの表われだった。

マヤはこれまで見たことのなかった一枚の写真に眼を止めた。そこにはジェシカが笑顔の家族といっしょに写っていた。休暇でビーチを訪れているルーとエレイン、そしてジェシカ——おそらく十歳から十二歳頃だろう——の写真だった。ルーはへんてこなアロハシャツを着ていた。ジェシカとエレインは、まるで人生の異なるステージにいる同じ人物のようだった。おそろいの青の水着を着て、おそろいの白い帽子、そして首にはおそろいの銀のロケットをしていた。

マヤは写真立てを手に取った。真鍮のような苦く金属的な味が口のなかに広がった。

ジェシカが死んだときにつけていたロケットだ。裁判中に何百万回も写真で見たロケット。かつて〈タイム〉の表紙を飾ったあのロケットだった。

エレインは同じものを持っていた。

ふたつ目のロケットの存在をマヤがいちども聞いていなかったのはどうしてなのだろう？ ルー・シルバーを除けば、ジェシカの死についてマヤ以上に知っている人物はいないだろう。それなのに、彼女はこの重要な証拠品——十年も経ったあとにボビーが殺人犯であることを証明した物的証拠——にコピーがあることをまったく知らなかった。

ジェシカと母親が同じロケットを持っていたとしたら……

マヤはドアが開く音を耳にして顔を上げた。

彼女は自分の見つけたものについて、ルー・シルバーに問いただそうと口を開けた。が、部屋に入ってきたのはルーではなかった。

エレインだった。

彼女は、エレガントな短い白髪にマッチした純白のパンツスーツを着ていた。木の床の上でヒールを響かせるように立ち止まった。

「ミズ・シール！」エレインは驚いたように言った。「いらっしゃってるとは思わなかったわ」

エレインはマヤに笑いかけた。そしてマヤの表情を見て言った。「何か問題でも？」

マヤはエレインに見えるように写真立ての角度を変

えた。「あなたとジェシカがおそろいのロケットをしている」

　エレインの口もとがかすかにゆがんだ。「夫を連れてきたほうがいいようね」

「ロケットはどこ？」

「知らないわ」

「十年間、あなたはロケットがふたつあることをだれにも言わなかったの？」

「夫はちょっとはずしただけのはずだから。見つけてくるわ」

「ジェシカがあなたのロケットに何度も触っていたのなら、彼女のDNAがついていたとしても不思議じゃない。ひょっとしたら髪の毛がついてたかも。必要なら、髪の毛を仕組むこともできたはずよ」

　エレインは両手をしっかりと握った。「そんな言い方は気に入らないわね。出ていってちょうだい」

　マヤの手は震えていた。「あなたは自分のロケットがどこにあるかちゃんと知ってる……。なぜなら、あなたの夫がそれをボビーの死体のそばに置いたから。ボビーを殺したあとに」

　部屋には冷たい沈黙が流れた。外では風が強くなり、マヤの後ろの窓を叩いていた。

「深呼吸しましょう。取り返しのつかないことを言う前に」

「あなたはあなたの夫がしたことをちゃんとわかってる。彼のために嘘をつくのはやめて。彼の罪を隠蔽するのを助けるのはやめて」

「罪？」

「リックがボビーを見つけたときから、ミスター・シルバーの調査員はボビーを尾行していた。彼らはわたしも尾行していた。違う？　わたしの車を」

「何を言ってるのかわからないわ」

「ボビーがテキサスのモーテルにたどり着いたときも、彼らは尾行していた……。常に尾行させていたから、ミスター・シルバーはわたしを先にイースト・ジーザスに向かわせてから、マスコミを差し向けた。彼は二重の安全策を講じる必要があった。わたしがボビーを見つけ、マスコミがわたしを見つける。ボビーが逃げ出して、ミスター・シルバーの調査員が彼を追う。彼らはモーテルで彼を捕まえ、ミスター・シルバーに対して〝ほんとうにごめんなさい〟と書かせる。彼にしかできない完璧な遺書ね。そして彼の手下がボビーを首吊りに見せかけて殺し、もうひとつのロケットを部屋に残す。あなたはずっと持っていたのね？　彼がそれを使って何をするのか知ってたの？　どうして彼はそんなに長いあいだ待っていたの？　どうして十年前にボビーに仕掛けなかったの？　どうして、リックが殺されるまで待っていたの？」

シルバーはリックを殺していない。だから、だれか——シルバーの知らないだれか——がリックを殺したとき、彼は恐ろしい状況をすべて変え、ずっと願ってきたものを手に入れるための方法を見つけたのだ。ずっとボビーが犯したと信じている罪に対して罰を与える方法を。

だが……ボビーだけがシルバーの犠牲者じゃないとしたら。

「ボビーは虐待について話していた」とマヤは言った。「ミスター・シルバーがジェシカにしたこと。あなたにしたこと。彼は今も？」

エレインの顔は彼女の着ているスーツと同じくらい白かった。

「お願い」マヤは懇願した。「ミスター・シルバーに関する事実を知っているのはあなただけなの。公表して。わたしが力になるから」

「あなたが何をしようとしてるのかわからないけど」エレインは静かにそう言った。「何を勘違いしてるのかはともかく、わたしがあなたの立場だったら、あまり騒がないわ。なんの証拠もないじゃない」

彼女の言うとおりだった。第二のロケットの存在だけでは、疑問を生じさせることはできても、シルバーをボビーの殺人で有罪にする証拠にはならない。あるいはジェシカの殺人で。ボビーがジェシカを殺していないこと――法的にはすでに無罪と評決された罪――さえも証明できない。

「それに、もちろん何かを証明できたとしても」とエレインは続けた。「ひとつの死について新たな疑惑が生じれば、間違いなく別の死についても疑惑が生じるでしょうね」

マヤは、口のなかの真鍮のような味に吐き気を催した。エレインは繊細で、洗練されていた。が、このとき初めてぞっとするような一面を見せた。

エレインはばかではなかった。彼女の夫と同じように、彼女はマヤが何かを隠していることを知っていた。エレインは賭けたのだ。もしマヤが彼女の夫の手札をさらすよう迫るなら、彼女はマヤが必死で守らなければならない秘密を明かすよう迫ることができることに。マヤがだれを守っているのか知る必要はなかった。彼女はマヤが守る必要のある何かを持っていることを知っていた。そしてそれがなんであれ、彼女に必要な力となることを知っていた。

マヤはエレインの提示した脅迫の条件を理解した。マヤはシルバーのしたことについて沈黙を守る。さもなければ、マヤが加担していることがなんであれ、エレインはそれを暴露する。ボビーに対する正義はアーロンに対する正義と引き換えになる。あの少年がまともな人生を送る唯一の方法は、自分の父親を殺したシルバーを見逃すことだった。

マヤは気分が悪くなった。そんな醜悪なことができる恐ろしい人たちから、遠く離れたいと思った……。だが、そんな醜悪なことのうちのいくつかはどうやら自分にもできそうだった。自分はエレインが夫の罪を隠蔽するのを助けたことが気に入らないのだろうか？

それとも、自分もふたりと同じであることが気に入らないのだろうか？

「こんなことをしてなんになるの」とマヤは言った。「あなたの夫がしたことをかばう必要なんてないのよ。このすべてから自由になることができるのよ」

エレインはマヤのほうに歩み寄った。「残念ね。あなたにはわかっていない……。わたしはジェシカのためにしてるの」

「ジェシカはもう死んでるのよ。あなたがしているのは、彼女に起きた真実が表に出るのを止めているだけじゃない」

エレインは首をかしげた。まるでまったく別のパズルを解こうとしているかのように。「あら、あなたはもう気づいていると思っていたわ」

マヤにはエレインが何を言っているのかわからなかった。

エレインは子供に諭すようにマヤに言った。

「ジェシカは今も生きてるのよ」

「ありえない」

エレインは慎重に夫のオフィスのドアを閉め、鍵をかけた。

「ハンドバッグを開けて」彼女の口調は鋭く、直接的で、それでいてほとんど聞き取れないほど小さかった。

マヤが動く前に、エレインはマヤの手からバッグを奪うと、携帯電話を取り出して録音されていないことを確かめた。

「夫はとんでもない過ちを犯した」彼女はささやくように言った。「そのことを言いわけするつもりはないわ。夫は娘を傷つけた。わたしを傷つけた。でも、わたしはあまりにも長いあいだ彼のそばにいたから、見かぎって去ることはできなかった。どうしろというの？　弁護士が仕事を終えたあとに残された、くずみたいな財産を持ってフロリダに戻れっていうの？　いいえ、もうもとの場所に戻るつもりなんてない。それにわたしは夫をコントロールすることができる」彼女はひと息ついた。「それに娘を守らなければならなかった」

「彼女はどこにいるの？」

エレインは首を振った。「あなたがわたしの立場だったらどうしたかしら？ やさしいけど、ときにそうでなくなるような男と結婚したら……。ジェシカは教師――ボビー――とよくいっしょに過ごしているとわたしに話した。そのときよ。事態がまずい方向に進むと思ったのは。彼女は虐待のことをボビーに話すかもしれない。そして彼が学校に話したら、わたしたちはすべてを失う」

「彼女はボビーに話していたのよ」

エレインが眼を大きく見開いた。初めて、マヤはエレインの知らないことを知っていた。そしてエレインはそのことが自分の立場を支持していると感じたようだった。「なら、あのとき行動に移したのは間違ってなかったのね」

「娘の命よりも家名のほうが大事だと言うの？」

「虐待で告発された男たちがどうなったか見たことがある？ 彼らの妻たちに何が起きたか？」エレインは首を振った。そういった哀れで裕福な女性たちの惨めな運命を想像しているかのように。「そんなふうにするつもりはなかった。絶対に。ありがたいことにジェシカには計画があった。わたしの考えじゃなかったの。彼女が考えたのよ」

「ジェシカは……家を出ようとしていたの？」

エレインはうなずいた。マヤの理解に励まされたかのように。「彼女は遠くに行ってやりなおしたいと思っていた。別のだれかとして」

裁判のときから、ずっと見落とされていた証拠のひとつが、マヤの記憶の奥底から浮かび上ってきた。

「ジェシカの携帯からの電話。彼女が失踪した日の午後の……」マヤは思い出した。最後に電話がどこからかけられたのかを分析するために、自分たちが費やした膨大な日々のことを。だが、彼女たちは肝心の点を見落としていた。殺されようとしているときになぜジェシカは自宅に電話をしたのか――そしてどうしてメッセージを残さなかったのか？

「彼女はあなたに電話をしたのね」

エレインはうれしそうだった。「合図だったの。それでわたしは計画が動き出したことを知った。ここでは彼女を守れなかった。ジェシカを父親から守ることはできなかった。でも新しい人生を作ってあげることはできたわ、ジ――」彼女は言いかけてやめた。「あら、いけない、あの子の今の名前を言うところだった」

マヤは叫びだしたい気持ちだった。無力を感じていた。いや無力だった。「あなたは娘に新しい人生を始めさせた……。そしてボビーに殺人の濡れ衣を着せたのね？」

「違う！」エレインは開きなおるように言った。「死体がなければ、ただの未解決の失踪事件になると思っていた。なのに、ボビーが、自分がどこにいたか警察に嘘をついたのよ！　どうして嘘なんかつくの？　きっと怖かったんでしょうね。警察に尋問されることが。ジェシカとの関係を隠そうとすることが。ことあるごとに、彼は自分で自分の棺桶に釘を打ちつけて固く閉ざした。見ていて痛々しかった。警察があのメールのメッセージを見つけて、黒人教師が自分の白人の教え子と関係を持っていたことが明らかになったあとは……」エレインは首を振った。まるでこのすべての出来事のなかで、ひどい仕打ちを受けたのが彼女自身だというかのように。

「ミスター・シルバーは知らないのね」とマヤは言った。「彼はほんとうにボビーがジェシカを殺したと思っていた。そしてあなたはそうではないことを決して彼には言わなかった」

マヤはボビーの死に関する自分の立てた緻密な仮説について思い出した。彼女はロケットを使ってボビーに罪を着せたのが、ジェシカを殺した真犯人ではないかと考えた。だが、すぐにその仮説はありえそうにないと思った。彼女は正しかった。ボビーは罪を着せられた。だが、それはジェシカを殺した真犯人の仕業ではなかった。

マヤは最初にボビーが逮捕される前に、シルバーがロケットを仕掛けなかった理由がわかった。裁判の当初は、だれにも罪を着せるつもりはなかったのだ。純粋に娘に起きたことの真実を知りたかったのだ。おそらくふたつ目のロケットのことはまだ考えてもいなかったのだろう。

エレインは肩をすくめた。「夫はときどき嘘をつくこともあった。でもボビーに対する怒り――あれはまぎれもなく本物だった」

「そしてあなたはボビーが逮捕されるのを見ていた。裁判で彼を毎日見ていた」

エレインはうなずいた。「そしてわたしはあなたが、彼を自由の身にするのを見ていた。ミズ・シール、いいえマヤ、なんて皮肉なのかしらね」彼女はマヤの肩に柔らかい手を置いた。「あなたの慰めになればいいのだけど、あなたはずっと正しかったのよ」

マヤは胃がむかつくのを覚えた。

判決が法廷で読み上げられたときに、エレイン・シルバーが上げたうめき声を思い出した。あれは悲しみの叫びではなかった、そうなのね？　あれは解放の叫びだった。正義がなされたことを神に感謝するための。

「あなたは自分の夫がボビーを殺すのを手伝った」

初めてエレインは罪の意識を感じている表情をした。

「あの人がそんなことをしようとしてるとは思わなかった。何週間か前、あの人が、あなたの言ったとおり、わたしのクローゼットからロケットを持っていった。

でも、何をしようとしてるのかはわからなかった……。気づくべきだった。でも、今となっては何もできることはない、違う？」

エレインはまるでボビー・ノックの人生がキッチンの床にこぼれたミルクにすぎないかのような言い方をした。

「ジェシカはどこにいるの？」とマヤは訊いた。

エレインは手を上げた。まるで交通指導員のようなしぐさだった。「彼女は農場で暮らしているわ。ここから遠く離れた場所で。馬を飼っている。パートナーもいる。娘もいるのよ。わたしの孫娘。母親と同じようにこのことすべてから守られている」

エレインは誇りに満ちた表情をしていた。「彼女は幸せよ。そしてあなたが知るのはそれだけ」

ドアノブがガタガタと音を立てた。

外の廊下からノックをする音がした。

「どうした？」とシルバーの大きな声がした。「マヤ？　なかにいるのかい？」

エレインはマヤのほうを向くとささやくように言った。「あなたが娘を探そうとするなら、リック・レナードに何が起きたのか突き止める。このことをだれかに話そうとしても……結果は同じよ。この秘密を守るのを手伝ってくれるわよね。だってさっきまであなたは正しかったんだから。そう、あなたはほんとうにたくさんのことについて正しかった。わたしたち、お互いに助け合える。味方同士だもの。関係者全員――今も生きている人たち全員――にとって、一番いいのは黙っていることよ」

エレインはマヤの手から素早く写真立てを奪うと、夫の机の上にそっと戻した。そしてマヤに何を言ったらいいのか考える間を与えず、ドアを開けた。

「おっと、きみがいるとは思わなかった――」彼はそう言うと、妻の後ろにいるマヤに眼をやった。マヤの表情を見ていた。「何かあったのかね？」

「なんでもないわ、ダーリン」とエレインは言った。

シルバーは彼が階下《した》に行っているあいだに、ふたりの女性のあいだで何かがあったことを悟ったのかもしれなかった。だが、結婚生活も長くなると、妻がなんでもないと言うなら、そのことばを信じるべきだとわかっていた。

彼はマヤの不機嫌そうな表情から、彼女がどこまで知っているのかを探ろうとしていた。

マヤは、エレインに眼を向けた。彼女は片方の眉を上げた。わかってるわよね、マヤ。そんなことして何になるの？　そう言っているようだった。

エレイン・シルバーの夫に対する嘘を暴き、彼の罪を公にするのは簡単だった。だが、そうすれば、ジェシカとアーロンがどのような被害を被るかわからなかった。

マヤの手のなかにある命――彼女の沈黙と共犯によって守られている命――は、またひとつ増えてしまった。そして奇妙なことに、このすべては彼ら――最初はルー・シルバー、次に警察、マヤ、リック、そしてふたたびマヤ――が、霧に覆われた謎を解き明かそうとすることをやめられなかったために起きたのだった。

「マヤ？」とシルバーは言った。「大丈夫かい？」

「ミズ・シール？」とエレインが言った。

マヤは窓のほうを見た。外に広がる空は、今は真っ暗になり、太陽の最後の名残も消えていた。眼下の歩道に数人の薄暗い人影が見えるだけだった。

気がつくとジェシカ・シルバーの顔を思い浮かべていた。今は二十五歳になっているはずだ。どんな姿になっているのだろう。道で見かけたらわかるだろうか？　たぶん無理だろう。

マヤはジェシカの娘とボビーの息子が歩道を歩いている姿を想像した。今から二十年後には、ふたりとも大人になって、このような通りで互いにすれ違っているかもしれない。互いに一瞥もしないだろう。かつて自分たちのために、どんな罪が犯されていたのかを知らずに人生を歩んでいくのだろう。罪深き人々のなかの罪なき見知らぬふたりとして。

謝辞

この小説の執筆を通して、多くの仲間が貴重なサポート――芸術面でもプロフェッショナルとしても――を提供してくれた。それでも、ひとりの人間の貢献は特に際立っている。わたしの編集者、スーザン・カーミルだ。

スーザンはこの本の最も熱烈な支持者であり、最も手厳しい批評家だった。彼女なくしてこの本は存在しなかったと言うことは決して誇張ではない。〝この形では存在しなかった〟と言っているのではない。〝まったく存在すらしなかった〟と言っているのだ。それには多くの理由がある。もしわたしが以前の文章をスーザンに送っていたなら、彼女は即座にペンを取って、わたしのぎこちない二重否定をずたずたに切り裂いていただろう。もしみなさんがこの本のなかの一節でも気に入っていただけたとしたら、その一節の初期の原稿には、大きなブロック体の文字でスーザンが〝退屈《BORING》〟と書きこんでいたことを覚えておいて欲しい。わたしは人生のなかでだれよりも多くの時間をスーザンと電話で議論することで過ごしてきた。彼女の小説への愛は、人に伝染すると同時に情け容赦なく、ただひとつのこと――よりよい本にすること――に向けられた、疾風のようなものだった。

スーザン・カーミルは二〇一九年九月、この世を去った。この本が完成したわずか数週間後、出版のわずか数カ月前のことだった。わたしたちがこの作品を作り上げるために、いっしょに仕事をする機会を与えられたことは天の恵みであり、いつも感謝している。彼女がこの本が世に出るのを見る機会を得られなかったことは悲しく、その思いはいつまでも消えないだろう。

だから、感謝を伝えるためにここから始めさせて欲しい。スーザン、ありがとう。寂しいよ。きみがたくさんの人々の人生に残してくれた遺産のなかで、わたしが受け取ったのは、毎日机の前に坐って少しでもおもしろいものにしようと努力するということだ。わたしはその思いをずっと持ちつづけていたいと願っている。

もちろん、この本の執筆にはほかにも多くの人々の協力が必要だった。さらなる感謝の気持ちを伝えたい。

ジェニファー・ジョエル。著作権エージェントであり、十年来の友人。

プリシラ・ガルシア‐ジャキエル、キーヤ・ヴァキル、そしてマシュー・ルストホーベン。わたしの調査助手であり、仲間たち。

デニス・アンブローズ、ベンジャミン・ドライヤー、デブ・ドワイヤー、そしてクリオ・セラフィム。ランダムハウスのプロフェッショナルなチームは、非常に困難な状況下にもかかわらず、ほんとうにすばらしい仕事をしてくれた。

ケイトリン・デッカー、ベン・エプスタイン、スザンヌ・ジョスコウ、ジョナサン・マクレーン、スクープ・ワッサースタイン。彼らは初期の原稿を読んで、どうすればもっとよくなるかをアドバイスしてくれた。

ニール・コーエンとアンソニー・オルークは刑法に関する問題について専門的な指導と数多くの修正を与えてくれた。この本に誤りがあるとすれば、それはすべてわたしの責任である。

そしてサム・ワッソンに特別の感謝を。彼はわたしの書いた文章をいちども読んだことはないし、これからも読むことはない。

訳者あとがき

なんとも皮肉に満ちた作品である。

以下、重大なネタバレが含まれるので、気にされるかたは作品を先にお読みいただきたい。

作品の前にまずは著者を紹介しよう。

著者グレアム・ムーアは、映画《イミテーション・ゲーム エニグマと天才数学者の秘密》でアカデミー賞脚色賞を獲得した脚本家であり、ベストセラー作家としても非常に注目されている。小説はこれまでにアンソニー賞とバリー賞の新人賞候補にもなった『シャーロック・ホームズ殺人事件』（ハヤカワ・ミステリ文庫）のほか、『訴訟王エジソンの標的』（ハヤカワ文庫NV）がある。後者は、エジソンとウェスティングハウスの電力戦争を題材に、ニコラ・テスラやJ・P・モルガン、アレクサンダー・グラハム・ベルなどの著名な人物をふんだんに配した、いわゆる〝事実に基づいたフィクション〟である。天才数学者アラン・チューリングを描いた映画《イミテーション・ゲーム》とも相通ずる作風で、彼の面目躍如たる作品といってよい。

そんな彼の最新作が本作『評決の代償』*The Holdout* である。前作と同様に歴史的な事実を下敷きにした作品かと思いきや、予想を裏切って、現在を舞台にした本格的なリーガル・ミステリを用意してきた。


二〇〇九年、ロサンゼルスの大富豪の娘、十五歳のジェシカ・シルバーが行方不明になる。やがて黒人教師ボビー・ノックが逮捕され、殺人罪で起訴される。裁判で彼を裁く陪審員となったのは、人種も性別も異なる十二人の男女だった。十一人がボビーの有罪を主張するなか、主人公マヤ・シールだけが無罪を主張する。マヤは、ひとりまたひとりと陪審員を説得し、最終的に無罪評決を導き出す。だが、裁判が終わると彼らを待っていたのは、マスコミと世間の容赦のないバッシングだった。世間のほとんどはボビーの有罪を信じ、陪審員が愚かな判断を下したと思っていた。すぐに陪審員のひとり、黒人青年のリック・レナードが意見を翻し、マスコミとともにマヤへの批判を繰り広げる。マヤはひたすら世間の批判に耐える日々を送るのだった。

十年後、弁護士となったマヤの前にリックが現われる。十年目に事件をもう一度検証するTV番組が作られることになり、陪審員がかつて隔離されていたホテルに集まると言う。リックはマヤにも参加するよう要請する。彼はボビーの有罪を証明する決定的な証拠を見つけ、それを番組で明らかにするつもりだと言う。
かつての陪審員がホテルに集まった夜、マヤとリックは、マヤの部屋で口論となる。部屋を飛び出した彼女が戻ってきたとき、リックが頭から血を流して死んでいた。警察はマヤをリック殺害の容疑者として捜査を進める。真犯人を見つけて自らの容疑を晴らすため、マヤは十年前のジェシカ・シルバー失踪事件とふたたび向き合わざるをえなくなる。

この作品が映画《十二人の怒れる男》をモチーフにしていることは明らかである。だが、〝もし陪審員の下した評決が間違っていたら〟というところから始まるのが、皮肉が利いていて面白い。名作にオマージュを捧げながらも結論を否定するところから始めるのだ。そう、この作品は法廷劇として、さらには謎解きミステリとして非常に優れている一方で、何よりも著者独特の皮肉が数多くちりばめられた作品なのである。

十二人の陪審員が真剣に議論を尽くして導き出した結果が世間から受け入れられないという皮肉。無罪となりながらも警察とマスコミの暴力によって破滅への道を歩むボビー。その彼が事件に足を踏み入れたきっかけが、父親から虐待を受けているジェシカを救いたいという純粋な思いだったというのも皮肉である。

裁判のなかでマヤと黒人陪審員のリックは恋に落ちる。だが、陪審員の評議が始まると、ふたりはボビーに対する評決をめぐって激しく対立する。白人のマヤがボビーの無罪を頑なに信じ、黒人であるリックがボビーの罪を暴くことにとり憑かれる。マヤとリックの立場が逆だったら物語はどう展開したのだろうか。この皮肉な構図が、物語に複雑な色合いを与えている。リックは裁判のあともすべてを投げうって真実を探ろうとする。陪審員やリックがこうして真実を求め、正義を果たそうとすることが、皮肉にもさらなる悲劇を生み出すことになる。最後にマヤらかつての陪審員は、リック殺害に関し探り当てた真実を明らかにするかどうか、投票を行なう。それぞれさまざまな理由ではあったものの、彼らは全員一致で真実を明らかにせず、うそをつき通すことを決める。その理由のひとつは、自分たちと同じような陪審員に真実と正義の追求をゆだねることはできないと考えたからだった。それもまた痛烈な皮肉である。

物語のなかで陪審員のひとりカル・バローがアガサ・クリスティーの小説を例に挙げてこう言っている。

「小説には最後に必ず答えがある。解決がある。探偵は犯人と対決して、犯人は罪を認める。わしらは答えを知ることができる。だが現実はそうはいかない。実際にはだれかが刑務所に入るかもしれないし、そうじゃないかもしれない。わしらは真実を知ることはできない。実際の、すべての明確な真実を知ることはできないんだ」

真実を明らかにし、正義を果たすことが、ミステリで描かれるひとつのテーマであるとしたら、著者が用意した結末は、ミステリそのものに対する強烈なアンチテーゼとも取れるのではなかろうか。物語のラストで正義は果たされず、真実が世間の人々の眼にさらされることもない。苦く、ある意味救いのないラストである。この結末には賛否が分かれるかもしれない。だがここにこそ、最大の皮肉が込められている。真実を求めること、正義を果たすことにいったいどんな意味があるのかと著者は問いかけているようだ。

結末は苦いものの、それでもそこにはかすかな希望が見える。マヤらの下した決断は、罪なき幼い子らの未来を守るという点においては正しい判断だといえよう。正しい判断が必ずしもだれもが幸福となる結果を導き出すとは限らない。それもまた皮肉である。だが、それは裁判というパンドラの箱を開けてしまったマヤが、その箱の底にわずかながら希望を見出したかのようでもある。パンドラの箱は〝希望〟だけを残して閉じられてしまうが、マヤは一度開けたパンドラの箱を決して閉じたりはしない。

主人公のマヤは必ずしもすごく魅力的なキャラクターというわけではないものの、どこかほうっておけない不器用な女性だ。よくも悪くも〝頑固〟で、自らの信念に基づいて突き進む。ロサンゼルスに来た当初は、やや能天気な夢多き女性という印象だったのが、裁判を通じて強くたくましい女性へと変貌していく。十年前の評決における自分の判断が間違っていたかもしれないことを認めながらも、それを後悔することはない。最後に彼女の判断は間違っていなかったことが明らかになる。皮肉な現実に翻弄されながらも決して自分を失わない彼女の姿には愛おしささえ感じる。

結末に救いがないと言ったが決して暗く深刻な作品ではない。物語全体に漂うのはどこかシニカルなユーモアである。著者はこの作品のなかで、ほかにも大小さまざまな皮肉を用意している。死体が発見されていないにもかかわらずボビーは殺人罪で起訴され裁判を受ける。マヤは裁判で真実を主張するよりも、してもいない殺人を認めて正当防衛を主張するほうが無罪になる可能性が高いという現実に直面する。トリーシャは黒人であるがゆえに黒人の無罪を信じるはずだと周りから見られることに苛立ちながらも、自分は黒人の有罪を信じる演技をしているだけではないかと葛藤する。さらにライラは隔離され情報を遮断された陪審員が一般市民よりも事件や被告のことを知らなかったことに気づき、ボビーのことをもっと知りたいと思う。ほかにも司法制度やO・J・シンプソン裁判に対する皮肉、クリスティーのミステリに対する皮肉もある。それらには考えさせられると同時にどこかニヤリとしてしまうおかしさがある。また、マヤと同僚のクリスタル、上司のクレイグとのやりとりは、深刻な事件のなかでもどこかホッとするなごみを与えてくれる。そんなユーモラスな面も感じさせてくれる作品である。

だが忘れないでほしい。この作品は何よりも純粋に謎解きが愉しめる上質のミステリなのだ。十年前のジェシカ・シルバー失踪事件と現在のリック・レナード殺人事件、さらにはボビー・ノックの死をめぐる三つの事件の謎解きを存分に愉しむことができる。事件の謎を解くカギはかなり早い時点で読者の前に提示されている。みなさんはそれに気づくことはできただろうか。

ムーアはここまで、まったく作風の違う三つの小説を上梓してきた。アカデミー賞脚色賞という映画界最高の栄誉をすでに手にしている彼だが、一九八一年生まれの弱冠三十九歳と驚くほど若い。次はどんな作品でわれわれを愉しませてくれるのだろうか。注目したい作家がまたひとり増えた。脚本家としての活躍も期待したいが、個人的には小説のほうで、それもミステリでわれわれを愉しませてくれることを切に願っている。

二〇二一年六月

HAYAKAWA POCKET MYSTERY BOOKS No. 1969

吉《よし》 野《の》 弘《ひろ》 人《と》

山形大学人文学部経済学科卒,
英米文学翻訳家

訳書
『ザ・プロフェッサー』『黒と白のはざま』
『ラスト・トライアル』ロバート・ベイリー
『海賊の栄枯盛衰 悪名高きキャプテンたちの物語』
エリック・ジェイ・ドリン
『国際金融詐欺師ジョー・ロウ』
トム・ライト，ブラッドリー・ホープ
他

この本の型は、縦18.4センチ、横10.6センチのポケット・ブック判です。

〔評決《ひょうけつ》の代償《だいしょう》〕

2021年7月10日印刷　　2021年7月15日発行

著　者　グレアム・ムーア
訳　者　吉野弘人
発行者　早川浩
印刷所　星野精版印刷株式会社
表紙印刷　株式会社文化カラー印刷
製本所　株式会社川島製本所

発行所 株式会社 **早川書房**
東京都千代田区神田多町2－2
電話　03-3252-3111
振替　00160-3-47799
https://www.hayakawa-online.co.jp

（乱丁・落丁本は小社制作部宛お送り下さい
送料小社負担にてお取りかえいたします）

ISBN978-4-15-001969-3 C0297
Printed and bound in Japan

ハヤカワ・ミステリ〈話題作〉

1963
マイ・シスター、シリアルキラー
オインカン・ブレイスウェイト
粟飯原文子訳

〈全英図書賞ほか四冠受賞〉次々と彼氏を殺す妹。姉は犯行の隠蔽に奔走するが……。数々の賞を受賞したナイジェリアの新星の傑作

1964
白が5なら、黒は3
ジョン・ヴァーチャー
関麻衣子訳

黒人の血が流れていることを隠し白人として生きる青年が、あるヘイトクライムに巻き込まれ——。人種問題の核に迫るクライム・ノヴェル

1965
マハラジャの葬列
アビール・ムカジー
田村義進訳

〈ウィルバー・スミス冒険小説賞受賞〉藩王国の王太子暗殺事件の真相とは？『カルカッタの殺人』に続くミステリシリーズ第二弾

1966
続・用心棒
デイヴィッド・ゴードン
青木千鶴訳

裏社会のボスたちは、異色の経歴の用心棒ジョーに新たな任務を与える。テロ組織の資金源を断て！ 待望の犯罪小説シリーズ第二弾

1967
帰らざる故郷
ジョン・ハート
東野さやか訳

出所した元軍人の兄にかかる殺人の疑惑。エドガー賞受賞の巨匠が、ヴェトナム戦争時のアメリカを舞台に壊れゆく家族を描く最新作